JONATHAN KELLERMAN

Todesschmerz

GOLDMANN
Lesen erleben

Buch

In Beverly Hills wird eine junge Frau ermordet aufgefunden, man hat ihr ins Gesicht geschossen. Ihre Identität ist zunächst nicht feststellbar, am Tatort finden sich keine Spuren. Auf einem Foto erkennt der Psychologe Alex Delaware das Kleid des Opfers. Er hat die geheimnisvolle Frau wenige Abende zuvor in der Bar eines traditionsreichen Hotels gesehen. Vor dem Hotel stand ein junger Mann, der möglicherweise ihr Bodyguard war. Die Spur führt ihn und den Polizisten Milo Sturgis in das Online-Dating-Milieu und zu einem einflussreichen Verehrer jener Frau, die sich Mystery nannte. Doch dieser Mann, der Mystery jahrelang eine Wohnung und einen Wagen finanzierte und sie mit Schmuck und Geschenken überhäufte, ist vor einiger Zeit verstorben. Milo und Alex müssen tiefer eintauchen in das Milieu, bis sich am Ende die hässliche Fratze einer sittenlosen Hollywood-Schickeria entblößt …

Autor

Jonathan Kellerman ist einer der erfolgreichsten amerikanischen Kriminalautoren. Nach dem Studium arbeitete er zunächst als Kinderpsychologe. Seine Reihe mit dem Psychologen Dr. Alex Delaware ist berühmt für höchst einfühlsam entwickelte Figuren und eine raffinierte Handlung: Hochspannung von der ersten bis zur letzten Seite. Dafür ist Jonathan Kellerman unter anderem mit dem »Edgar-Alan-Poe-Award«, Amerikas bedeutendstem Krimipreis, ausgezeichnet worden.

Die Alex-Delaware-Serie in chronologischer Reihenfolge:

Jamey. Das Kind, das zuviel wusste (eBook, 02386) · Sharon: die Frau, die zweimal starb (46630) · Exit (eBook, 02373) · Böse Liebe (eBook, 02415) · Narben (eBook, 03209) · Wölfe und Schafe (eBook, 03211) · Fleisch und Blut (eBook, 01098) · Das Buch der Toten (eBook, 781) · Blutnacht (eBook, 851) · Im Sog der Angst (47201) · Bluttat (eBook, 985) · Blutgier (46384) · Post Mortem (eBook, 03210) · Mordgier (46854) · Knochensplitter (47110) · Todesfeuer (47419) · Kaltes Spiel (47457) · Tödliche Lektion (47650)

Jonathan Kellerman

Todesschmerz

Thriller

Aus dem amerikanischen Englisch
von Conny Lösch

GOLDMANN

Die amerikanische Originalausgabe erschien 2011
unter dem Titel »Mystery« bei Ballantine Books,
a division of Random House, Inc., New York.

MIX
Papier aus verantwortungsvollen Quellen
FSC® C014496

Verlagsgruppe Random House FSC-DEU-0100
Das für dieses Buch verwendete FSC®-zertifizierte Papier
München Super liefert Arctic Paper Mochenwangen GmbH.

1. Auflage
Deutsche Erstveröffentlichung Oktober 2012

Umschlaggestaltung: UNO Werbeagentur, München
Umschlagmotiv: Plainpicture / AWL
mb · Herstellung: Str
Satz: Uhl + Massopust, Aalen
Druck und Bindung: GGP Media GmbH, Pößneck
Made in Germany
ISBN 978-3-442-47784-5

www.goldmann-verlag.de

Für Kim Hovey

1

Wie ein Hochstapler auf der Flucht begräbt auch L. A. seine Vergangenheit. Vielleicht wurden deshalb keine Proteste laut, als das Urteil gefallen war und das Fauborg sterben musste.

Ich lebe in einer Stadt, in der nur eine Ware hergestellt wird: die reine Illusion. In diesem von beziehungsunfähigen Regisseuren regierten Paralleluniversum gelten flotte Dialoge als Kommunikation. Das Skalpell triumphiert über die Natur. Und Beständigkeit gilt als Todsünde, weil sie die Dreharbeiten verlangsamt.

Früher gab es in L. A. mehr viktorianische Häuser als in San Francisco, doch dann rollte die Abrissbirne an, und solide Handarbeit wich Dreißiger-Jahre-Bungalows, die wiederum von Fünfziger-Jahre-Dumpfbauten und später von Wohnschachteln ersetzt wurden, deren Wände selbst von Kleinkindern mühelos mit einer Faust durchstoßen werden konnten.

Denkmalschützer versuchten den Niedergang aufzuhalten, setzten sich dann aber doch lieber für Tankstellen und schäbige Motels ein. Geld wechselte den Besitzer, Bauvorschriften wurden umgangen, und Meisterwerke wie das Ambassador Hotel verschwanden wie Falten nach einer Botoxkur.

Zugegeben, das Fauborg war nicht das Ambassador, aber es hatte einen gewissen Charme mit seiner kolonialen Backsteinfassade, die sich über vier finstere Stockwerke zog. Es lag in einem ruhigen Abschnitt des Crescent Drive in Beverly Hills, zwischen einem Altenheim und einer chemischen Reinigung – nur wenige Gehminuten, aber ein gefühltes Universum von den Edelrestaurants am Canon Drive und dem Shopping-Wahn am Beverly und am Rodeo Drive entfernt. Und obwohl es nur in wenigen Reiseführern auftauchte, gehörte es doch zu den beliebtesten Hotels der Stadt.

Das Fauborg war 1949 von Marcel Jabotinsky, einem französischen Holocaust-Überlebenden, errichtet worden und den prachtvollen Bauten nachempfunden, die er aus den Hollywood-Filmen seiner Jugendzeit in Erinnerung hatte. Jabotinskys erste Gäste waren wie er Nachkriegsemigranten, die sich nach Ruhe und Frieden sehnten. Dasselbe Bedürfnis nach zwangloser Zurückgezogenheit einte seither die Klientel des Hotels, die sich aus vornehmen älteren Europäern und dem ein oder anderen gebildeten Amerikaner zusammensetzte, der bereit war, im Tausch gegen eine angenehm durchschlafene Nacht auf Glamour und Schick zu verzichten.

Ich kannte das Fauborg, weil ich dort gelegentlich was trinken ging. Die Lounge hinten war eher klein, düster und anspruchslos, mit dunklem Eichenholz getäfelt und mit französischen Landschaftsmalereien behangen. Aber der bucklige Achtzigjährige hinter dem Tresen mixte den besten Sidecar der Stadt, und Robin stand auf Sidecars. Eine ganze Reihe von Pianisten, größtenteils pensionierte Studiomusiker, bearbeiteten abwechselnd den großen schwarzen Steinway hinten links in der Ecke, störten dabei aber nie das angenehm plätschernde Stimmengewirr und das harmonische Klirren der Kristallgläser. Die Angestellten waren aufmerksam, ohne neugierig zu sein, die kleinen Speisen waren ganz ordentlich, und wenn man ging, hatte man das Gefühl, in die Zivilisation zurückzukehren.

Robin und ich verbrachten dort viele Sonntagabende in einer Ecke mit rissigen Ledersesseln, hielten Händchen, knabberten Käsecracker und inhalierten Gershwin.

Eines Samstagmorgens im Frühjahr lieferte Robin eine neue Gitarre bei einem alternden Rockstar in Beverly Hills ab und kam auf der Fahrt am Fauborg vorbei. Über der Tür hing ein Schild, auf dem stand:

MORGEN LETZTER ABEND
FEIERN – ODER TRAUERN – SIE MIT UNS.
DANKE FÜR DIE SCHÖNE ZEIT.
Familie Marcel Jabotinsky

Robin hätte sich nicht wundern müssen; vor einer Woche erst waren wir zu dem Thai-Restaurant gefahren, in dem es uns ein halbes Jahrzehnt lang gut geschmeckt hatte, nur um eine mit Maschendraht gesicherte Baugrube vorzufinden. Kurz davor war sie einer alten Highschool-Freundin begegnet und hatte diese gefragt, wie es ihrem Mann so ginge.

»Welchem?«

»Jeff.«

Die Frau hatte gelacht. »Jeff ist längst Geschichte, Süße. Cliff noch nicht ganz so lange, aber weg vom Fenster ist der auch.«

L. A. ist eine sehr schnelllebige Stadt.

Robin sagte: »Da bleibt einem nicht viel übrig, oder? Entweder man fügt sich dem Unausweichlichen, oder man riskiert, fürchterlich rührselig und sentimental zu werden.«

Wir saßen mit Blanche, unserer kleinen französischen Bulldogge, auf dem Wohnzimmersofa.

Ich sagte: »Mir ist beides recht.«

Sie zog eine ihrer Locken lang und ließ sie zurückfedern. »Ach, zum Teufel, ich werde nie wieder einen so guten Sidecar trinken, und außerdem ist es eine ausgezeichnete Gelegenheit, mal wieder ein schickes Kleid anzuziehen.«

»Dann gehe ich im Anzug.«

»Du gefällst mir im Anzug, Schatz. Aber keinen schwarzen. Lass uns so tun, als wär's keine Beerdigung.«

Wenn wir gewusst hätten …

2

Wir kamen um neun Uhr dort an. Das Licht, das nach draußen drang, wirkte gedämpft.

Der Crescent Drive war völlig ausgestorben, abgesehen von einem Mann mit einem Walkie-Talkie, der auf der Nordseite des Hotels an einer Parkuhr lehnte. Er war Mitte dreißig, groß, kräftig gebaut, hatte kurzes blondes Haar und warf uns einen Blick aus schmalen Sehschlitzen zu, bevor er sich wieder der Observierung der menschenleeren Straße widmete.

Sein schwarzer Anzug kaschierte seinen Bauchansatz nur notdürftig. Unter seiner Brusttasche war eine interessante Wölbung erkennbar, und ein Spiralkabel hing vom Ohr auf seinen Hemdkragen herunter.

Robin flüsterte: »Wenn hier jemand beschützt werden muss, wo sind dann die Paparazzi?«

Ich sagte: »Gute Frage. Sonst kommen die beim leisesten Verdacht auf einen Skandal angerauscht wie die Schmeißfliegen.«

»Manche Fliegen werden wie Haustiere gehalten. Ich hab mal eine Mandoline bei Bite abgeliefert und in seiner Küche gesessen, während sein Presseagent die Papparazzi anrief und ihnen mitteilte, wo der Star zum Lunch aufkreuzen würde.«

Aus irgendeinem Grund drehte ich mich noch mal zu dem Mann im schwarzen Anzug um. Sein Kopf schnellte herum, und er musterte den Gehweg; er hatte uns beobachtet. Trotz der gespielten Apathie wirkten seine Schultern verkrampft. Sein Profil war so starr wie die steinernen Präsidentenköpfe am Mount Rushmore.

Wir mussten wohl zu lange stehen geblieben sein, denn er drehte sich zu uns um und starrte uns jetzt unverhohlen an. Robin lächelte und schenkte ihm ein flatteriges Winken. Ihre Locken standen wild ab und strahlten kupfergrell im Mondlicht. Ihr enges, schwarzes Kleid wurde durch den Kontrast zu ihren roten Stöckelschuhen betont.

Robin sagte: »Ich glaube, ich hab meine Reize verloren.«

»Das ist ein Roboter.«

»Früher konnte ich gut mit Maschinen.«

Nach einem Stoß gegen die Messingtür, die in die Lobby des Fauborg führte, tauchten wir in ein rußschwarzes Halbdunkel ein, das den pflaumenfarbenen Teppichboden braun wie Erde wirken ließ. Alle Möbel waren verschwunden, und am Empfang saß niemand mehr. Graue Rechtecke an den Wänden ließen erkennen, wo früher Gemälde hingen.

Nur eins hatte sich nicht verändert: der vertraute Geruch nach Roastbeef, Putzmitteln und französischem Parfum.

Die steinalte Klimaanlage wummerte in unregelmäßigen Abständen, aber die Luft war trotzdem stickig, muffig und feucht.

Robin drückte meinen Arm. »War vielleicht doch eine blöde Idee.«

»Willst du lieber wieder gehen?«

»Und so schnell aufgeben? Von wegen.«

Die Hälfte aller Lichtquellen war bereits aus der Lounge entfernt worden. Der Raum glich einer Höhle. Als sich meine Augen daran gewöhnt hatten, konnte ich die dick gepolsterten Leder- und grün karierten Sitzmöbel erkennen. Auch hier waren die Bilder schon weg.

Ebenso der große schwarze Steinway mit dem riesigen Brandyglas fürs Trinkgeld. Blecherne Musik sickerte aus einem versteckten Lautsprecher in den Raum. Sanftes Radiogeplätscher. Als wir darauf warteten, einen Platz angewiesen zu bekommen, wurde Barry Manilow gerade von Werbung für eine Autoversicherung abgelöst.

Wie Fußgänger im Nebel nahmen allmählich die anderen Gäste Gestalt an. Eine Gruppe adretter Weißhaariger Mitte sechzig, die wohlbetucht aussahen, dann zwei Ehepaare in ihren Siebzigern, gut gekleidet, allem Anschein nach aus Europa, die Männer mit Krawattenschals.

Einzige Ausnahme unter den durchgängig reiferen Modellen: Zwei Tische von unserer angestammten Ecke entfernt saß eine junge Frau in Weiß, ganz alleine, und sah alle fünfzehn Sekunden auf die Uhr.

Niemand kam auf uns zu, um uns zu einem Tisch zu führen, und so machten wir es uns an einem verkratzten Tischchen bequem, von dem Nüsse, Blumen und Kerzen verschwunden waren.

Der Versicherungswerbespot lief immer noch. Gläserklirren von irgendwo hinter dem Tresen.

Aber es war nicht Gustav, der sich über das glänzend polierte Eichenholz beugte. Eine schlecht gelaunte, vollbusige Brünette, die aussah, als hätte sie sich nach vielen Jahren endlich vom Traum einer Filmkarriere verabschiedet, stand statt seiner dort und schielte auf einen Spickzettel, um einen stinknormalen Martini zu mixen. Gin mit einem Schuss Wermut aufzupeppen fand sie augenscheinlich unbegreiflich schwierig, und sie verzog angestrengt das Gesicht. Feuchte Spritzer auf der Tresenoberfläche bildeten kleine reflektierende Seen, da sie mit ihren nervösen Fingern ebenso viel Alkohol verkippte wie einschenkte. Sie holte tief Luft, fischte eine Olive aus dem Glas, schüttelte den Kopf und ließ sie wieder hineinfallen. Scheiß auf die Hygienevorschriften.

Ihr dritter Versuch, eine Zitronenspirale zu schneiden, war zumindest teilweise von Erfolg gekrönt, und sie übergab den Drink einem Kellner, den ich nie zuvor gesehen hatte. Er sah aus, als sei er noch gar nicht alt genug, um sich in einem Raum aufhalten zu dürfen, in dem Alkohol ausgeschenkt wurde. Der Typ hatte strähnige, spülwasserfarbene Haare und ein bartloses Kinn, unter das er eine gefährlich überdimensionierte Fliege gebunden hatte. Sein rotes Jackett war aus fadenscheiniger Baumwolle und geliehen, seine schwarze Hose drei Zentimeter zu kurz.

Weiße Socken.

Schwarze Tennisschuhe.

Ralph, jahrzehntelang Kellner im Fauborg, hatte nie etwas anderes als einen makellosen Smoking mit Schalkragen, einen karierten Kummerbund und kunstlederne Halbstiefel getragen.

Ralph war nirgends zu sehen, dasselbe galt für Marie, die in die Jahre gekommene Südstaaten-Schönheit, die sich bei Hochbetrieb die Schichten mit ihm teilte und beim Nachschenken kostenlos freche Sprüche dazuservierte.

Rotjacke brachte der jungen Frau in Weiß den Martini und setzte dabei so bedächtig einen Schritt vor den anderen wie ein fünfjähriger Ringträger bei einer Hochzeit. Als er sie erreichte, neigte sie ihren Kopf kokett und sagte etwas. Er eilte zurück zur Bar und kehrte mit drei Oliven und einer Perlzwiebel auf einer Untertasse zurück.

Mittlerweile lief die Vorankündigung für den neuesten Disneyfilm. Rotjacke blieb am Tisch der Frau stehen und plauderte, mit dem Rücken zu uns, noch ein wenig mit ihr. Sie war nicht viel älter als er, fünfundzwanzig vielleicht, ein süßes, ovales Gesicht und riesige Augen. Ein weißes Minikleid aus Seide, nackte, schlanke Beine in fersenlosen, silberfarbenen Pumps. Dazu schmiegte sich ein passender Seidenschal, cremeweiß wie frische Milch, um ihr Gesicht. Die Kopfbedeckung passte nicht zu dem knappen Kleidchen; oben Winter, unten Sommer.

Ihre nackten Arme waren glatt und blass, ihre Wimpern zu lang, um echt zu sein. Sie setzte sie wirkungsvoll beim Kellner ein.

Diamanten funkelten an der Uhr an ihrem rechten Handgelenk, auf die sie erneut blickte. Der Kellner machte keinerlei Anstalten zu gehen, als sie etwas aus einer weißen Clutch zog: eine Zigarettenspitze aus Elfenbein, die sie langsam zwischen ihren schlanken Fingern hin und her bewegte.

Robin meinte: »Da macht wohl jemand auf Audrey Hepburn.«

Das Mädchen schlug die Beine übereinander, und das Kleid rutschte ihr fast bis zum Schritt hoch. Sie versuchte nicht, es glatt zu ziehen.

Ich erwiderte: »Audrey war dezenter.«

»Dann eben eine andere aus der Zeit. Hey, vielleicht ist sie's ja, die unser Mann in Schwarz draußen bewacht.«

Ich sah mich um. »Kann niemanden entdecken, der sonst in Frage käme.«

»So hübsch und ganz alleine?«

»Sie wartet auf jemanden«, behauptete ich. »Sie guckt jetzt schon zum fünften Mal auf die Uhr.«

»Vielleicht hab ich deshalb an Audrey gedacht. *Ein Herz und eine Krone*, die arme kleine Prinzessin, ganz auf sich gestellt.« Sie lachte und schmiegte sich an mich. »Wenn uns einer zuhört … Kaum haben wir mal ein bisschen Zeit für uns, mischen wir uns auch schon in anderer Leute Angelegenheiten ein.«

Das Mädchen zog eine Zigarette heraus, steckte sie in die

Spitze und leckte das Mundstück aus Elfenbein an, bevor sie es sich zwischen die Lippen schob und den Kellner gequält anlächelte.

Er fingerte in seinen Taschen herum, schüttelte aber den Kopf. Aus ihrer Clutch kam ein Feuerzeug, ebenfalls aus Elfenbein, das sie ihm hinhielt. Dann gab er ihr damit Feuer. Gierig sog sie den Rauch ein.

In kalifornischen Kneipen herrscht seit Jahren Rauchverbot, doch niemand protestierte, als das Mädchen in Weiß blauen Dunst produzierte. Einen Augenblick später blies noch jemand auf der anderen Seite des Raums Nikotinqualm in die Luft. Dann tauchten zwei weitere orangefarbene Punkte auf. Dann vier.

Schon bald war der Raum verräuchert und dadurch seltsamerweise sehr viel angenehmer. Die Werbung war vorbei. Die Musik setzte wieder ein. Eine Coverversion des Roberta-Flack-Hits »Killing me softly with his song«.

Robin und ich wurden bereits seit knapp zehn Minuten ignoriert, während Rotjacke bei dem Mädchen in Weiß stand. Als sie sich von ihm abwandte und auf ihren Martini konzentrierte, kehrte er an den Tresen zurück und plauderte mit der verpeilten Brünetten.

Robin lachte. »Ich hab *definitiv* meine Reize verloren.«

»Willst du gehen?«

»Und meine Chance vertun, doch noch an Lungenkrebs zu erkranken? Auf keinen Fall.«

»Okay, ich setze Surfer Joe ins Bild.«

»Aber ganz sachte, Darling. Die Pubertät macht ihm noch zu schaffen.«

Als ich aufstand, sagte die Barfrau etwas zu Rotjacke, er drehte sich um und machte: »Oh.«

Grinsend kam er mir entgegen. »Hey. Sind Sie gerade gekommen?«

Robin sagte: »Vor wenigen Sekunden.«

»Schön … äh … also … willkommen im Fowlburg. Ich heiße Neil. Kann ich euch was holen?«

»Sie dürfen uns einen Sidecar on the rocks mit Zuckerrand und einen Chivas pur mit extra Wasser ›holen‹.«

»Einen Sidecar«, sagte er. »Das ist ein Getränk, stimmt's? Ich meine, kein Sandwich. Weil die Küche nämlich im Prinzip schon zu hat und wir nur Nüsse und Cracker haben.«

»Das ist ein Getränk«, sagte ich. »Sind noch Wasabierbsen da?«

»Gemüse gibt's bei uns gar nicht.«

»Das ist was zum Knabbern. Erbsen mit Wasabi überzogen.«

Verständnisloser Blick.

Trotz Robins sanftem Ellbogenknuff in meine Rippen sagte ich: »Wasabi ist der grüne Meerrettich, den man aufs Sushi macht.«

»Oh«, sagte er. »Sushi haben wir auch nicht.«

»Wir nehmen einfach das, was Sie haben.«

»Ich glaube, wir haben Mandeln.« Er malte Häkchen mit dem Finger in die Luft. »Okay, dann also einen Champagner und einen … Sidecar.«

»Einen Sidecar und einen Chivas«, sagte ich. »Das ist ein Blended Whiskey.«

»Ach so, na klar.« Er schlug sich mit der Hand auf die Stirn. »Ich mach das zum ersten Mal.«

»Ach was, im Ernst?«

Robin trat mir ans Schienbein.

»Ein Sidecar«, sagte er und wiederholte es noch mal nuschelnd. »Die von der Zeitarbeitsagentur haben gestern angerufen und gemeint, da würde so ein Laden zumachen und ich müsste mich in fünf Stunden hier melden, wenn ich den Job haben wollte. Ich hab sonst immer in kleinen Läden gearbeitet, wo kein Alkohol ausgeschenkt wird.«

»McDonald's?«, fragte ich.

Weitere Tritte.

»Auch, am Anfang«, gab Neil zu. »Dann war ich zwei Jahre bei Marie Callender's.« Grins. »Kuchen, so viel, wie man essen kann. Mann, ich bin vielleicht fett geworden. Danach bin ich bei einer Zeitarbeitsagentur untergekommen, und die hat mich heute hergeschickt. Schade, ist bloß für einen Abend. Der alte Kasten ist eigentlich ganz cool.«

»Das ist er. Echt schade, dass er abgerissen wird.«

»Ja … aber so ist es nun mal, oder? All der alte Kram verschwindet.«

»Wir nehmen dann die Drinks. Und die Mandeln, wenn's welche gibt.«

»Als ich das letzte Mal nachgesehen hab, waren noch welche da, aber man weiß ja nie.«

Als er sich zum Gehen umdrehte, setzte das Mädchen in Weiß eine übergroße, goldumrandete Sonnenbrille auf, deren Gläser so dunkel waren, dass sie damit in der Bar garantiert nichts sehen konnte. Sie zog an ihrer Zigarette, drehte die Spitze zwischen zwei Fingern, streckte ihre Fohlenbeine aus und fuhr sich mit einem Finger am glatten, sanften Kinn entlang. Dann leckte sie sich über die Lippen.

Rotjacke beobachtete sie gebannt.

Robin sagte: »Sie ist wunderschön, Neil.«

Er schnellte herum. »Sie auch, Ma'am. Äh … oh, Mann, tut mir leid, das hat gerade komisch geklungen. Tut mir leid.«

Robin berührte seine Hand. »Machen Sie sich keine Sorgen, mein Lieber.«

»Äh, ich hole besser mal die Getränke.«

Als er weg war, sagte ich: »Siehst du, du hast nichts von deiner Wirkung eingebüßt.«

»Wahrscheinlich erinnere ich ihn an seine Mutter.«

Ich summte: »Mrs Robinson.« Woraufhin sie mich noch

einmal fester trat. Aber es tat nicht weh. So kompliziert ist unsere Beziehung dann doch nicht.

3

Der Sidecar entpuppte sich als Screwdriver, der Chivas war Whiskeymatsch, der Alkohol ersoff in Crushed Ice.

Wir lachten, ich warf ein paar Scheine auf den Tisch, und wir standen auf, um zu gehen. Auf der anderen Seite des Raums hob Neil die Hände und zuckte die Schultern. *Was kann ich dafür?* sollte das heißen. Ich tat, als hätte ich es nicht gesehen.

Als wir an Schneewittchen vorbeigingen, traf ihr Blick meinen. Große, dunkle, feuchte Augen. Nicht verführerisch.

Quollen sie vor Tränen über? Ihre Unterlippe fiel herunter, dann machte sie den Mund zu. Sie wich meinem Blick aus und rauchte unbeirrt weiter.

Plötzlich wirkte ihre Aufmachung traurig, als wäre alles nur eine Kostümierung.

Neil brach sich fast ein Bein, um uns schnell die Rechnung zu bringen, doch als er das Geld auf dem Tisch sah, machte er einen Umweg an Schneewittchen vorbei.

Sie schüttelte den Kopf, und er zog wieder ab.

Werbung für ökologisch einwandfreies Waschmittel dröhnte durch den verrauchten Raum.

Als wir wieder draußen standen, war der Mann in Schwarz verschwunden.

Robin sagte: »Schätze, wir haben uns geirrt und Schneewittchen ist doch nicht sein Schützling.«

»Schätze, wir haben uns auch sonst geirrt. Wir hätten diesen letzten Ausflug auf die *Titanic* nicht unternehmen sollen. Komm, wir gehen woanders hin und retten den Abend.«

Auf dem Weg zu meinem Cadillac Seville hakte sie sich bei mir unter. »Rettung nicht nötig. Ich hab dich, du hast mich, und trotz ihrer Mörderbeine hat die Kleine niemanden. Aber zwei anständige Drinks wären schon schön. Mal sehen, wie sich der Abend entwickelt.«

»Du machst es spannend«, sagte ich.

Sie wuschelte mir durchs Haar. »Nicht wirklich, du weißt ja, wie's ausgeht.«

Am nächsten Morgen wachte ich um sechs Uhr auf und fand Robin am Küchenfenster, wo sie ihren Kaffeebecher auswusch und die Kiefern und Ahornbäume betrachtete, die unser Grundstück auf der Ostseite begrenzten. Rosafarbene und graue Himmelsflecken blitzten durchs Grün; eine ungeheuer satte Farbe, fast schon grell. Der Sonnenaufgang in Beverly Glen kann herrlich sein.

Wir gingen eine Stunde mit Blanche raus, dann verdrückte Robin sich in ihr Atelier, und ich schrieb einige Gutachten für Sorgerechtsverfahren vor Gericht. Am Mittag war ich damit fertig und mailte den verschiedenen Richtern meine Empfehlungen. Der eine oder andere würde sich wahrscheinlich daran orientieren. Als ich die Ausdrucke in eine Schublade legte und diese verschloss, klingelte es an der Tür.

Die Melodie von »Shave and a haircut, two bits« ertönte, gefolgt von drei weiteren, ungeduldigen Klingeltönen.

Ich trottete ins Wohnzimmer. »Hey, Mann. Ist offen.«

Milo stieß die Tür auf und stapfte herein, schlenkerte seine abgewetzte, olivfarbene Aktentasche, als wollte er sie davonschleudern. »Treten Sie ein, Mr Manson, und halten Sie Mr Night Stalker gleich noch die Tür auf.«

»Morgen.«

»In all den Jahren ist es mir nicht gelungen, dich davon zu

überzeugen, dass es wichtig ist, sich an ganz normale Vorsichtsmaßnahmen zu halten.«

»Ich hab ja dich.«

»Das und eine Uzi nutzen dir überhaupt nichts, wenn du die Regeln der Vernunft missachtest.« Er marschierte an mir vorbei. »Wo ist der Köter?«

»Bei Robin.«

»Wär ich an seiner Stelle auch.«

Mein bester Freund ist schwul und Lieutenant bei der Mordkommission des LAPD – und seine sozialen Kompetenzen sind durchaus verbesserungsbedürftig. Seit Jahren schon besitzt er einen Schlüssel für unsere Haustür, weigert sich aber, ihn zu benutzen, es sei denn, Robin und ich sind auf Reisen.

Als ich in die Küche kam, hatte er bereits einen Laib Roggenbrot, ein Glas Erdbeermarmelade, einen Riesenpack Orangensaft und das Endstück eines vier Tage alten Roastbeefs an sich genommen.

Ich sagte: »Hey, Kinder, Fleisch und Marmelade, das ist die neue Geschmackssensation.«

Er warf seine graue Regenjacke ab, lockerte seine Krawatte in der Farbe zermanschter Erbsen und schob seine Wampe hinter den Tisch. »Die erste knifflige Frage des Tages: Kohlenhydrate oder Proteine. Ich bin für beides.«

Während er sich eine ungekämmte Strähne seines schwarzen Haars von der breiten Stirn strich, starrte er weiterhin das Essen an. Seine strahlend grünen Augen wirkten matter als sonst. Wo ihn das Licht unvorteilhaft traf, verwandelte es seine aknenarbige Blässe in einen Farbton, den kein Maler je hätte mischen können.

Ich fragte: »Lange Nacht gehabt?«

»Die Nacht war wunderbar, der verfluchte Morgen hat mir die Laune verdorben. Vier Uhr früh, warum können sich die Leute nicht zu zivilen Zeiten erschießen lassen?«

»Leute? Gab es gleich mehrere Opfer?«

Statt einer Antwort verschmierte er Marmeladehaufen auf drei Scheiben Brot, kaute das erste Stück langsam und verputzte dann den Rest. Anschließend öffnete er den Orangensaft, linste in die Packung und nuschelte: »Nicht mehr viel drin.« Dann leerte er den Behälter.

Er betrachtete das Roastbeef, schnitt es in kleine Würfel und steckte sich diese, einen nach dem anderen, wie Fleischpralinen in den Mund. »Hast du noch was von dieser scharfen Mayo?«

Ich holte die Aioli aus dem Kühlschrank. Er dippte, kaute, wischte sich den Mund, schnaubte und atmete aus.

Ich fragte: »Männer oder Frauen?«

»Eine Leiche, weiblich.« Er zerdrückte den Saftbehälter zu einem platten Wachspapierpfannkuchen, den er wie ein Akkordeon auseinanderzog und wieder zusammenpresste.

Nach einem weiteren Dutzend Fleischstückchen sagte er: »Weiblich und, ihrer Figur nach zu urteilen, jung. Andererseits sind wir hier in L. A., vielleicht hat sie die Spannkraft ja auch den Vorzügen der plastischen Chirurgie zu verdanken, erst mal sehen, was die Gerichtsmedizin sagt. Keine Handtasche und kein Ausweis; dem Blut nach zu urteilen, wurde sie direkt am Fundort getötet. Keine Reifenspuren oder Fußabdrücke. Kein Schmuck, aber ihre Klamotten sahen teuer aus. Irgendein Designer, von dem ich noch nie was gehört habe. Patrice Lerange. Klingelt da was bei dir?«

Ich schüttelte den Kopf. »Raubmord?«

»Sieht so aus. Sie hatte auch schicke Unterwäsche, Seidenspitze – Angelo Scuzzi, Mailand. Vielleicht ist sie Europäerin, eine arme Touristin, der aufgelauert wurde. Die Schuhe waren von Manolo Blahnik, von dem hab ich immerhin schon mal gehört.«

Er kaute heftig, sein Kiefer arbeitete. »Sieht aus, als hätten wir's mit zwei Tätern zu tun. Die Pathologin hat Schrotkugeln und Schusspflaster in der Wunde gefunden. Außerdem lag eine .45er Patronenhülse auf dem Boden. Und eine Kugel hinter der Leiche. Genau dort, wo man sie erwarten würde, nachdem ihr damit der Schädel weggeblasen wurde.«

Er aß noch mehr Roastbeef, begutachtete ein noch blutiges Stück und legte es beiseite.

»Die schlimmsten Verletzungen finden sich im Gesicht, auch die Brust hat eine Ladung Schrot abgekriegt. Die Hände blieben unversehrt, deshalb bin ich nicht sicher, ob das mit dem Gesicht dazu diente, ihre Identität zu verschleiern, oder ob es einfach nur schlichter Bösartigkeit zu verdanken war.«

»Geld her, oder ich schieße«, sagte ich. »Wobei, wenn ich's mir richtig überlege, dann knalle ich dich sowieso ab.«

»Verfluchte Bestien … ich weiß, dass Gesichtsverletzungen darauf hinweisen können, dass es was Persönliches war, aber hier könnte es sich auch einfach um ein richtig fieses Arschloch handeln. Nachts in Hollywood rennen überall diese abgedrehten Europäer rum, weil sie glauben, sie würden einem Filmstar begegnen. Wenn sie Touristin war, dann ist sie vielleicht einfach nur ins falsche Viertel spaziert.«

»Wo hat man sie denn gefunden?«

»Palisades, keine anderthalb Kilometer vom Topanga State Park entfernt. Hätten die Schurken Rücksicht genommen, wär's jetzt das Problem des Sheriffs.«

»Das ist weit entfernt von den falschen Vierteln. Außerdem muss teure Kleidung noch lange nicht heißen, dass sie eine naive Touristin war. Vielleicht wurde ihr auf dem Strip aufgelauert. Oder auf der Westside.«

»Von wo auch immer sie losgezogen ist, zum Schluss ist sie weit weg von den schicken Läden gelandet. Ich spreche von Bergen, Schluchten, weiter Ebene. Wenig Verkehr. Vielleicht ging's genau darum. Sie lag direkt an der Straße, an einer Stelle, wo es nicht so steil bergab geht. Ich stelle mir vor, dass die Typen sie aus dem Wagen geholt, ihr sämtliche Wertsachen abgenommen und dann abgedrückt haben.«

»Kugeln und Schrot.«

»Alles ins Gesicht. Fast wie eine Hinrichtung.«

»Wer hat sie gefunden?«

»Ein neunundachtzigjähriger unitarischer Pastor im Ruhestand, der Fossilien suchen wollte.«

»Fossilien? Um vier Uhr morgens?«

»Viertel nach drei, um genau zu sein. Er geht gerne los, wenn kein Verkehr ist, nimmt eine Taschenlampe mit und lässt sich Zeit. Das Einzige, was er dann sieht, sind Tiere – Waschbären, Hasen, Coyoten –, und die haben nichts übrig für Archäologie. Vor Millionen von Jahren stand die ganze Gegend unter Wasser, und er findet immer noch Zeug, hat er erzählt. In seinem Sack hatte er zwei spiralförmige Muscheln und ein paar zu Tode erschrockene Schnecken.«

»Aber keine Flinte und keine .45er.«

»Schön wär's gewesen. Nein, der ist rechtschaffen, Alex, völlig verstört. Musste einen Krankenwagen anfordern, nur für den Fall, dass sein Herz nicht mehr mitmacht.« Er klopfte auf den Tisch, wischte sich mit einer Hand übers Gesicht, als wollte er sich ohne Wasser waschen. »Eine Meile weiter südlich, und es hätte die Kollegen aus dem Schlaf gerissen.«

»Wovon hast du geträumt?«

»Davon, dass ich nicht um vier Uhr früh aus dem Schlaf gerissen werde.«

»Du hast dich in letzter Zeit schon ein bisschen gelangweilt.«

»Einen Scheiß hab ich. Das war buddhistische Gelassenheit.«

Er aß noch mehr Roastbeef mit dick Aioli drauf.

»Scharf.«

»Also, was kann ich für dich tun?«

»Wer sagt, dass du was für mich tun kannst? Ich wollte den Hund besuchen.« Er griff in die Tasche seiner Windjacke und zog einen Plastikknochen heraus. »Ist der okay für sie?«

»Ihr sind getrüffelte Rippchen vom Elch lieber, aber eine kleine Kostprobe vom Plastikknochen kann nicht schaden. Sie ist hinten bei Robin. Ich muss mich noch um meine Post kümmern.«

»Hast du schon gefrühstückt?«

»Nur Kaffee.«

Er warf seine Aktentasche in hohem Bogen auf den Tisch, klappte sie auf, zog sein Handy heraus und lud das Display voll mit Thumbnails. Ein Bild vergrößerte er und reichte mir das Telefon. »Wenn kein Frühstück drin ist, kann auch keins wieder rauskommen.«

Die Leiche lag auf dem Gesicht, feingliedrig sogar noch im Tod.

Wind oder Gewalt hatten den Saum ihres Kleids fast bis zum Schritt hinaufwandern lassen, aber die Beine waren nicht gespreizt, es gab keinerlei Anzeichen für eine Vergewaltigung.

Kurzes Kleid. Weich fließende weiße Seide.

Ebenso der mit Blut bespritzte weiße Schal, der umhüllte, was mal ein Gesicht gewesen war. Ein einzelner fersenfreier, silberfarbener Schuh befand sich noch da, wo er hingehörte.

Statt eines Gesichts gab es jetzt nur noch zermatschtes Entsetzen.

Milo sagte: »Du hast gerade eine richtig schlimme Farbe bekommen. Tut mir leid.«

»Hast du eine Ahnung, um wie viel Uhr sie getötet wurde?«

»Zwischen Mitternacht und vier Uhr, der Alte war um Viertel nach drei da, das schränkt es ein.«

»Ich hab sie von neun bis halb zehn gesehen. Sie war jung – ungefähr fünfundzwanzig, sie saß drei Meter von

Robin und mir entfernt. Außerordentlich hübsch, große dunkle Augen, nur über ihre Haare kann ich dir nichts sagen, weil sie komplett von dem Seidenschal bedeckt waren. Sie hat eine Armbanduhr mit Diamanten getragen, eine weiße Clutch aus Seide dabeigehabt, eine Zigarette mit einer Elfenbeinspitze geraucht und ein dazu passendes Feuerzeug benutzt. Nach ein paar Minuten hat sie eine mit Strasssteinen besetzte Sonnenbrille aufgestetzt. Sie schien auf jemanden zu warten. Ihr Verhalten hatte etwas Theatralisches. Robin fand, sie mache auf Audrey Hepburn. Aber du musst ihr die Bilder nicht zeigen.«

Er holte tief Luft, legte die Hände flach auf den Tisch. »Wo. War. Das?«

Ich erzählte ihm vom letzten Abend im Fauborg.

»Abgesang auf ein Hotel«, sagte er. »Und auf sie gleich mit. Oh, Mann … also hat sie vielleicht dort übernachtet, und ich kann einen Namen aus der Kartei bekommen.«

»Viel Glück, aber ich glaube kaum. An der Rezeption hat niemand mehr gearbeitet, und der ganze Laden wirkte ausgeräumt.«

»Jemand wird doch noch die Unterlagen haben.« Er kratzte sich seitlich an der Nase. Ein Schweißfleck wurde auf dem Tisch sichtbar, dort wo seine Pranke gelegen hatte. »Das ist seltsam, Alex.«

»Nach all den Fällen, die wir gemeinsam bearbeitet haben, war's vielleicht einfach mal an der Zeit.«

»Hast du sonst noch was zu sagen?«

»Draußen stand ein Typ, der irgendwie nach Geheimdienst aussah – schwarzer Anzug, weißes Hemd, schwarze Krawatte und ein Funkgerät, das man für eine versteckte Waffe halten konnte. Robin und ich sind davon ausgegangen, dass er wegen ihr da war, weil sonst niemand in der Bar den Eindruck machte, als müsse er oder sie beschützt werden.«

»Wieso habt ihr gedacht, dass sie einen solchen Eindruck macht?«

»Dachten wir ja gar nicht, aber bei ihr schien es noch am wahrscheinlichsten. Sie hat nicht unbedingt Verletzlichkeit ausgestrahlt – oder doch. Jedenfalls sah sie aus, als wäre sie berühmt, obwohl wir beide nichts mit dem Gesicht anzufangen wussten. Sie hat in einem fort auf die Uhr gesehen, aber als wir gingen, war immer noch niemand aufgetaucht. Der Kerl im schwarzen Anzug war auch weg, also hatte er vielleicht doch nichts mit ihr zu tun.«

Er zog seinen Notizblock aus der Tasche. »Wie hat der Mann ausgesehen?«

Ich erzählte es ihm, und er schrieb mit. »Der Kellner könnte wissen, ob noch jemand gekommen ist. Er hat ihr ziemlich viel Aufmerksamkeit geschenkt. Eine Aushilfe namens Neil. Sie hat mit ihm geflirtet, und er ist drauf angesprungen.«

»Wann haben die zugemacht?«

»Ich weiß es nicht. Fragst du dich, ob beide bis zum Schluss da waren und er versucht hat, sie abzuschleppen?«

»Ihre Klamotten und ihre Uhr hätten ihm klarmachen müssen, dass sie nicht in seiner Liga spielte, aber manche Typen sind unbelehrbar. Ich will eine ausführliche Beschreibung von dem Mann.«

4

Tote beantworten keine Fragen. Manchmal gilt das auch für bankrotte Unternehmen.

Milos Versuche, den ehemaligen Eigentümern des Fauborg Informationen zu entlocken, erwiesen sich als fruchtlos. Marcel Jabotinskys Erben hatten sich nach Zürich, New York,

London und Boulder, Colorado, zurückgezogen. Das Hotel stand schon seit zwei Monaten leer, die meisten Einrichtungsgegenstände waren bei einer Auktion versteigert und sämtliche Unterlagen vernichtet worden. Niemand wusste etwas über die Aushilfen, die am letzten Abend in der Bar gearbeitet hatten.

Eine Verwandte in Colorado war der Meinung, ihre Cousine in Scarsdale habe den Abschlussabend organisiert. Die Frau leugnete jegliche Beteiligung, glaubte jedoch, ein Onkel in der Schweiz habe einen Event-Manager engagiert.

»Reine Geldverschwendung, wenn Sie mich fragen, aber Hermann ist senil und sentimental.«

Hermann ging nicht ans Telefon. Anrufe bei ortsansässigen Event-Managern ergaben nichts.

Ich sagte: »Neil meinte, er habe den Job über eine Zeitarbeitsfirma bekommen.«

Auf der Westside gab es jede Menge davon. Bei Brite-Quick, der zwölften Firma, die Milo anrief, bestätigte ein Mitarbeiter, auf Bitte von Madame Estelle Jabotinsky in der Park Avenue zwei Leute ins Fauborg geschickt zu haben.

»Sie klang ziemlich alt«, sagte der Geschäftsführer. »Wenn ich mich richtig erinnere, sollte der Typ geehrt werden, der das Hotel gebaut hat, oder so. Aber sie wollte nichts ausgeben, und mehr als zwei Leute waren nicht drin.«

»Kann ich bitte die beiden Namen haben?«

»Haben sie was ausgefressen?«

»Überhaupt nicht.«

»Ich möchte betonen«, sagte der Geschäftsführer, »dass wir unsere Mitarbeiter genau überprüfen, sie werden komplett durchleuchtet.«

»Das ist schön. Die Namen?«

Sherree Desmond, 43, Barfrau, Adresse in Mount Washington.

Nelson Neil Mutter, 22, Kellner, Gower Street, Hollywood.

Beide ohne Vorstrafen. Sherree hatte anscheinend keine Lust, Strafzettel zu bezahlen. Nelson, dem Neil lieber war, hatte gerade seinen Führerschein umschreiben lassen. Sein alter stammte von der Straßenverkehrsbehörde in Nebraska.

Aus Nebraska hieß es, Mutter fahre Auto, seitdem er sechzehn sei, und habe sich nichts zuschulden kommen lassen.

»Ein vorsichtiger Fahrer«, sagte Milo. »Wenn man bedenkt, wie ihr Gesicht aussah, muss das nichts heißen.«

Wir fuhren zu Mutters Adresse in der Gower Street. Das Gebäude nahm ein Drittel des Straßenabschnitts ein, erhob sich über fünf schmutzig weiße Stockwerke und warf Schatten auf die Nachbarhäuser. Ein nicht mehr ganz neuer Neubau, der bereits völlig heruntergekommen wirkte. Unter den Fenstern fanden sich Regenstriemen, und an den Ecken bröckelte der Putz. Topfpflanzen, Satelitenschüsseln und allerhand Gerümpel türmten sich auf den schmalen Balkonen. Fast hundert Einheiten hinter einer stählernen Sicherheitstür. Da die Namen nicht alphabetisch sortiert waren, dauerte es eine Weile, *Mutter N.* unter den vielen Klingeln zu finden.

Wohnung 105, gemeinsam mit *Adams, T.,* und *LaScola, B.*

Durch die Tür sah man einen schmalen Eingangsbereich und einen Fahrstuhl mit roter Tür. Eine weibliche Stimme meldete sich auf Milos Klingeln hin. »Ja?«

»Nelson Mutter, bitte.«

»Tut mir leid, der ist nicht da.«

»Hier ist Lieutenant Sturgis, L. A. Police. Haben Sie eine Ahnung, wann er zurückkommt?«

»Alles klar mit Neil?«

»Soweit ich weiß schon, Ma'am. Ich muss ihn sprechen. Wo ist er?«

»Äh … ich glaube, er ist zum Supermarkt, was zu trinken kaufen. Oder so.«

»Sind Sie seine Mitbewohnerin?«

»Eine davon.«

»Würden Sie einen Augenblick runterkommen? Oder uns reinlassen?«

Ein Moment verstrich. »Ich komme runter.«

Das Mädchen war schwarz, sah umwerfend aus, hatte graue Scheinwerferaugen, aprikosenfarbene Korkenzieherlocken und einen schlanken Körper, der in einem scharfen, pinkfarbenen Gymnastikanzug steckte. Ein Schweißband direkt unter dem Haaransatz. Schweiß perlte auf ihrer niedlichen kleinen Knopfnase. Die Armmuskeln glänzten.

Milo ließ sein Dienstabzeichen aufblitzen, und sie öffnete die Tür.

»Danke«, sagte er, »Miss …«

»Tasha Adams. Eigentlich kenne ich Neil gar nicht, wir wohnen nur zusammen.« Keine Spur von Ironie.

»Wie lange schon?«

»Etwas über zwei Monate. Ist eine Zweizimmerwohnung. Brenda – meine Freundin – und ich teilen uns ein Zimmer, Neil schläft auf dem Bettsofa im Wohnzimmer. Wir berechnen ihm kein ganzes Drittel. Er ist wirklich ordentlich, deshalb ist das okay.«

»Wie sind Sie an ihn geraten?«

»Craigslist«, sagte Tasha Adams, als sei jede andere Methode völlig überholt. »Brenda und ich sind Tänzerinnen, wir sind aus Chicago gekommen, um für *Rock On* vorzutanzen. Die haben uns genommen, aber dann wurde die Show schon während der Preproduction abgesetzt, und wir hatten schon den Mietvertrag unterschrieben und wollten trotzdem versuchen, irgendwo einen Fuß in die Tür zu bekommen. Brenda hat einen Job als Ballettlehrerin für Kinder, und ich lebe von dem, was ich letztes Jahr mit dem Unterricht in Modern Dance verdient habe. Neil zahlt pünktlich und kümmert sich um seinen eigenen Kram. Warum wollen Sie ihn sprechen?«

»Wegen eines Aushilfsjobs gestern Abend.«

»Das Hotel.«

»Hat er Ihnen davon erzählt.«

»Er meinte, er hätte endlich einen Job durch die Zeitarbeitsfirma bekommen, allerdings nur für einen Abend. Vielleicht würde er doch wieder zu McDonald's oder so müssen.«

»Wann hat er heute Morgen die Wohnung verlassen?«

»Hmm«, sagte Tasha Adams. »Wahrscheinlich so vor vierzig Minuten?«

»Und er wollte zum Supermarkt.«

»Da kauft er normalerweise seine Getränke.«

»Bier?«

»Nein, Mineralwasser. Neil ist eingefleischter Antialkoholiker.«

»Um wie viel Uhr ist er gestern Nacht nach Hause gekommen?«

»Ich würde sagen … um elf?«

»Kann es auch später gewesen sein?«, fragte Milo.

»Hmm. Eigentlich war's sogar früher … ja, ganz sicher, *Teen Cribs* lief noch – war aber fast zu Ende. Also kurz vor elf.«

Milo machte sich Notizen.

»Gibt's da was, das Sie mir sagen sollten?«, fragte Tasha Adams. »Immerhin wohnt er bei uns.«

»Ein Hotelgast ist gestern Abend in Schwierigkeiten geraten, Tasha. Neil ist nicht tatverdächtig, wir holen nur Informationen ein.«

»Schwierigkeiten?«, fragte sie. »Was für Schwierigkeiten – oh, da ist er ja. Hey, Neil, die beiden Herren wollen mit dir sprechen. Sind von der Polizei.«

Nelson Mutter in T-Shirt, Schlabbershorts und Flip-Flops blieb abrupt stehen. Er musterte erst Milo, dann mich. Machte: »Hä?« In einer Hand hielt er einen Plastikbecher mit Dodgers-Aufdruck, der einer ganzen Wellensittichfamilie als Badewanne hätte dienen können.

Milo winkte ihn zu uns, gab ihm die Hand. »Neil? Lieutenant Sturgis.«

Der junge Mann sah ihn unverwandt an.

Ich sagte: »Schön, Sie wiederzusehen, Neil.«

»Chi-Vash«, sagte er, als würde er gerade eine abgespeicherte Datei auf einem störrischen Computer herunterladen. »Mit viel Eis. Sie sind von der Polizei?«

»Ich arbeite für die Polizei.«

Tasha Adams sagte: »Es geht um deinen Job gestern Abend, Neil.«

»Hä?«

»Kommen Sie, wir gehen rein«, sagte Milo.

Wie angekündigt war Mutters persönliche Ecke – so klein sie auch war – makellos. Das Bettsofa war zusammengeklappt und drei Blumenmusterkissen darauf drapiert. Sein weltlicher Besitz passte in zwei Reisetaschen, die links von der Couch standen. Ein Blick ins andere Zimmer offenbarte wildes Mädchenchaos.

Milo sagte: »Ich will Sie nicht vertreiben, Tasha, aber wir müssen mit Neil alleine sprechen.«

»Oh, okay.« Schmollend ging sie in ihr Zimmer, ließ aber die Tür offen. Milo zog sie zu und bedeutete dem Jungen, sich aufs Sofa zu setzen.

»Machen Sie es sich bequem, Neil.«

»Kann mir vielleicht mal jemand sagen, was hier los ist?« Er hatte die Frage an mich gerichtet.

Milo sagte: »Setzen Sie sich bitte.« Und als Mutter tat, wie ihm geheißen, ließ er sich neben ihm nieder. »Gestern Abend haben Sie eine Frau in einem weißen Kleid bedient …«

»Die Prinzessin«, begann Mutter und wurde dunkelrot. »Ich meine, so hab ich sie genannt. Ich meine, in meinem Kopf, hab's nicht laut gesagt.« Zu mir: »Sie verstehen das, oder? Sie war doch irgendwie eine Prinzessin.«

Ich sagte: »Ja, na klar.«

»Ja. Sie hat auch wie eine geredet – haben Sie sie reden hören?«

»Hab ich nicht.«

»Genau so wie Prinzessin Diana. Oder so jemand.«

»Britisch?«

»Total. *Nun guhut. Ja, natüüüürlich. Oliiiiven, bittö.* Die hatte Klasse, wissen Sie? Ich konnte kaum glauben, dass sie versetzt wurde, wo sie doch so viel Klasse hatte.«

Ich fragte: »Hat sie Ihnen das gesagt, dass sie versetzt wurde?«

»Nein, das nicht«, meinte er, »aber sie hat immer wieder auf die Uhr geguckt, und es ist keiner gekommen. Warum versetzt jemand eine, die so scharf aussieht und so viel Klasse hat?«

»Die Uhr hat ganz schön was hergemacht«, bemerkte ich.

»Oh, Mann. Ein echter Klunker. Alles in Ordnung mit der Prinzessin?«

»Hat sie Ihnen gesagt, wie sie heißt?«

»Nein.«

»Hat sie mit Kreditkarte bezahlt?«

»Nein, bar.« Er kniff sich in die Oberlippe. Seine dreckigen Fingernägel waren abgekaut.

»Wie viele Drinks hat sie bestellt?«

»Nur zwei. Hendrick's Martini, Lemon-Twist, *Oliiiiven* extra – außerdem noch so eine kleine Zwiebel. Nur hatten wir keinen Hendrick's, deshalb hab ich sie gefragt, ob Gilbey's auch okay ist, und sie meinte *selbstverstähhhndlich.*« Er wiederholte das Wort und zog es absichtlich in die Länge. »Warum fragt ihr nach ihr?«

»Es ist ihr etwas zugestoßen, Neil«, sagte Milo.

»Wurde sie überfallen?«, fragte Mutter. »O Mann, die Uhr? Was ist mit ihrer Sonnenbrille? Sie hat die Sonnenbrille aufgesetzt, und erst hab ich gedacht, das sind Strasssteine, aber vielleicht waren das ja auch Diamanten.«

Ich sagte: »Sie wussten, dass die Steine auf der Uhr echt waren, weil …«

»Ich … weil ich's mir gedacht hab. Ich meine, die Uhr hatte Klasse, und sie hatte auch Klasse.« Und mit Blick von mir zu Milo: »Das waren bestimmt keine Strasssteine.« Schulterzucken. »Aber die auf der Sonnenbrille vielleicht schon.«

Milo sagte: »Klingt, als hätten Sie sich die Uhr genau angesehen.«

Alle Farbe verschwand aus dem Gesicht des Jungen. »Nein, ich sag's ja nur.«

»Was sagen Sie, Neil?«

»Sie hat immer wieder draufgeguckt, und das Ding hat gefunkelt, wissen Sie? Und es war auch der einzige Schmuck, den sie getragen hat. Mal abgesehen von der Sonnenbrille.«

»Keine Ringe, keine Ohrringe?«

»Nein, hab keine gesehen.«

»Wie lange ist sie im Fauborg geblieben?«

»Vielleicht noch eine halbe Stunde.« Mutter wandte sich mir zu. »Ich meine, nachdem Sie und die Dame gegangen sind.«

Ich sagte: »Sind Sie sicher, dass niemand gekommen ist und sie abgeholt hat?«

»Absolut.«

»Wann war Ihre Schicht zu Ende?«

»Um zehn.« Mutter runzelte die Stirn. »Sherree – die Barfrau – hat Geld dafür bekommen, dass sie länger bleibt, bis zwölf oder so, aber mich wollten die nur bis zehn bezahlen.«

Ich sagte: »Ich bin zirka um halb zehn gegangen, wenn sie eine halbe Stunde später gegangen ist, dann war's zehn.«

»Nehme ich an.«

»Das heißt, Sie sind ungefähr um dieselbe Zeit raus wie sie.«

»Nein, sie ist vor mir weg«, sagte er. »Meine Schicht war um zehn zu Ende, aber ich musste mich noch umziehen, das blöde Jackett loswerden, die Tische sauber machen und drei Straßen weiter zu meinem Wagen gehen, weil der Laden keine eigenen Parkplätze hat.«

»In welcher Straße haben Sie geparkt?«, fragte Milo.

»In der Straße vom Hotel, aber weiter unten, Richtung Wilshire Boulevard.«

»Am Crescent Drive.«

»Ja.«

»Haben Sie den Parkschein aufgehoben?«

»Warum hätte ich das tun sollen?«

»Und Sie haben sie nicht gesehen, als Sie gegangen sind?«

»Nein.«

»Wohin sind Sie gefahren, nachdem Sie Ihren Wagen geholt hatten?«

»Wohin?«

»Was war Ihre nächste Anlaufstation, Neil?«

»Es gab keine Station«, behauptete er. »Ich bin hierhergefahren.«

»Um wie viel Uhr waren Sie zu Hause?«

»Ungefähr um … wahrscheinlich war's zwanzig vor elf. Tasha war noch wach und hat ferngesehen.«

»Was hat sie gesehen?«

»*Teen Cribs.*« Er senkte die Stimme und lächelte. »Öde, aber ihr gefällt's. Manchmal gucke ich mit ihr zusammen, weil ich nicht pennen kann, bevor sie und Brenda von der Couch verschwunden sind.«

»Irgendwie umständlich, oder, Neil?«

»Ich zahle nur zweihundert pro Monat. Wenn ich nicht bald einen richtigen Job finde, muss ich wieder zurück nach Omaha. Was ist der Prinzessin denn passiert?«

»Für jemanden ohne festen Job könnte eine mit Diamanten besetzte Uhr eine Menge Probleme lösen.«

Neils Augen traten aus den Höhlen. »Oh, nein, auf keinen Fall, auf gar keinen Fall, nein, nein. So einer bin ich nicht, als ich bei McDoof gearbeitet hab, hab ich keinen Krümel abgezweigt, nur das, was wir mit Angestelltenrabatt bekommen haben. Nein, auf keinen Fall.«

Er bekreuzigte sich. Der Protest hatte seine Stimme fester und tiefer gemacht. Sein Kinn wirkte jetzt stärker, als hätte die Beteuerung seiner Unschuld einen Testosteronschub ausgelöst.

Kopfschüttelnd sagte er: »Nein, auf keinen Fall, und ich weiß nicht, warum Sie das sagen. Warum sagen Sie so was?«

»Sie waren einer der Letzten, die sie gesehen haben.«

»Sie können alle meine Sachen durchsuchen, da ist keine Uhr oder so. Sie können mich an einen Lügendetektor anschließen, was immer Sie wollen.«

Ich sagte: »Ist Ihnen sonst jemand in der Bar aufgefallen, der ein bisschen zwielichtig wirkte?«

»Da waren nur ein paar alte Leute«, sagte er. »Und Sie beide.«

Milo und ich schwiegen.

»Das ist doch verrückt«, sagte er. »Ich hab ihr zwei Drinks gebracht, sie hat mir zwanzig Dollar Trinkgeld gegeben und ist gegangen.«

Ich fragte: »Hat sie Ihnen irgendwas von sich erzählt?«

»Nichts. Das war's ja.«

»Was war was?«

»Sie war wahnsinnig nett, und manchmal sind Leute so, wenn sie wollen, dass man ihnen zuhört, weil sie über sich selbst reden wollen. Bei McDonald's weniger, da kommen und gehen alle ja eher schnell. Bei Marie Callender's hab ich mir ständig Geschichten anhören müssen, wenn ich Kuchen serviert hab. Aber die Prinzessin war einfach nur nett, weil sie nett war.«

»Sie wollte keine Aufmerksamkeit«, sagte ich und erinnerte mich an die theatralischen Posen.

»Wenn sie berühmt ist, macht das schon Sinn. Nicht wahnsinnig berühmt – wie die verzogenen Gören bei *Teen Cribs,* die eigene Häuser, Game Boys und Autos haben.«

»Anders berühmt.«

»Wie eine Prinzessin, die aber keiner kennt, weil sie's nicht will, wissen Sie?«, meinte er. »Das hab ich gedacht, als ich sie gesehen hab. Wahrscheinlich ist sie berühmt, aber ich kenne sie nicht.« Er lächelte. »Sie war nett und echt scharf. Hoffentlich bekommt sie ihre Uhr bald wieder.«

5

Wir ließen Neil Mutter mit seinem Riesenbecher Limo auf dem Bettsofa sitzen.

Milo klemmte sich hinter das Steuer seines Wagens, eines Zivilfahrzeugs der Polizei. »Wenn Tasha nicht für ihn lügt, dann ist er mit den Zeitangaben aus der Sache raus.«

»Aber etwas haben wir durch ihn erfahren«, sagte ich. »Ihren Akzent. Also war sie möglicherweise tatsächlich eine Touristin, der aufgelauert wurde. Mal sehen, was Big Brother über die jüngsten Zugänge an jungen, hübschen Bürgerinnen des Vereinigten Königreichs zu sagen hat.«

Er rief einen gewissen Ralph bei der Behörde für Innere Sicherheit an, bekam die ganze Mailbox-Litanei zu hören, die sechs Mal Knopfdrücken erforderlich machte, und hinterließ dann eine vage Mitteilung, die »britische Invasion« betreffend.

Ich sagte: »Solche Angaben haben die direkt verfügbar?«

»Behaupten sie jedenfalls. Gehört alles zum Kampf gegen den Terror – 'tschuldige, zum mutmaßlichen Kampf gegen mutmaßlich von Menschenhand verursachte Katastrophen. Jetzt sollten wir aber erst mal bei meiner Katastrophe einen Schritt weiter kommen.«

In der Polizeistation von West L. A. stiegen wir die Treppe hinauf und gingen am großen Zimmer der Detectives vorbei. Milos Büro lag weit abseits der Räume der anderen Detectives, am Ende eines schmalen Gangs, in dem vor allem die traurigen, grellen Vernehmungszimmer untergebracht waren, in denen sich häufig ganze Leben änderten.

Der ihm zugeteilte Raum hatte die Größe eines Wandschranks; er behauptete, wegen der Abgeschiedenheit lohne es sich, die Enge in Kauf zu nehmen. Wenn man in einer großen Familie aufwächst, weiß man Platz jeglicher Art zu schätzen.

Den Ruf des einsamen Wolfs hatte er sich vor einigen Jahren erworben, als er der einzige offen schwule Detective seiner Abteilung war. Außerdem hatte er einen gewissen Sonderstatus inne, nachdem er eine spezielle Abmachung mit dem früheren Polizeichef getroffen hatte, einem Mann mit medienfreundlichem, aber charakterlich nicht ganz einwandfreiem Gebaren. Durch die Arbeit an einem längst zu den Akten gelegten Mordfall hatte Milo genügend Informationen in der Hand, um seinen Chef bloßzustellen. Der Deal sah vor, dass sich Letzterer in allen Ehren und mit vollständigen Bezügen in den Ruhestand verabschiedete und Milo zum Lieutenant befördert wurde, was bedeutete, dass er sich mit der sonst fälligen Schreibtischarbeit nicht mehr belasten musste.

Sein neuer Chef war knallhart und von Statistiken besessen, doch als er erfuhr, dass Milo derjenige in der Abteilung war, der die meisten Fälle löste, beließ er es bei der Regelung.

Wenn Milo die Tür zu seinem Büro schloss, fühlte man sich wie in einem Sarg, aber ich gewöhnte mich daran. Seit meiner Kindheit leide ich unter einer leichten Klaustrophobie, ein Souvenir aus der Zeit, als ich mich vor einem wütenden, betrunkenen Vater in Kohleverschlägen und Kriechkellern verstecken musste. Die Arbeit mit Milo war für mich in vielerlei Hinsicht therapeutisch.

Ich schob mich in eine Ecke, während er seinen Stuhl wenige Zentimeter vor meiner Nase zurechtrückte und seine langen Beine auf die Tischplatte schwang. Er lockerte seine Krawatte und unterdrückte ein Rülpsen. Durch den plötzlichen Griff nach einem Stift landete ein Papierstapel auf dem Boden. Obenauf lag eine Notiz vom Parker-Center mit dem Vermerk *Dringend.* Als ich Anstalten machte, den Haufen aufzuheben, sagte er: »Lass ruhig, ist bloß Müll.«

Er zog eine Panatela aus der Schreibtischschublade, packte sie aus, biss das Ende der Zigarre ab und spuckte es in den Abfalleimer. »Sonst noch irgendwelche Erkenntnisse?«

Ich sagte: »Mr Walkie-Talkie lässt mich nicht los. Kein unbedingt freundlicher Typ. Und dass er weg war, als wir gingen, muss nicht viel bedeuten. Vielleicht ist er nur in Deckung gegangen.«

»Ein Bodyguard, der auf seinen Schützling losgeht?«

»Vielleicht sollte er die Person bewachen, auf die unser Opfer gewartet hat, er hat sich verdrückt und um seinen Boss gekümmert. Jemand, den sie unbedingt sehen wollte, so wie sie ständig auf die Uhr geschaut hat. Jemand, mit dem sie intim war.«

»Ein Mädchen in Designerklamotten und mit einer mit Diamanten besetzten Uhr würde sich nicht mit einem stinknormalen Typen abgeben. Da steckt ein reicher Mann dahinter, der genug Selbstvertrauen hat, sie warten zu lassen.«

»Und der im schwarzen Anzug hat beide chauffiert – seine Kleidung hätte auch die eines Fahrers sein können. Oder er ist ihnen in seinem eigenen Fahrzeug gefolgt. Irgendwann lief das Date aus dem Ruder, und die beiden haben die Frau erschossen. Oder sie hatten von Anfang an vor, sie zu töten. So oder so, wäre nicht schlecht, wenn wir ihn fänden und ich ihn mir mal ansehen könnte.«

»In der Stadt gibt es jede Menge private Sicherheitskräfte, aber klar, warum nicht?«

Er warf seinen Computer an, suchte und druckte eine Liste aller Sicherheitsdienste in L. A. aus, rief ein paar davon an, erreichte aber nichts. Es waren noch mehr als genügend Firmen offen, aber er schwang seine Füße zurück auf den Boden. »Willst du den Tatort sehen?«

Auf dem Weg nach draußen hob er die heruntergefallenen Papiere auf, las die dringende Nachricht und warf alles weg.

»Die Chefabteilung nervt, ich soll an den Statistik-Sitzungen teilnehmen. Ich hab mich um die meisten gedrückt, auch heute wieder. Nur für den Fall, dass die mich doch noch erwischen, fahren wir in getrennten Wagen.«

Er brachte mich nach Hause, wo ich in den Seville umstieg und Milo zum Sunset Boulevard zurück folgte. Wir fuhren zügig weiter westlich und nach einem kurzen Schlenker in nördlicher Richtung hinauf an den nordwestlichen Rand von Palisades.

Dort bog Milo in eine Straße am Hang ein, deren Häuser von Stützpfosten gehalten wurden. Es schien, als wollten sie auf diese Weise den Kräften der Natur trotzen. Die Wohnhäuser wurden spärlicher und verschwanden schließlich ganz, als sich die Straße zu einem schmalen Band direkt am Abgrund des grünen Berghangs verjüngte. Der Himmel war klar. Die Welt so strahlend hell und hübsch wie eine Kinderzeichnung.

Es dauerte eine Weile, bis er hielt. Ich parkte hinter ihm, und wir überquerten die Straße.

Er streckte sich, lockerte seine Krawatte. »Geht doch nichts über gute Landluft.«

Ich sagte: »Die Fahrt von deinem Büro hierher hat achtunddreißig Minuten gedauert, zieht man den Zwischenstopp bei mir ab. Beverly Hills liegt weiter östlich, also selbst bei weniger Straßenverkehr nachts müssen wir mindestens so viel Zeit einrechnen. Wenn Neils Angaben stimmen, die Frau also das Fauborg um zirka zehn Uhr verlassen hat, und der Todeszeitpunkt eher gegen Mitternacht als gegen zwei Uhr früh angesetzt werden muss, dann ist alles ganz schnell über die Bühne gegangen. Das könnte auf eine vorsätzlich geplante Entführung und Hinrichtung deuten. Wenn sie aber andererseits doch eher gegen zwei Uhr gestorben ist, hatte der Mörder sich Zeit lassen können. Das heißt, wir haben es mit einer sadistischen Tat zu tun. Hat sie Verletzungen, die belegen, dass sie gefesselt wurde?«

»Keinen Kratzer, Alex. Falls sie in ihrer Bewegungsfreiheit eingeschränkt war, dann auf die sanfte Tour. Willst du näher ran?«

Tatorte sind wie Filmsets: kompliziert, aber kurzlebig. Proben werden genommen, Gipsabdrücke härten, Patronenhülsen werden gesucht, es wird zügig eingetütet, beschriftet und fotografiert. Dann fahren die Transporter wieder ab, das gelbe Absperrband wird zerschnitten und das Blut mit einem Schlauch weggewaschen. Alle gehen nach Hause, nur die Fliegen nicht.

Hier jedoch gab es keine Fliegen, obwohl noch Blut auf der Erde war und im rostfarbenen Staub trocknete. Abgesehen von der leichten Vertiefung an der Stelle, wo die Leiche gelegen hatte, und den Löchern der Stangen, an denen das Absperrband befestigt war, befanden wir uns an einem wunderschönen Fleckchen kalifornischer Erde.

Im Licht des spärlichen Sternenhimmels gestern Nacht muss es hier stockdunkel gewesen sein.

Ich erinnerte mich an das Gesicht der Prinzessin, an die übereinandergeschlagenen Beine. Die Pose, die dunkle Sonnenbrille. Mit welch unerschütterlicher Gelassenheit sie geraucht hatte.

Die Prinzessin war auf einem Plateau gefunden worden, nur wenige Schritte von der Straße entfernt, aber von dort nicht einsehbar. Man sah die Stelle erst, wenn man sich zu Fuß dorthin begab. Vielleicht fünf mal drei Meter, darauf verteilt flaches Gestrüpp, Steine und Äste.

Ich sagte: »Kein Kratzer bedeutet auch, dass die Leiche nicht dort hingezerrt, sondern sachte abgelegt wurde. Auch das weist darauf hin, dass die Frau den Täter kannte.«

Ich schritt den Bereich ab. »Die Nacht war warm, vielleicht klang Liebe unter dem Sternenhimmel nach einer guten Idee. Wenn sie bereit war mitzuspielen und aus dem Wagen gestiegen ist, hätte es keinen Grund gegeben, sie zu fesseln.«

»Und anstatt Küsschen kassiert sie ein Schüsschen? Gemein.«

»Gemein, aus nächster Nähe und persönlich«, sagte ich. »Die Waffe war in der Dunkelheit möglicherweise gar nicht zu sehen, vielleicht wusste sie nicht, wie ihr geschah. Darf ich dein Handy noch mal sehen?«

Er rief die Bilder auf. Ich hielt jedes einzelne in seiner ganzen Grausamkeit aus. »So wie sie daliegt, ist das definitiv kein Zufall, sie wurde hingelegt. Und abgesehen von der Sauerei da oben, sieht sie vom Kopf abwärts tadellos aus. Das war kein Raubüberfall, Mann. Vielleicht hat er die Uhr mitgenommen, weil er sie ihr geschenkt hat.«

»Eine schmerzhafte Trennung«, sagte er.

»Die schmerzhafteste, die man sich vorstellen kann.«

Milo schnupperte wie ein Hund in die Luft, stopfte sich die Hände in die Taschen und schloss die Augen. Zwei Raubvögel, zu weit entfernt, um genauer bestimmt zu werden, kreisten über uns. Einer stieß herab, der andere setzte seine Observation fort. Der erste Vogel raste wenig später wieder hinauf und sah seine Freundin mit einem überschwänglichen *Guck-mal-was-ich-hier-habe*-Blick an, dann glitten beide außer Sichtweite.

Milo fragte: »Hat Robin den Mann im schwarzen Anzug auch gesehen?«

Ich nickte.

»Und sie ist ein künstlerisch begabtes Mädchen. Meinst du, sie könnte ihn zeichnen?«

»Denke schon.«

»Wär das ein Problem?«

»Sie ist besser als der Durchschnitt, aber Zeichnen ist nicht ihr Ding.«

»Ach.«

»Außerdem«, sagte ich. »Hab ich ihr noch nichts erzählt.«

»Oh.«

Oben an der Straße sagte ich: »Irgendwann muss ich es ihr ja doch sagen, also klar, fragen wir sie.«

»Wenn es sie zu sehr mitnimmt, Alex, dann vergiss es. Wenn du ihn mir in allen Einzelheiten beschreibst, kann ich mir von Petra oder einem anderen Zeichner ein Phantombild machen lassen. Und wenn ich über eine dieser Muskelmann-Mietstationen eine Spur finde, komme ich vielleicht ganz ohne künstlerische Talente aus. Los, lass uns von hier verschwinden.«

Ich ging mit ihm zu seinem Wagen.

»Danke fürs Kombinieren«, sagte er. »Dass sie mit ihm intim gewesen sein muss, leuchtet mir ein.«

»Du kannst Robin gerne um eine Zeichnung bitten.«

»Bist du sicher?«

»Mach ruhig.«

Er zuckte mit den Schultern. »Wie du meinst. Ich weiß, dass du sie schützen willst.«

»Sie arbeitet an einem Projekt mit Abgabetermin, ich wollte nur nicht, dass sie abgelenkt wird.«

»Klar«, sagte er. »Das war's dann.«

Ich folgte ihm zurück zum Polizeirevier, wo er erfolglos noch ein paar weitere Sicherheitsfirmen anrief. Ich nutzte die Zeit, um abzufragen, ob irgendwelche Nachrichten für mich eingegangen waren.

Trotz der Vorzüge des technischen Zeitalters beschäftige ich immer noch jemanden, der meine Nachrichten entgegennimmt, weil ich gerne mit richtigen Menschen spreche. Lucette, eine der ausdauerndsten Telefonistinnen, mit denen ich je zu tun hatte, sagte: »Hey, Dr. Delaware. Sieht aus, als hätte ich … fünf für Sie.«

Ein Familienrichter, von dem ich nie gehört hatte, wollte sich mit mir über einen Sorgerechtsfall unterhalten. Sein Nachname enthielt viele Konsonanten, und ich ließ ihn mir buchstabieren.

Der zweite Anruf kam von einer Kinderärztin aus Glendale, die ein Praktikum im Western Pediatric gemacht hatte, als ich dort Fellow war. Sie wollte einen Rat bezüglich eines Kindes mit Gedeihstörung, weil sie vermutete, es könne sich um ein Münchhausen-Stellvertreter-Syndrom handeln.

Lucette sagte: »Die anderen drei sind alle von derselben Person, die zum ersten Mal um neun und dann alle halbe Stunde angerufen hat. Und zwar im Abstand von ganz exakt dreißig Minuten. Ms Gretchen Stengel.« Sie las die Nummer vor. »Die ersten beiden Male hat sie einfach nur ihren Namen und ihre Nummer hinterlassen, beim dritten Mal war's ein irgendwie seltsames Gespräch. Wenn ich das so sagen darf.«

»Inwiefern seltsam?«

»Sie klang ziemlich nervös, Dr. Delaware, deshalb hab ich sie gefragt, ob es sich um einen Notfall handelt. Sie wurde still, als müsse sie darüber nachdenken, und dann meinte sie, das könne sie ganz ehrlich nicht entscheiden. Neuerdings müsse sie ja ehrlich sein. Für mich klang das nach einem Zwölf-Schritte-Programm, wissen Sie? Aber Sie kennen mich ja, Dr. Delaware, ich will nur helfen und gebe nie meinen eigenen Senf dazu.«

Ich hatte die Westside Madame das letzte – und einzige – Mal vor fast zehn Jahren getroffen.

In einem Restaurant im angesagten Teil des Robertson Boulevard direkt an der Kreuzung zum Beverly Boulevard. Einige Schaufenster weiter nördlich von Gretchen Stengels kurzlebiger Boutique.

Ihr einziger Versuch, ein legales Unternehmen zu führen. Aber der Verzicht auf Kriminalität hatte sich nicht bezahlt gemacht.

Ich war damals mit Milo unterwegs gewesen, der gerade im Fall des Todes einer schönen jungen Frau namens Lauren Teague ermittelte, die einst zu Gretchens Callgirl-Stall gehört hatte. Gretchen hatte gerade zwei Drittel einer auf zweiunddreißig Monate festgesetzten Haftstrafe wegen Steuerhinterziehung abgesessen. Sie war noch keine vierzig, wirkte aber vorzeitig gealtert, mürrisch, ungepflegt, höchstwahrscheinlich war sie stoned.

Ihre Verhaftung und die Verhandlung vier Jahre zuvor waren für die Medien ein gefundenes Fressen gewesen. Jeder Fehltritt in ihrem Leben wurde genau unter die Lupe genommen und wieder aufgewärmt.

Sie war als reiche und privilegierte Tochter zweier erfolgreicher Anwälte aufgewachsen, die einst für Munchley, Zabella & Carter gearbeitet hatten – eine Kanzlei, die geschrumpft und schließlich durch Gesetzesübertretungen und Korruption völlig zugrunde gerichtet worden war. Mangelnde Charakterfestigkeit könnte daher tatsächlich in den Genen liegen.

Sie besuchte die Peabody School, verbrachte ihre Sommer in Venedig und der Provence, war Vielfliegerin mit der Concorde und verkehrte mit Promis und Leuten, die diese dazu gemacht hatten.

Als sie in die Pubertät kam, hatte sie bereits Probleme mit Drogen und Alkohol, und mit vierzehn Jahren sechs Abtreibungen hinter sich. Sie ging vom College ab und übernahm erniedrigende Rollen in Pornofilmen für die allerunterste Schublade. Irgendwie führte dies aber zu einem siebenstelligen Einkommen, das sie verdiente, indem sie wunderschöne rosig-frische Mädchen, einige davon ebenfalls Peabody-Schülerinnen, in den besseren Lounges und Bars in und um L. A. für sich anschaffen ließ.

Gerüchte besagten, Gretchens Auftragsbuch böte eine stundenlange, faszinierende Lektüre, aber irgendwann verschwand es, und trotz der angeblichen Feindschaft zwischen ihr und dem LAPD kam bei ihrem Gerichtsverfahren ein Freundschaftsdeal heraus.

Und jetzt rief sie mich an. Dreimal an einem Vormittag. Alle halbe Stunde, um genau zu sein. Psychiater und Nutten sind sehr gut darin, sich an feste Zeiten zu halten.

Es ist kein Notfall. Ich muss ehrlich sein.

Das klang tatsächlich nach Therapiesprech.

Milo knallte den Hörer auf, begutachtete die eng gedruckte Liste mit den Sicherheitsdiensten. Demnach zu schließen, wo sein Finger ruhte, hatte er kaum einen Anfang gemacht.

»Das wird dauern.«

»Wenn du mich nicht mehr brauchst …«

»Ja ja, klar, geh nur, genieß das Leben, irgendjemand muss es ja tun.«

Auf der Heimfahrt rief ich den Richter und die Kinderärztin an. Der Sorgerechtsfall klang hässlich und sinnlos, und ich zog mich aus der Affäre. Die Gedeihstörung wies keines der typischen Anzeichen eines Münchhausen-Stellvertreter-Syndroms auf. Ich stellte eine andere Diagnose und schlug vor, sie solle Rat von gastro- und neurologischen Experten einholen, aber weiterhin die Eltern im Auge behalten.

Blieb Gretchen Stengel.

Die unbedingt mit mir reden wollte. Obwohl es kein Notfall war.

Ich schaltete die Freisprechanlage und das Handy aus, machte Musik an und fuhr über einen Umweg nach Hause. Wunderbare Klänge erfüllten den Wagen. Das war mehr als Musik. Oscar Peterson stellte Unglaubliches mit einem Klavier an.

L. A.-Regel Nummer eins: im Zweifelsfall Auto fahren.

6

Robin weinte.

Sie wischte sich die Tränen ab, legte ihren Meißel weg, trat von ihrer Werkbank zurück und lachte, als könnte sie die emotionale Flut dadurch umkehren. »Hat keinen Sinn, ein so schönes Stück aus den Adirondacks vollzukleckern.«

Mit einem Finger fuhr sie über die Kante des prächtigen Fichtenholzblocks, den sie bearbeitete. Es sollte ein Gitarrenhals werden; ein erster Entwurf, der vom Auftraggeber erst noch abgesegnet werden musste. Keine Abgabefrist.

Ich sagte: »Ich dachte, du würdest es wissen wollen. Tut mir leid, wenn ich mich geirrt habe.«

»Ich bin albern. Ich kannte sie ja überhaupt nicht.« In den Sägespänen bildeten sich Flecken, und sie wischte sich erneut über die Augen. »Verdammt.«

Blanche kam angetrottet und beschnupperte die Späne. Ich beugte mich herunter und streichelte sie. Mit dem Blick fixierte sie aber Robin.

»Wann ist es passiert?«

»Wenige Stunden nachdem wir sie gesehen haben.«

»Das ist Wahnsinn«, sagte sie. »Wie bist du draufgekommen, dass sie es war?«

»Milo kam heute Morgen vorbei, er hat mir Fotos vom Tatort gezeigt.«

»Wie ist sie gestorben?«

»Sie wurde erschossen.«

»Wie?«

»Ist das wichtig?«

»Du kennst mich, Baby. Ich muss mir alles ins Visuelle übersetzen.«

Eben.

Ich sagte: »Ein Schuss ins Gesicht.«

Sie zuckte zusammen. »Wie grausam. So ein schönes Gesicht. Und jetzt arbeitest du an dem Fall?«

»Ich bin erst mal nur mitgekommen.«

»Klar kann ich den Mann zeichnen, aber ich weiß nicht, ob ich was Gutes zustande bringe. Wenn nicht, setze ich mich mit einem richtigen Zeichner hin.«

»Das kann genauso gut ich machen.«

»Ich kann's auch«, sagte sie. »Ich würde gerne was tun.« Sie stützte sich auf ihre Werkbank. »Armes, armes Ding. Als wären wir dazu bestimmt gewesen, dort hinzugehen, Alex.«

Ich legte den Arm um sie.

Sie sagte: »Gib Bescheid, wenn die mich brauchen.«

»Okay.«

Ich küsste sie.

Sie sagte: »Du hast es mir nicht schon früher gesagt, weil …«

»Ich musste es erst mal selbst verdauen.«

»Klar. Das ist eine Erklärung.«

»Ich …«

»Ich liebe dich auch, Baby.« Sie ging an ihren Zeichentisch. »Ich probier's mal, jetzt gleich.«

Vier Versuche wurden zerknüllt. Als sie den fünften betrachtete, sagte sie: »Das muss reichen.«

Sparsam, aber präzise gezeichnete Porträts von dem Mädchen in Weiß und dem Mann in Schwarz. Für die Abendnachrichten würde das mehr als genügen.

Ich sagte: »Eins plus.«

»Eher Drei minus. Das sind nur Linien und Schattierungen, der Charakter selbst kommt nicht rüber.«

»Ich bin gar nicht sicher, ob sich ihr wahrer Charakter uns überhaupt gezeigt hat, Rob.«

»Wie meinst du das?«

»Wann hast du's das letzte Mal erlebt, dass jemand eine Zigarettenspitze benutzt hat? Mir kam es vor, als würde sie eine Rolle spielen.«

Sie stand von ihrem Hocker auf. »Ja, das war ganz große Theaterkunst, nicht wahr?« Sie betrachtete die Zeichnung noch einmal eindringlich und wischte einen Radiergummikrümel vom Mund des Mädchens. »Ich bin nicht zufrieden. Irgendwas fehlt da.«

»Ich bin sicher, Milo wird sehr zufrieden sein.«

»Lass mich mal mit einem richtigen Zeichner dran arbeiten, bis es pefekt ist, Alex. Ich hab ein paar Leute, die ich anrufen kann. Frag Milo, ob's in Ordnung ist, wenn ich noch jemanden hinzuziehe, der mit Polizeiarbeit nichts zu tun hat.«

Im Gegensatz zu uns.

Sie runzelte die Stirn angesichts ihrer Darstellung des Mannes. Dann nahm sie die Zeichnung des Mädchens. »Hat sich aufgedonnert für irgendein Arschloch, das sie erst warten lässt und ihr dann *so was* antut.«

»Oder er hat sie versetzt, und sie hat einen anderen getroffen. Bis jetzt ist wirklich noch alles möglich.«

»Ich wusste, dass mit dem was nicht stimmt.« Sie stocherte mit dem Finger auf der Zeichnung herum. »Er hat so feindselig ausgesehen. Wenn er ein echter Geheimagent im Dienst gewesen wäre, hätte man's ja verstehen können. Da hätte man damit gerechnet. Aber als Teil eines makabren Rollenspiels? Unheimlich ist das, richtig unheimlich. Wenn's Milo recht ist, rufe ich Nigel Brooks an, mal sehen, ob er mir helfen kann. Oder noch besser Sam Ansbach, Porträts sind seine Spezialität, er hatte gerade eine Ausstellung in New York.«

Stirnrunzeln. »Andererseits ist Sam nicht gerade ein Fan der Polizei, seit ihm seine Ex ein Kontaktverbot aufgedrückt hat und er wegen einer blöden Verwechslung drei Tage im Knast saß. Also Nigel zuerst.«

Sie rief Brooks in seinem Atelier in Venice an, aber er war den ganzen Monat nicht in der Stadt.

»Dann versuch ich's bei Sam, mehr als Nein sagen kann er nicht.«

»Vielleicht brauchen wir niemanden von außen«, sagte ich. »Petra Connor hat ihren Lebensunterhalt auch mal als Künstlerin bestritten.«

»Gute Idee, ich hab ihre Arbeiten gesehen, die ist gut. In Ordnung, organisier das. Ich fahre nach Hollywood. Wenn Milo beide Gesichter in die Nachrichten bekommt, kann er den Fall vielleicht schnell lösen.«

Milo saß noch am Schreibtisch. »Super, bleib dran.«

Minuten später: »Petra ist in Atlanta auf einer Konferenz, aber sie hat gesagt, in Hollenbeck gibt's einen Neuen namens Shimoff – ebenfalls ein Alexander –, war am Otis College of Art and Design, bevor er zum Department kam. Wäre Robin bereit, wenn er heute schon Zeit hätte?«

»Sie kann's kaum erwarten.«

»Dann hat sie's einigermaßen aufgenommen?«

»Sie ist ein toughes Mädchen«, sagte ich. »Gibt's Fortschritte? Hast du bei den Sicherheitsdiensten was in Erfahrung gebracht?«

»Niemand bekennt sich zu einem Auftrag im Fauborg. Jernigan hat sich aus der Gerichtsmedizin gemeldet, kurz bevor du angerufen hast. Unsere Prinzessin war eigentlich brünett, hat sich ein bisschen mit Farbe aufgepeppt. Keine Anzeichen einer Strangulation und auch keine Stichwunden oder Verletzungen, verursacht durch einen stumpfen Gegenstand. Tod durch Verbluten infolge von Schusswunden. Die Autopsie lässt noch auf sich warten, aber Abstriche von allen intakten Körperöffnungen haben keine Spermaspuren, kein Blut oder sonstige Hinweise auf ein Trauma zum Vorschein gebracht.

Jernigan hat nicht den Eindruck, dass es sich um einen sexuellen Übergriff gehandelt hat. Sie fand es allerdings merkwürdig, dass die Frau von zwei Schützen gleichzeitig aus relativ kurzer Entfernung erschossen wurde. Meinte, es sähe nach einem Erschießungskommando aus. Und das hat mich auf folgende Überlegung gebracht: Ihr wütender Freund will sie umlegen und sich seine Uhr zurückholen. Bleibt die Frage: Warum nimmt er dann jemanden mit? Ich kann verstehen, dass man Sicherheitspersonal zum eigenen Schutz engagiert. Wenn's aber darum geht abzudrücken, wäre man doch solo besser beraten.«

»Könnte Feigheit sein«, sagte ich. »Oder mangelnde Erfahrung. Vielleicht ist es jemand, der den Umgang mit Schusswaffen nicht gewohnt ist und Unterstützung braucht.«

»Feuer frei«, sagte er. »Oder es war irgendein krankes Spiel. Okay, nichts wie raus mit den Zeichnungen, vielleicht kann jemand die Gesichter identifizieren. Übrigens hab ich mir diese Designer angesehen – Lerange, Scuzzi. Beide exklusiv, aber irgendwie obskur. Sie werden in keinem der Geschäfte hier geführt. Ein paar Läden in New York haben Einzelstücke auf Lager, aber auch dort konnte man mir nicht weiterhelfen. Das und der britische Akzent der Prinzessin sagen mir, dass ich die Theorie von der ausländischen Reisenden nicht zu schnell verwerfen sollte, wobei die Meister von der Inneren Sicherheit immer noch nicht zurückgerufen haben. Einstweilen widme ich mich dem Kunstgenuss. Mal sehen, was mit diesem Otis-Mann los ist.«

Zehn Minuten später hinterließ er mir eine Nachricht. Detective Alexander Shimoff hatte den Tag frei, würde Robin aber jederzeit vor neun Uhr abends zuhause im Pico-Robertson-District empfangen.

Ich verpasste seinen Anruf, weil ich gerade mit jemand anderem telefonierte.

7

Gretchen Stengel ging nach dem ersten Klingeln ans Telefon. »Hier bin ich. Wer sind Sie?«

Ihre Stimme war tief, heiser. Sie hauchte jedes Wort am Ende aus.

»Hier ist Dr. Delaware, ich sollte Sie zurückrufen.«

»Doc«, sagte sie. »Schon eine Weile her, hm?«

»Was kann ich …«

»Sie erinnern sich doch an mich, oder?«

»Ich erinnere mich.«

»Hab mir sagen lassen, dass man mich so schnell nicht vergisst«, sagte sie.

Ich wartete.

»Viele Jahre ist das her, stimmt's, Doc?« Sie hustete. »War keine gute Zeit.«

»Niemandem gefällt es, wenn er Besuch von der Polizei bekommt.«

»Die unausgesprochene Botschaft: besonders nicht, wenn man ein Bordell betreibt.«

Ich erwiderte: »Ich spreche meine Botschaften in der Regel aus. Was kann ich für Sie tun, Gretchen?«

Sie bellte ein Lachen, das in einen Hustenanfall überging, schnappte mit einem abrupten Atemzug nach Luft. »Jetzt wo wir beste Freunde sind, darf ich Sie Doktor nennen?«

Kichern.

Ich antwortete nicht.

Sie sagte: »Ich sehe Sie da sitzen mit Ihrem versteinerten Psychiaterblick.«

»Reiner Granit.«

»Was – oh, ha, witzig. Okay, tut mir leid wegen der Albernheiten. Aber so ist es, wenn man bald sterben muss.«

Sie hustete noch ein bisschen mehr. »Und ich meine nicht vor Lachen. Sondern richtig. Bald werde ich meinen letzten Atemzug getan haben.«

»Das tut mir leid.«

»Glauben Sie mir, mir tut's noch mehr leid. War ein bisschen unverschämt von mir, Sie so damit zu überfallen, hm? Aber da gibt es keine sanfte Tour. Ein bisschen ist das, wie wenn Polizisten den Angehörigen sagen, dass jemand ermordet wurde. Ihr schwuler Kumpel fährt bestimmt total drauf ab, oder?«

Ich antwortete nicht.

Sie sagte: »Ich hab viele Krimis im Fernsehen gesehen. Das Ganze mal von der anderen Seite zu erleben war sehr lehrreich.« Seufzen. Räuspern. »Egal, ich mach's nicht mehr lange. Kaputt.«

»Möchten Sie kommen und darüber sprechen?«

»Auf keinen Fall«, sagte sie. »Da gibt es nichts zu sagen. Ich habe das hinter mir, was man ein risikoreiches Leben nennt. Seit sieben Jahren bin ich clean und trocken, aber mit Tommy Tabak hatte ich noch das ein oder andere Date. Meine Lungen haben mich ständig bekniet, damit ich aufhöre, ich hab's nicht getan, und irgendwann waren sie so sauer, dass sie einen hübschen kleinen Tumorwald sprießen ließen. Eine Runde Chemo hab ich über mich ergehen lassen und dann den Onkologen gefragt, ob das Ganze überhaupt irgendeinen Sinn hat. Er hat so feige reagiert und rumgedruckst, dass ich meine Antwort hatte. Also hab ich gesagt, scheiß drauf, es wird Zeit, sich in Würde zu verabschieden.«

Dazu gibt es nichts zu sagen.

Sie keuchte. »Fühlt sich an, als wäre ich gerade einen Marathon gerannt. Nicht, dass ich das jemals gemacht hätte. Oder sonst was Gesundes.« Gelächter. »Sie sind ein guter Psychiater, mir geht's jetzt schon besser.« Einatmen. »*Nicht wirklich.*«

»Was kann ich für Sie tun, Gretchen?«

»Soll heißen, warum rufe ich Sie an, wenn ich bloß pampig werden will? Es geht nicht um mich. Es geht um mein Kind. Das Erste, was ich gemacht habe, als ich aus dem Entzug kam: Ich hab mir einen netten anonymen Spermaspender gesucht. Fragen Sie nicht warum, ich weiß es nicht, schien mir das Richtige zu sein. Und es war ganz einfach. Ich musste ihm nicht vorlügen, was für einen großen Schwanz er hat. Egal, das Ergebnis war Chad. Jetzt hab ich einen Sechsjährigen am Bein und bin im Begriff, ihm sein Leben zu versauen, indem ich mich einfach verdünnisiere, und ich weiß nicht« – keuch –, »was ich machen soll. Deshalb dachte ich, warum nicht Sie? Was macht man mit einem Sechsjährigen? Spieltherapie? Kognitive Verhaltenstherapie? Bestimmt keine Existentielle Therapie, ich meine, Chads größte Angst ist, dass er nicht genug fernsehen darf.«

Rasselndes Gelächter. »Ich hab auch ein paar Psychobücher gelesen.«

»Ich helfe gerne. Bevor ich mit Chad spreche, müssen wir beide uns aber unterhalten.«

»Warum?«

»Damit ich Einblick in die Fallgeschichte bekomme.«

»Den kann ich Ihnen jetzt gleich verschaffen.«

»Das geht nur persönlich.«

»Warum?«

»Weil ich so arbeite, Gretchen.«

»Sie stehen auf Kontrolle, hm?«

»Wenn Ihnen das nicht recht ist, dann empfehle ich Ihnen gerne …«

»Ist mir recht, schon gut«, sagte sie. »Wann machen wir das mit der Fallgeschichte?«

»Sind Sie gesundheitlich in der Lage, mich in meiner Praxis aufzusuchen?«

»Kommt auf die Tagesform an. Aber machen Sie sich keine

Sorgen, wenn ich absage, bezahle ich Sie trotzdem. Ich weiß, dass ihr Psychiater da großen Wert drauf legt.«

»Wenn Sie nicht allzu weit weg wohnen, kann ich auch zu Ihnen kommen.«

»Ein Hausbesuch?«, fragte sie. »Sie verarschen mich.«

»Wo wohnen Sie?«

»In der Nähe von Beverly Hills, hab eine hübsche, kleine Eigentumswohnung am Willaman Drive, wenn sie vom Burton Way abbiegen.«

»Das wäre okay. Wann passt es Ihnen?«

»Jederzeit. Ich hab nicht vor, nach Paris zu fliegen.«

Ich sah in meinem Terminkalender nach. »Wie wär's morgen um elf?«

»Hausbesuch«, sagte sie. »Sie machen das also wirklich.«

»Es sei denn, Sie haben ein Problem damit.«

»Mein einziges Problem ist, dass ich meine Augen für immer schließen werde, und wer weiß, ob es nicht doch eine Hölle gibt«, sagte sie. »Hey, heißt das, Sie werden mir die Anfahrt berechnen, so wie Anwälte das machen? Schöne Methode, um den Stundenlohn hochzufahren.«

»Das Stundenhonorar bleibt dasselbe.«

Schweigen.

»Tut mir leid«, sagte sie. »Das war gemein und undankbar. Ich hatte bis jetzt so gut wie kein Ventil, und Krebs hebt nicht unbedingt die Laune.«

»Morgen um elf«, sagte ich.

»Abgesehen davon, dass ich kein Ventil habe, bin ich außerdem ein Kontrollfreak, der alles möglichst genau planen will. Wie viel nehmen Sie die Stunde?«

Ich sagte es ihr.

»Nicht schlecht«, entgegnete sie. »Obwohl meine Mädchen früher für einen Blowjob sogar noch mehr genommen haben.«

Ich sagte: »Die freie Marktwirtschaft ist schon faszinierend.«

Sie lachte. »Vielleicht sind Sie gar nicht so steif, wie ich dachte. Vielleicht haut das ja hin.«

8

Um halb acht trafen Milo, Robin und ich in der Shenandoah Street ein, um den vom Künstler zum Polizisten mutierten Alexander Shimoff aufzusuchen.

Shimoffs Wohnung lag im Erdgeschoss. Er stand in grauen Joggingklamotten draußen vor seiner Tür und trank Ginger Ale aus einer Zweiliterflasche, war um die dreißig und gebaut wie ein Tennisspieler. Sein vorzeitig ergrautes, kurzes Haar fiel ihm in die Stirn, seine Gesichtsknochen wirkten ein bisschen zu groß unter seiner blassen Haut.

Milo stellte uns vor.

Shimoff lächelte und gab uns eine schlaffe Hand. Er sprach akzentfrei, zog die Silben aber ein bisschen in die Länge, was darauf hindeutete, dass er in einem anderen Land zur Welt gekommen war.

Im Wohnzimmer standen seine junge, platinblonde Ehefrau mit rosigen Wangen und zwei kleine Mädchen von zirka vier und sechs Jahren. Die Kinder waren neugierig, gehorchten aber, als ihre Mutter sie in ihr Zimmer scheuchte und Russisch mit ihnen sprach. Shimoffs Staffelei, der Zeichentisch und eine abgenutzte Tischplatte aus Eichenholz nahmen die Hälfte des knapp bemessenen Raums ein. Der ganze Rest wurde von Spielen und Spielsachen in Beschlag genommen. Ein Mac mit einem großen Bildschirm stand auf dem Tisch, daneben Pinsel in Töpfen und eine Auswahl an Blei- und anderen Stiften. Ein fast fertiggestelltes Gemälde – eine exakte Kopie von Picassos *Der Mann mit der blauen Gitarre* – stand auf der Staffelei.

Milo pfiff anerkennend. »Damit könnten Sie ernsthaft Schwierigkeiten bekommen.«

Shimoff grinste gequält. »Nur wenn ich's für zehn Dollar auf eBay anbiete.« Er wandte sich an Robin. »Ich hab mir Ihre Website angesehen. Wunderschöne Instrumente. Wer so was kann, dürfte auch ziemlich gut zeichnen können.«

»Nicht gut genug«, sagte sie.

»Zeigen Sie mir, was Sie haben.«

Robin reichte ihm die Skizzen von der Prinzessin und dem Mann im schwarzen Anzug.

Shimoff betrachtete sie einige Augenblicke lang. »Wenn die Proportionen stimmen, dann ist das schon mal eine gute Grundlage für meine Arbeit. Beschreiben Sie die beiden, als würden Sie mit einem Fremden sprechen. Fangen Sie mit dem Mann an, weil der einfacher ist; wenn wir den Bogen raus haben, arbeiten wir an ihr weiter.«

Milo fragte: »Warum ist er leichter?«

»Weil Frauen komplexer sind.« Shimoff kletterte auf seinen Hocker, setzte sich vor einen leeren Zeichenkarton und rollte den Kopf in den Nacken, als wollte er sich auf einen Ringkampf vorbereiten. An Robin gewandt: »Auch wenn wir nur das Gesicht zeichnen, sagen Sie mir, wie groß er ist.«

Robin antwortete: »Einsfünfundachtzig, einsachtundachtzig, so was. Breit gebaut, aber nicht dick.«

»Football, nicht Sumo«, sagt Shimoff.

»Kein Tackle. Eher ein Halfback. Dreißig bis fünfunddreißig Jahre alt, möglicherweise nordischer oder deutscher Herkunft …«

»Möglicherweise oder wahrscheinlich?«

Sie dachte nach. »Könnte auch was Keltisches sein – Schotte oder Ire. Vielleicht Däne. Aber wenn ich wetten müsste, würde ich sagen nordisch. Auf keinen Fall mediterran und auch nicht norditalienisch.«

»Sie haben die Haare hell gezeichnet. Heißt das blond?«

»Es war Nacht. Was ich gesehen habe, war blass.«

Shimoff berührte seine eigene Stahlfrisur. »Gibt jede Menge gut aussehende Männer mit silbergrauem Haar. Aber Sie würden sagen blond, ja?«

»Genau.«

»Augenfarbe?«

»Kann ich nicht sagen.«

»Er ist blond, also bleiben wir bei unbestimmt blass.« Er betrachtete ihre Skizze.

»Die Augen, Sie haben ihm Schweinchenaugen gezeichnet.«

»Die hatte er auch«, sagte Robin. »Weit auseinanderliegende, vielleicht sogar noch weiter als auf meiner Zeichnung. Leicht schielend, was daran gelegen haben mag, dass er den harten Burschen markiert hat, aber möglicherweise schielt er wirklich ein bisschen. Mir fällt gerade wieder ein, was ich nicht gezeichnet habe: Er hatte dichte Augenbrauen – zusammengewachsen, hier. Tiefer Haaransatz. Seine Haare blieben nicht liegen wie Ihre, die standen ab.«

»Hatte er Mousse oder Gel drin?«, fragte Shimoff.

»Gut möglich. Keine Koteletten, die hatte er hier oben schon abgeschnitten. Mopsnase, wahrscheinlich noch kleiner, als ich sie gezeichnet habe.«

»War sie gebrochen?«, fragte Shimoff. »Würde zur Football-Statur passen.«

»Guter Hinweis«, sagte sie.

»Mopsnase mit hohem Nasenrücken.«

»Nicht so hoch wie der von Milo, aber auf jeden Fall eher hoch.«

Milo maß den Abstand zwischen seiner Nase und seiner Oberlippe mit zwei Fingern ab. Zuckte mit den Schultern.

Robin sagte: »Seine Ohren lagen ganz eng an.« Sie runzelte die Stirn. »Mir fällt immer mehr ein, woran ich nicht gedacht habe. Er hatte keine Ohrläppchen. Und die Ohren liefen oben spitz zu. Genau da. Elfenhaft, würde ich sagen. Aber das hatte nichts Hübsches. Die Lippen hab ich ziemlich genau hinbekommen: Die Oberlippe war wirklich so schmal. Fast unsichtbar, und die Unterlippe voll.«

Shimoff nahm einen Bleistift. »Ich wünschte, alle wären so leicht.«

Er arbeitete langsam, gewissenhaft, trat von der Zeichnung zurück, um einen langen Blick drauf zu werfen, radierte nur sehr selten. Vierzig Minuten später waren zwei Porträts entstanden. In meinen Augen verblüffend ähnlich.

Robin sagte: »Was hältst du davon, Alex?«

»Perfekt.«

Sie betrachtete die Zeichnungen. »Ich würde ihre rechte Augenbraue noch ein bisschen höher ansetzen. Und sein Hals müsste ein bisschen breiter sein, so dass dort, wo er im Kragen verschwindet, eine kleine Falte entsteht.«

Shimoff nahm einige Korrekturen vor, lehnte sich zurück und taxierte sein Werk. »Wunderschönes Mädchen. Jetzt weiter mit Picasso.«

Milo sagte: »Für mich sieht der Picasso fertig aus.«

Shimoff lächelte: »Wenigstens ein Elend ist Ihnen erspart geblieben, Lieutenant.«

»Welches Elend?«

»Das Elend, Künstler zu sein.«

Vom Seville aus rief Milo bei der Abteilung für Öffentlichkeitsarbeit des LAPD an, stellte auf Lautsprecherfunktion.

»Ich hab zwei Phantomzeichnungen, die ich so schnell wie möglich an die Medien weitergeben muss. Eine unbekannte Tote und ein möglicher Verdächtiger.«

Der zuständige Beamte sagte »eine Sekunde« mit einer Stimme, die anklingen ließ, dass er kaum etwas für unwichtiger hielt.

Die darauffolgenden vier Minuten wurden von einer Ansage mit Informationen über häusliche Gewalt gefüllt.

Eine neue Stimme sagte: »Hallo, Lieutenant Sturgis? Hier spricht Captain Emma Roldan aus dem Büro des Polizeichefs.«

»Ich habe gerade …«

»In der Abteilung für Öffentlichkeitsarbeit angerufen«, sagte Roldan. »Ihre Bitte wurde an uns weitergeleitet, und wir werden sie entsprechend vorrangig behandeln. Sie dürfen bis morgen Mittag mit einer Nachricht über das weitere Vorgehen rechnen.«

»Ich hatte lediglich darum gebeten, dass zwei Zeichnungen …«

»Wir werden unser Bestes tun, Lieutenant. Guten Abend.«

»Wenn meine Kollegen in der Abteilung für Öffentlichkeitsarbeit anrufen, kümmert sich die Abteilung für Öffentlichkeitsarbeit darum. Wenn ich anrufe, kümmern Sie sich drum.«

»Dauerbefehl von oben«, sagte Roldan. »Ihnen wird eine ganz besondere Sonderbehandlung zuteil.«

Am darauffolgenden Vormittag um halb elf, als ich gerade zu Gretchen Stengel fahren wollte, rief Milo an.

»Heute Abend wird das Gesicht der Prinzessin in den Nachrichten gezeigt, aber keine Chance bei dem Mann im schwarzen Anzug. Es ist mir nicht gelungen, meinen Verdacht ausreichend zu erhärten und zu belegen, dass er was mit dem Fall zu tun hat. Eine unschuldige Person unnötigerweise dem Druck der Öffentlichkeit auszusetzen könnte gravierende juristische Folgen haben. Wollen wir hoffen, dass wir ein paar Hinweise bekommen. Eins ist sicher, adelig ist die Prinzessin nicht. Falls man der Behörde für Innere Sicherheit Glauben schenken darf.«

»Sie ist keine echte Prinzessin auf Urlaub im sonnigen Kalifornien?«

»Hier gibt's nur welche, die in Beverly Hills oder Bel Air geboren wurden. Ich habe Passbilder von jungen Frauen bekommen, die vage der Beschreibung entsprechen, und ich habe alle überprüft, und sie leben noch. Außerdem habe ich Shimoffs Zeichnung von dem Mann im schwarzen Anzug an die Sicherheitsfirmen gefaxt. Nada. So viel vergebliche Müh macht hungrig. Hast du Lust auf Mittagessen?«

»Wann?«

»Jetzt.«

»Ich hab um elf einen Termin.«

»Nimmst du wieder Patienten an?«

Ich bejahte summend.

»Verstehe«, sagte er. »So sehr ich deine Gesellschaft schätze, mein Verdauungstrakt wird nicht so lange warten können, deshalb müssen sich unsere Wege trennen. Sayonara.«

9

Vom Santa Monica Boulevard biegt man kurz nach dem Crescent Drive in den Burton Way, so dass ich auf dem Weg zu Gretchen nicht anders konnte, als am Fauborg vorbeizufahren.

Zwei zerklüftete Stockwerke an der Stelle, an der einst vier gestanden hatten. Ein hoch aufragender Kran schwebte über der Ruine, eine stählerne Gottesanbeterin, bereit zuzuschlagen. Die riesige Maschine lief weiter im Leerlauf, während Männer mit Bauhelmen an einem Imbisswagen etwas zu essen erstanden. Einer mit orangefarbener *Bauleiter*-Weste wurde auf mich aufmerksam, während er seinen Burrito futterte.

»Kann ich was für Sie tun?«

»Ich wollte mich nur mal umsehen. Ich war neulich hier.«

»Was war das denn, ein Altersheim?«

»So was in der Art.«

»Eine echte Schrotthütte«, meinte er. »Fällt zusammen wie ein Kartenhaus.«

Gretchens Haus bestand aus vier intakten, salbeigrünen Stockwerken – neo-italienischer Überschwang geschmückt mit knorrigen Olivenbäumen in Kiesbeten. *Il trevi* stand in goldenen Lettern oben auf dem »Zu verkaufen«-Schild. Fünfzehn luxuriöse Drei- und Vier-Zimmer-Wohnungen. *(Alle Einheiten verkauft! Sehen Sie sich unsere weiteren Angebote in der Third Street an!)* Der Innenhof wurde zwar von einem Eisengeländer begrenzt, war von der Straße aus aber einsehbar. Ein steinerner Brunnen gluckerte.

Ich wurde ohne weiteren Kommentar nach oben in Gretchens Wohnung im obersten Stockwerk gesummt. Sie wartete im Türeingang, trug einen rosafarbenen Morgenmantel und weiße flauschige Pantoletten und atmete mithilfe eines Sauerstofftanks auf Rädern. Ein Plastikschlauch hing aus einem ihrer Nasenlöcher. Sie zog ihn heraus, und er zischte wie eine Schlange. Dann zeigte sie mir ihre braunen, angefressenen Zähne, nahm meine Hand fest zwischen ihre beiden Hände und drückte sie.

Ihre Haut fühlte sich kühl an, wie Papier. Der Morgenmantel bauschte sich über einer ausgezehrten Gestalt, nur ihr Gesicht wirkte aufgedunsen. Von ihren Haaren waren nur noch weiße Fussel übrig.

Ich hatte am vorangegangenen Abend Nachforschungen

über sie angestellt. Obwohl so viel Zeit vergangen war, erzielte ihr Name mehr Treffer als die sämtlicher Nobelpreisträger der letzten zehn Jahre. Verschiedene Quellen gaben unterschiedliche Geburtsdaten an, wobei sie aber keiner zufolge älter als fünfzig Jahre war. Jetzt sah sie aus wie fünfundsiebzig.

»Schönheit vergeht«, sagte sie, »nur das Unerträgliche bleibt. Kommen Sie herein.«

Ihr Wohnzimmer war zweimal so groß wie das von Alex Shimoff, dafür stapelten sich aber zehn Mal so viele Spielsachen in der Mitte und ließen den Raum beengt wirken.

Die drei Schritte bis zum nächsten Sofa brachten sie außer Atem. Sie blieb stehen, um sich den Luftschlauch wieder einzuführen.

Dann ließ sie sich auf dem Sofa nieder. Ich zog mir den Sessel ihr gegenüber aus zirka einem Meter Entferung heran.

»Hausbesuch von einem Psychiater, das muss eine Premiere sein. Aber vielleicht bin ich auch nur wieder mal total narzisstisch, und Sie machen das für jede.«

Ich lächelte.

»Hören Sie auf damit«, sagte sie. »Sehen Sie mich lieber mit diesem ausdruckslosen, neutralen Psychiaterlächeln an, und lassen Sie mich für jeden Satz schwitzen. Ich arbeite gegen eine Deadline.« Mit einem spitzen weißen Fingerknöchel klopfte sie seitlich auf den Tank. »Das war absichtlich doppeldeutig.«

Ich sagte: »Nein, ich mach das nicht für alle meine Patienten.«

Sie klatschte in die Hände. »Dann bin ich also *doch* was Besonderes!«

Wo der Raum nicht mit Spielzeug übersät war, standen langweilige Möbel herum, dazu die passenden eintönigen Teppiche. Blumentapete an den Wänden, angepinnte Wachsmalstiftzeichnungen. Durch die zugezogenen Vorhänge war der Raum einen Tick dunkler als Gretchens gräulich-blasse Gesichtsfarbe.

»Chad ist künstlerisch begabt«, sagte sie. »Schlau ist er auch, wir hatten Glück bei der Spermavergabe. Früher wurden Medizinstudenten als Spender herangezogen, und jetzt, wer weiß? Über meinen persönlichen Masturbator habe ich nur erfahren, dass er englisch-deutscher Herkunft ist, überdurchschnittlich groß und frei von Erbkrankheiten. Im ersten Jahr habe ich ihn mir immer wieder vorgestellt – in verschiedenen Varianten, die Bilder wechselten einander ab wie Spielkarten. Zum Schluss war's eine Mischung aus Brad Pitt und Albert Einstein. Dann fing Chad an zu sprechen und wurde zu einer echten Person, und dann gab es nur noch uns beide. Seitdem habe ich nicht mehr an meinen schweigsamen Partner gedacht.«

Ihr Blick streifte ein paar der Zeichnungen. »Was halten Sie von Chads künstlerischen Ergüssen? Ich würde Geld drauf wetten, dass Sie darin nichts Neurotisches oder Psychotisches finden können.«

Die Zeichnungen entsprachen dem Alter eines sechsjährigen Jungen. Auf vielen stand: *Mommy, ich hab dich lieb.*

»Genial, oder?«, fragte Gretchen.

»Ausgezeichnet.«

»Wir haben mit Wachsmalstiften angefangen, dann war er irgendwann zu gut dafür, und wir haben diese unglaublichen Buntstifte aus Japan besorgt. Damit hat er den Pfau da gezeichnet – drüben in der Ecke. Sehen Sie sich das an.«

Als ich mich umsah und die Zeichnung suchte, entdeckte ich auch ihre Küchenzeile. Spaghetti in Dosen, Kekspackungen, Chipstüten. Der Kühlschrank war mit Fotos von ihr und einem rundgesichtigen, dunkelhaarigen Jungen gepflastert. Auf den älteren sah Gretchen noch aus wie Gretchen.

Der Pfau kämpfte mit einem Dinosaurier. Dem Blut und den Federn nach zu urteilen, stand es eins zu null für das Reptilienteam.

»Eine lebhafte Fantasie«, sagte ich.

»Das war der falsche Satz. Sie hätten sagen müssen: *Was für eine fantastische Mutter Sie sind, Gretchen, Sie haben einen neuen Michelangelo in die Welt gesetzt.*«

»Sie sind eine gute Mutter, Gretchen.«

»Weil es immer nur um *mich mich mich* geht«, sagte sie. »Ich bin Fan von mir, das war immer meine Diagnose. ›Narzisstische Persönlichkeitsstörung mit histrionischen Elementen‹. Ach, ja, ›verstärkt durch Drogenmissbrauch‹. Stimmen Sie dem zu?«

»Ich bin nicht hier, um eine Diagnose zu stellen.«

»Das hat der von meinen Verteidigern beauftragte Psychiater gesagt. Narzisstisch und drogenabhängig. Der Knackpunkt war, dass ich ungeheuer fertig wirken sollte, um nicht zur Verantwortung gezogen zu werden. Ich hätte den Bericht gar nicht lesen sollen, aber ich bestand darauf, ihn gezeigt zu bekommen, weil ich dafür bezahlt hatte. Können Sie das nachvollziehen?«

»Rein rechtlich betrachtet, gehörte er …«

»Nicht das«, sagte sie. »Was der Kerl über mich geschrieben hat. ›Narzisstisch, histrionisch, Drogen‹. Passt das zu Ihrer Diagnose?«

»Lassen Sie uns über Chad reden.«

Ihre Augen flatterten. Sie fingerte an dem Luftschlauch herum. »Sagen Sie mir nur eins: Wie *narzisstisch* bin ich, wenn ich meine letzten sechs Jahre meinem Kind widme? Wie *histrionisch* bin ich, wenn ich meinem Sohn nie etwas anderes zeige als ein ruhiges, glückliches Gesicht? Was für eine Drogensüchtige bin ich, wenn ich seit verfluchten sieben Jahren clean und nüchtern bin?«

»Gutes Argument.«

»Aber die verdammte Diagnose blieb an mir haften. In meinem Kopf – als hätte dieses Schwein ein Urteil über mich gefällt. Als wäre es meine Augenfarbe und als müsste ich damit leben.«

Sie räusperte sich, hustete, taumelte leicht und justierte ein Ventil am Sauerstofftank. »Am liebsten hätte ich den Psychiater umgebracht. Dafür, dass er mich verurteilt hat. Jetzt wäre ich glücklich, wenn das, was er aufgeschrieben hat, meine einzige Diagnose geblieben wäre.«

Ich nickte.

»Ja, ja, hoch und runter geht der Kopf«, sagte sie. »Ich war bei vielen von euch, meine Eltern haben die Hoffnung erst aufgegeben, als ich vierzehn war. Ich muss Ihnen sagen, die meisten Ihrer Kollegen waren Loser. Wie hätte ich ihre Ansichten respektieren sollen? Wissen Sie, warum ich mich für Sie entschieden habe? Nicht, weil ich mich dran erinnert habe, dass mich Ihr schwuler Kumpel drangsaliert hat. Ich meine, ich erinnere mich daran, aber darum geht's nicht. Wissen Sie, was es war?«

»Keine Ahnung.«

»Eine Frau, mit der ich Yoga gemacht habe, einer der wenigen Menschen, die noch immer den Mumm haben, mich zu besuchen, hat von Ihnen erzählt. Marie Blunt.«

Marie, inzwischen eine ausgezeichnete Innenausstatterin, war früher Showgirl gewesen. Das Gericht hatte mich gebeten, wegen eines Sorgerechtsstreits eine Beurteilung über ihre Kinder zu schreiben. Dabei war rausgekommen, dass sie eine Vergangenheit als Showgirl hatte, aber mehr nicht. Jetzt fragte ich mich, ob sie's auch in Gretchens Branche versucht hatte.

»Absolute Verschwiegenheit, Doc. Ja ja, Sie dürfen nicht zugeben, dass Sie sie kennen, schon kapiert. Aber ich denke, wir können uns beide darauf einigen, dass Marie eine Heilige ist. Selbst ihr bescheuerter Ex hat das inzwischen kapiert, doch sie ist zu schlau, um ihn zurückzunehmen. Sie sagte, als das Gericht Sie bestellt hat, damit Sie eine Beurteilung schreiben, sei sie ausgeflippt. Sie hatte Angst, dass Sie korrupt wären, so wie alle anderen, und Partei für ihren Mann ergreifen. Stattdessen waren Sie fair und haben es so hingekriegt, dass die Kinder nicht darunter gelitten haben. Eine beachtliche Leistung, wenn man bedenkt, dass ihr Ex ein totales Superarschloch ist.«

Ich schlug die Beine übereinander.

Sie sagte: »Ein nonverbales Zeichen gegenüber einer nervigen Patientin: Hören Sie auf, drumrum zu reden, und kommen Sie auf den Punkt. Schön – ah, ja, ich will Ihnen Ihr Geld im Voraus geben. Ich bin sicher, Sie haben nichts gegen Bargeld, oder? Ich bin Bargeld noch von ganz früher gewohnt.« Augenzwinkern. »Alte Angewohnheit oder so.«

»Das regeln wir später«, sagte ich.

»Nein, das regeln wir jetzt.« Harte Stimme. Ebenso ihr Lächeln. »Ich möchte sicher sein, dass ich es nicht vergesse.« Sie berührte ihren Kopf an der Seite. »Ich vergesse sehr viel, könnten Tumore sein, die bis in meinen Schädel vorgedrungen sind, hm? Oder vielleicht hab ich einfach gar nicht viel, woran ich mich erinnern könnte? Was ist Ihre Vermutung bezüglich meiner fortschreitenden Senilität, Doc?«

»Es ist…«

»Ja, ja, Sie kennen mich nicht gut genug. Okay, Bezahlung kommt sofort.«

Es kostete sie einige Anstrengung, sich zu erheben. Sie schlurfte zur Tür hinaus und war mehrere Minuten lang verschwunden, dann kam sie mit einem dicken, grell roten Umschlag zurück, den sie mir zuschob.

Sofern er nicht mit Eindollarscheinen vollgestopft war,

steckte definitiv viel zu viel für eine einzige Sitzung drin. Ich legte ihn auf den Tisch. »Was Chad angeht ...«

»Ich hab's Ihnen doch gesagt, hier geht es einzig und allein um mich alte, narzisstische Suchtkranke. Zählen Sie den Zaster, vergewissern Sie sich, dass ich Sie nicht übers Ohr haue.«

Ich öffnete den Umschlag, blätterte ein Bündel Fünfziger durch. Geld für zwanzig Sitzungen. »Das ist viel zu viel, Gretchen. Wir machen das Sitzung für Sitzung.«

»Was? Denken Sie etwa, ich beiße morgen schon ins Gras?«

»Nein«, sagte ich. »So halte ich es mit all meinen Patienten.«

»Na ja, dann wollen wir's diesmal anders machen – seien Sie flexibel. Wenn wir's Sitzung für Sitzung machen, können Sie gehen, wann immer Sie wollen. In meiner Situation brauche ich mehr Engagement.«

»Ich versuche immer, Ihnen so gut wie möglich zu helfen. Die Art der Bezahlung wird da keinen Unterschied machen.«

»Ja, sicher.«

Ich antwortete nicht.

Sie sagte: »Wenn Sie anders sind als alle anderen, wozu dann der Blazer aus Kaschmir, die feine Hose und diese niedlichen Slipper? Welche Marke ist das, Ferragamo?«

»Ich trage gerne schöne Kleidung, so wie jeder andere auch, Gretchen. Aber das ist irrelevant. Ich bin wegen Chad hier, Sie müssen mich nicht auf Vorrat einkaufen.« Ich nahm den Gegenwert für eine Sitzung aus dem Umschlag, verschloss ihn wieder und legte ihn neben sie.

»Das glaube ich Ihnen nicht. Sie wollen das Gefühl haben, jederzeit gehen zu können.«

»Wenn es das wäre, könnte ich Ihnen das überschüssige Geld ja zurückzahlen und mich aus dem Staub machen. Also, wie wär's, wenn wir jetzt aufhören, unsere Zeit zu verschwenden, und uns über Chad unterhalten?«

Sie starrte mich an. Keuchte. Stieß dann ein ersticktes Lachen aus.

»Du lieber Gott, da bin ich ja an einen geraten, der's ernst meint.«

Sie neigte auch weiterhin zu Ausschweifungen, aber ich lenkte sie immer wieder zurück. Wir fingen mit Chads Geburt und den Jahren als Kleinkind an. Er besuchte eine der teuersten Privatschulen der Stadt, eine sehr exklusive und behütete Einrichtung, in der man sich ursprünglich an der psychoanalytischen Pädagogik orientiert hatte, inzwischen aber auch für andere Richtungen offen war. Ich hatte mal Vorträge dort gehalten, fand die Schule aber überteuert und nicht besser als die anderen, wenn auch nicht schädlich. Wenn es sein musste, würde man auf die Direktorin zählen können.

Im Moment war das nicht nötig, aber es könnte durchaus interessant sein zu sehen, ob Dr. Lisette Auerbachs Eindrücke mit Gretchens Schilderung von Chad als einer Mischung aus Louis Pasteur, Leonardo da Vinci und dem heiligen Sankt Georg übereinstimmten.

Trotz ihrer schwierigen Vergangenheit und ihrer zeitlich begrenzten Zukunft war Gretchen eine typische stolze, nervöse, gluckende Westside-Übermutter.

»O ja«, sagte sie, »wahnsinnig sportlich ist er auch. Fußball und Basketball. Der Mann mit dem Becher muss ein wahrer Zuchthengst gewesen sein. Brad, Albert *und* Pelé.«

Ich sagte: »Die Hälfte von Chads Chromosomen stammt von Ihnen. Und Sie haben die Umgebung geschaffen, in der er aufwächst.«

»Ein dreifach Hurra auf mich. Ich hoffe nur, dass ihn diese Chromosomen nicht versauen. Wie zum Beispiel mein ADHS, mein Hang zu ...«

»Gretchen, warum genau machen Sie sich Sorgen?«

»Was glauben Sie wohl?«, schrie sie. »Was soll ich ihm denn sagen?«

»Was weiß er bisher?«

»Dass ich krank bin.«

»Haben Sie der Krankheit einen Namen gegeben?«

»Nein. Warum sollte ich?«

»Wenn Kinder keine Fakten bekommen, denken sie sich manchmal selbst welche aus.«

»Und?«

»Die Fantasie kann schlimmer sein als die Realität.«

»Was kann schlimmer sein, als dass ich verflucht noch mal Krebs habe und sein Leben verhunze, indem ich ihn im Stich lasse?«

»Welche Maßnahmen haben Sie ergriffen, um seine Versorgung zu sichern?«

»Wie Sie sich ausdrücken können«, sagte sie.

»Haben Sie etwas geplant?«

»Na klar. Mein Plan ist meine Schwester. Ich habe zwei. Katrine ist ein noch größeres Arschloch als ich, eine absolute Niete, aber Bunny ist ein Goldstück. Vielleicht ist sie als mittleres Kind von dem ganzen Familienscheiß verschont geblieben. Aber egal, was sie zu der gemacht hat, die sie ist, sie ist toll, und sie wird Chad zu sich nehmen.«

»Wo wohnt Bunny?«

»Berkeley. Ihr Mann ist Physikprofessor, sie Englischlehrerin, und ihre eigenen Kinder sind schon auf dem College. Chad fährt immer gern zu ihr, und Leonard und sie haben ein abgefahrenes Haus in den Berkeley Hills mit wunderschönem Blick auf die San Francisco Bay. Außerdem einen tollen Hund, eine Promenadenmischung namens Waldo. Chad liebt ihn.«

Sie schniefte. Streichelte ihren Sauerstofftank. »Vom Garten hinten kann man die Golden Gate Bridge sehen.« Tränen stiegen ihr in die Augen. »Bunny wird eine tolle Mutter für Chad sein. Besser als ich.«

»Haben Sie mit Chad darüber gesprochen, dass er bei Bunny und Leonard leben wird?«

»Warum sollte ich? Das würde ihm wahnsinnige Angst machen!«

»Sie denken, er weiß nicht, wie krank Sie sind?«

»Ich denke, er beschäftigt sich nicht damit, solange er genug Aufmerksamkeit bekommt.«

Ich schwieg.

»Sie denken, ich erzähle einen Haufen Mist.«

Ich stand auf und berührte den Tank. »Das Ding lässt sich kaum übersehen, Gretchen.«

Sie fing an zu schluchzen.

Sie erlaubte mir, ihre Tränen zu trocknen. Fiel mir um den Hals und hielt sich eine Weile dran fest, bevor sie keuchend zurücksank.

»Danke. Dass Sie nicht losgelassen haben. Alle anderen lassen los.« Schnief. »Niemand kümmert sich um mich. Ich werde völlig aufgeschmissen sein.«

»Ich kann mit jemandem über einen Pflegeplatz in einem Hospiz sprechen.«

»Das meine ich nicht, das hab ich schon getan. Es gibt da einen Pflegedienst. Schwestern, die kommen und das mit der Schmerzlinderung machen. Die spritzen einem den Stoff. Ich meine… was soll's… warum soll ich nicht noch mehr Drogen nehmen?«

»Warum denn dann?«

»Die Leute mögen mich nicht«, sagte sie. »Ich würde sagen, ich bin selbst schuld, aber so war das schon immer. Solange ich mich erinnern kann.«

»Ich mag Sie.«

»Verdammter Lügner.«

»Sie machen es einem nicht leicht.«

Sie funkelte mich wütend an. Dann brach sie in röchelndes Gelächter aus. »Oh, Sie sind mir vielleicht einer. Superheld der Psychologie.«

Ich nahm ihre Hand. »Klingt, als hätten Sie im Prinzip alle praktischen Dinge bereits erledigt. Aber mein Gefühl sagt mir, dass Chad mehr weiß, als Sie glauben. Ich kann mit ihm sprechen und versuchen, ein Gespür dafür zu bekommen, was in ihm vorgeht. Wenn es da irgendwelche Missstände gibt, bringen wir sie in Ordnung …«

»Was für Missstände?«

»Manchmal geben sich Kinder selbst die Schuld an der Krankheit ihrer Eltern.«

»Auf keinen Fall, das ist unmöglich, das würde er niemals tun.«

»Möglicherweise haben Sie recht, aber das sollte man sich mal ansehen.«

Sie drückte meine Fingerknöchel. Und machte sich los. »Ich kann mich natürlich auch täuschen, denn was zum Kuckuck verstehe ich schon von Kindern. Sie haben schließlich mit Tausenden gearbeitet, stimmt's? Glauben Sie wirklich, dass Chad sich Vorwürfe macht?«

»Ich glaube gar nichts, aber man muss sich das mal ansehen.«

»Okay, okay … ich brauche allerdings eine Garantie dafür, dass Sie für mich da sein werden. *Deshalb* wollte ich, dass Sie das Geld im Voraus annehmen. Ich muss Sie … muss Sie … an mich binden. Denn wenn wir ehrlich sind, ist Geld doch immer noch das, was am meisten zieht.«

Sie nahm den roten Umschlag und ließ ihn in meinen Schoß fallen. »Nehmen Sie ihn, sonst kann ich heute Nacht verflucht noch mal nicht schlafen, und dann hätten Sie einer armen, todkranken Krebspatientin erheblich geschadet.«

Ich nahm den Umschlag.

»Danke«, sagte sie. »Dafür nicht. Aber dafür, dass Sie meine verfluchten Tränen getrocknet haben.«

10

Das Mädchen in Weiß war für einen Sendetermin abends angesetzt, wurde dann aber doch rausgekürzt. Es gab wichtigere Nachrichten: Zwei Schauspielerinnen hatten sich unabhängig voneinander von ihren Freunden verprügeln lassen.

Am folgenden Morgen um neun Uhr saßen Milo und ich in meiner Küche und sahen, wie die Zeichnung zehn Sekunden lang eingeblendet wurde.

Er sagte: »Hab kurz gezwinkert und es verpasst.« Dann ging er in die Küche und holte sich einen Zwei-Liter-Tetrapak Milch aus dem Kühlschrank. »Bei den Einschaltquoten ist es sowieso egal. Das bringt so viel wie Unterwäsche an einem Aal.«

Doch noch bevor er trinken konnte, dudelte sein Handy Händels *Messias,* und er lauschte mit großen Augen, während Detective Moe Reed eine Nachricht so laut übermittelte, dass sogar ich sie hören konnte.

»Anonyme Anruferin, Sir, meinte, Sie sollten sich eine Website namens SukRose.net ansehen.«

»Klingt exotisch. Buchstabieren Sie das.«

Reed sagte: »S-U-K, Rose wie die Blume, Punkt net.«

Milo legte auf und wiederholte die Botschaft für mich.

Ich sagte: »Bevor er's buchstabiert hat, hab ich *Saccharose* verstanden, wie Zucker. Kann das für *Sugar Daddy* stehen?«

Er stellte die Milch ab und ging aus dem Zimmer. Saß schon an meinem Computer, noch bevor ich mein Arbeitszimmer erreicht hatte.

Die Homepage von SukRose.net blinkte lila und goldfarben, die Schrift war knallrot.

»Nicht schlecht«, sagte er. »Von wegen dezente Andeutungen. Hier weiß man gleich, woran man ist.«

SUKROSE.NET
FÜR SUPERREICHE SUGAR DADDIES
UND SUPERSÜSSE SWEETIES

Warum wir besser sind als der Rest.
Sie kennen die anderen. Vielleicht haben Sie Erfahrungen gesammelt. Und festgestellt, dass Versprechungen zu machen und sie auch einzulösen zwei verschiedene Paar Schuhe sind.
Nur bei **SukRose.net** werden Sie Sugar Daddies finden, die finanziell, gesundheitlich und charakterlich auf Herz und Nieren geprüft wurden.
Nur bei **SukRose.net** werden Sie Sweeties begegnen, die auch wirklich welche sind – intelligente, gebildete, liebenswerte und liebevolle junge Frauen, deren Inneres in Bewegung gerät und die mehr wollen als nur Oberflächlichkeit.
Nur bei **SukRose.net** werden Sie persönlich von unserer geografischen Einengung des Kundenkreises profitieren. Das Land ist zwar groß, aber anspruchsvolle Sugar Daddies und Sweeties gibt es nicht überall wie Sand am Meer.
Deshalb beschränkt **SukRose.net** die Mitgliedschaft auf zwei große Bereiche: die exklusiven New Yorker Vor-

orte und die Nobelviertel von Los Angeles. Und falls das einen Flug von der Ost- an die Westküste in Daddys Privatjet mit einer Flasche Moët & Chandon und Belugakaviar notwendig macht, dann kennen Sie ja die Antwort: *C'est la vie.*

Also treten Sie über unsere güldene Schwelle und sehen Sie, was **SukRose.net** zu bieten hat. Keine Verpflichtungen für potentielle Daddies, die sich nur mal umsehen wollen. Keine Verpflichtungen für Sweeties. Wenn Sie unserer strengen Überprüfung standhalten, betrachten Sie sich als aufgenommen in einen der exklusivsten Clubs der Welt.

ENTER

»Intelligent *und* liebenswert«, sagte er.

Ich sagte: »Und so liebevoll, wenn ihr Inneres in Bewegung gerät. Wer hätte gedacht, dass sich Gespräche über Proust solch großer Beliebtheit erfreuen?«

»Umsehen kostet nichts, also versuchen wir's. Nicht, dass einer von uns beiden ins Schema passen würde.« Er lachte. »Wenn auch aus unterschiedlichen Gründen.«

Die erste Seite in der Sweeties-Kartei war von Fotos einer umwerfend gut aussehenden, jungen Frau mit langen Beinen und goldenem lockigem Haar eingefasst.

Porträtaufnahme, Bikinibild, Ballettfoto in schwarzer Gymnastikhose, über einen Billardtisch gebeugt, so dass ihr Dekolleté aufblitzte, Dekolleté an die Reling eines Boots gelehnt, Dekolleté auf einem Sofa sitzend.

Auf jedem Bild dasselbe zahnreiche Lächeln. Eine ausgeklügelte Mischung aus aufrichtig und käuflich.

SukRose Sweetie #22352

Codename: Bambee

Alter: 22

Größe: 165 cm

Gewicht: 50 kg

Figur: Nymphe (wenig Körperfett, aber üppig an den richtigen Stellen)

Augenfarbe: Bernstein

Haarfarbe: blond

Ausbildung: Tanzschule

Beruf: Yogalehrerin

Sonstiges: trinkt gerne mal was mit Freunden, Nichtraucherin

Profil: Ich bin nach L. A. gezogen, fort aus einer hübschen kleinen, aber völlig bedeutungslosen Stadt im Mittleren Westen, wo niemand so war wie ich, weil ich die tiefgründigeren und besseren Dinge des Lebens liebe und ich mir dort vorkam wie ein Faun in einer Büffelherde. Ich liebe jegliche Art von Tanz und reise für mein Leben gern, bin immer offen für Erkundungen des karmischen Zusammenspiels der physischen, kosmischen und intellektuellen Sphären.

Lieblingsessen: Sushi, aber es muss superfrisch sein!

Lieblingsmusik: John Meyer. Maroon Five.

Lieblingslektüre: So unglaublich viele Bücher, weil ich wahnsinnig gerne lese, aber Die Brücken am Fluß *von Robert James Waller habe ich unzählige Male gelesen. Ich glaube, ich bin eine hoffnungslose Romantikerin! Ich bin fit, energiegeladen und flexibel – in jeder Hinsicht. Abenteuerlustig und für alles offen. Na ja, fast alles. LOL. Aber da gibt es ja viele Möglichkeiten.*

Sucht: einen Daddy, der Gutes zu schätzen weiß – und natürlich mich! Du darfst mich mit ausgesuchten Geschenken verwöhnen oder mit mir Poker spielen, aber ich sehe mir auch ein Football-Match mit dir an, wenn es das ist, was deinen Ferrari auf Touren bringt. Mir ist jedes Spiel recht, vorausgesetzt, du spielst deine Karten richtig.

Küsschen,

Bambee

Kontakt: Loggen Sie sich ein, anschließend erhalten Sie Ihre Platin-Daddy-Kontonummer. Akzeptiert werden alle gängigen Kreditkarten sowie PayPal.

Nächste Seite: eine grünäugige Brunette, 23 Jahre alt. Codename: Sherbet.

Beruf: Model. *Ich liebe Jane-Austen-Verfilmungen und Sex. Nicht unbedingt in dieser Reihenfolge. LOL.*

Codename Surfrgrl, 24. *Pilatestrainerin und Fitness-Fanatikerin. Bauchmuskeln aus Titan, ebensolche Pobacken. Veganerin, fürchtet sich aber nicht vor jeder Sorte Fleisch. LOL. Sucht Aufstiegsmöglichkeiten. Dich.*

Leilani, 21. *Inneneinrichterin. Du darfst mich nach Herzenslust schmücken, ich bin für alle Lebenslagen zu haben.*

Milo sagte: »So viel Intelligenz. Vielleicht sollte Harvard eine Filiale an der Westküste eröffnen.«

»Für die vielen schlauen Mädchen.« Eine anonyme Anruferin. Es hatte keinen Sinn, sich darüber den Kopf zu zerbrechen, aber ich hatte einen begründeten Verdacht.

Wir lasen noch einige weitere Profile, bis Milo John Nguyen, den stellvertretenden Bezirksstaatsanwalt, anrief, die Seite beschrieb und fragte, warum das nicht als Prostitution galt.

»Ich wusste gar nicht, dass Sie damit Probleme haben, Milo.«

»Nur wenn es eine Verbindung zu einem hübschen Mädchen gibt, dem das Gesicht weggeschossen wurde.«

»Autsch«, sagte Nguyen. »Okay, ich seh's mir an – hab's auf dem Bildschirm – hübsche Farben … okay … okay … okay … die Bilder gefallen mir … okay … okay. Nein, mein Freund, nicht mal annähernd. Die Gerichte haben sich schon vor Jahren mit dem Thema beschäftigt. Selbst wenn Sex im Rahmen einer Transaktion angeboten wird – und das kann sehr viel offener geschehen, als die Granaten hier das machen –, solange zusätzlich zum Sex andere Dienste angeboten werden, ist es koscher. Was das Gesetz betrifft, so verkaufen diese Mädchen Gesellschaft, Schmeicheleien und eine gemeinsam verbrachte schöne Zeit. Wenn es dabei sinnlich wird, ist das keine große Sache. Betrachten Sie's als Alternative zur Ehe.«

»Ich habe immer gewusst, dass Sie ein Romantiker sind, John.«

»Selbst wenn es als Prostitution gelten würde, können Sie sich vorstellen, dass sich das Sittendezernat im Cyberspace auf die Lauer legt, wo wir's nicht mal schaffen, unsere Straßen von kranken Crackhuren zu befreien? Boah!«

»Was ist, John?«

»Die hier. Schön. Ein paar von den Mädchen sehen echt hammermäßig aus.«

Milo druckte die SukRose-Homepage aus, rief einen Detective mit Computerkenntnissen namens Darnell Wolf an und bat ihn um die Postadresse der für die Seite Verantwortlichen.

»Hab gerade viel um die Ohren, Milo. Anscheinend halten sich nur vierzig Prozent der Detectives an das neue Statistik-System.«

»Und das ist dein Problem?«

»Ich soll es benutzerfreundlicher für euch Dummies machen.«

»Dann verwendest du am besten fette Großbuchstaben und Wörter mit nicht mehr als einer Silbe, Darnell. Aber denk dran, dass ich der komische Vogel bin, der deine Arbeit zu schätzen weiß, also besorg mir die Adresse. Gemauert und aus Stein, nicht cyber.«

»Na gut, aber gib mir ein bisschen Zeit«, sagte Wolf. »Minuten und Stunden, das wird keine Astralreise werden.«

Milo las noch einmal die Homepage. »Deiner Beschreibung nach passt die Prinzessin ausgezeichnet hier rein.«

Ich ergänzte: »Und auch ein Sugar Daddy, der reich genug ist, um einen Typen wie den Mann im schwarzen Anzug anzuheuern.«

»Ich würde sagen, der Background-Check hat nicht viel gebracht.« Er faltete den Ausdruck und steckte ihn in seine Aktentasche. »Wenn die überhaupt was gemacht haben, dann wahrscheinlich nur einen kurzen Vorstrafencheck.«

Sein Telefon vibrierte auf dem Tisch.

Darnell Wolf war dran. »Das war einfach, Mann, das hättest du auch selbst gekonnt. Die Firma ist in einem stinknormalen, kalifornischen Unternehmensverzeichnis aufgeführt. Die versuchen gar nicht, sich zu verstecken. Die Muttergesellschaft heißt SRS Limited und ist in Panama gemeldet, aber sie haben auch Büros in der West Fifty-Eighth Street in New York und hier auf dem Wilshire Boulevard.«

Er las die Adresse vor.

»Ich bin dir sehr dankbar, Darnell.«

»Hab mir die Seite angeguckt.« Wolf pfiff leise. »Jetzt wäre ich auch gerne reich.«

11

Die Filiale von SukRose.net befand sich im zweiten Stock eines Bürogebäudes aus Stahl und blauem Glas auf dem Wilshire Boulevard. Ich kannte die Räume, sie waren einst Medizinern vorbehalten gewesen. Jetzt teilten sich Internisten, Zahnärzte, Psychologen und Chiropraktiker das Gebäude mit allerhand zweifelhaft betitelten Firmen, viele davon mit einem *-tech* im Namen.

Die Gänge waren sauber, aber schäbig, die braunen Teppiche an den Rändern bereits bis aufs Gewebe heruntergesaugt. Der glänzende Beigeton mit Stich ins Rosafarbene, in dem die Wände und Türen gestrichen waren, löste garantiert Depressionen aus. Falls wider Erwarten mal eine gute Laune all das überstehen sollte, würde ihr die aschefarbene Neonbeleuchtung den Rest geben.

Die Tür zur Suite 313 war beschriftet mit SRS Ltd. und verschlossen. Niemand reagierte auf Milos Klopfen. Er fischte eine Karte aus der Tasche und wollte sie gerade durch den Briefschlitz schieben, als eine Frau rief: »Hey, Jungs!«

Zwei Frauen kamen vom Fahrstuhl her auf uns zu. Jede mit einem Essensbehälter aus Styropor in der Hand. Dem Zitronengrasduft nach zu schließen, war es thailändisch.

Beide waren jung, mit olivefarbenem Teint, starken Nasen und hübschen Gesichtern, dazu volle Lippen, umrahmt von üppigem schwarzem Haar. Die Größere und Dünnere trug eine eng anliegende schwarze Seidenbluse über schwarzen Hüfthosen und rote offene Schuhe mit zehn Zentimeter hohen Absätzen. Ihre Begleiterin mit rundem Gesicht, kurviger gebaut, aber trotzdem knackig, trug dieselbe Kombination in Schokoladenbraun. Die Große wedelte mit ihrem Essen. Die Kleine sagte: »Hi.«

»Hi. Ich bin Lieutenant Sturgis, LAPD.«

»Lieutenant. Wow«, sagte die Kleine. »Endlich.«

»Endlich?«

»Wir haben uns schon gedacht, dass es irgendwann so weit sein wird«, sagte die Große. »Wenn man bedenkt, welche Art Unternehmen wir führen. Aber keine Sorge, bei uns ist alles legal, nichts Zwielichtiges. Im Gegenteil, wir sind dagegen allergisch – schmutzig macht uns stutzig.«

Gemeinsames Gelächter. Beide Mädchen warfen ihre Haare zurück.

»Kommt, Jungs, wir erzählen euch alles über uns.«

Die Räumlichkeiten bestanden aus einem kleinen Empfangszimmer, unbemannt und leer, sowie zwei größeren Büros, jeweils mit antiken, aufwendig verzierten Schreibtischen, rosafarbenen Wildledersofas und einer Reihe flacher Computerbildschirme.

»Warum gehen wir nicht in meins?«, fragte die Große. »Ich hab noch heißen Kaffee in der Maschine.«

Die Kleine sagte: »Klingt gut«, und führte uns in das linke der beiden Büros. Vorhänge wurden zurückgezogen, und es eröffnete sich ein Blick auf die höheren Gebäude auf dem Wilshire Boulevard. »Macht es euch bequem, Jungs. Schwarz oder mit Milch und Zucker?«

»Nichts, danke.«

Die Große setzte sich hinter ihren Schreibtisch, warf einen Blick auf die Computer, bevor sie sich uns zuwandte. »Ich bin Suki Agajanian, und das ist meine Schwester, Rosalynn.«

»Deshalb SukRose«, sagte die Kleine. »Die meisten nennen mich Rose.«

Ich sagte: »Als ich den Namen zum ersten Mal gehört habe, hielt ich es für eine Anspielung auf Saccharose – also *Zucker*.«

Rosalynn Agajanian malte mit Fingern, deren Nägel schokoladenbraun lackiert waren, Häkchen in die Luft. »Kohlenstoff zwölf Wasserstoff zweiundzwanzig Sauerstoff elf. Oder wenn Sie wirklich jemanden beeindrucken wollen, bla bla bla, Glucopyranosyl, bla bla bla, fructofuranosid.«

Milo sagte: »Ich bin schwer beeindruckt. Suk und Rose ergibt das englische Wort für Saccharose, nicht wahr?«

Suki Agajanian erklärte: »Unsere Eltern haben sich mit unseren Namen einen Scherz erlaubt. Daddy ist Biochemiker und Mom Molekularphysikerin. Die Idee war, dass wir ihre Sugar Babies sind.« Sie rümpfte die Nase. »Als wir klein waren, fanden wir's öde, hassten es, wenn sie uns als Doppelpack betrachteten.«

»Sind Sie Zwillinge?«

»Nein«, sagte Suki. »Ich bin genau ein Jahr älter. Sie« – Suki zeigte auf ihre Schwester – »ist das Baby von uns beiden.«

Rosalynn zog eine Schnute, dann kicherte sie. »Aus Schaden wird man klug.«

»Egal«, sagte Suki, »als wir die Firma gegründet haben, haben wir aus nichts Geld gemacht.«

»Dann laufen die Geschäfte also gut?«, fragte Milo.

»Sie laufen *ausgezeichnet*«, sagte Rosalynn. »Wir haben die Firma vor einem Jahr gegründet und jetzt schon über zehntausend Namen in unserer Datenbank.«

Suki sagte: »Eigentlich sogar knapp zwölftausend laut aktuellem Stand.« Sie tippte auf eine Taste. »Dreitausendsechshundertsiebenundachtzig Daddies und siebentausendneunhundertzweiundfünfzig Sweeties. Da sind die, die sich heute angemeldet haben, noch nicht dabei.«

Ich fragte: »Wer leitet das New Yorker Büro? Schwester Honey?«

Beide Mädchen lachten.

»Nein, das ist nur ein Briefkasten«, sagte Rosalynn. »Unser

Onkel Lou hat ein Koffergeschäft in dem Gebäude und holt für uns die Post ab. Wir wollten, dass es aussieht, als hätten wir an beiden Küsten Vertretungen. Das bedeutet, dass wir in New York einiges an Steuern zahlen müssen, aber wir dachten, es würde sich lohnen, und so war's auch.«

»Die Firma hat ihren Sitz in Panama.«

»Na klar«, sagt Suki. »Unser Bruder ist Steueranwalt, und er hat gesagt, wir müssen aufpassen, dass es nicht aussieht, als wollten wir Steuern hinterziehen, aber die Registrierung im Ausland hätte einige Vorteile.«

»Wir werden in diesem Jahr wahnsinnig viel Steuern bezahlen«, sagte Rosalynn. »Einen ganzen Berg mehr als das, was wir früher für ein gutes Einkommen gehalten haben.«

»Gott segne das Internet«, sagte Suki. »Unsere Ausgaben sind minimal. Wir sind nur zu zweit. Außer den Computern, der Miete und der technischen Beratung, die wir hin und wieder in Anspruch nehmen müssen, fallen keine Kosten an. Schlecht ist, dass wir kaum was absetzen können. Dafür haben wir eine enorme Gewinnspanne.«

»Wir werden unsere Steuern bezahlen, wir sind nicht habgierig«, sagte Rosalynn. »Wir sind uns der Tatsache bewusst, dass unser Geschäftsmodell von kurzer Dauer sein könnte, wenn andere die Idee aufgreifen und die Konkurrenz härter wird. Irgendwann einmal würden wir natürlich gerne an eine größere Firma verkaufen, aber einstweilen sind wir glücklich mit dem, was wir haben. Und wir sind sehr froh, dass wir uns im gehobenen Segment bewegen.«

»Fendi, nicht H&M«, ergänzte ihre Schwester. »Dafür, dass das Geschäftsmodell aus einer Diplomarbeit hervorgegangen ist, hat es in der Praxis fantastisch funktioniert.«

»Einer Diplomarbeit?«, sagte Milo. »Welche Note haben Sie denn dafür bekommen?«

»Eine Eins.«

»Wo?«

Rosalynn sagte: »Wir haben beide das Grundstudium an der Columbia absolviert, und als Suki Betriebswirtschaft an der Wharton studiert hat, musste sie sich für ihre Abschlussarbeit ein neues Geschäftsmodell einfallen lassen. Ich bin kein Technikfreak, aber ich habe zwei Jahre lang Informatik an der Uni belegt, ich komme also mit den Grundlagen klar.«

»Und euer Bruder kümmert sich ums Juristische.«

»Unser Bruder Brian. Er ist der Älteste. Bruder Michael, das ist der Jüngste, macht seinen Abschluss in Wirtschaftswissenschaften an der Columbia. Er hält für uns nach Immobilien Ausschau, in die wir unser Geld investieren können. Für die Zeit danach, wenn wir auf passives Einkommen umstellen.«

Suki tippte erneut auf eine Taste. »Gerade haben sich wieder drei neue Sweeties angemeldet, Rosie.«

»Ja!«

Milo sagte: »Unser Erscheinen hat Sie nicht überrascht?«

»Ich vermute«, sagte Suki, »dass Sie auf uns gestoßen sind, als Sie sich im Internet nach Prostitution umgesehen haben. Seit dem irren Craigslist-Killer in Boston wurde immer wieder gegen Erotikdienste vorgegangen. Aber wir sind ja kein Erotikbetrieb in *dem* Sinne. Wir kaufen, verkaufen und koordinieren keine sexuellen Kontakte. Wir vermitteln lediglich mentale Begegnungen.«

»Oder solche der verschiedenen Körperteile.«

Rosalynn sagte: »Bevor wir angefangen haben, haben wir alles gründlich geprüft. Die Gerichte haben sich bereits mit dem Thema befasst und …«

»Wir wissen Bescheid«, sagte Milo. Er beugte sich vor. »Tut mir leid, dass ich Sie enttäuschen muss, aber Sie haben falsch geraten.«

»Inwiefern?« Er zeigte ihnen seine Karte.

Suki riss die Augen auf. »Mord?«

Rosalynn fragte: »Noch ein Craigslist-Psychopath? Verdammt. Aber nicht aus unserer Datenbank, das kann ich Ihnen versichern, auf keinen Fall. Wir durchleuchten alle sehr genau. Damit meine ich keine Standardsuche im Vorstrafenregister wie andere Sites das machen. Wir checken jede einzelne Verbrecherkartei, die uns zur Verfügung steht. Wir speichern sogar Gerichtsprotokolle von Zivilverfahren.«

Suki sagte: »Was in unserem eigenen Interesse geschieht. Wer will sich schon von einem streitsüchtigen Wichser das Leben schwermachen lassen?«

Ich sagte: »Werden alle, die schon mal vor Gericht standen, ausgeschlossen?«

»Natürlich nicht, dann würde ja praktisch jeder Mann mit Geld automatisch ausscheiden. Wir – das heißt Brian – versuchen einzuschätzen, ob sich ein Muster abzeichnet. Gröbere finanzielle Unregelmäßigkeiten oder wiederkehrende Gesetzesverstöße. Das, was wir als Stolpersteine bezeichnen – die einen umhauen, wenn man nicht aufpasst.«

»So wie auf unserem Grundstück in Arrowhead«, sagte Rosalynn. »Achttausend Quadratmeter, haben wir gerade gekauft.«

Sie spielte mit Milos Karte. »Also, wer wurde ermordet?«

»Eine junge Frau, die Hinweisen zufolge auf Ihrer Homepage inseriert haben soll.«

»Hinweisen zufolge?«, sagte Suki. Ihre Hände flogen zur Tastatur. »Sagen Sie mir den Namen, und ich sag Ihnen, ob das stimmt.«

»Wir haben noch keinen Namen.«

Sie lehnte sich zurück, ließ ihren Stuhl ein paarmal kreisen. »Wie um alles in der Welt kommen Sie darauf, dass sie ein Sweetie war?«

»Man hat uns darüber in Kenntnis gesetzt.«

»Wer?«

»Kann ich nicht sagen.«

Die Schwestern sahen einander an. Beide schüttelten den Kopf, als bedauerten sie die schlechten Nachrichten sehr.

Suki sagte: »Jungs, kommt schon. Mit der Sorte Bluff kommt ihr nicht weiter. Selbst wenn es stimmt, könnte euer Informant einfach nur ein Konkurrent sein, der uns was anhängen will. Oder es ist jemand, den wir abgelehnt haben und der es uns jetzt heimzahlen will.«

»Oder ein nerviges Hackerarschloch«, sagte ihre Schwester. »Das Internet zieht die alle an.«

»Hat er euch einen Namen genannt?«, fragte Suki. »So dass wir wenigstens einschätzen können, ob der Hinweis ernst zu nehmen ist.«

»Es war ein anonymer Hinweis.«

Beide Mädchen lachten.

Suki sagte: »Wie im Fernsehen, hm?«

»Es gibt diese Hinweise wirklich, oft helfen sie, Morde aufzuklären«, sagte Milo.

»Ein anonymer Tipp«, wiederholte Rosalynn. »Ich weiß, dass ihr Jungs einfach nur euren Job macht, aber es ist gelinde gesagt ein bisschen müßig, einem so dürftigen Hinweis nachzugehen. Wer sagt denn, dass da überhaupt was dran ist?«

»Das lässt sich nur auf eine Weise herausfinden«, sagte Milo. »Geben Sie uns die Liste Ihrer Sweeties, einschließlich Porträtfotos.«

Die Schwestern betrachteten einander, überlegten schweigend, welche das Heft in die Hand nehmen sollte.

Endlich sagte Rosalynn: »Ihr scheint ja ganz nett zu sein, aber warum zum Teufel sollte ich euch aufgrund eines weit hergeholten Hinweises unsere komplette Datenbank aushändigen?«

»Weil Sie uns damit vielleicht helfen könnten, einen Mord aufzuklären.«

»Könnte-wollte-sollte-vielleicht?«, fragte Suki. »Wozu der ganze Wirbel? Besonders, wenn man bedenkt, welche Angriffe auf die Privatsphäre damit verbunden wären.«

Milo öffnete seine Tasche, nahm eine Aufnahme der toten Prinzessin heraus und reichte sie ihr.

Sie starrte das Bild eine Sekunde lang an und schob es von sich weg. »Okay, das ist widerlich, absolut abstoßend. Doch obwohl ich entsetzt bin, hält mich das nicht davon ab, die alles entscheidende Frage zu stellen: Wenn sie kein Gesicht hat, wie können Sie feststellen, ob sie einem Mädchen aus unserer Datenbank entspricht?«

Rosalynn sagte: »Ich will's auch sehen, Suki.«

»Glaub mir, das willst du nicht.«

»Wenn du's gesehen hast, muss ich's auch sehen, Suki, sonst krieg ich um sieben Uhr Hunger auf Abendessen, und du wirst keinen Appetit haben, unser Rhythmus verschiebt sich, und wir kommen über Tage hinweg durcheinander.«

Suki spielte mit ihrem Haar. Reichte das Foto weiter.

Rosalynn streckte die Zunge raus. »Mehr als abstoßend. Schwer zu glauben, dass das echt ist. Es hat fast was von einem Spezialeffekt.«

»Es ist echt«, sagte Milo.

»Ich meine ja nur. Das ist so abscheulich, dass es fast gestellt wirkt.«

Suki sagte: »Wir respektieren die Polizei, unser Ururgroßvater war Polizeichef in Armenien. Aber ohne Gesicht ist die Beweislage mehr als dürftig – und Ihr Verdacht ist *abwegig*.«

Rosalynn hielt Milo das Bild hin. Er ließ sich Zeit, es zurückzunehmen, kramte in seiner Tasche und zog das von Alex Shimoff gezeichnete Bild heraus.

Suki Agajanian legte die Stirn in Falten. »Wenn Sie ein intaktes Gesicht haben, warum mussten Sie uns diese Scheußlichkeit zeigen?«

Ihre Schwester sagte: »Natürlich wegen des Schockeffekts, Suki, damit wir vor Schreck klein beigeben. Ihr müsst uns gar nicht manipulieren, Jungs. Wir sind sowieso auf eurer Seite.«

Suki sagte: »Wir sind keine wahnwitzigen Vollidioten, die bereit wären, vor Gericht um jeden Datenfitzel zu kämpfen. Gebt uns einen Namen, und wir sagen euch innerhalb von Sekunden, ob sie eine von unseren war. Wenn ja, sagen wir euch außerdem, mit wem sie zu tun hatte. Aber ohne Namen können wir nichts für euch tun, und es gibt keinen logischen Grund, weshalb wir unsere Datenbank freigeben sollten. Wie schon gesagt, da sind fast zwölftausend Namen drin, die meisten davon Sweeties.«

Milo sagte: »Ich bin ein geduldiger Mensch.«

»Sie würden so viele Fotos durchgehen? Das klingt unglaublich ineffizient.«

Ich sagte: »Teilen Sie die Bewerberinnen in Kategorien ein? Unser Opfer war blond und hatte dunkle Augen.«

»Wir unterteilen sie, ja«, sagte Rosalynn, »aber das wird Ihnen nicht helfen, weil fast achtzig Prozent unserer Sweeties blond sind, also sprechen wir immer noch von Tausenden.«

»Anscheinend verkörpert helles Haar Jugend und Vitalität«, sagte Suki und schüttelte ihre rabenschwarze Mähne.

»Dasselbe gilt für kleine Nasen«, sagte Rose und kräuselte ihren Adlerzinken. »Alles, was im Rahmen eines sexuell reifen Gesamtpakets an Kinder erinnert, funktioniert einwandfrei beim männlichen Tier.«

Ihre Schwester lachte. »Offenbar sind Männer im Grunde ihres Herzens pädophil.«

Ich fragte: »Wie viel Prozent Ihrer Blondinen haben dunkle Augen?«

»Oha«, sagte Suki. »Sie versuchen es jetzt aber nicht durch die Hintertür, oder?«

Milo ergänzte: »Einssechsundsechzig einssiebenundsechzig, etwa fünfzig Kilo.«

»Wir unterscheiden nicht nach dem Gewicht, weil sich das verändert und die meisten sowieso lügen und wir nicht dafür verantwortlich gemacht werden wollen. Außerdem sind wir keine Fleischerei.«

Ich sagte: »Eher ein Feinkostladen für Gourmets.«

Beide Schwestern starrten mich an und lächelten anschließend gleichzeitig, als wären jeweils dieselben Nervenzellen angesprungen.

»Das gefällt mir«, sagte Suki. »Vielleicht können wir das noch irgendwie in unsere Promo schreiben.«

»Feinkostladen für Gourmets«, sagte Rosalynn. »Ein bisschen zu offenkundig oral, aber ja, leicht abgewandelt könnte das funktionieren – die Haute Cuisine der Romantik.«

»Wir könnten es mit der Slow-Food-Masche probieren, Rosie. Überleg dir mal, was für Quoten Kochsendungen haben.«

»Feinkost für Gourmets … Essen für die Seele.«

»Außergewöhnliche *Speisen* für Körper und Seele.«

»Zufriedenheit für Körper, *Geist* und Seele.«

»Umfängt das ganze Reich der Sinne.«

Milo sagte: »Wie wär's, wenn Sie unsere Neugierde befriedigen würden?«

»Wissen Sie was?«, meinte Suki. »Wir fragen Brian.«

»Gut, wir warten.«

»Oh, nein, tut uns leid«, sagte Rosalynn. »Eine solche Entscheidung kann man nicht spontan treffen.«

Ihre Schwester sagte: »Brian ist so ziemlich der Letzte, den man als spontan bezeichnen könnte.«

»Ach, kommt schon, Mädchen«, sagte Milo.

»Sie sind süß«, sagte Suki. »Aber so leid es mir tut, es geht nicht. Letztlich ist das auch in Ihrem eigenen Interesse. Wohlüberlegte Entscheidungen sind für alle Beteiligten besser.«

»Unendlich viel besser«, sagte ihre Schwester.

Sie brachte uns zur Tür.

Milo sagte: »Rufen Sie uns an, sobald Sie mit Brian gesprochen haben.«

»Darauf können Sie sich verlassen. Und wenn Sie jemanden kennen, der von unseren Diensten profitieren könnte, dann geben Sie bitte unbedingt unsere Kontaktdaten weiter. Wir sind wirklich die Besten.«

12

Chad Stengel sagte: »Mommy wird sterben.«

Es war vier Uhr nachmittags, und er war schon seit einer Weile aus der Schule zurück, lange genug, um gegessen und zwei Videos gesehen zu haben.

Wir waren in seinem Zimmer, einem himmelblauen Paralleluniversum voller Bücher, Spielsachen, Kostüme und Malsachen. Als ich eintraf, hatte er neben Gretchen im Wohnzimmer gesessen und so getan, als hätte er gar nicht mitbekommen, dass Besuch da war. Er ging weg, noch bevor seine Mutter mich vorgestellt hatte.

Sie sagte: »Er hat seinen eigenen Kopf.« Lächeln. Husten. »Ich weiß, was Sie denken, wo er das wohl her hat?«

Ich lächelte ebenfalls. Aber sie hatte recht.

Als ich sein Zimmer betrat, lag er auf dem Bett und starrte an die Decke.

Ich sagte: »Hi.«

»Hi.«

Ich setzte mich im Schneidersitz auf den Boden. Er blinzelte. »Du machst dich schmutzig.«

»Soll ich mich woanders hinsetzen?«

Er zeigte auf einen Stuhl, auf dessen Rückenlehne *Chad* in Goldbuchstaben stand.

»Weißt du, wer ich bin, Chad?«

»Ein Doktor.«

»Ich bin Psychologe, ich gebe keine Spritzen …«

»Wir sollen über Gefühle reden.«

»Hat Mommy das gesagt?«

»Tante Bunny.«

»Was hat Tante Bunny noch gesagt?«

»Dass Mommy Angst hat zu reden.«

»Worüber?«

»Dass sie sterben wird.«

Er verschränkte seine speckigen Arme vor der Brust. Sein Gesicht war ein weicher, weißer Kreis, mit Sommersprossen gesprenkelt. Ein stämmiger, kleiner Junge, breit und stabil. Sein viel zu großes Lakers-T-Shirt war tadellos sauber. Ebenso die ausgebeulte, knielange Skaterhose und die schwarz-roten Nikes. Sein perfekt gestyltes Haar hing ihm auf die Schultern. Eine Achtziger-Jahre-Frisur mit Haarband an einem Sechsjährigen.

Seine Augen waren fast schwarz und sein Blick sehr unruhig. Er sah überall hin, nur nicht mir ins Gesicht.

»Tante Bunny hat dir gesagt, dass Mommy sterben wird.«

Er presste die Arme aneinander. »Sie ist krank, und es hört nicht auf.«

»Mommys Krankheit hört nicht auf.«

»Das hat Tante Bunny gesagt.«

Anstatt den Satz zu Ende zu bringen, nahm er eine Actionfigur aus einer Sammlung von mehreren Dutzend. Ein Space-Ranger in einer Armee von Minizenturien stellte sich zur Schlacht auf, mit grünen Schuppen, Fangzähnen und Steroidmuskeln.

»Was hat Tante Bunny gesagt?«

»Dass ich sie nicht angesteckt habe.«

»Das stimmt.«

Schweigen. Sein Mund verzog sich zu einem bitteren, kleinen Knoten.

»Tante Bunny hat die Wahrheit gesagt, Chad. Du hast Mommy nicht angesteckt.«

Ein leises, grummelndes Geräusch drang aus seinem kleinen Körper. Ein Geräusch, das ein alter Mann mit schlechter Laune machen könnte, wenn er müde aufwacht.

»Glaubst du's nicht?«

»Die Lehrer sagen immer, man muss zu Hause bleiben, wenn man krank ist. Damit man die andern nicht ansteckt.« Er warf die Actionfigur beiseite, so wie man einen Fussel wegschnippt. Sie knallte an die Wand und fiel lautlos aufs Bett. »Sie bleibt zu Hause.«

»Es gibt unterschiedliche Arten von Krankheiten«, sagte ich. Schweigen.

»Die Krankheiten, von denen die Lehrer sprechen, haben mit Erkältungen zu tun. Die Krankheit, die deine Mommy hat, kann man nicht von jemand anders bekommen. Nie.«

Er nahm wieder den grünen Krieger in die Hand und versuchte, ihm den Kopf abzureißen. Da es ihm nicht gelang, warf er ihn wieder von sich.

»Weißt du, wie Mommys Krankheit heißt?«

»Ich hab sie mit einem Schnupfen angesteckt.«

»Schnupfen ist anders. Man kann sich mit einem Schnupfen anstecken, wenn man angeniest wird.«

»Ich war mal richtig krank.« Er fasste sich an den Bauch. Dann warf er die grüne Figur durch den Raum. Sie knallte an die Wand, fiel auf den Boden.

Ich sagte: »Hat dir mal der Bauch wehgetan?«

»Vorher.«

»Bevor Mommy krank wurde.«

Grunzen. »Ich hab gehustet.«

»Mommy hustet.«

»Ja.«

»Es gibt verschiedene Arten von Husten, Chad. Du hast Mommy nicht angesteckt. Das schwöre ich.«

Er schaukelte auf seinen Stummelfüßen, stand vom Bett auf, fiel auf die Knie, als wollte er beten, suchte etwas unter dem Bett und zog einen Zeichenblock heraus.

Ein professioneller Zeichenblock für Künstler. Auf dem Deckblatt stand *Für mein kleines Malgenie. Deine dich immer liebende Ma-mah* in ausholender, roter Schreibschrift.

Chad ließ den Block fallen. Er klatschte auf den Teppich. Dann fasste sich Chad erneut an den Bauch.

»Hab mich übergeben.«

»Als dein Bauch ...«

»Mommy übergibt sich auch. Andauernd.«

»Das kann viele Gründe haben, warum man sich übergeben muss, Chad.«

Er trat gegen den Zeichenblock. Noch einmal und fester.

»Obwohl alle sagen, dass du an Mommys Krankheit nicht schuld bist, machst du dir trotzdem Sorgen, dass es so sein könnte.«

Er stieß mit dem Zeh an den Block.

»Du hast es niemandem geglaubt.«

»Hm.«

»Die erzählen dir viel«, sagte ich. »Immer wieder.«

»Hm.«

»Vielleicht machst du dir gerade deshalb Sorgen. Weil alle so viel reden.«

Er stand auf, warf die kleinen Hände in die Luft wie ein

Boxer. Trat fest gegen das Bett. Noch mal. Und noch fünf Mal.

Dann warf er sich auf den Boden und schlug mit beiden Fäusten auf den Teppich ein.

Sprang wieder auf die Füße und beobachtete mich.

Ich tat nichts.

»Ich will malen.«

»Okay.«

»Alleine.«

»Soll ich gehen.«

»Ja.«

»Macht es dir was aus, wenn ich noch ein bisschen bleibe?«

Schweigen.

»Chad, wie wär's, wenn ich einfach hier sitze und wir nicht weiterreden, solange du malst.«

»Nein.«

»Okay, dann sag ich deiner Mommy, dass wir für heute fertig sind.«

Er krabbelte auf den Knien zu einer Kiste in der Ecke, nahm sich einen roten Marker, warf sich mit dem Bauch zuerst auf den Boden, klappte den Block auf und begann, Kreise zu zeichnen. Große, rote, die ganze Seite ausfüllende Kreise, die er sorgfältig ausmalte.

Große, rote Blasen.

»Wiedersehen, Chad. War schön, dich kennenzulernen.«

»*Hm.* Nein!«

»Nein?«

»Du musst auch malen«, befahl er, ohne aufzublicken. »Wir malen schnell.« Er riss seine Kreiszeichnung aus dem Block, dann das darauf folgende leere Blatt und hielt es mir hin.

»Mal!«

»Welche Farbe soll ich nehmen?«

»Schwarz.« Er schlug in die Luft. »Wir machen schnell. Ich gewinne.«

Nachdem er zehn Minuten später bereits vierzehn Mal seinen Sieg erklärt hatte, verkündete er: »Jetzt kannst du gehen.«

Ich ließ ihn alleine und fand Gretchen in ihrem Wohnzimmer, genau dort, wo wir sie zurückgelassen hatten.

»Und?«

»Ist ein toller Junge.«

»Dafür, dass Sie mir *das* sagen, hätte ich Sie nicht gebraucht. Was geht in seinem Kopf vor?«

»Nichts Ungewöhnliches.«

»Ich fasse es nicht«, sagte sie. »Du lieber Himmel, ich hab nicht ewig Zeit, legen Sie die Karten auf den Tisch – alle! Wofür zum Teufel bezahle ich Sie?«

»Er macht genau das durch, was jedes Kind an seiner Stelle durchmachen würde.«

»Und das bedeutet?«

»Wut, Angst. Ich berichte nichts Dramatisches, weil es nichts Dramatisches zu berichten gibt.«

»Ich dachte, Sie sind ein Crack auf Ihrem Gebiet.«

»Man muss nur eins bedenken«, sagte ich, »alle haben ihm erzählt, dass er an Ihrer Krankheit nicht schuld ist. Das ist tausendmal besser, als überhaupt nicht darüber zu reden. Aber zu viele Wiederholungen können einem Kind auch Angst einjagen.«

»Hat er das gesagt?«

»Das habe ich aus seinem Verhalten geschlossen.« Ich lächelte. »Weil ich auf meinem Gebiet ein Crack bin.«

»Na ja, ich hab ihm das mit Sicherheit nicht eingeredet. Ich hab's ihm einmal gesagt, vielleicht auch zweimal, um sicher zu sein, dass es auch ankommt, und so steht's ja auch in den Büchern. Wer ist denn alle?«

»Wer hat sonst mit ihm gesprochen?«

»Nur Bunny«, sagte sie. »O Scheiße, ich hab Bunny gesagt, sie soll mit ihm reden. Hat sie's etwa übertrieben? Typisch. Ich hab sie nur mit einbezogen, weil ich wollte, dass er eine stimmige Ansage bekommt. Und weil sie eines Tages seine ... sie wird diejenige sein, die ...« Sie vergrub ihr Gesicht in den Händen und stöhnte: »O Gott.« Dann sah sie auf: »Würden Sie mich bitte, verdammt noch mal, einfach in den Arm nehmen!«

Genau das tat ich, als Chad hereinkam und ein Blatt voller schwarzer Kreise hochhielt.

»Liebst du sie?«, fragte er mich.

Gretchen machte sich los, wischte sich hektisch über die Augen. »Nein, nein, mein Schatz, wir haben nur ...«

»Du bist traurig. Er will, dass du wieder glücklich bist. Vielleicht liebt er dich.«

»Ach, mein Schatz, du bist so klug.« Sie breitete ihre Arme aus. »Nein, er ist ein Freund, er hilft uns. Und weißt du, was ich mehr als alles andere möchte? Dass *du* glücklich bist.«

Chad stand da.

»Komm her, mein Schatz, gib Mommy einen Kuss.«

Er kam zu mir und hielt mir die Zeichnung hin. »Für dich.«

»Danke, Chad.«

»Du darfst wiederkommen. Wir machen Mommy zusammen glücklich.«

Gretchen drückte ihn sich an die Brust. »Ich *bin* ganz glücklich, Schatz, du machst mich immer *so so* glücklich.«

Durch die Bewegung war ihr der Luftschlauch aus der Nase gerutscht.

Ein Zischen ertönte im Raum.

Chad sagte: »Steck ihn wieder rein, damit du gesund wirst.«

»Ich mach alles, was du willst, mein lieber, kluger Junge. Alles.« Sie steckte sich den Schlauch wieder in die Nase und sagte: »Jetzt komm auf meinen Schoß, dann erzähl ich dir eine Geschichte.«

»Nein«, sagte er. »Ich bin zu schwer.«

»Du bist …«

»Ich bin groß. Ich bin schwer.« Und an mich gewandt: »Du kannst jetzt gehen, ich helfe ihr schon.«

Zwei Stunden später rief Gretchen an und redete in einem ganz neuen Tonfall mit mir: leise, bedächtig und sanft.

»Ich weiß nicht, was Sie gemacht haben, aber es ist unglaublich. Vorher hat er sich mir entzogen, wenn ich mit ihm sprechen wollte. Er hat mich ignoriert. Als Sie gegangen waren, saßen wir noch eine ganze Weile zusammen, und er war wieder mein kleiner Kuschelkäfer. Ich durfte ihm sogar Geschichten erzählen, aus der Zeit, als er noch ganz klein war. Das war toll. Als hätte ich mein Baby wieder. Danke, danke, danke.«

»Das freut mich, Gretchen.«

Einen Augenblick herrschte Schweigen. »Ich weiß nicht, ob mir das gefällt.«

»Was?«

»Ihr Ton«, sagte sie. »So unverbindlich. Als wollten Sie sagen, freu dich nicht zu früh, blöde Schlampe. Das kann alles noch schiefgehen.«

»Wenn ich Sie wäre, Gretchen, würde ich möglichst nichts irgendwo hineininterpretieren. Ich bin froh, dass es funktioniert hat. Das ist ein ganz toller Junge.«

Schweigen.

»Sie sind nicht leicht zu durchschauen«, sagte sie. »Ich weiß nicht, ob Sie mich verarschen und in Wirklichkeit, während wir telefonieren, Pornos auf dem Computer gucken.«

Ich lachte. »Ist schon ein bisschen zu spät am Tag für Multitasking.«

»Es stimmt aber, oder? Wir hatten einen guten Tag, aber es kann auch wieder genauso werden, wie's war, und er könnte wieder auf Distanz zu mir gehen.«

»Kinder haben Launen wie alle anderen auch. Das lässt sich nicht vorhersagen.«

»Man soll's einfach genießen, hm? Ich soll die Klappe halten und aufhören, ständig an mich selbst zu denken, und stattdessen mich über das freuen, was ich habe.«

»Klingt nach einem guten Plan«, sagte ich.

»Beantworten Sie mir nur eine Frage: Kann man ein schlechter Mensch, aber trotzdem eine gute Mutter sein?«

»Sie sind eine gute Mutter, Gretchen.«

»Das ist keine Antwort auf meine Frage.«

»Meiner Ansicht nach sind Sie eine fürsorgliche, umsichtige Mutter.«

»Hab ich ihn noch nicht total verkorkst?«

»Chad ist ein normaler Junge, der mit einer sehr schwierigen Situation klarkommen muss. Soweit ich das beurteilen kann, haben Sie Ihre Sache ausgezeichnet gemacht. Also quälen Sie sich nicht.«

»Okay, okay – wann kommen Sie wieder?«

»Wir wollen ein paar Tage warten, damit sich Chad nicht überrannt fühlt.«

»Obwohl er psychoanalysiert wird, bis es ihm zu den therapierten Ohren herauskommt.«

»Sie haben ein Händchen für Formulierungen«, sagte ich.

»Ehrlich gesagt, Worte waren nie so richtig mein Ding, Doc. Auf der Highschool hab ich in Englisch versagt. Ebenso wie in vielen anderen Fächern. Wenn man ständig stoned ist und niemals lernt, führt einen das nicht unbedingt zu akademischem Ruhm.«

»Aber Spaß hat's doch bestimmt gemacht.«

Sie lachte. »Und das ist mehr wert als Bildung? Schicken

Sie irgendein Arschloch auf die Psychiaterschule, dann wird daraus ein gebildetes Arschloch. Wenn ich mir's so überlege, dann ist das eigentlich ein guter Titel für einen Pornofilm: *Die analen Abenteuer des Analytikers: Rubys ausgebildetes Arschloch.*«

Ich sagte: »Wegen des nächsten Termins mit Chad ... Hören Sie auf, so *unanständig* daherzureden, Gretchen. Ich mag als Therapeut einfühlsam sein, aber meine Geduld ist nicht endlos.«

Ich nannte einen Tag.

Sie sagte: »Okay, okay, okay, schön. Vielleicht ist Bunny hier. Es wird Zeit für ihren nächsten, neugierigen Besuch. Sie möchte unbedingt jetzt schon meine Hospizbetreuerin sein, obwohl ich ihr ständig versichere, dass es mir gut geht.«

»Aber Sie verhindern auch nicht, dass sie kommt.«

»Im Moment«, sagte sie, »ist sie die Einzige, die mich liebt.«

»Abgesehen von Chad.«

»Ja ja, ich spreche von Leuten, die mir tatsächlich helfen können. Mit dem fiesen Kram, den widerlichen Sachen. Denn irgendwann wird's echt abartig, hab ich mir sagen lassen.« Ihre Stimme versagte. »Wahrscheinlich sollten Sie sie sowieso besser kennenlernen. Da sie Chad übernehmen wird.«

»Sicher.«

»Sie sind ein Schatz«, sagte sie. »Fast fange ich an zu glauben, dass Sie's ernst meinen – tut mir leid, ich muss mein dreckiges Schandmaul zügeln. Es gibt da draußen auch nette Menschen, ich treffe sie nur nie.« Schrilles Gelächter. »Ich ich ich – okay, jetzt sprechen wir mal über *Sie*: Zum Zeichen meiner Dankbarkeit werde ich Ihnen einen Bonus zahlen.«

»Das kommt nicht in Frage, Gretch ...«

»Halt, warten Sie, bevor Sie mich abbügeln, Mister Oberschlau, ich spreche nicht von Geld. Was ich Ihnen schenken kann, ist besser. Informationen. Zum Beispiel über Sturgis und seinen aktuellen Fall, der heute Morgen in den Nachrichten kam.«

Ich sagte nichts.

Sie fuhr fort: »Aha, jetzt spitzen Sie die Ohren! Okay, das ist der Deal: Ich hab erst mal abgewartet, wie Sie sich heute mit Chad schlagen, damit ich weiß, ob Sie eine *besondere* Zuwendung verdient haben. Und raten Sie mal was: Sie haben den Test bestanden.«

»Gretchen, wenn Sie Informationen für Lieutenant Sturgis haben, dann müssen Sie ihm diese direkt mitteilen.«

»Seid ihr nicht mehr befreundet?«

»Solche Tauschgeschäfte sind unmoralisch.«

»Ich mache keine Tauschgeschäfte. Ich biete Ihnen kostenlose Informationen über das Mädchen an, dessen Gesicht heute Morgen in den Nachrichten zu sehen war. Jeder weiß, wenn die Bullen ein Opfer nicht identifizieren können, sind sie aufgeschmissen. Wenn Sturgis eine Phantomzeichnung von ihr im Fernsehen zeigt, dann ist er wahrscheinlich doppelt und dreifach aufgeschmissen, und ich weiß möglicherweise, um wen es sich handelt.«

»Ich hoffe, dass es so ist, Gretchen, aber ich kann nicht als Ihr Vermittler fungieren.«

»Warum nicht?«

»Sie haben ein Recht auf meine ungeteilte Loyalität und sind mir keine Bezahlung schuldig, außer der bereits vereinbarten.«

»Jetzt sind Sie aber ein bisschen verklemmt.«

»Jetzt bin ich Ihr Therapeut.«

»Das ist keine Bezahlung, das ist ein Bonus.«

»Sehen Sie's mal so«, sagte ich. »Wenn ich eine Patientin hätte, der ein Juweliergeschäft gehört, würde ich mir als Entschädigung für meine Dienste auch keine Rolex aussuchen.«

»Warum nicht?«

»Weil das falsch wäre.«

»Kapier ich nicht«, sagte sie. »Ich finde Sie total verklemmt.«

»Mag sein.«

»Und Sie sind kein bisschen neugierig zu erfahren, was ich weiß?«

»Ich bin sicher, Lieutenant Sturgis würde es gerne wissen.«

»Ich will ihn nicht anrufen«, sagte sie. »Ich kann ihn nicht ausstehen.«

Die Begegnung zwischen ihr und Milo hatte höchstens zwanzig Minuten gedauert. Beide waren unterkühlt, aber nicht feindselig miteinander umgegangen.

»Das ist Ihre Sache, Gretchen. Wir sehen uns in ein paar Tagen.«

»Ich sage Ihnen, dass ich vielleicht weiß, wie Sie ein totes Mädchen identifizieren können, und Ihnen ist das scheißegal?«

»Es geht nicht um mich.«

»Punkt.«

»Punkt.«

»Jetzt muss ich die unhöfliche, fette Schwuchtel persönlich anrufen«, sagte sie. »Mann, Sie sollten fürs Finanzamt arbeiten, da gibt es noch mehr unnachgiebige Schwachköpfe, wie Sie einer sind. Apropos, ich muss noch was anderes mit Ihnen besprechen. Ja, jetzt geht's wieder um mich mich mich, kann ich noch einen Termin für mich, mich, mich bekommen? Irgendwann, wenn Chad in der Schule ist, aber bevor Bunny kommt und ihr Zepter schwingt.«

»Wir können jetzt gleich reden.«

»Wenn Sie's mir in Rechnung stellen, Mr Oberanständig. Das hat Gretchen in ihrem früheren Beruf gelernt: Nur Vollidioten verschenken was.«

»Sie haben mir schon einen großzügigen Vorschuss gegeben«, sagte ich. »Wir wollen Ihre Schuld als abgegolten betrachten.«

»*Ka-ching ka-ching* – hey, was, wenn ich nicht lang genug lebe, um was für mein Geld zu bekommen?«

»Was liegt Ihnen auf dem Herzen, Gretchen?«

»Ist Ihr Telefon sicher?«

»Soweit ich weiß.«

»Hmm … ja, weshalb sollte man einen Psychiater abhören? Nichts für ungut. Okay, es geht um diese unterirdisch beschissenen, schwanzlutschenden Parasiten vom Finanzamt. Als die mich wegen diesem Steuerschwachsinn am Wickel hatten, wurde vereinbart, dass ich alles zurückzahle, was ich angeblich hinterzogen habe. Daraufhin habe ich alles Mögliche verkauft, auch sämtliche Immobilien, die ich besaß.«

»Aber …«

»Genau«, sagte sie. »Ich hatte noch einen Notgroschen. Und jetzt muss ich sicher sein, dass sich, wenn ich ins Gras beiße, niemand an Chads Treuhandfonds vergreift. Meine Berater versichern mir, dass das Finanzamt nichts davon mitkriegt. Die Leute dort sind so was von dämlich, die bringen selbst nach einem Bohneneintopf keinen Furz zustande. Aber wenn das LAPD mich ins Visier nimmt und mir die Bundesbehörde auf den Hals hetzt, dann könnte alles ganz grandios den Bach runtergehen. Chad ist mein Kind, und ich kann das nicht zulassen.«

»Warum sollten es die Cops auf Sie abgesehen haben?«

»Warum wohl?«

»Sind Sie wieder im Geschäft?«

»Na ja«, sagte sie, »sagen wir, ich bin ein bisschen beratend tätig. Schon eine ganze Weile. So bin ich auch auf Ihren Leckerbissen gestoßen – ich korrigiere mich, auf den Leckerbissen für die fette Schwuchtel. Ich fange nur jetzt davon an, weil Sie doch Verbindungen zur Polizei haben.«

»Meine einzige Verbindung ist …«

»Fatty, ja ja ja, aber er hat einen direkten Draht zur Spitze. Zur *obersten* Spitze.«

»Nicht so ganz, Gretchen.«

»Nein? Wie viele Lieutenants werden so wie er zum Polizeichef persönlich vorgelassen?« Sie lachte. »Man fragt sich, ob der Chief ein geheimes Leben führt, vielleicht bläst er dem Dicken gerne mal einen. Haben Sie was davon mitbekommen?«

»Was denken Sie, kann ich für Sie tun, Gretchen?«

»Es geht nicht um das, was ich denke. Es geht um das, was ich *brauche*. Sie müssen gut Wetter bei Sturgis für mich machen, damit die Bullen mein Kind in Frieden lassen, wenn ich nicht mehr bin.«

»Haben Sie mich deshalb angerufen?«

»Was? Verletzter Stolz? Nein, ich hab Sie angerufen, weil jemand, dem ich vertraue, gesagt hat, dass Sie ehrlich sind und sich auskennen. Dann habe ich über Sie und Sturgis nachgedacht und mir was Neues einfallen lassen. Wenn ich mir's recht überlege, können Sie jetzt gar nicht anders, als sich darauf einzulassen, weil Chad Ihr Patient ist und es um das Wohl des Kindes geht. Wo bleibt da Ihr Gewissen?«

Ich überlegte, wie ich darauf antworten sollte.

Sie sagte: »So kompliziert ist das nicht. Ihre Aufgabe besteht darin, meinem Kind zu helfen. Also tun Sie das.«

»Ich glaube nicht, dass Sturgis überhaupt so viel Einfluss hat, aber wenn's drauf ankommt, will ich mein Bestes geben.«

»Versprochen.«

»Versprochen.«

»Beim Grab von Freud?«

»Auch von Adler, Jung und B. F. Skinner.«

»Wenn's so weit ist, dann sagen Sie Sturgis, dass ich eine gute Mutter war. Sonst gönnt er sich noch ein Sechs-Gänge-Menü zur Feier des Tages, wenn er hört, dass ich abgekratzt bin.«

»Das möchte ich bezweifeln, Gretchen.«

»Was? Ist er etwa ein sensibler Marshmallow mit weichem Kern und kein großer, fetter Tyrann?«

»Ich tue für Sie, was ich kann, Gretchen, versprochen.«

»Schön. Jetzt gehen Sie und sagen ihm, SukRose war nur der Anfang. Jetzt wird es Zeit, nach einem Arschgesicht namens Stefan Ausschau zu halten.«

Ausgesprochen Ste-*fahn*.

Ich dachte: *Stefan wer?*

Sagte jedoch nichts.

Sie fragte: »Wollen Sie gar nicht wissen, wie er mit Nachnamen heißt?«

»Ich denke, Sturgis wird das wissen wollen.«

»Mann, Sie sind echt ein harter Knochen, haben Eier aus Titan. Haben Sie sich schon mal überlegt, ob Sie Sperma spenden wollen?«

13

Milo träufelte Trüffelöl in die Pfanne. Dreißig Dollar für ein Fünfzig-Milliliter-Fläschchen. Er war mit der Quittung wedelnd ins Haus gekommen und hatte laut den stolzen Preis verkündet. Dann zeigte er mir die Fotokopie eines Führerscheins.

Acht Eier aus meinem Kühlschrank, mit Milch, Schnittlauch und Pilzen verquirlt, reagierten auf ihre Verfeinerung mit einem kurzen, schrillen Zischen. Das erdige Aroma der feinen Pilze erfüllte die Küche.

Ich sagte: »Das ist das erste Mal überhaupt, dass du kochst.«

»So bin ich eben. Emotional flexibel.« Er summte. »Schade, dass Robin nicht da ist. Eigentlich schulde ich ihr ein Essen, aber wir sollten das Zeug trotzdem verputzen.«

Es war neun Uhr morgens. Er war frisch rasiert eingetroffen, das Haar feucht zurückgekämmt, und er trug seine Version von Haute Couture: einen ausgeleierten blauen Anzug, den er vor zehn Jahren mal für eine Beerdigung gekauft hatte, ein weißes, knitterfreies Hemd und dazu eine verwaschene blaue Krawatte. Die halbhohen Wildlederstiefel hatte er gegen schwarze Lederhalbschuhe eingetauscht.

Er teilte die Eier in zwei Haufen, trug die Teller zum Tisch und fing an zu mampfen, noch bevor er sich auf einem der Stühle niedergelassen hatte.

Ich interessierte mich mehr für den Führerschein.

Der Mann im schwarzen Anzug, alias Steven Jay Muhrmann. Einsfünfundachtzig, hundertfünfzehn Kilo, braune Haare, blaue Augen, ein Postfach in Hollywood, das Milo als nicht mehr existent markiert hatte.

»Die letzte Nebenkostenabrechnung wurde ihm in die Russell Avenue in Los Feliz geschickt, aber es ist kein Fahrzeug auf ihn zugelassen, und ich kann auch keine Angaben zu einer Anstellung in letzter Zeit finden.«

Das Bild war vor fünf Jahren aufgenommen worden, als Muhrmann neunundzwanzig war und einen dunklen Vokuhila trug. Ein Jahr später wurde der Führerschein eingezogen und nicht wieder ausgestellt.

Wütender, starrer Blick. Niemand wartet gerne in der Schlange bei der Zulassungsbehörde, aber Steven Muhrmanns finsterer Gesichtsausdruck ließ vermuten, dass es um mehr ging als nur um lange Wartezeiten.

Ich sagte: »Netter Typ.«

Milo legte seine Gabel ab. »Julius Child bittet zu Tisch, und du nimmst nicht mal die Gabel in die Hand? Das hier ist ein Frühstück, um zu feiern, dass ich jetzt einen Verdächtigen mit einem richtigen Namen habe. Iss, bevor es kalt wird.«

Ich nahm einen Bissen.

»Und?«, fragte er.

»Köstlich. Kein Job, kein Wagen, das heißt, Muhrmann ist ein unbeständiger Zeitgenosse. Irgendwelche Vorstrafen?«

»Zwei Mal Trunkenheit am Steuer, hat ihn seinen Führerschein gekostet. Beim zweiten Mal hatte er etwas dabei, das der diensthabende Beamte für Meth hielt, das sich aber als Steroidpulver entpuppte. Irgendwie mag ich ihn. Weil er seine Mama nervös macht. Sie hat mir den Tipp gegeben. Hat heute Morgen um sieben angerufen und gesagt, möglicherweise habe ihr Sohn das Mädchen aus den Nachrichten gekannt. Ich musste ihr die Würmer nicht extra aus der Nase ziehen. Klang so, als wollte sie unbedingt noch etwas loswerden. Vermutlich wäre es besser gewesen, wenn ich sofort zu ihr gefahren wäre. Auf jeden Fall weiß ich jetzt aber, dass sie ihn vor acht Monaten zum letzten Mal gesehen hat. Da hat er sich Ste-*fahn* genannt.«

Er sprach es ganz genau so aus wie Gretchen. Als Milo auftauchte, war ich gerade dabei, mir zu überlegen, wie ich mit ihrem Tipp umgehen sollte. Irgendein Gott hatte es gut mit mir gemeint.

Er fragte: »Das ist der Mann, den du gesehen hast, oder?«

Ich nickte. »Mommy liefert den Junior ans Messer. Was ist bloß aus der Welt geworden?«

»Noch wichtiger aber ist, dass Mommy ziemlich sicher ist, dass sie unsere Prinzessin mit Junior gesehen hat. Mit ins Haus ist sie nicht gekommen, doch als Mom Ste-*fahn* zu seinem Wagen begleitete, war sie da. Er stellte sie als »Mystery« vor. Mom meinte, sie habe zunächst »Miss Terry« verstanden, aber Stevie hatte sie korrigiert. Das Mädchen sagte kein einziges Wort. Mom fand, dass sie ein bisschen traurig aussah. Oder einfach nur schüchtern.«

»Sind auf Stefan Waffen zugelassen?«

»Nein. Und ich hab Mom auch nicht zu sehr unter Druck gesetzt. Damit wollte ich warten, bis ich bei ihr bin. Was zirka in einer Stunde passieren wird, sie wohnt draußen in Covina. Das heißt, wir haben ausreichend Zeit, diese Mahlzeit zu vertilgen. Hau rein, Junge, hau rein.«

Die Fahrt zur East Dexter Street in Covina dauerte eine halbe Stunde, erst auf der Interstate 10, danach musste man noch ein halbes Dutzend Mal in rasch aufeinanderfolgende, sonnenbeschienene Wohnstraßen abbiegen. Harriet Muhrmanns Haus unterschied sich nicht von ihren Nachbarhäusern: ein einstöckiger, flacher Bau aus den fünfziger Jahren, gestrichen in einer Farbe, die an Kaffee mit zu viel Milch erinnerte. Weiß angemalter Lavastein begrenzte das Gebäude auf ganzer Breite. Halbmondförmige Fenster waren in die braune Tür der Doppelgarage geschnitten. Acht riesige Dattelpalmen säumten die Auffahrt. Der Rest des Gartens bestand aus samtigem Rasen mit kleinen Aussparungen für Springkräuter und Begonien. Der gesamte Straßenzug war still.

Eine Sisalmatte verkündete *Willkommen!*

Die Frau, die im Türrahmen stand und uns erwartete, wirkte adrett und trug die grauen Haare kurz wie ein Mann, hatte ein langes, freundliches Gesicht und sanfte Augen hinter einer Goldrandbrille. Sie trug einen zimtfarbenen Rollkragenpullover, braune Jeans und weiße Leinenschuhe.

»Mrs Muhrmann?«

»Harriet.« Sie sah die Straße hoch und runter. »Kommen Sie lieber rein, wir wollen niemanden beunruhigen.«

Die Tür führte direkt in ein vier mal vier Meter großes Wohnzimmer. Braune Samtmöbel standen dicht gedrängt auf dem traubenfarbenen Teppichboden. Der Fernseher, gedrungen und mit grauem Bildschirm, war ein altersschwaches Relikt. Ein Bücherregal enthielt Taschenbuchbestseller, Souvenirs aus diversen Vergnügungsparks, eine Sammlung von Keramikrehen und gerahmte Schnappschüsse von süßen kleinen Kindern.

Harriet Muhrmann trat an ihr Panoramafenster, öffnete die Vorhänge zwei Zentimeter breit und spähte hindurch: »Machen Sie es sich bequem. Kaffee oder Tee?«

Milo sagte: »Nein, danke. Sind Sie beunruhigt, Ma'am?«

Sie sah weiter aus dem Fenster. »Das hier ist eine anständige Straße, alle sorgen sich um ihre Nachbarn. Sobald was ungewöhnlich ist, fällt das auf.«

Wir waren mit dem Seville vorgefahren.

»Kommt Ihr Sohn häufig zu Besuch, Mrs Muhrmann?«

Der Vorhang glitt ihr aus den Fingern. »Stevie? Nein, aber wenn er kommt, erkundigen sich die Leute manchmal nach ihm.«

»Stevie macht Ihnen Sorgen?«

»Sie glauben doch, dass er was ausgefressen hat, nicht wahr?« Sie drehte sich um, kaute auf ihrer Lippe. »Stevie hatte so seine Probleme. Ich muss gestehen, dass ich es unmittelbar nach meinem Anruf bei Ihnen schon wieder bereut habe. Welche Mutter hetzt ihrem Sohn die Polizei auf den Hals? Ich respektiere die Polizei, mein Mann war bei der Militärpolizei, aber … ich weiß nicht, warum ich es getan habe. Es war nur so … als ich das Gesicht in den Nachrichten gesehen habe. Dieses Mädchen. Ich hatte einfach das Gefühl, es sei meine Pflicht.«

»Wir wissen das zu schätzen.«

»*Wenn* sie's denn war.«

»Sie schienen sicher zu sein, dass sie's war.«

»Ja, ich weiß«, sagte sie, »aber jetzt bin ich nicht mehr ganz so sicher. Viele Mädchen sind so.«

»Sind wie, Ma'am?«

»Schön, dünn, blond – und alle wollen sie Schauspielerin werden.« Sie trat vom Fenster zurück, nahm das kleinste Keramikreh und stellte es wieder hin. »Hab ich Stevie jetzt Ärger eingebrockt?«

»Ganz und gar nicht, Ma'am. Ziel ist es, das Opfer zu identifizieren, und wenn uns Stevie dabei helfen kann, würde er uns einen enormen Gefallen tun.«

»Sie verdächtigen ihn also gar nicht.«

»Wir hatten gar keine Ahnung, wer er war, bis Sie angerufen haben.«

»Okay«, sagte sie. »Dann geht es mir besser. Aber ich muss Ihnen sagen, dass sie auch jemand ganz anders sein kann. Man sieht sie überall. Wunderschöne Mädchen. Wunderschöne Menschen. Ich weiß nicht, wo die herkommen. Kommt es Ihnen nicht auch so vor, als würden die Leute immer besser aussehen?«

»In meinem Job«, sagte Milo, »zeigen sich mir die Menschen nicht unbedingt immer von ihrer besten Seite.«

Harriet Muhrmann zuckte zusammen. »Nein, natürlich nicht – sind Sie sicher, dass ich Ihnen nichts zu trinken anbieten kann? Was zu knabbern? Ich hab geröstete Erdnüsse mit Honig.«

»Nein, danke, Ma'am, wir haben gerade gegessen. Die Leute aus der Nachbarschaft machen sich also Sorgen um Stevie, wenn er zu Besuch kommt. War er krank?«

»Müssen wir über Stevie sprechen, Lieutenant? Die Hauptsache ist doch, dass das Mädchen das Mädchen gewesen sein könnte – oder auch nicht –, mit dem ich ihn bei seinem letzten Besuch hier gesehen habe.«

»Vor acht Monaten.«

»Ungefähr. Es war kein angekündigter Besuch, Stevie kam einfach so vorbei.«

»Und sie hat draußen im Wagen gewartet.«

»Ein Mädchen hat draußen gewartet. Ich wusste gar nicht, dass er nicht alleine war, bis ich ihn rausgebracht habe.«

»Und er hat sie Mystery genannt?«

»Natürlich ist das nicht ihr richtiger Name. Ehrlich gesagt, fand ich, dass es nach einer Stripperin klang. Aber ich habe nichts gesagt außer ›Schön, Sie kennenzulernen‹ und ihr meine Hand hingestreckt. Ihre Finger haben meine kaum berührt. Als wollte sie nicht angefasst werden.«

»Hat sie was gesagt?«

»Kein Wort, sie hat nur gelächelt. Irgendwie abwesend.«

Ich sagte: »Als hätte sie was genommen?«

Ihr Mund zuckte, es schien ihr peinlich zu sein. »Den Gedanken hatte ich auch.«

»Ist Ihnen etwas Ähnliches zuvor bereits bei Freunden von Stevie aufgefallen?«

Sie trottete zu einem Stuhl und setzte sich. »Sie sind von der Polizei, Sie haben gleich gewusst, was ich damit meine, wenn ich sage, dass sich die Nachbarn Sorgen machen. Stevie hat Probleme mit Drogen, seit er vierzehn war. Sein Dad kam dahinter. Glenn denkt wie ein Polizist, vielleicht einen Tick zu sehr. Jetzt ist er als Berufssoldat im Irak. Er erzählt mir nicht mal, was er genau macht.«

Ich sagte: »Glenn wusste, wonach er suchen musste.«

»Ich hab immer gedacht, er bildet sich das ein, aber er hatte recht. Er hat Stevie sofort zur Rede gestellt, und es war der Teufel los.« Sie ließ die Schultern hängen. »Das war keine einfache Zeit für unsere Familie. Stevie war absolut uneinsichtig. Seine Ausrede war, dass es jeder macht. Auch Brett – sein älterer Bruder. Brett wurde wütend, und die beiden hätten sich um ein Haar besinnungslos geprügelt. Glenn hat zugesehen, ich bin fast zusammengebrochen.«

Sie schlang die Arme um sich. »Unsere schmutzige Wäsche geht Sie nichts an.«

Milo sagte: »Klingt, als wäre Stevie als Jugendlicher eine ziemliche Herausforderung gewesen.«

»Komischerweise war er früher der Einfachere von beiden. Brett war derjenige, der sofort ausgerastet ist. Er war ein Teufelsbraten, gleich vom ersten Tag an, und Stevie war so lieb und still. Als Stevie klein war, habe ich Gott dafür gedankt, dass ich wenigstens einen habe, der *sitzen* bleibt. Und jetzt ist Brett Optiker in San Dimas, hat vier Kinder und ist sehr erfolgreich. Manchmal denke ich, Kinder sind seit der Empfängnis programmiert und wir haben keinerlei Einfluss darauf, was aus ihnen wird.«

Ich sagte: »Wann ist Stevie an die falschen Leute geraten?«

»Auf der Junior High. Das waren wirklich die falschen Leute. Es war, als hätte jemand einen Schalter umgelegt.« Ihr Mund bebte. »Leider ist es uns nie gelungen, das wieder rückgängig zu machen. Nicht, dass wir's nicht versucht hätten. Oder bereit gewesen wären, dafür zu bezahlen. Am meisten regt sich Brett über das ganze Geld auf, das wir ausgegeben haben, damit Stevie sein Leben auf die Reihe bekommt. Vielleicht hat Stevie das Mädchen dort kennengelernt.« Sie lachte. »Verzeihung, das war verwirrend.«

Ich sagte: »Vielleicht hat er sie in der Entzugsklinik kennengelernt?«

Sie starrte mich an. »Ja, das habe ich gemeint. Glenn meint, das ist das Dümmste überhaupt, sich in einer Entzugsklinik mit jemandem anzufreunden. Drogenabhängige müssen sich von anderen Drogenabhängigen fernhalten. Aber so wie sie an jenem Tag ausgesehen hat – so weggetreten … Vielleicht war's doch so, meinen Sie nicht?«

»Sicher. Wie viele Entziehungskuren haben Sie ihm finanziert?«

»Drei. Als auch die dritte nichts brachte, haben wir gesagt, es reicht. Stevie muss selbst Verantwortung übernehmen.«

»Und hat er das?«

»Na ja«, sagte sie. »Er scheint seinen Lebensunterhalt selbst zu verdienen. Er ist gescheit, wissen Sie. Lag bei Tests immer weit über dem Durchschnitt, abgesehen von seinen Konzentrationsstörungen. Der Arzt an der Highschool wollte ihm Ritalin verschreiben, aber Glenn meinte, auf keinen Fall. Das Letzte, was ein Drogenabhängiger braucht, sind legale Drogen.«

Milo sagte: »Was arbeitet er denn?«

»Alles Mögliche. Glenn hatte einen Freund, der in den Wilmington Docks arbeitet und der Stevie eine Stelle beim Entladen von Schiffen besorgt hat – das war zwei Jahre nach der Highschool, als sich Stevie treiben ließ. Stevie war immer schon sehr stark. Wir dachten, das wäre doch perfekt, und es schien auch ausgezeichnet zu laufen. Dann hat der Vorarbeiter Stevie beim Potrauchen erwischt, als er Gabelstapler gefahren ist. Danach hat … wo war er dann …? Dann hat er auf dem Bau gearbeitet. Er hatte eine ganze Menge Jobs auf dem Bau. Ich würde sagen, das war sein Hauptbeschäftigungsgebiet.«

»Als Zimmermann?«

»Rohbau, Gräben ausheben, Müllllaster fahren.« Sie lächelte. »Er war auch Vertreter an der Haustür – Zeitschriften, so was. Hat Klamotten verkauft, die er in Secondhandläden billig ergattert hat. Einmal wurde er von einer Firma angestellt, die Einkaufszentren überwacht. Die haben ihn in eine Uniform gesteckt. Seine Haare – damals hatte er richtig lange Haare – mussten unter der Mütze zusammengebunden werden, und er sah aus, als hätte er einen viel zu großen Kopf.

Glenn hat immer gesagt, einem Drogenabhängigen eine solche Stelle zu geben sei, als würde man den Fuchs im Hühnerstall zum Wächter machen. Doch Stevie war ganz gut als Wachmann, er hat nie Ärger gehabt. Ich nehme an, es ist ihm langweilig geworden, weil er irgendwann dort gekündigt hat. Auch bei uns war's ihm langweilig. Eines Tages ist er einfach aufgestanden und nach L. A. gezogen.«

»Wann war das, Ma'am?«

»Vor sechs oder sieben Jahren.«

»Bis dahin hat er bei Ihnen gewohnt?«

»Er ist gekommen und gegangen.« Ihre Augen verkleinerten sich. »Wozu stellen Sie mir die ganzen Fragen über Stevie, wenn Sie nur das Mädchen finden wollen? Wobei ich jetzt wirklich nicht mehr sicher bin, ob sie es wirklich war.«

»Ein Mann, auf den Stevies Beschreibung passt, wurde in der Nacht, in der das Mädchen getötet wurde, mit ihr gesehen.«

Harriet Muhrmann rang nach Luft.

»Ma'am, ich sage nichts Falsches, wenn ich Ihnen versichere, dass Stevie nicht verdächtig ist. Aber wir würden gerne mit ihm sprechen, für den Fall, dass er sie identifizieren kann. Im Moment ist sie noch eine Unbekannte, und das erschwert unsere Arbeit ungemein.«

»Das glaube ich Ihnen gerne. Ich kann Ihnen allerdings nicht mehr über sie sagen.«

»Zumindest könnten wir Stevie ausschließen, und Sie wären uns los.«

»Nun, das wäre schön, aber ich kann Ihnen trotzdem nicht mehr sagen.«

»Damals – vor acht Monaten –, war das ein rein freundschaftlicher Besuch?«

Sie schluckte Tränen herunter. »Ihnen kann man nichts verheimlichen, oder? Nein, Stevie wollte Geld.«

»Haben Sie ihm welches gegeben?«

Sie kratzte an ihrer Nagelhaut. »Sein Vater darf nichts davon erfahren.«

»Wir haben keinen Grund, mit seinem Vater zu sprechen, sofern er uns nicht mit Informationen versehen kann, die Sie nicht haben.«

»Das kann er nicht. Glenn ist seit zwei Jahren im Irak, immer wieder. Und glauben Sie mir, er würde Ihnen lediglich sagen, dass Stevie drogenabhängig und eine Enttäuschung ist.« Ihre Augen wurden feucht. »Glenn ist ein guter Mann, aber er ist nicht immer freundlich. Ich kenne ihn und verstehe, warum er so ist.«

Das klang seltsam distanziert. Was ich von vielen Eltern schwieriger Kinder kenne, wenn die Hoffnung der Verzweiflung gewichen ist.

Milo sagte: »Sie haben Stevie also Geld gegeben?«

»Normalerweise lass ich mir von ihm eine Stempelkarte oder eine Lohnabrechnung zeigen, irgendwas, damit ich weiß, dass er gearbeitet hat. Oder zumindest versucht hat, Arbeit zu finden. Dieses Mal hatte er nichts dabei, aber er hat behauptet, er wolle versuchen, eine Rolle in einem Film zu bekommen. Als Ste-*fahn*, das sollte sein Künstlername sein. Ich hab ihn gefragt, was für ein Film das ist. Er meinte, eine unabhängige Produktion und wenn alles hinhaut, dann wäre er aus dem Schneider. Er bräuchte nur ein bisschen was für den Übergang. Er würde es mir mit Zinsen wieder zurückzahlen.«

Sie seufzte. »Er hat mich an einem Tag erwischt, an dem ich müde war und Glenn vermisst habe. Außerdem hatte ich mich gerade von einer Grippe erholt.«

Ich fragte: »Wie viel haben Sie ihm gegeben?«

»Er wollte vier haben, ich hab ihm zwei gegeben.«

»Tausend?«, fragte Milo.

»Ich weiß, ich weiß«, sagte Harriet Muhrmann. »Aber Ste*fahn* klingt wirklich wie ein Schauspielername, und das Mädchen war hübsch genug, um Schauspielerin zu sein. Eigentlich hab ich sie dafür gehalten.«

»Wie oft haben Sie Stevie seitdem gesehen?«

»Gar nicht mehr. Und ja, er hat mir das Geld nie zurückgezahlt. Aber es war mein Geld, nicht das von Glenn, damit kann ich doch machen, was ich will, oder nicht?«

»Natürlich.«

»Sie erzählen aber Glenn doch nichts davon, oder? Bitte, das wäre ganz furchtbar.«

»Wir haben keine Veranlassung, das zu tun. Der Grund für Stevies Besuch war also …«

»… mich auszunutzen«, sagte sie. »Das ist nichts Neues, ich bin seine Mutter. Er liebt mich wirklich, er ist immer sehr süß zu mir. Nur seine Probleme stehen ihm im Weg.«

Ich sagte: »Sie machen sich Sorgen, dass er das Geld für Drogen ausgegeben hat.«

»Ich habe ihn nicht gefragt, und er hat's mir nicht erzählt.« Ihre Augen klappten zu. »Haben Sie Stevie im Verdacht, dem Mädchen was angetan zu haben?«

Milo sagte: »Es gibt keinerlei Hinweise dafür.«

»Er hat noch nie einer Frau etwas getan. Nie.«

»Haben Sie eine Telefonnummer von ihm?«

»Festnetz hat er nicht, nur Handy. Und das wurde abgeschaltet.«

»Was für einen Wagen hat er vor acht Monaten gefahren?«

»So einen kleinen, ich kann die nicht unterscheiden.«

»Welche Farbe?«

»Dunkel? Ehrlich, ich kann's nicht sagen. Das ist schon wieder so lange her, und ich hab nicht auf die Autofarbe geachtet.«

»Wäre es möglich, eine Aufstellung seiner Entziehungskuren zu bekommen, Ma'am? Falls er Mystery in einer der Kliniken kennengelernt hat.«

»Ich weiß nicht, ob Steve das recht wäre.«

»Es geht um das Mädchen, nicht um ihn«, erwiderte Milo.

»Hm. Na gut«, sagte sie. »Glenn würde sagen, dass es meine Pflicht ist, Ihnen zu helfen, so gut ich kann. Er ist grundsätzlich für die Polizei – okay, warten Sie …«

Sie war ein paar Sekunden verschwunden und kam mit einer Schale voll Erdnüssen zurück. »Damit Sie was zu tun haben, während ich suche.«

Als sie zum zweiten Mal verschwand, dauerte es mehrere Minuten. »Hier, ich hab sie alle rausgeschrieben. Jetzt bin ich in San Dimas verabredet. Ich will meine Enkelkinder besuchen, wenn Sie mich also bitte entschuldigen.«

Milo sagte: »Danke, dass Sie sich Zeit für uns genommen haben, Ma'am. Nur noch eins: Stevies letzte Adresse, die wir haben, ist in Los Feliz.«

»Aha«, sagte sie.

»Gibt es noch eine jüngeren Datums?«

»Ich kannte nicht mal die, anscheinend fragen Sie nicht die Richtige. Darf ich die Adresse haben – obwohl, wenn ich's mir recht überlege. Vergessen Sie's. Wenn mich Stevie erreichen will, dann weiß er, wo er mich findet.«

An der Tür sagte sie noch: »Wenn Sie ihn sehen, richten Sie ihm schöne Grüße von seiner alten Mutter aus.«

14

Auf der Rückfahrt nach L.A. rief Milo die Agajanian-Schwestern an.

Rosalynn sagte: »Wir überlegen noch mit Brian, wie wir Ihnen am besten helfen können.«

»Ist schon einfacher geworden«, sagte er, »suchen Sie nach einem Mädchen namens Mystery.«

»Wenn Sie schon wissen, wie sie heißt, wieso brauchen Sie uns dann noch?«

»Wir wissen, dass sie sich Mystery genannt hat.«

»Hmmm«, sagte sie. »Ich spreche mal mit meiner Schwester und meinem Bruder.«

»Wie wär's, wenn Sie einfach mal ›Mystery‹ in die Datenbank eingeben?«

»So einfach ist das nicht.«

»Sagt Brian das?«

»Brian meint es nur gut«, sagte sie. »Ich melde mich bei Ihnen.«

»Je schneller, desto besser.«

»Sobald ich Ihnen etwas sagen kann.«

Er bleckte die Zähne. Knirschte damit. Stieß den nächsten Satz in sanften, kurzen Atemzügen aus: »Danke, Rosalynn.«

»War mir ein Vergnügen, Lieutenant.«

Steven Jay Muhrmanns letzte Nebenkostenabrechnung, noch immer unbezahlt, war an die Adresse eines grauen Bungalows in der Russell Avenue geschickt worden. Ein schmaler, schiefer, überdachter Treppenaufgang stach wie eine Warze aus der Fassade. Schmutziger Boden diente als Rasenersatz. In dem Straßenabschnitt befanden sich andere kleine Häuser, die meisten in Wohnungen unterteilt. Die Ausnahme bildeten Vlateks Autowerkstatt, ein Volvo-Saab-Vertragspartner, und ein schwarzer Laden, von dem außen die Farbe abblätterte und in dem es Second-Hand-Kleidung zu kaufen gab. Ein stechender Gestank und das Geräusch von Metall, das auf Metall schlägt, drangen aus der Werkstatt. Selbst unter blauem Himmel wäre die Gegend trist gewesen. Hängen gebliebener Meeresdunst ließ sie deprimierend wirken.

An dem grauen Haus gab es keine Türklingel. Auf Milos Klopfen hin wurden Schritte vernehmbar, es war jedoch noch mehrfaches Hämmern erforderlich, bis sich der Knauf drehte.

Drei Personen Anfang zwanzig sahen uns benebelt an. Die Luft hinter ihnen roch nach Schweiß und Popcorn.

Ein schlaksiger Mann mit sandfarbenem Haar und einem Irokesenschnitt wie Beckham.

Ein schlaksiger Mann mit schwarzem Haar und derselben Frisur.

Eine hübsche Latina mit zu zwei Zöpfen geflochtenen Locken und Brille.

T-Shirts, Schlafanzughose, barfuß. Die Inneneinrichtung bestand, soweit ich sehen konnte, aus Gitarren, Verstärkern, einem Schlagzeug und Bergen von Fast-Food-Müll. Eine riesige Tüte Popcorn lehnte an einer Stratocaster.

Milo stellte sich vor.

Der mit den schwarzen Haaren gähnte. Es war ansteckend.

»Würdet ihr einen Augenblick rauskommen, bitte.«

Die drei bewegten sich wie Roboter, gehorchten aber. Das Mädchen stellte sich vor ihre Begleiter und versuchte zu lächeln, gähnte dann allerdings nur. »Wie kann sich jemand über den Lärm beschweren, wir haben doch noch nicht mal richtig angefangen?«

»Niemand hat sich beschwert. Wir suchen Steven Muhrmann.«

»Wen?«

Er zeigte ihnen das Führerscheinfoto.

Der mit den schwarzen Haaren sagte: »Sieht ja fies aus, der Kerl.«

»Der könnte glatt zu einem Stoßtrupp gehören«, sagte Sandy.

»Ich wollte gerade sagen, der sieht aus wie ein Cop«, sagte

der mit den schwarzen Haaren. »Aber das wäre unhöflich gewesen. Ihr beiden seht dagegen eigentlich gar nicht aus wie Cops. Eher wie … hmm, Sie vielleicht schon. Sie sind groß genug.«

Das Mädchen stupste ihn. »Armand, sei nett.«

Der mit den schwarzen Haaren rieb sich etwas aus dem Auge. »Ist noch zu früh, um nett zu sein. Würden Sie uns jetzt entschuldigen, Officer?«

Milo fragte: »Wohnt Steven nicht mehr hier?«

»Wir kennen Steven gar nicht«, sagte das Mädchen.

»Wir kennen Steven Stills«, sagte Armand.

Er schlug die Saiten einer Luftgitarre an. »Wer kennt den nicht! *There's something happening here / What it is ain't exactly clear.*«

»Wie lange wohnt ihr schon hier?«

»Drei Monate.«

»Gemietet oder gekauft?«

Armand sagte: »Wenn wir einen Plattenvertrag und die Kohle hätten, um was zu kaufen, dann bestimmt keine Bruchbude wie die hier.«

Der mit den sandfarbenen Haaren ergänzte: »Für mich kommt nur Bel Air in Frage. Ich werde ein Bel-Air-Hillbilly.«

Der mit den schwarzen Haaren sagte: »Glaub mir, völlig überbewertet.«

»Nur weil du da aufgewachsen bist.«

Milo fragte: »Wer ist der Vermieter?«

Der mit den sandfarbenen Haaren erwiderte: »Irgendeine Firma.«

»Geht's ein bisschen genauer?«

»Was hat *Steven* denn verbrochen?«

»Den Namen der Firma, bitte.«

Der mit den sandfarbenen Haaren meinte: »Lisa?«

»Zephyr Properties Management«, antwortete das Mädchen. »Ich bin die Hauptmieterin.«

Der mit den sandfarbenen Haaren behauptete: »Die Bassisten kriegen immer die besten Deals.«

Milo sagte: »Haben Sie eine Telefonnummer der Firma, Lisa?«

Der Klang ihres Namens ließ das Mädchen zusammenzucken. »Klar, warten Sie.« Sie ging ins Haus und kam mit einer Visitenkarte zurück.

Leonid Caspar, Hausverwalter, eine Handynummer, die keinerlei geografischen Aufschluss zuließ, und dazu eine Postfachadresse in Sunland, im Nordosten von L. A.

Ich fragte: »Als ihr eingezogen seid, habt ihr da irgendwas vorgefunden?«

Der mit den sandfarbenen Haaren grinste spöttisch. »Zum Beispiel ein Indiz?«

»Ein Indiz wäre toll.«

Lisa sagte: »Beachten Sie die beiden gar nicht. Nein, tut mir leid, Officer, die Wohnung war leer und frisch renoviert. Der Mann von Zephyr sagte, der Vormieter habe ihn mit drei Monatsmieten Rückstand sitzen lassen.«

»Steven Buhmann soll sich schämen«, sagte Armand.

»Steven Buhmann soll die Pest ereilen«, sagte der mit den sandfarbenen Haaren.

Lisa schaltete sich ein: »Hört auf, euch wie Arschlöcher zu benehmen, Jungs. Geht duschen, alle beide.«

Die Jungs verneigten sich und drehten sich um, um zu gehen.

Armand sagte: »Der Bass hat immer recht. Paul McCartney, wir glauben an dich.«

Leonid Caspar antwortete mit einem heiseren: »Ja?«

Milo klärte ihn auf.

Caspar sagte: »Ach, der. Keine nennenswerten Festanstellungen und noch tiefer verschuldet als der Staat Kalifornien. Warum haben wir an ihn vermietet? Weil wir blöd sind. Aber er hat für ein Jahr im Voraus bezahlt und eine Kaution hinterlegt.«

»Und als das Geld aufgebraucht war, hat er sich aus dem Staub gemacht.«

»Was soll ich dazu sagen, Lieutenant?«

»Wie viele Monate ist er schuldig geblieben?«

»Zwei – nein, hier steht drei. Fast vier, genau genommen, mein Sohn kann nicht rechnen. Ach, du liebe Zeit. Warum haben wir's so weit kommen lassen? Es ist unsere eigene Schuld, dass er uns durch die Lappen gegangen ist. Wir verwalten sechsundzwanzig Gebäude hier, in Arizona und Nevada, alle mit Minimum dreißig Einheiten, abgesehen von dem Dreckloch in der Russell Avenue. Meine Frau hat das Haus von ihrem Großvater geerbt. Es war seine erste Investition, unter anderem hat er die Firma damit aufgebaut, deshalb ist es eine Art Familienerbstück. Wenn's nach mir ginge, würden wir's verkaufen, aber sie ist sentimental.«

»Hat Muhrmann etwas zurückgelassen?«

»Mal sehen … hier steht nur: Müll. Jede Menge Müll, wir mussten einen Entrümpelungsdienst beauftragen. Theoretisch schuldet er uns die Kosten dafür auch noch.«

»Sind Sie ihm je begegnet, Mr Caspar?«

»Das Vergnügen hatte ich nicht, nein.«

»Wie hat er sich mit Ihnen in Verbindung gesetzt?«

»Wir schalten Anzeigen in den Lokalzeitungen, auf Craigslist und in anderen Online-Foren. Was hat er gemacht, noch jemanden betrogen?«

»Wer von Ihrer Firma hatte mit ihm zu tun?«

»Klingt ernst. Mehr als Betrug?«, fragte Caspar. »Hat er was Schlimmes angestellt?«

»Wir möchten nur mit ihm reden, Sir.«

»Das möchte ich auch. Ich hab ein Inkassounternehmen verständigt, aber die haben ihn nicht gefunden.«

»Hat er die Vorauszahlung bar geleistet?«, fragte Milo.

»So steht's hier. Ich weiß, was Sie denken, aber wir sind nicht dafür verantwortlich, woher die das Geld nehmen.«

»Bar oder Geldanweisung?«

»Aufgeführt wird es als Barzahlung.«

»Über wie viel sprechen wir?«

»Die Miete belief sich auf achthundert pro Monat, mal dreizehn sind zehntausendvierhundert, dazu die Kaution von sechshundert sind genau elftausend Dollar.«

»Elftausend in bar«, sagte Milo.

»Wollen Sie mir erklären, dass er ein Drogendealer ist?«, fragte Caspar. »Ich bekomme von allen möglichen Leuten Bargeld. Sofern mir nicht jemand sagt, dass es ein Problem damit gibt, geht mich das alles nichts an.«

»Im Mietvertrag musste er seine früheren Adressen angeben. Darf ich die bitte haben?«

»Wir haben uns nicht mit früheren Adressen rumgeschlagen, weil er uns gleich gesagt hat, dass er nicht kreditwürdig ist.«

»Was ist mit Empfehlungen?«

»Mal sehen … ja, hier ist eine. C – wie Cookie – Longellos.« Er buchstabierte es. »Hier steht, sie hat bestätigt, dass er als ihr persönlicher Assistent tätig und ehrlich, loyal und zuverlässig sei.«

»Sie?«, fragte Milo.

»Hier steht Ms C. Longellos.«

»Wie sieht's mit einer Telefonnummer aus, Mr Caspar?«

Caspar las sie vor. »Wenn Sie ihn finden, hätte ich nichts dagegen, wenn Sie's mich wissen lassen.«

»Ich helfe gern«, sagte Milo. »Noch lieber wäre mir allerdings, wenn ihn einer Ihrer Angestellten finden und mich bis heute Abend anrufen würde.«

»Natürlich«, sagte Caspar. »Quid pro dingsbums.«

C. Longellos' Nummer passte zu Pacific Palisades.

Nicht vergeben.

Für die Adresse gab es keine aktuellen Eintragungen, aber die Datenbank spuckte einen zwei Jahre alten Haftbefehl aus, ausgestellt auf eine Frau namens Constance Rebecca Longellos, die betrunken am Steuer erwischt worden war. Vierzig Jahre, Postfach in Encino.

Ich sagte: »Noch eine Verehrerin im Untergrund. Vielleicht hat Harriet Muhrmanns Instinkt sie nicht getrogen, und ihr Sohn hat sich in der Entzugsklinik nach Gesellschaft gesehnt.«

Milo blätterte in seinem Block. »Stevie hat seinen letzten Entzug vor ungefähr zweieinhalb Jahren in einer Klinik namens Awakenings in Pasadena gemacht.«

Er sah auf seine Timex. »Richtung Osten wird der Verkehr jetzt heftig sein, aber vielleicht läuft es in einer Stunde besser. Wir könnten schnell noch einen Happen essen, bevor wir zurückfahren. Weißt du noch, wie ich letztes Jahr diesen Fish & Chips-Laden auf dem Colorado Boulevard gesucht habe, als wir an dem Trockeneismord dran waren? Ich war am Boden zerstört, weil sie einen Thai daraus gemacht haben. Inzwischen war ich aber noch mal da, und es ist ein ziemlich guter Thai. Hast du Lust auf einen kleinen Abstecher?«

»Klar.«

»Denk dran, das auf deiner Spritabrechnung anzugeben.«

»Du stehst auf Rituale, hm?«

»Wie meinst du das?«

»Ich hab schon für die letzten drei eingeschickten Abrechnungen nichts mehr bekommen.«

»Warum hast du nichts gesagt?«

»War nicht der Rede wert«, sagte ich.

»Scheiße. Die Mitarbeiter seiner Durchlaucht haben mir versichert, dass deine Abrechnungen ganz besonders schnell bearbeitet werden.« Er klappte sein Handy auf. »Schweine.«

Noch bevor er die Kurzwahl seines Chefs eingeben konnte, kündigten einige Takte aus der *Kleinen Nachtmusik* einen Anruf an. Klassik in diesem Jahr, im letzten Jahr war's Siebziger-Jahre-Rock.

»Sturgis.«

Eine junge Männerstimme sagte: »Sind Sie Polizist?«

»Vorhin war ich's noch.«

»Oh … sind Sie sicher?«

»Hier ist Lieutenant Sturgis, was kann ich für Sie tun?«

»Mein Name ist Brandon Caspar, mein Vater meinte, ich solle Sie anrufen wegen einem Mieter in der Russell Avenue.«

»Steven Muhrmann«, sagte Milo.

»Ja, Sir.«

»Vielen Dank für den Anruf, Brandon. Was können Sie mir über Mr. Muhrmann sagen?«

»Ich bin ihm nur einmal begegnet«, sagte Brandon. »Als ich ihm den Schlüssel überreicht habe. Das ist fast anderthalb Jahre her, deshalb kann ich mich nicht mehr an viel erinnern, nur dass er ein bisschen … ich möchte nicht sagen … unheimlich war, eher nicht sehr freundlich. Irgendwie hat er versucht … den harten Mann rauszukehren.«

»Inwiefern, Brandon?«

»Das lässt sich schwer beschreiben, wissen Sie, was ich meine? Er hat mir einfach nur den Schlüssel aus der Hand gerissen, wollte keine weiteren Erklärungen, wie die anderen sonst. Wo der Trennschalter ist, der Haupthahn, der Stromzähler. Er meinte, das finde er schon raus. Als ich sagte, das würde ich aber allen neuen Mietern zeigen, fuhr er mich an:

›Na ja, mir aber nicht.‹ Und das war kein Witz – er guckte dabei, als wollte er mir in den Arsch treten, wissen Sie?«

»Abweisend«, sagte Milo.

»Und er hätte mir auch in den Arsch treten können«, sagte Brandon. »Er war groß – nicht dick, aber trainiert, als würde er Gewichte heben. So ein wahnsinnig breiter Nacken.«

»War er alleine?«

»Ja, im Haus schon«, sagte Brandon Caspar. »Aber später, als ich ihn mit dem Schlüssel alleine gelassen hab, hab ich ein Mädchen in einem Wagen gesehen, der vor dem Haus parkte. Ich war nicht sicher, ob sie zu ihm gehörte, es sah aber danach aus. Als ich wegfuhr, hab ich im Spiegel gesehen, dass sie ausgestiegen und ins Haus gegangen ist. Dann hab ich mich gefragt, ob wir mit dem Kerl vielleicht Ärger kriegen würden. Die Bedingungen des Mietvertrags waren ziemlich streng, weil alles bar abgewickelt wurde: Vermietet wurde ausschließlich an ihn, zur alleinigen Nutzung. Wir wollten keine WG.«

»Oder ein Drogenhaus.«

Keine Antwort.

Milo sagte: »Ihr Vater hat sich Gedanken gemacht, dass Muhrmann vielleicht ein Drogendealer gewesen sein könnte, weil er elftausend in bar und im Voraus bezahlt hat.«

»Ich weiß, ich habe das Geld entgegengenommen.«

»Er hat es Ihnen übergeben?«

»Nein, es wurde im Büro abgegeben. Ich hab's im Briefkasten gefunden.«

»Abgegeben? Von wem?«

»Wir dachten von ihm. Ich meine, eine so große Summe nimmt man doch lieber selbst in die Hand, oder?«

»Jedenfalls würde ich so was nicht einfach in einen Briefkasten stecken.«

»An den kommt keiner ran«, sagte Brandon. »Zugriff nur vom Büro aus.«

»Was war das für ein Wagen, in dem das Mädchen saß?«

»Was kleines Kompaktes, hab nicht auf die Marke geachtet.«

»Wie hat sie ausgesehen?«

»Scharf.«

»Könnten Sie sie genauer beschreiben?«

»Langes blondes Haar, toller Körper. Bisschen wie Scarlett Johanssen. Oder die andere, die Alte, die Dad gut findet. Brigitte irgendwas.«

»Bardot.«

»Ja.«

»Scarlett oder Brigitte.«

»Scharf und blond«, sagte Brandon. »Ich hab sie nur aus der Ferne gesehen.«

»Aber das hat gereicht, um zu sehen, dass sie scharf ist.«

»Es gibt Mädchen, die haben's leicht, das merkt man schon aus der Entfernung.«

»Wenn ich Ihnen ein Bild faxe, würden Sie mir sagen können, ob sie's war?«

»Ich weiß nicht.«

»Erinnern Sie sich noch an irgendetwas anderes im Zusammenhang mit diesem Mädchen, Brandon?«

»Nein. Warum?«

»Wir sind neugierig.«

»Nein, tut mir leid.«

»Okay, danke.«

»Aber ich hatte so ein bestimmtes Gefühl, Sir. Bei den beiden. Interessieren Sie sich dafür?«

»Auf jeden Fall, Brandon.«

»So durchtrainiert, wie der mit seinen Muskeln, und so scharf, wie sie war, kamen sie mir wie Pornostars vor. Mit denen haben wir's ständig zu tun. Die erkundigen sich nach kurzfristig zu mietenden Objekten, hauptsächlich leer stehende Wohnungen draußen im Valley. Sie bieten einen Haufen Geld, aber Dad will sich nicht drauf einlassen, weil er zu religiös ist.«

»Um das Haus in der Russel Avenue kümmert er sich nicht besonders.«

»Das haben Sie richtig erkannt«, sagte Brandon. »Er nennt es den Mühlstein, der an seinem Hals hängt. Für Mom ist es irgendwie heilig. Sie muss es ja auch nicht vermieten oder sich mit den Handwerkern herumschlagen.«

»Sie haben sich gefragt, ob Muhrmann das Haus für einen Dreh gemietet hat, deshalb das ganze Bargeld im Voraus.«

»Mein Dad wäre echt sauer gewesen, deshalb bin ich eine Woche später vorbeigefahren, um zu sehen, ob sich da irgendwas tut, aber es war nichts.«

»Wonach haben Sie Ausschau gehalten?«

»Nach Autos, Transportern, Leuten, die rein- und rausgehen, irgendwas Ungewöhnliches. Ich hab sogar Vlatek gefragt – den Mann, dem die Werkstatt gehört. Er meinte, seit Muhrmann eingezogen ist, sei ihm nichts aufgefallen. Er habe ihn nicht mal gesehen.«

»Klingt, als hätten Sie selbst schon ein bisschen Detektivarbeit geleistet«, sagte Milo.

»Ich war neugierig«, erwiderte Brandon. »Dad hat's gern, wenn ich neugierig bin.«

15

Als wir nach Pasadena fuhren, sagte ich: »Muhrmann hat seiner Mutter erzählt, er wolle es beim Film versuchen, und C. Longellos hatte ein Postfach im Valley. Vielleicht hatte der Junge den richtigen Riecher.«

»Mal sehen, ob deine Psychokollegen auch nur halb so gut sind. Wenn ja, dann feiern wir das beim Thai.«

Das Awakenings – nach eigenem Bekunden ein »Ort der Heilung« – lag unweit der Santa-Anita-Pferderennbahn und bestand aus drei weiß getünchten, einfachen Fünfziger-Jahre-Bungalows, die von einem weißen Kunststoffzaun zu einem Komplex zusammengefasst wurden. Abgeschlossenes Tor mit Klingel, dürreresistente Pflanzen im Hof.

Keine Schilder. Milo vergewisserte sich noch einmal, dass es die richtige Adresse war. »Die Hausnummern stimmen überein.«

Wir stiegen aus dem Wagen. Die Fahrt hatte über eine Stunde gedauert, und wir mussten uns erst mal strecken. Eine ruhige Straße mit gepflegten Apartment- und einigen wenigen Einfamilienhäusern. Ob die Nachbarn Bescheid wussten?

In der kühlenden Luft lag ein Anflug von Pferdeschweiß und -mist.

Ich sagte: »Vielleicht werden hier auch Leute behandelt, die unter Spiel- und Wettsucht leiden.«

»Du meinst, die werfen die Angel dort aus, wo die Fische schwimmen? Kluge Marktstrategie. Aber wo's so viele schicke Kliniken gibt, sollte man meinen, dass sich Ms. C. Longellos was Protzigeres ausgesucht hätte.«

»Green Acres, Tai Chi, Massage, Reinkarnationstherapie?«

»Wenn du noch vegane Küche drauflegst, bin ich dabei.«

Ich sagte: »Andererseits ist was Unauffälliges für Menschen mit Geheimnissen perfekt.«

Wir warteten, bis uns der Türsummer das Tor öffnete, gingen den gepflasterten Weg entlang zum Haupthaus und traten ein in eine enge, menschenleere Lobby mit milchglasverdecktem Empfangsbereich. Die Rezeptionistin, die uns eingelassen hatte, ließ das kleine Fenster geschlossen. Links befand sich eine mit Sicherheitsschlössern versehene, schwarze Tür.

Weil die Klientel unberechenbar war?

In der Lobby hing ein süßlicher, beißender und beängstigender Geruch, wie in einer öffentlichen Klinik während einer Massenimpfung. Harte, wenig einladende Möbel standen auf dem rostbraunen Linoleum. Die Wände waren holzvertäfelt und zigarettenaschegrau gestrichen. Trotz des Desinfektionsmittels stank es nach fettigem Essen, das zu lange in Warmhaltebehältern gestanden hatte.

Auf einer Tafel rechts vom Fenster befand sich ein Stundenplan für alle Gruppen- und Individual-Therapien.

Im Moment lief gerade: *Gezielte Selbsterkenntnis: konstruktive Aufmerksamkeit, Beth E. A. Manlow, M. D., Ph. D.*

Milo nuschelte: »Mir schläft der Hintern ein vor lauter Mitgefühl.« Er klopfte an das Fenster.

Ein Schloss drehte sich, die Scheibe wurde zurückgeschoben. Eine hübsche Asiatin, die Haare zu einem blauschwarzen Knoten hochgesteckt, fragte: »Wie kann ich Ihnen helfen?«

Milo zeigte ihr erst seine Dienstmarke und dann das Foto von Steven Muhrmann.

»Kennen Sie diesen Mann?«

»Tut mir leid, nein, ich arbeite erst seit zwei Monaten hier.«

»Können wir bitte mit jemandem sprechen, der schon eine Weile da ist – sagen wir mal zwei oder drei Jahre?«

»Darf ich fragen, worum es geht?«

»Eine schwerwiegende Straftat.«

Sie berührte ihr Telefon. »Wie schwerwiegend?«

»Schwerwiegend genug, dass wir uns herbemüht haben. Wer ist hier der Chef?«

»Ich werde unsere Direktorin, Dr. Manlow, anpiepsen.«

»Laut Aushang befindet sie sich gerade in einer Sitzung.«

»Wenn das so ist, wird sie nicht antworten, dann müssen

wir sehen. Ich bin immer noch dabei, mich mit dem ganzen Ablauf hier vertraut zu machen. Bitte haben Sie Geduld mit mir.«

Sie schob die Scheibe wieder sachte und sorgfältig zurück. Einige Sekunden lang wurde eine gedämpfte Unterhaltung hörbar, dann tauchte die Frau wieder auf. Sie lächelte erleichtert. »Dr. Manlow wird jeden Moment herunterkommen. Wenn Sie bitte Platz nehmen möchten.« Sie zeigte auf die unbequemen Stühle.

Bevor wir uns noch darauf niederlassen konnten, schwang die schwarze Tür auf. Die Frau, die hindurchmarschierte, war ungefähr vierzig Jahre alt und hatte dichtes, gewelltes, kastanienbraunes Haar, große wasserblaue Augen, ein längliches Gesicht und einen extrem hellen Teint, der auf eine Sonnenphobie schließen ließ. Volle Lippen, dünne schnabelartige Nase, das Kinn ein klitzekleines bisschen zu markant für eine ideale Schönheit.

Eine ohnehin schon attraktive Frau, durch ihr selbstbewusstes Auftreten umso attraktiver.

Sie trug einen zimtfarbenen Kaschmirpullover, eine karierte Hose in einem gedämpften Braunton, dazu dunkelbraune Krokodillederpumps. Ein ledergebundener Terminkalender passte zu den Schuhen. Ebenso passend dazu das lederne Fülleretui an ihrem Hosenbund, daneben ein Handy und zwei Piepser, einer davon mit einem Stück rotem Klebeband abgeklebt.

Eigentlich genug Kram für einen stolzen Polizistengang, aber sie verzichtete auf seltsame Hüftschwünge oder Beinschlenker.

Kein Schmuck. Wegen des Risikos, irgendwo hängen zu bleiben?

»Ich bin Dr. Manlow.« Kühle, mädchenhafte Stimme, aber in ihrem Tonfall lag Autoriät.

»Danke, dass Sie sich Zeit für uns nehmen, Doktor. Milo Sturgis, Alex Delaware.« Er reichte ihr seine Karte. Die meisten werfen einen flüchtigen Blick darauf. Die zweifach promovierte Beth E. A. Manlow setzte ihre goldumrandete Brille auf und las erst sorgfältig, bevor sie die Karte in ihren Terminkalender steckte.

»Mordkommission? Wer wurde ermordet?«

»Eine Frau, die wir noch identifizieren müssen.« Milo zeigte ihr die Skizze von Mystery, Mädchenname Prinzessin.

Manlow sagte: »Tut mir leid, aber sie war keine Patientin von uns. Zumindest nicht in den vergangenen fünf Jahren, seit ich hier bin.«

»Sie erinnern sich an alle Ihre Patienten?«

»Ich habe ein Auge für Details, und es sind erst fünf Jahre. Ich habe das Phantombild in den Nachrichten gesehen, und bei mir hat nichts geklingelt, und so ist es auch jetzt. Annie sagte, Sie haben ihr das Bild eines Mannes gezeigt.«

Milo zog Muhrmanns Foto aus der Tasche.

Sie starrte es an, nahm ihre Brille ab und schüttelte den Kopf. Resigniert, nicht verneinend.

»Was hat er mit Ihrem Fall zu tun?«

»Sie kennen ihn?«

»Sagen Sie mir, welchen Namen Sie für ihn haben?«

»Steven Muhrmann.«

Sie nickte.

Milo sagte: »Was können Sie mir über ihn sagen?«

»Warum interessiert Sie das?«

»Er kannte das Opfer.«

»Er kannte sie, das ist alles?«, fragte sie. »Oder ist er tatverdächtig?«

»Würde das einen Unterschied dahingehend machen, was Sie uns erzählen wollen, Doktor?«

Manlow tappte mit einem Fuß. Zog einen Faden aus ihrem Pulli, legte die Stirn in Falten und wickelte ihn sich um den Finger. »Wir sollten uns in meinem Büro weiterunterhalten.«

Die schwarze Sicherheitstür führte in einen schmalen Gang, der an einem transparenten Fenster mit eingelassenem Maschendraht endete.

Ein rotes Schild mit der Aufschrift *Unbefugten ist der Zutritt untersagt* hing unter den beiden oberen Riegeln. Nur für den Fall, dass man es übersehen sollte, stand dort außerdem in weißen Buchstaben: *Zutritt nur für Personal und stationäre Patienten.*

Manlows Büro befand sich direkt dahinter. Als wir eintraten, entdeckten wir einen weiteren, längeren, mit astigem Kiefernholz vertäfelten Gang. Eine Frau saß auf dem Boden und las. Eine weitere Frau beschäftigte sich mit einem Kreuzworträtsel. Ganz hinten machte ein Mann Dehnübungen, berührte seine Zehen und ließ den Kopf kreisen.

Alle trugen Straßenkleidung, die Atmosphäre hatte nichts Klinisches. Aber etwas an der Art, wie sich die drei bewegten – langsam, gemessen, mechanisch –, ließ darauf schließen, dass alles Leichtfertige hinter ihnen lag.

Manlows Büro war von bescheidenen Ausmaßen. An den Wänden befanden sich Bücherregale, Aktenschränke und eine Sammlung gerahmter Diplome. Elizabeth Emma Allison Manlow hatte einen B.A. an der Cornell University gemacht, als sie noch Elizabeth Emma Allison hieß, einen M.D. an der University of San Francisco und einen Doktor in Neuropharmakologie in Stanford. Ein Praktikum und ein praktisches Jahr in der Psychiatrie hatte sie am Massachusetts General Hospital absolviert. Anschließend hatte sie von einem Institut in Philadelphia ein Stipendium für kognitive Verhaltenstherapie bekommen.

Vor sechs Jahren hatte sie ihre Ausbildung beendet. Dies war ihre erste und einzige Anstellung.

Keine Familienfotos. Das gefiel mir. Bei einem echten Profi geht es ausschließlich um die Patienten.

Milo sagte: »Welche Arten von Zuständen behandeln Sie hier?«

»Ausschließlich Missbrauch von Drogen und Alkohol.«

»Was ist mit Spiel- und Wettsucht?«

»Wie bitte?«

»So nah an der Rennbahn.« Milo wiederholte seinen Spruch mit den Fischen und der Angel.

Beth Manlow lächelte. »Vielleicht sollten wir ein Programm dafür entwickeln. Nein, wir konzentrieren uns auf suchtgefährliche Chemikalien. Und dazu gehören im Übrigen auch keine überaktiven Sexualhormone, da Sexsucht meiner Meinung nach ein völliger Blödsinn ist.«

»Erzählen Sie uns von Steven Muhrmann.«

Manlows Lächeln gefror. »Kennen Sie sich aus mit Entzugsmethoden?«

Milo sagte: »Eigentlich nicht.«

»Die meisten sind Mist.«

Er lachte. »Immer raus damit, Doc.«

Beth Manlow sagte: »Sehen Sie, wenn ich eins bei dieser Arbeit gelernt habe, dann, dass man, um etwas zu erreichen, niemals den Bezug zur Realität verlieren darf. Das ist ein sehr hartes Geschäft, und die Erfolgsquoten, das heißt fünf Jahre ohne Rückfall, sind ganz unterschiedlich. Sie reichen von zwei bis fünfundsiebzig Prozent.«

Er pfiff.

»Genau, Lieutenant.«

»Das heißt, niemand weiß, was funktioniert?«

»Wir wissen einiges«, sagte Manlow. »Aber Sie haben recht, was die Erfolgskriterien angeht, ist da noch viel

Aufklärungsarbeit zu leisten. Ich darf Ihnen versichern, dass alles, was sich im Bereich von siebzig Prozent bewegt, entweder eiskalt gelogen ist oder ausschließlich auf freiwilligen Selbstauskünften und damit auf nichts anderem als Prahlerei beruht. Das soll nicht heißen, dass die meisten Einrichtungen reine Gelddruckmaschinen sind, auch wenn das auf einige sicherlich zutrifft. Es liegt vielmehr in der Natur der Sache: Sucht ist weder eine Sünde noch lediglich eine Kombination aus schlechten Gewohnheiten, obwohl schlechte Gewohnheiten unvermeidlich aus der Sucht heraus entstehen. Die Crux ist, dass, wenn Menschen einem Betäubungsmittel verfallen, sich die chemische Zusammensetzung des Gehirns ändert. Wir können Süchtige in einer akuten Phase entgiften und ihnen beibringen, zerstörerische Verhaltensmuster abzulegen, vorausgesetzt, die Motivation stimmt. Aber es ist noch niemandem gelungen, die grundlegende biologische Suchtstruktur wieder umzukehren.«

Milo zwinkerte und schnalzte mit der Zunge. Ein Signal, das ich noch nie bei ihm bemerkt habe, aber es war leicht zu entschlüsseln. *Übernimm du, mein Freund.*

Ich sagte: »Klingt nach einer chronischen Krankheit.«

»Genau, ständige Betreuung ist die beste Methode«, sagte Beth Manlow.

»Und das führt uns zu Steve Muhrmann, denn …«

»Ich habe Ihnen diesen kleinen Vortrag gehalten, weil Sie das, was ich Ihnen sagen kann, richtig einschätzen sollen. Wir sind eine der besten Einrichtungen des Landes, aber wir machen keinen Profit, noch legen wir es darauf an. Awakenings wurde von einem Mann gegründet, der zwei Kinder an die Sucht verloren hat und der verhindern wollte, dass sich dieselbe Tragödie in anderen Familien ereignet. Solon Wechsmann ist vor fünf Jahren gestorben und hat eine Stiftung hinterlassen, die unsere Einrichtung finanziert, aber nur teilweise. Ich wurde nach seinem Tod eingestellt, und die relative finanzielle Freiheit ermöglicht mir den Luxus einer brutalen Selbsteinschätzung. Unsere Erfolgsrate – genau bestimmt – liegt bei sechsunddreißig Prozent. Das klingt vielleicht nicht nach viel, aber ich finde es ziemlich gut. Das ist wie bei den Onkologen – den Krebsspezialisten. Wenn es gelingt, jemandem noch ein paar erfüllte Jahre zu schenken, hat man bereits sehr viel erreicht.«

»Damit wollen Sie sagen, dass Steve Muhrmann zu den vierundsechzig Prozent gehörte.«

»Ich kann nicht über ihn oder einen anderen Patienten sprechen. Aber ich werde auch nicht behaupten, dass Sie falschliegen.«

»Hat er besondere Probleme gemacht, als er hier war?«

Sie schüttelte den Kopf. »Ich darf mit Ihnen nicht über Einzelheiten sprechen.«

»Können Sie uns verraten, weshalb er hier war?«

»Ich werde Ihnen nur sagen, dass unsere Patienten größtenteils aus freien Stücken zu uns kommen. Nur einige wenige werden zu uns geschickt.«

Ich sagte: »Muhrmann wurde ein paarmal betrunken am Steuer erwischt und bekam per Gerichtsbeschluss einen Entzug verordnet.«

»In einer perfekten Welt«, sagte Beth Manlow, »wäre jeder einsichtig genug, um zu wissen, wann der eigene Motor überholt werden muss. In unserer Welt aber müssen manche Fahrzeuge abgeschleppt werden.«

»Haben Sie einen Unterschied festgestellt zwischen Patienten, die eingewiesen wurden, und solchen, die freiwillig kommen?«

»Laut meiner vorläufigen Einschätzung würde ich sagen, es gibt einen Unterschied.«

»Die vom Gericht zugewiesenen Patienten sind problematischer?«

»Man kann sagen, dass sie weniger auf langfristige Lösungen aus sind.«

»Entzug, Unterschrift und ab nach Hause.«

Sie zuckte mit den Schultern.

Ich sagte: »Neigte Muhrmann zu Gewalt?«

»Die Frage werde ich nicht beantworten«, sagte sie. »Aber interpretieren Sie mein Schweigen nicht als Bejahung.«

»Deutete etwas auf aggressives Verhalten hin?«

»Auch diese Frage kann ich nicht beantworten«, sagte sie.

»Vielleicht haben Sie's ja bereits getan.«

»Ich würde nichts unterstellen. Gut, wenn Sie keine weiteren Fragen mehr haben, ich muss eine Gruppe in …«

Ich sagte: »Constance Longellos.«

Manlow strich sich das dichte Haar glatt. Stand auf, rückte ein Diplom gerade, das längst gerade hing. »Ich muss wirklich los, die Gruppe wartet. Es ist nicht schlecht, wenn Süchtige lernen, auf die Befriedigung ihrer Bedürfnisse zu warten, aber man muss es ja nicht übertreiben.«

Als sie zur Tür ging, sagte ich: »Ms Longellos hat eine Empfehlung für Mr Muhrmann geschrieben, als er eine Wohnung mieten wollte. Wie Muhrmann war auch sie betrunken am Steuer erwischt worden. Das könnte die Grundlage einer engeren Beziehung gewesen sein.«

Manlow klopfte an den Türrahmen.

Milo sagte: »Das Mädchen im Fernsehen wurde mit Muhrmann gesehen, wenige Stunden bevor ihr jemand das Gesicht wegschoss.«

Manlows Fingerknöchel wurden weiß. »Sie wollen mich mit blutigen Details dazu bringen, meine Berufsehre zu vergessen? Ich bin Ärztin, das macht mir nichts aus.«

»Macht es Ihnen was aus, dass ein ehemaliger Patient, dem

Sie nicht helfen konnten, möglicherweise den Mord begangen hat?«

Manlows blasses Gesicht nahm an den Rändern Farbe an, Haaransatz, Kinn und Wangenknochen wurden rot wie ein in Zeitlupe oxidierender Apfel.

Einer ihrer Piepser meldete sich. Der ohne Klebeband. Sie nahm ihn von ihrem Hosenbund und las die Nummer. »Ich muss gehen. Ich lasse Sie raus und weise Sie darauf hin, dass ein erneuter Besuch niemandem nutzen wird.«

16

Milo blieb stehen, um sich die Gebäude noch einmal anzusehen, dann glitt er auf den Beifahrersitz. »Der Laden heißt Awakenings, aber Manlow hat eingeräumt, dass das ›Wachrütteln‹ bei den meisten Patienten nicht viel bringt. Darunter auch Steve-O. So nervös wie sie bei der Erwähnung von Longellos wurde, muss da was gelaufen sein. Und Muhrmann war ein Problemfall. Aber was ist in einem solchen Laden ein Problemfall?«

»Ständige Verweigerungshaltung«, sagte ich. »Oder Verkehr mit anderen Patienten. In diesem Fall mit einer älteren Frau mit ganz eigenen Problemen.«

»Verkehr«, sagte er. »Mir gefällt dein Hang zum Vornehmen. Ja, vielleicht hatte er Verkehr mit Trunkenheit-am-Steuer-Connie. Die nicht mehr aufzufinden ist.«

Er verzog das Gesicht. »Der kleine Caspar hat Muhrmann als unfreundlich und aggressiv bezeichnet. Vielleicht ergeht es den Frauen, mit denen er verkehrt, nicht gut. Aber Dr. Manlow wollte nicht mit der Sprache herausrücken und sagen, dass er gefährlich ist.«

»Vielleicht war er das auch nicht, solange er hier war. Das

Gute ist, dass sich allmählich eine Zeitachse ergibt: Longellos und Muhrmann werden zirka zur selben Zeit erwischt. Muhrmann ist ungefähr ein Jahr lang draußen, als er sie als Referenz in der Russell Avenue angibt. Zu der Zeit ist er mit Mystery zusammen, möglicherweise, um einen Porno zu drehen. Er hat elftausend in bar, fährt aber vor acht Monaten zu seiner Mutter und will Geld. Sie gibt ihm zweitausend, die er wahrscheinlich für Dope ausgibt, denn als seine Mietvorauszahlung verbraucht ist, kommt nichts mehr nach. Egal, welche Beziehung er zu Connie Longellos hat, er trifft sich gleichzeitig mit Mystery. Vielleicht geht's um Sex, vielleicht auch ums Geschäft, möglicherweise um beides. Was zu der Szene passt, die ich im Fauborg beobachtet habe: Irgendein Rollenspiel, das die beiden mit einem Dritten spielen.«

»Mysterys heißes Date«, sagte er. »Wir sind davon ausgegangen, dass es ein Mann ist, aber was, wenn Connie den Dreier komplettiert hat? Das könnte die beiden Waffen erklären. Eine Frau hat vielleicht nicht genug Erfahrung mit Waffen, um es alleine durchzuziehen.«

»Vielleicht macht es sie ja an, zu einem Erschießungskommando zu gehören.«

Er dachte darüber nach. »Krank. Okay, Zeit für den Thai, aber halt vorher noch mal an.«

»Wo?«

»Ich sag dir Bescheid, wenn ich's sehe.«

Wir waren eine halbe Meile über den Colorado Boulevard gefahren, als Milo sagte: »Hier.«

Ein rund um die Uhr geöffneter Kopierladen. Faxen für zehn Cent die Seite.

Er rief Brandon Caspar bei Zephyr Properties an und bat ihn, sich bereitzuhalten, dann fütterte er die Zeichnung von Mystery in eine Maschine.

Wenige Minuten später rief Brandon zurück.

Milo fragte: »Wahrscheinlich? Sie sind nicht sicher?« Ein Augenblick verstrich. »Niemand verlangt von Ihnen, dass Sie eine Wette drauf abschließen, Brandon. Hören Sie einfach auf ihr Bauchgef... Nein, wir sind weit davon entfernt, irgendjemanden anzuklagen, also machen Sie sich keine Gedanken, dass Sie vor Gericht aussagen müssen ... Ja, ich erinnere mich an Brigitte Bardot ... Ja, ich kann die Ähnlichkeit sehen, aber was ich wissen möchte, ist ... Okay, höchstwahrscheinlich genügt mir das.«

Beim Auflegen sagte er: »Vergiss den Thai.«

»Ist dir der Appetit vergangen?«

»Hab ihn auf Pause gestellt. Ich hatte gehofft, der Junge würde sie identifizieren können, dann hätte ich Muhrmanns Gesicht in die Nachrichten bekommen.« Er zog die Zeichnung aus der Faxmaschine.

Wieder im Wagen sagte er: »Ach zum Teufel, wer nicht wagt, der nicht gewinnt.«

Als ich Richtung Freeway fuhr, rief er die Abteilung für Öffentlichkeitsarbeit an, und nach Beendigung des Gesprächs drückte er das Telefon so fest, dass es quietschte.

»Deren Ansicht nach reicht die Begründung immer noch nicht, aber selbst wenn, stünden die Chancen, mehr Sendezeit zu bekommen, bei gering bis null, weil wir gegen die *Einmal*-Regel verstoßen.«

Ich fragte: »Man bekommt nur eine Einblendung pro Fall?«

»Offiziell nicht, aber anscheinend schon, ja. Es sei denn, es ist eine superwichtige Sonderkommision zur Erfassung eines Serienmörders oder sonst etwas, das die Abteilung für besonders medienwirksam einstuft.«

»Prominente in der Bredouille?«, fragte ich.

»Das würde funktionieren.«

»Man sollte meinen, die hätten was aus O. J. gelernt.«

»Ja, genau. Jeder Vollidiot will ein Star sein oder wenigstens mit einem vögeln.«

»Wie wär's, wenn wir unseren Verstand einschalten? Wenn wir zu früh an die Öffentlichkeit gehen, könnte das zur Folge haben, dass Muhrmann untertaucht.«

»Die Gefahr besteht immer«, sagte er. »Aber Muhrmann ist kein sechzehnjähriges Gangmitglied, das noch nie in einem Flugzeug gesessen hat. Soviel ich weiß, ist er längst auf Tauchstation gegangen. Das Szenario mit den beiden Mördern könnte auch bedeuten, dass er einen Partner hat, der möglicherweise die Flucht finanziert.«

»Einen mordlustigen Sugar Daddy.«

»Oder eine Mommy, die verschollene Connie oder jemand wie sie. Wurde bei SukRose was davon erwähnt?«

»Nicht, dass ich mich entsinnen könnte.«

»So oder so, in der Datenbank der Agajanians befindet sich ein Name, der das Ganze sprengen würde, aber ich komme nicht dran, weil Big Brother Brian ein verfluchter Anwalt ist.«

Er sah Brian Agajanians Büronummer nach. Riesenfirma in Century City. Mr. Agajanian war aushäusig, und seine Sekretärin hatte keine Ahnung, wann er zurück sein würde. Als sich Milo zu erkennen gab, wurde ihr Tonfall förmlich, und ihr Versprechen, die Nachricht weiterzuleiten, klang so aufrichtig wie das Dinnergeplauder eines Diplomaten.

Eine Suchanfrage bei der Zulassungsbehörde ergab eine Adresse für Agajanian in Glendale, in der Nähe der Abfahrt Brand Boulevard.

Wir rasten die 210 entlang und befanden uns bereits auf dem Weg dorthin.

»Von wegen Karma«, sagte Milo. »Wir zerren mal an der Leine von dem Typen, dann sehen wir, ob er wirklich ein so guter Wachhund ist.«

Das Haus war ein zweistöckiges spanisches Gebäude oben auf einem mit Eisenkraut überwucherten Hügel. Der Abend senkte sich. Während die Konturen der Berge unschärfer wurden, setzten sich überall Sommersprossen aus Straßenlaternen in die Landschaft.

Es war ein steiler Anstieg bis zu der gepflasterten Fläche, die Brian Agajanian als Parkplatz diente. Zwei Fahrzeuge standen dort, eine weitere Bucht war nicht mehr frei. Wir ließen den Seville ein Stück weiter unten stehen und gingen zu Fuß.

Milo fing bereits auf halber Strecke an zu schnaufen. »Hoffentlich gibt's für den Fleiß einen Preis.«

Als wir oben ankamen, keuchte er heftig und nuschelte ein leises, wütendes Mantra zwischen erschöpften Atemzügen.

Agajanians fahrbarer Untersatz war ein stahlgrauer Lexus RX Geländewagen mit *Baby-an-Bord*-Aufkleber. Zwei Kindersitze nahmen den Rücksitz in Beschlag. In die Rückseiten der Kopfstützen waren Videobildschirme eingelassen. Hinter dem Lexus stand ein makellos weißer Porsche Boxster mit dem personalisierten Kennzeichen BRY ATT.

»Der ist stolz auf sich«, sagte Milo und schnappte nach Luft. »So was wie Schamempfinden ist von dem wahrscheinlich zu viel verlangt.«

Er drückte auf eine Klingel, die mit einem kleinen Kranz aus Kiefernzapfen und Ahornblättern ummalt war. Eine hübsche, vollbusige, rothaarige Frau in einem roten Oberteil und schwarzen Leggins kam mit einem schlafenden Baby in einer hellblauen Decke an die Tür.

»Oh, ich dachte, Sie wären …« Ein freudiges Lächeln wich Besorgnis.

»Mrs Agajanian? Los Angeles Police Department. Wir müssen mit Ihrem Mann sprechen.«

»Ich dachte, Sie wären meine Mutter«, sagte sie. »Sie muss bald hier sein. Es ist doch nichts passiert, oder?«

Milo sagte: »Überhaupt nicht. Wir müssen nur mit ihm sprechen. Ist er hier?«

Mit einem Schritt zurück in den makellosen Eingangsbereich drückte sie sich das Baby an die Brust: »Bri-an!«

Ein großer, dünner, schwarzhaariger Mann mit Hakennase und Ziegenbart kam angetrottet. Er trug ein weißes T-Shirt, eine blaue Jogginghose mit einem weißen Längsstreifen an den Beinen und gelbschwarze Laufschuhe. »Alles in Ordnung, Mel?«

Sie zeigte auf uns.

Seine schwarzen Augen schwenkten zu uns herum. »Kann ich Ihnen helfen?«

»Die sind von der Polizei, Bri.«

»*Was?*« Die Frage war an uns gerichtet, nicht an seine Frau.

Sie sagte: »Die sind von …«

»Geh rein, Mel.«

»Ist alles in Ordnung?« Sie wiegte das immer noch schlummernde Baby.

»Natürlich. Geh wieder rein.« Mit böse funkelnden Augen wartete er darauf, dass wir ihm widersprachen.

Milo sagte: »Alles tadellos.« Das Baby rührte sich. Mel Agajanian machte »Schsch, sch, sch« und wiegte das Kind.

Brian Agajanians Augen verengten sich zu Schlitzen. »Bring ihn ins Bett. Ich mach das hier.«

Als sie endlich gehorchte, trat er aus seinem Haus heraus, ging ans andere Ende des eingeebneten Parkplatzes und stellte sich bis auf zwei Zentimeter an den Rand. Ein falscher Schritt, und er würde ins Eisenkraut stürzen. Mit vor der Brust verschränkten Armen musterte er uns einzeln und tat, als würde er sich zunächst für den dunkler werdenden Himmel, dann für die Lichter unten interessieren. Ein noch junger Mann, auch wenn sein schwarzes Haar allmählich dünner wurde und sich tiefe Furchen in seine Wangen gruben, dort wo sie an seine Barthaare stießen. »Unmöglich, dass Sie hier sind, weshalb ich vermute, dass Sie hier sind.«

Milo erwiderte: »Das ist ein ziemlich komplexer Satz, Mr Agajanian.«

»Okay, hier ist ein einfacher: Worum geht's?«

»Um einen Namen in der Datenbank Ihrer Schwestern.«

Brian Agajanian schlug sich mit der Faust in die Handfläche. »Unglaublich. Deshalb stören Sie mich in meiner Privatsphäre und jagen meiner Frau einen Schrecken ein?«

»Betrachten Sie's als Freundschaftsbesuch.«

Agajanians Arme kreuzten sich vor der Brust. Seinem verkniffenen Gesichtsausdruck nach trug er den engsten Sport-BH des Universums. »Ich weiß, Sie machen nur Ihre Arbeit, aber das ist wirklich unerhört.«

Milo klappte seine Aktentasche auf und zog ein Foto heraus. Eine Nahaufnahme der blutigen Suppe, die einst das Gesicht eines Mädchens namens Mystery war.

»Uah.« Brian Agajanian schwankte und kippte gefährlich nahe Richtung Abhang. Milo stützte seinen linken Arm.

Agajanian schüttelte ihn ab, achtete darauf, keine hektische Bewegung zu machen.

Milo sagte: »Sah aus, als würden Sie das Gleichgewicht verlieren.«

»Mir geht's gut«, sagte der Mann und wandte den Blick von dem Bild ab. »Das ist widerlich, das wäre nicht nötig gewesen. Warum haben Sie nicht in meinem Büro angerufen?«

»Das haben wir. Ihre Sekretärin hat versprochen, Sie sofort anzurufen, aber wir haben nichts mehr von ihr gehört.«

»Ich hatte außerhalb zu tun und habe keine Nachrichten abgefragt.«

»Außerhalb, das heißt im Büro Ihrer Schwestern.«

»Außerhalb, mehr müssen Sie nicht wissen. Jetzt sollten Sie gehen. Ihr Verhalten ist völlig unangemessen.«

Milo sagte: »Wenn wir Sie telefonisch erreicht hätten, hätten Sie uns dann den richtigen Namen des armen Mädchens verraten?«

»Wie kommen Sie drauf, dass Ihr Besuch hier etwas bringt?«

»Ich bin immer für eine persönliche Note.«

»Wie war Ihr Name noch mal?«

»Sturgis, West L. A. Division.«

»Und Sie sind Lieutenant?«

Milo lächelte. »Und Sie sind Anwalt?«

Agajanian sagte: »Lieutenant Sturgis«, als wollte er eine Waffe laden.

Milo sagte: »Wenn Sie's in Ihren BlackBerry eingeben wollen, warte ich gerne.«

»Schon gut, ich habe ein ausgezeichnetes Gedächtnis.«

»Gilt das auch für den Namen des armen Mädchens?«

Agajanian antwortete nicht.

Milo sagte: »Ich brauche außerdem die Namen aller, mit denen Ihre Schwestern sie verkuppelt haben …«

»Meine Schwestern verkuppeln niemanden, sie haben ein soziales Netz im Internet geschaffen.«

»Und Leute bezahlen Geld für das Privileg, von ihnen verkuppelt zu werden.«

»Das ist der springende Punkt, Lieutenant. Es gibt keine Agentur in dem Sinne. Soll heißen: SukRose ist streng genommen an keinerlei Transaktionen beteiligt …«

»Sie haben sich vorgenommen das eBay der Liebesbeziehungen mit erheblichem Altersunterschied zu werden«, sagte Milo. »Ich hoffe, Sie verdienen Milliarden damit. Einstweilen geben Sie mir den Namen einer ganz bestimmten jungen Frau und die sämtlicher älterer Herren in ihrer Vergangenheit, damit wir herausfinden, wer Hackfleisch aus ihr gemacht hat. Oder zumindest ihre Familie verständigen können, damit das, was von ihr übrig ist – in allen seinen Einzelteilen –, nicht auf unbestimmte Zeit im Kühlschrank liegen bleibt …«

»Ich hab's verstanden, Lieutenant Sturgis. Aber nein, tut mir leid, ich kann Ihnen nicht helfen.«

Milo baute sich drohend vor ihm auf. »Warum nicht?«

»Warum nicht? Weil SukRose möglicherweise für die Verletzung der Privatsphäre seiner Kunden verantwortlich gemacht werden könnte, die durch Ihre Ermittlungen entsteht. Außerdem geht es natürlich ganz allgemein um Diskretion und …«

»Ich hab's auch verstanden, Mr Agajanian.«

»Soll heißen?«

»Sie waren immer ein guter Schüler, aber Sie konnten kein Blut sehen und haben sich, anstatt Arzt zu werden, als der Sie tatsächlich Menschen hätten helfen können, für einen Beruf entschieden, wo Sie dafür bezahlt werden, einfache Dinge kompliziert zu machen. Sie stellen armen Schweinen eine Rechnung dafür, dass Sie ihnen das Kauderwelsch der Juristen übersetzen.«

Mit erhobenem Daumen und Augenzwinkern in Richtung der personalisierten Nummernschilder sagte Milo: »Das Leben meint es gut mit Ihnen, hm?«

Brian Agajanian blieb der Mund offen stehen, dann klappte er ihn wieder zu und presste die Lippen fest aufeinander. »Ich werde mich nicht hinstellen und meinen Beruf vor Ihnen rechtfertigen. Manches ist kompliziert, und Sie und Ihr Fall gehören in diese Kategorie.«

Milo ließ das Foto der Toten wieder in seine Tasche fallen. »Wie Sie meinen, Brian. Erklären Sie Ihren Schwestern, dass umso mehr Informationen über die Firma ans Licht der Öffentlichkeit gezerrt werden, je weniger sie uns freiwillig verraten. Und das wird nicht die Art von Öffentlichkeit sein, die sie sich wünschen. Eher die Öffentlichkeit der Sechs-Uhr-

Nachrichten, wo der Welt mitgeteilt wird, dass eines ihrer Sweeties ermordet wurde und sie sich geweigert haben, Beweismaterial zur Verfügung zu stellen.«

»Das«, sagte Agajanian, »würde Konsequenzen haben.«

»Worauf Sie sich verlassen können, Brian. Wenn ich ein reicher Kerl auf der Suche nach einem Knackarsch wäre, würde ich mich nicht an eine Website wenden, in deren Umfeld ein solcher Knackarsch gerade zu Brei gestampft wurde, weshalb jetzt die Polizei dort herumschnüffelt.«

»Genau, das sage ich ja! Ihre Schnüffelei könnte für die wirtschaftliche Existenz des Unternehmens schädlich …«

»Schädlich für alle, Brian, ist, dass Sie es so weit haben kommen lassen und alles in die Öffentlichkeit gezerrt werden muss.«

»*Sie* zerren doch.«

»Ich tue nur meinen Job«, sagte Milo. »Und der besteht darin, Verbrecher dingfest zu machen. Aber wenn Ihre Schwestern Geld von einem Mörder nehmen, dem sie Mädchen zuführen – direkt oder indirekt –, glauben Sie ernsthaft, dass das gut fürs Geschäft ist? Es liegt in Ihrem Interesse, die Sache aufzuklären. So oder so werde ich herausfinden, wer das arme Mädchen umgebracht hat und warum. Die Frage ist nur, ob Suki und Rosalynn am Ende Teil des Problems oder Teil der Lösung sein werden.«

Agajanians Brust hob und senkte sich. Er starrte in den Himmel.

»Brian?«

»Weder noch, weil sie nicht mehr damit zu tun haben als die Telefongesellschaft mit kranken Spaßanrufen.«

»Wir werden die Liste der Telefonate überprüfen«, sagte Milo. »Wird kein Problem sein, die Genehmigung dafür zu bekommen.«

»Dann sollten Sie vielleicht auch uns überprüfen.«

»Wie Sie meinen, Brian. Einstweilen hab ich aus unserer Abteilung für Öffenlichkeitsarbeit gehört, dass ein Fernsehreporter eine Reportage über Datingagenturen im Internet macht. Ein sehr hartnäckiger Bursche. Er kann's kaum erwarten, mehr über Ihre Schwestern zu erfahren.«

»Meine Schwestern haben sich nichts zuschulden kommen lassen.«

»Wenn das Ihre Einstellung dazu ist, dann sind wir fertig. Gehen Sie zu Ihrer Familie«. Milo drehte sich um und wollte gehen.

Brian Agajanian sagte: »Wollen Sie mir weismachen, dass jemand Interesse an einem Bericht speziell über SukRose.net hat?«

»Zunächst war das Interesse allgemeiner Natur, wurde aber spezieller, als die Nachricht vom Mord an dem armen Mädchen die Runde machte.«

»Sie haben diesen Reporter aber doch nicht absichtlich auf meine Schwestern gehetzt?«

»Nein.«

»Aber wenn ich nicht klein beigebe, tun Sie's.«

»Brian, je weniger Kontakt ich zu den Medien haben muss, umso besser. Aber wenn sich das Rad erst mal dreht, lässt es sich kaum wieder anhalten.«

»Das ist nicht fair. Das ist absolut nicht fair.« Agajanian tappte mit dem Fuß, sah über die Dächer hinter seinem Haus hinweg. »Okay, ich wollte mich eigentlich nicht darauf einlassen, aber vielleicht kann ich verhindern, dass Sie Ihre und unsere Zeit verschwenden. Glauben Sie mir, es gibt keinerlei Verbindung zwischen dem Klienten meiner Schwestern und Ihrem Mordfall. Absolut keine.«

»Ein Klient«, sagte Milo. »Sie behaupten, sie hatte nur zu einem einzigen Daddy Kontakt?«

»Ich sage, Sie verschwenden Ihre Zeit, wenn Sie sich mit

den Klienten meiner Schwestern befassen. Das kann ich Ihnen persönlich versichern.«

»Tatsächlich?«

»Ehrenwort.« Agajanian lächelte herablassend. Er freute sich, wieder Oberwasser zu haben.

Milo sagte: »Gut, dann möchte ich Ihnen auch etwas persönlich versichern, Brian. Wenn Sie möchten, dass das Unternehmen Ihrer Schwestern gedeiht, dann lassen Sie den Mist jetzt sein, hören auf, um den heißen Brei herumzureden, und verraten mir zwei Namen. Den des Mädchens und den des Mannes, mit dem sie verabredet war. Wenn Sie das tun, lasse ich Sie in Ruhe.«

»Was, wenn Sie beschließen, mich doch nicht in Ruhe zu lassen?«

»Dann sollten Sie sich besser warm anziehen.«

»Sehr witzig ...«

»Das ist nicht witzig, Brian. Hier ist gar nichts witzig. Einem armen Mädchen wurde das Gesicht weggeschossen, und selbst wenn ich Sinn für Humor hätte, wäre mir das Lachen inzwischen vergangen. Sie haben zehn Sekunden, um es sich zu überlegen, dann setzen sich die Zahnräder in Bewegung.«

Agajanians Adamsapfel hob und senkte sich. Er leckte sich die Lippen.

Erneut ein Lächeln. Verkniffen, kalt, konzentriert.

Milo sagte: »War nett mit Ihnen zu sprechen, Brian.«

Agajanian entgegnete: »*Sollte* sich SukRose entschließen, Ihrer Abteilung bei den Ermittlungen behilflich zu sein, und *sollte* SukRose zu einem gegebenen Zeitpunkt einen Nachweis dieser Leistung erbeten, so benötige ich eine verbindliche Zusicherung, dass besagter Nachweis ohne unzulässige Verzögerung gewährt wird. Darüber hinaus muss das Police Department garantieren, dass alles Menschenmögliche unternommen wird, um SukRose vor einseitigen Medienberichten zu schützen. Ausgenommen solche Berichte, die SukRose im Hinblick auf seine eigenen Interessen erlaubt. Dies schließt auch die Verfilmung oder Verarbeitung in Buchform mit ein.«

»Wollen Sie ein Drehbuch schreiben?«

»Ich klopfe nur die Einzelheiten fest, Lieutenant. Schließlich kommt es darauf an, dass SukRose nicht als Quelle der von Ihnen gewünschten Informationen erkennbar wird und das Unternehmen oder dessen Vorstand nicht zivil- oder strafrechtlich haftbar gemacht werden kann.«

Das klang nach einer Antragsschrift, die er entworfen und auswendig gelernt hatte. In meinen Augen bedeutungsloser, rechtlich nicht durchsetzbarer Blödsinn.

Vielleicht wollte er sein Gesicht beim nächsten Familientreffen wahren.

Milo lächelte. »Sie sind ein guter Bruder, Brian. Für mich klingt das alles wunderbar.«

Brian Agajanian holte tief Luft und schloss die Augen. »Der Name in unseren Akten ist Tara Sly.«

»Sly, so wie …«

»Schlau, gerissen. Und das ist alles, was ich über sie weiß, abgesehen von den Angaben auf ihrer Seite. Frauen zahlen keine Gebühr, deshalb brauchen wir von ihnen auch keine zusätzlichen Daten. Und daher habe ich keine Adresse und keine Bankverbindung, die ich Ihnen geben könnte, nur die E-Mail-Adresse, die sie damals benutzt hat: taracuteee@gmail.com. Ich habe versucht, ihr eine E-Mail dorthin zu schicken, aber die Nachricht kam zurück, weil der Account offenbar inaktiv war. Und ja, sie hat mit nur einem Klienten Kontakt aufgenommen, aber wie bereits gesagt, ist er völlig irrelevant.«

»Weil er ein Heiliger ist?«

»Nein, viel besser«, sagte Agajanian. »Er ist tot.«

»Kam seine E-Mail auch zurück?«

»Ich habe ihn bei der Meldebehörde überprüfen lassen und die Sterbeurkunde gefunden. Natürliche Todesursache.«

»Gründlich, Brian.«

»Nicht nötig, sich bei mir zu bedanken.«

»Ich werde Ihnen danken, sobald ich eine Kopie von Tara Slys Seite bekommen habe, und zwar genau in der Fassung, wie sie bei SukRose eingestellt wurde. Außerdem die Seite des bedauerlicherweise verschiedenen Sugar Daddies, Gott hab ihn selig, sowie seine persönlichen Angaben.«

»Ich hab's Ihnen doch gerade erklärt, er ist tot«, sagte Agajanian. »Vor neun Monaten gestorben.«

»Ich bin ein gründlicher Typ, Brian.«

Agajanian ließ seinen Bizeps spielen. »Sie können seiner Familie nicht erzählen, dass Sie durch SukRose auf ihn gestoßen sind.«

»Ich denke nicht im Traum dran.«

»Schön, schön.« Agajanians Gesicht war schweißnass. »*Wenn* Sie mir versprechen, dass das dann alles war?«

»*Mein* Ehrenwort, Brian.«

»Warten Sie hier, ich bringe Ihnen die Unterlagen.«

»Danke, Brian.«

»Ich weiß aber trotzdem nicht, warum Sie so ein Theater um einen Toten machen.«

»Die Macht der Gewohnheit«, sagte Milo.

17

SukRose Sweetie #21667

Codename: Mystery
Alter: 24
Größe: 167 cm
Gewicht: 52 kg
Figur: Nymphe mit Kurven
Augenfarbe: Braun (Schokolade)
Haarfarbe: Blond (Honig)
Ausbildung: Kommunikationswesen
Beruf: Model, Schauspielerin, Altenpflegerin
Gewohnheiten: keine schlechten. Zumindest glaube ich das! LOL
Nichtraucherin, aber es macht mir nichts aus, wenn du dir eine große, saftige Cohiba ansteckst. Ich mag den Duft.

Profil: California Girl durch und durch. Ich liebe diesen Staat! Von oben bis unten und in der Mitte auch, denn seien wir mal ehrlich – Wolken sind ganz schön trist. Außerdem macht Sonne gute Laune, und die Haut sieht toll aus, wenn man es nicht übertreibt. Warum nicht glücklich sein, wenn man anderen damit Glück schenken kann, das ist mein Mantra. Ich steh auf Abenteuer und Freiheit. Besonders Freiheit. Abenteuer kommen gleich danach. Ich liebe Reisen, muss aber gestehen, dass ich längst nicht so viel auf Achse bin, wie ich gerne möchte. Es wäre fantastisch, wenn ich einen guten Freund hätte, der mich begleiten könnte. Mein Lieblingsessen: mexikanisch, sofern die Zubereitung ohne Grausamkeiten abläuft. Wer hat behauptet, mexikanisch gibt es nicht vegan? Die machen tolle Gemüsegerichte. Lieblingsmusik: Pink, Lifehouse, Lady Gaga, Katie Perry, The Thermals, Maroon Five. Lieblingslektüre: Elle, Marie Claire, Architectural Digest, People, Us. Mein liebstes Laster: Der Enquirer. Ich mag Yoga und Pilates, eigentlich alles, was mich zu meiner Mitte finden lässt. Ich unternehme gerne lange Spaziergänge, langsam oder sportlich. Ich bin ein sehr körperbewusster Mensch, aber auch sehr spirituell veranlagt, und ich liebe Tiere wahnsinnig, aber wenn du Allergien hast, können wir auch einfach nur in den Zoo gehen und uns die Tiere ansehen. Alles, was dir Spaß macht, macht auch mir Spaß. Ich möchte dir gerne gefallen, also bitte lass dir das von mir gefallen.

Ich suche: einen Daddy, egal welchen Alters, der es versteht, stark, aber auch sanft zu sein. Spirituell, aber auch praktisch. Freundlich, aber auch einer, der weiß, wo's langgeht, und der keine Angst vor Veränderungen hat. Ich gehöre nicht zu den Menschen, die glauben, dass Geld Kopfschmerzen macht oder Unordnung ins Leben bringt. Es geht um Balance, und warum sollte man nicht Spaß haben an der Welt, wenn man damit niemandem wehtut? Ich wünsche mir ein Abenteuer mit dem richtigen Menschen, und ich schließe keine Türen, weil ich viel lieber welche öffne.

Neben dem Profil waren vier Fotos zu sehen.

Eines zeigte Gesicht und Oberkörper des Mädchens, das ich im Fauborg gesehen hatte, und zwar in demselben weißen Kleid, nur ohne den Schal. Der Mund wirkte sehr ernst, als wollte sie etwas klarstellen. Das Haar war zurückgekämmt und wurde von einem Netz aus komplizierten Zöpfchen gekrönt. An ihrem Handgelenk glitzerten keine Diamanten und auch sonst nirgends.

Die anderen beiden Fotos zeigten sie beim Baden. Weißer Bikini mit Tangahöschen, langes, windzerzaustes Haar, Schlüsselbeinknochen, die sich deutlich über einem perfekten Dekolleté abzeichneten, und leicht geöffnete Lippen. Felsen und Ozean im Hintergrund, herzförmige Sonnenbrille, die an Lolita erinnerte. Auf dem vierten trug sie einen dunklen Nadelstreifenanzug, hockte auf der Kante eines Schreibtischs und lächelte geziert.

Ein langer, geschmeidiger Körper, ein hübsches, faltenloses Gesicht, riesige, sanfte, aber ausdruckslose Augen. Selbst auf den Bikinifotos vermittelte ihr Blick einen Anflug von Unschuld an der Grenze zur Hilflosigkeit.

Ein Mann, der darauf aus war, den Henry Higgins zu geben, würde sich zu ihr hingezogen fühlen.

Ebenso ein machtbesessener Freak, der es auf totale Beherrschung abgesehen hatte.

Milo sagte: »Sie war niedlich, nicht wahr.« Und las das Profil erneut.

»Vegane mexikanische Restaurants und Tierheime, das ist ein Anhaltspunkt für die Ermittlungen. Mist, vielleicht finde ich ja einen Laden, in dem Kätzchen gerettet und fleischfreie Menudo serviert wird, dann können wir uns gleich dort was zu essen holen.« Sein Blick senkte sich auf das Ende der biografischen Angaben. »Ausdruck und Stil haben sie nicht so interessiert, oder? Ich schätze die Schwestern bearbeiten nicht viel.«

Ich sagte Milo, was ich in den Augen von Tara Sly gesehen hatte.

»Eine kleine Miss Hilflos? Ja, das könnte Ärger bedeuten.«

Er blätterte auf die zweite Seite.

SukRose Daddy #2198

Codename: Stylemaven

Ausbildung: mehr als ich brauche

Beruf: süßer Müßiggang

Gewohnheiten: edle Tropfen und Wein, aber in Maßen, dito Cohibas und andere erstklassige kubanische Zigarren. Erstklassig ist in jeder Hinsicht meine Devise

Profil: ein reiches, produktives Leben, das Gefahr läuft, nichts Neues mehr zu bieten. Hätte im großen Stil in Langeweile versinken und mich von künftigen Abenteuern verabschieden können. Stattdessen entschied ich, mein »Glück zu umfangen« und kreativ, konstruktiv und dauerhaft Nutzen aus meiner neu gefundenen Freiheit zu ziehen. Ich will etwas Neues wagen und mich auf eine emotionale, physische und spirituelle Reise mit einer ebenso beherzten Frau begeben.

Nichts Flaches: Wenn dein Interesse über Oberflächlichkeiten nicht hinausgeht, dann such anderswo. Ich bin der felsenfesten Überzeugung, dass Stabilität in Beziehungen zwar der Grundstock gesellschaftlicher Beständigkeit ist, sie ohne Veränderung und Erneuerung jedoch stets gleich bleibt: steril und leblos. Das Geheimnis des Lebens ist kein chemisches, sondern ein animalisches, aber nicht im vulgären Sinne. Ich beziehe mich auf den Begriff der Libido, wie ihn Herr Professor Freud verwandt hat: eine lebendige, die Seele bereichernde Lebenskraft, die die raison d'être *unseres Daseins bildet. Ohne Leidenschaft, Bindung und Synchronität bleibt nur eine Existenz, kein Leben.*

Ich suche: eine Frau, die das alles versteht.

Ganz unten auf dem Ausdruck hatte Brian Agajanian in Großbuchstaben geschrieben:

MARKHAM MCREYNOLD SUSS

Darunter: Zwei Daten in Klammern zeigten an, dass Suss achtundsechzigjährig gestorben war.

Die Sterbeurkunde war vor acht Monaten ausgestellt worden, sechsundzwanzig Tage nach Suss' natürlichem Ableben.

Milo telefonierte und überprüfte die Nummer der Urkunde.

Dann kehrte er zu Tara Sly alias Mysterys Profil zurück. »Ein knapp Siebzigjähriger will mit so was mithalten? Unter natürlicher Todesursache stelle ich mir vor, dass sie ihn zu Tode gevögelt hat.«

Einige wenige weitere Anrufe bestätigten, dass niemand sonst mit Suss' Namen einen aktuellen Führerschein oder eine Meldeadresse in Kalifornien oder New York besaß.

»Was für einen Eindruck macht der Kerl auf dich, Alex?«

»Kommt mir vor wie ein Mann, der sich selbst für brillant hält und möchte, dass es alle wissen. Ich kann mir vorstellen, dass er die besten Schulen besucht und sogar einen Hang zum Intellektuellen gehabt hat, dies aber hintanstellen musste, um Geld zu verdienen.«

»Kann ein Bildungshuber gewesen sein, so wie er die Sweeties mit seiner Wortwahl für sich zu gewinnen versucht. Als ob sich die Mädchen, die sich auf diesen Seiten herumtreiben, darum scheren würden.«

Ich sagte: »Vielleicht wollte er sich das gerne einreden. Dass es mehr war, als es war.«

»Nach dem, was er schreibt, könnte man meinen, er sucht Madame Curie. Aber wen kriegt er ab? Little Ms Luuuuv mit dem hilflosen Blick.«

Ich sagte: »Hey, beide mögen Zigarren.«

»Das ist doch eine Grundlage für eine tiefe Beziehung. Sonst noch irgendwelche Eindrücke?«

Ich widmete mich noch einmal Suss' Angeberprofil. »›Stylemaven‹ könnte bedeuten, dass er sein Geld mit einem modeorientierten Unternehmen gemacht hat. Tara behauptete, *Elle* und *Marie Claire* zu lesen, das könnte eine weitere Verbindung sein. Außerdem sprechen beide von Abenteuer, vielleicht hat ihn das angezogen ... ›neu gefundene Freiheit‹ könnte auf eine Scheidung vor nicht allzu langer Zeit hindeuten. Oder Ruhestand. Oder er war noch verheiratet und hat gelogen. Der Rest ist mehr oder weniger Angeberei.«

»Sie schreibt Mist, er schreibt Mist, beide lesen sie zwischen den Zeilen. Denn eigentlich geht es bei dem Spielchen doch nur darum, dass sich alte Säcke junge Mädchen angeln, die bereit sind, beide Augen zuzudrücken und so zu tun, als würden sie mit einem heißen Zuchthengst vögeln.«

Er steckte die Ausdrucke in seine Tasche. Dann überprüfte er Tara Sly in den Datenbanken. Nichts.

»Welch Überraschung! Es stellt sich nämlich heraus, dass der Name nicht echt ist. Ich glaube, das war ein Insider-Scherz. Sie wollte damit sagen, *ich bin durchtriebener, als es den Anschein hat.*«

Ich sagte: »Das kommt mir ein bisschen zu weit hergeholt vor. Es sei denn, sie war viel smarter, als ihr kleines Porträt vermuten lässt. Also *Sly* mag falsch sein, aber *Tara* kann stimmen, weil man von *Miss Tara* auch unschwer bei *Mystery* landet.«

»Wie passt Muhrmann da rein?«

»Vielleicht hat er für einen Anteil am Profit Schutz angeboten.«

»Als ganz gewöhnlicher Zuhälter?«

Ich sagte: »Hier in der Stadt nennt man das Produzent.«

Er lachte. »Ich mache einen Star aus dir, Kleines, du musst nur alte Männer vögeln und der Gans goldene Eier entlocken.«

»Nur leider hatte die Gans schlechte Manieren und ist vorzeitig verstorben. Dass Muhrmann wenig später seine Mutter um Geld bittet, spricht für seine Beteiligung. Es passt außerdem zu dem, was wir im Fauborg gesehen haben, nämlich einen Anbahnungstermin mit einer neuen Gans. Aber dann verliert Tara ihr Gesicht, vielleicht weil sie auf ein gefährliches Raubtier mit ganz eigenem Skript gestoßen ist?«

»Falls Muhrmann und Tara einen neuen Daddy gesucht haben, warum sind sie dann nicht einfach wieder zu SukRose gegangen?«

»Vielleicht hat sich ja anderswo was ergeben. Oder sie sind zurück, und Brian Agajanian verschweigt uns weitere Kontakte, weil er nicht möchte, dass die Website zum öffentlichen Alptraum wird. SukRose behauptet, die Mitglieder sorgfältig zu überprüfen, aber Brian hat uns gerade erklärt, dass über die Mädchen keinerlei signifikante Daten erhoben werden. Wenn sie mit den Männern genauso wenig zimperlich verfahren, dann wäre es für einen geschickten Psychopathen kein Problem, sich dort einzuschleichen.«

Er rief Agajanian an. Der Anwalt schwor, dass Markham Suss Tara Slys einziger Sugar Daddy war. »Ich habe Ihnen bereits alles gesagt, Lieutenant. Ich sehe keinerlei Veranlassung, Spielchen zu spielen.«

Milo antwortete nicht.

Agajanian sagte: »Was wollen Sie von mir?«

»Die Wahrheit.«

»Die haben Sie. Ein Klient. Punkt. Wenn es noch einen gegeben hätte und er sie getötet hätte, dann würde ich wollen, dass Sie's wissen. Denn ich würde mir wünschen, dass Sie ihn schnapppen. Das Letzte, was wir gebrauchen können, ist ein Irrer, der uns ausnutzt. Sie hatte nur einen Daddy, und das war Suss. Einen. Uno. *Mek* – das ist armenisch. Okay?«

Milo verdrehte die Augen. »Ihre Schwestern behaupten, jeden zu überprüfen.«

»Das tun sie auch. Alle Kandidaten werden auf Vorstrafen überprüft.«

»Das gilt dann also auch für Tara Sly.«

»Sie hatte keine.«

»Davon würde ich ausgehen, Brian, besonders in Anbetracht der Tatsache, dass Tara Sly nicht ihr richtiger Name ist.«

Schweigen. »Dafür sind wir nicht verantwortlich.«

Milo sagte: »Haben Sie sich schon mal überlegt, für die Bundesregierung zu arbeiten?«

»Passen Sie auf, Lieutenant, letzten Endes müssen wir uns auf das verlassen, was wir gesagt bekommen. Wir hatten noch nie irgendwelche Probleme.«

»Bis jetzt.«

»Und auch jetzt haben wir keins. Markham Suss ist vor einem Dreivierteljahr gestorben. Soviel ich weiß, können Leute aus dem Grab heraus keine Morde begehen. Wir haben uns vollständig kooperativ gezeigt. Warum müssen Sie unbedingt weiterhin den dicken Mann markieren?«

»Körperfülle ist meine Geheimwaffe«, erwiderte Milo. »Dadurch kann ich mein Mittagessen von der Steuer absetzen.«

Er legte auf. »Okay, nehmen wir mal an, Muhrmann und Tara veranstalten eine Art Dinnertheater im Hotel. Falls die Aufführung *so richtig* danebenging, könnte Muhrmann ein zweites Opfer sein, kein Tatverdächtiger. Dazu passt auch die Theorie von den beiden Mördern. Mr Bad Date bringt Hilfe mit, um sich den aggressiven Aufpasser vom Hals zu halten.«

»Leuchtet ein.«

Er lockerte seine Krawatte. »Das bedeutet aber auch, dass

wir uns von unserem Hauptverdächtigen verabschieden und wieder ganz von vorne anfangen müssen. Die dubiose Ms Longellos scheint mir zunächst keine Spur zu sein, die ich dringend verfolgen muss. Sie hat Muhrmann bei Awakenings kennengelernt, ihm ein Empfehlungsschreiben ausgestellt. Damit hatte es sich. Okay, zurück zur Zivilisation. Ich hab heute Morgen in deinem Kühlschrank ein wunderbares Huhn gesehen, der Thai wird warten müssen, bevor ihm die Ehre zuteil wird, Einzug in meinen Verdauungstrakt halten zu dürfen.«

Robin war im Wohnzimmer, kuschelte mit Blanche und las.

Milo bückte sich und küsste sie auf die Wange. Er blickte auf den Umschlag und grinste wegen des Titels. *Ärger*. »Wurde meine Biografie etwa schon geschrieben?«

»Das ist ein Roman, Schatz.«

»Das ist mein Leben«, sagte er. »Einsortiert unter Horror oder Komödie, je nachdem, an welchem Tag man mich erwischt.«

»Keine Fortschritte bei dem armen Mädchen?«

»Eher im Gegenteil.«

»Erzähl.«

»Glaub mir, du willst es nicht wissen.«

»Glaub mir, Milo. Ich will.«

Blanche stieß ein leises, gehauchtes Bellen aus.

»Überstimmt«, sagte er und bereitete sich auf eine Zusammenfassung vor.

Robin sagte: »Mystery. Ein Mädchen, das sich an den Meistbietenden verkauft, ist alles andere als mysteriös. Wie alt war sie?«

»Laut Profil vierundzwanzig.«

»Das ist wirklich kein Alter.«

Sie stand auf und umarmte mich. »Habt ihr schon was gegessen? Ich hab Spaghetti mit Steinpilzen gemacht, ist noch jede Menge da.«

Ich sagte: »Der Gourmet hier zieht kaltes Huhn vor.«

Milo sagte: »Der Gourmet wird Spaghetti mit Steinpilzen essen und es sich schmecken lassen.«

»Du kannst beides haben«, sagte Robin.

»Du bist eine sehr, sehr kluge Frau.«

Die beiden verschwanden Richtung Küche, und ich bog in mein Arbeitszimmer ab, um im Cyberspace nach *Tara Sly* zu suchen.

Ich fand MySpace-Seiten von drei verschiedenen Frauen, eine davon eine *Tarra*. Keine davon war das Mädchen, das sich Mystery genannt hatte.

Ich versuchte es mit Abwandlungen: *Torra, Terri, Sligh, Sleigh*, ohne Erfolg.

Die Eingabe von *Markham McReynold Suss* brachte dagegen mehr: neun Treffer, die meisten aus Business- und Handelsmagazinen, die über den Verkauf von Markham Industries vor fünfundzwanzig Monaten an eine private Kapitalgruppe mit Sitz in Abu Dhabi berichteten.

Markham hatte sich als Kleidungsfabrikant mit Hauptsitz in Los Angeles und Fabriken in Macao und Taiwan auf niederpreisige Damenunterwäsche und Strumpfhosen spezialisiert, die teuer aussehen sollten. Die Firma war 1946 von Alger und Marjorie Suss in L. A. gegründet worden, wohin es sie nach dem Krieg verschlagen hatte, nachdem sie bereits in Ohio, in Dayton, Columbus und Akron, eine kleine Kette mit Kurzwarengeschäften aufgebaut hatten, bis Marjories chronische Bronchitis sie zum Umzug an die Westküste zwang.

Ihre Entwürfe bildeten die Basis der neuen Firma und beruhten auf der Überzeugung, dass nur eine Frau verstehen kann, was einen »Unterwäscheartikel für Damen« bequem macht. Irgendwann wich diese praktische Einfühlsamkeit unter der Ägide von Alger und Marjories Sohn Markham »gewagten Konzepten im Einklang mit preiswerten Materialien«.

»Das Unternehmen zielt auf sinnliche Freude ab, nicht auf Haltbarkeit«, wurde er in *Barron's* zitiert. »Es gibt keinen Grund, weshalb ein BH oder ein Höschen ewig halten sollte. Frauen wollen Stil, sie wollen Klasse. Sie wollen dieses unfassbare, aber unerlässliche Gefühl von Sinnlichkeit, die sie in ihrer Weiblichkeit stärkt. Dazu eignet sich Polyester ebenso gut wie Seide.«

Ein Schwarz-Weiß-Foto von Suss' Eltern zeigte, dass sie auch in der Horror-TV-Serie *American Gothic* hätten auftreten können. Markhams Ähnlichkeit mit seinem Vater war nicht zu übersehen. Beide Männer waren kahl und hatten markante Gesichter: lang, schmal, eingefallene Wangen, dünne Lippen. Doch wo Algers verkniffene Visage von Selbstverleugnung zeugte, verriet Markhams triumphierendes Lächeln den Bonvivant.

Alger sah aus, als würde er das Haus nicht verlassen. Tara Slys Sugar Daddy dagegen war auffallend braun.

Markham Suss' hohe Stirn, die Sommersprossen auf seinem abgesehen von ein paar weißen Löckchen kahlen Schädel verwiesen auf ein gewisses Alter. Dasselbe galt auch für seine schneeweißen, buschigen Augenbrauen und die Knollennase. All das wurde jedoch durch die Lachfältchen an seinen leuchtenden Augen und den schelmischen, jungenhaften Zug um die Lippen relativiert. Das Endergebnis war ein gutaussehender Mann fortgeschrittenen Alters, der jugendlichen Überschwang ausstrahlte.

Der Überschwang hatte möglicherweise etwas mit der Summe zu tun, die er für seine Firma bekommen hatte: vierundachtzig Millionen Dollar in bar.

Als er vom *L.A. Trade Quarterly* gefragt wurde, ob er vorhabe, sich erneut in der Bekleidungsindustrie zu betätigen, wirkte Markham Suss' Absage seltsam kategorisch: »Auf keinen Fall, und ich würde Ihnen dieselbe Antwort geben, selbst wenn ich keinem Wettbewerbsverbot unterliegen würde. Ich werde meinen Wohlstand genießen und meine neu gefundene Freiheit kreativ nutzen.«

Dieselbe Einstellung hatte er auch in seinem SukRose-Profil vertreten. War er trotz all seiner Prahlerei doch nur ein Mann unter vielen, der sich gegen die eigene Sterblichkeit auflehnte und schrie: *Seht mich an?*

Ich widmete mich den Infos, die nichts mit der Firma selbst zu tun hatten.

Zwei Quellen führten Markham und Leona Suss als Wohltäter bei einer Benefizveranstaltung an. Nutznießer war ein Altersheim für Filmschauspieler sowie ein Kunstprojekt der Stadt.

Die dritte waren die Klatschspalten des *Beverly Hills Courier*, in denen über eine Spendenaktion für den Kampf gegen Brustkrebs in der Crystal Vision Art Glass Gallery in Encino berichtet wurde.

Der Artikel war farbig bebildert.

Markham und Leona Suss, flankiert von zwei Söhnen und Schwiegertöchtern, hatten sich vor einer Reihe abstrakter Glasgebilde ablichten lassen.

Tara Slys Sugar Daddy trug einen Blazer, ein türkisblaues T-Shirt und Jeans. Ein adretter Mann, obwohl der Stoff über seiner Wampe spannte, die er scheinbar gerne herzeigte. Leona Suss war groß, klapperdürr, schwarzhaarig und ungefähr so alt wie ihr Mann. Sie trug einen figurbetonten, pinkfarbenen Lederoverall. Eine riesige Hornbrille lenkte vom Rest ihres Gesichts ab.

Die Tendenz des Sohns, dem Vater zu ähneln, setzte sich bei Dr. Franklin Suss fort, der ebenfalls kahl war, schlank, aber mit Bierbauch und sich exakt so kleidete wie Markham, nur mit einem braunen T-Shirt. An seinem Arm hing Dr. Isabel Suss, eine kleine, kompakte Brünette in einem tristen, olivfarbenen Hosenanzug.

Die genetische Kette endete jedoch bei Philip Suss, der offenbar ähnlich alt war wie sein Bruder. Er überragte Markham und Frank um mehrere Zentimeter, hatte volles, dunkles und lockiges Haar, war breiter gebaut und hatte einen flachen Bauch. Er trug ein rostfarbenes, kaftanartiges Gewand, das ihm fast bis zu den Knien reichte.

Seine hübsche, blonde Ehefrau war mit einem orangefarbenen, mit Goldfäden bestickten Sari angetan und Eigentümerin der Glass Gallery.

Connie Longellos-Suss.

Ich startete eine Suche mit ihrem Namen als Suchbegriff, fand aber nichts. Anschließend versuchte ich es mit *Crystal Vision* und erfuhr auf einer Seite für Glaskunst, dass die Galerie vor sechs Monaten dichtgemacht hatte.

Anschließend gab ich für beide Söhne Suchbefehle ein und erfuhr dabei etwas über Isabel. Sie und Franklin waren Dermatologen und praktizierten gemeinsam in Beverly Hills.

Falls Philip Suss erwerbstätig war, so wusste das Internet bislang nichts davon.

Ich druckte aus, was ich brauchte, und ging in die Küche.

Milo häufte Spaghetti auf drei Teller. Blanche knabberte genussvoll an einem Hundekuchen. Robin schenkte Rotwein ein.

Sie sagte: »Perfektes Timing, das Essen ist fertig, Baby.«

Ich sagte: »Und ich hab den Nachtisch mitgebracht.«

18

Robin sagte als Erste etwas. »Die Leute finden einander auf solchen Websites, indem sie durch die Profile surfen. Aber Muhrmann hat es geschafft, Tara mit dem Schwiegervater seiner Freundin zu verkuppeln?«

Ich sagte: »Möglicherweise können Daddies ihre Suche einschränken, indem sie Schlagworte eingeben. Mir würde da die *Cohiba* einfallen.«

»Was ist eine Cohiba?«

»Eine teure kubanische Zigarre. Suss erwähnt, dass er sie gerne raucht, und Tara schreibt, sie sei Nichtraucherin, habe aber nichts dagegen, wenn sich ihr Partner eine Cohiba anzündet. In Anbetracht dessen, was wir wissen, kommt einem das wie gezieltes Branding vor.«

Milo zerknüllte eine noch saubere Serviette. »Muhrmann und Connie haben Suss mit Tara geködert. Bei einer so wohlhabenden Familie müssen das finanzielle Gründe gewesen sein.«

Robin sagte: »Reiß dir den alten Sack unter den Nagel, und zieh ihm das Geld aus der Tasche.«

Ich sagte: »Connie hätte ein Motiv. Ihre Galerie hat vor einem halben Jahr Pleite gemacht, und sie muss lange vorher gewusst haben, dass das Geschäft nicht mehr lief. Sohn Frank ist Arzt, aber Sohn Phil scheint keinen Job zu haben.«

Robin sagte: »Vielleicht hat Phil in der Unterwäschefirma gearbeitet und sich betrogen gefühlt, als Daddy verkauft hat.«

»Geld plus Rache«, sagte Milo. »Ein Überangebot an Möglichkeiten.«

Wir gingen zu dritt in mein Arbeitszimmer, wo ich im Netz *Markham Industries* suchte. Die meisten Treffer handelten von dem Verkauf, der als Coup seitens Markham Suss' gewertet wurde. Zeitlich voraus ging diesen der Katalog einer Unterwäsche-Fachmesse in Hong Kong, in dem die leitenden Angestellten der Firma aufgeführt wurden.

MARKHAM M. SUSS, PRÄSIDENT, VORSTANDSVORSITZENDER, AUFSICHTSRATSCHEF, GESCHÄFTSFÜHRER

LEONA A. SUSS, VIZEPRÄSIDENTIN UND LEITERIN DER FINANZABTEILUNG

DR. MED. FRANKLIN D. SUSS, PRODUKTBERATUNG
PHILIP M. SUSS, DESIGNBERATUNG

Milo sagte: »Daddy hat vier Titel, damit bloß keine Missverständnisse aufkommen, wer das Sagen hat. Offiziell kümmert sich Mommy ums Geld, und vielleicht stimmt das sogar. Oder sie bekommt ein Gehalt dafür, dass sie sich aus Daddys Angelegenheiten raushält. Die Jungs bekommen Schwachsinnstitel, möglicherweise besoldet.«

Ich sagte: »Ich finde interessant, dass Franklin, obwohl er eine eigene berufliche Laufbahn eingeschlagen hat, trotzdem noch vor Phil kommt. Das könnte an der alphabetischen Reihenfolge liegen. Aber vielleicht ist es auch ein Zeichen von Bevorzugung, Connies Zorn könnte dadurch gestiegen sein.«

Milo sagte: »Frank ist Hautarzt. Nach allem, was wir wissen, kann er das verwendete Polyester als hautfreundlich eingestuft haben. Phil dagegen ... ja, das ist interessant.«

Robin sagte: »Diese Art von Jobs sind in reichen Familien ziemlich verbreitet und eine schöne Möglichkeit, um Erbschafts- und Schenkungssteuern zu umgehen.«

Wir drehten uns beide zu ihr um.

»Als mein Vater krank wurde, sagte er, er wolle, dass ich so viel wie möglich erbe, aber er wusste auch, dass Mom alles für sich behalten würde. Selbst wenn er das in seinem Testament festlegen würde. Also verwandelte er seine Möbelbauwerkstatt in eine Firma und machte mich zur Miteigentümerin. Dadurch gehörten mir seine Werkzeuge, seine Werkbänke und ein Haufen Holz, außerdem einiges an Geld, das er auf das Firmenkonto eingezahlt hatte. Ohne all das hätte ich mich nie selbstständig machen können.«

Ich fragte: »Wie hat deine Mom reagiert?«

»Wir haben nie darüber gesprochen, aber ich weiß, dass sie stocksauer war. Als ich sie nach meinen alten Schlafzimmermöbeln fragte, die Daddy für mich gebaut hatte, als ich sieben war, meinte sie, Daddy habe darauf geachtet, dass alles eingebaut sei, weil er wollte, dass es im Haus bleibt. Ich wusste, dass er lediglich erdbebensichere Halterungen angebracht hatte, aber wozu hätte ich mich streiten sollen?«

Sie zuckte mit den Schultern. »Die Sache ist die, dass Geld immer mit Ego zusammenfällt. Eine Familie mit richtig viel Geld kann ein Pulverfass sein.«

Milo sagte: »Frankie und Philly als Berater. Erinnert mich an den Hahn, der die Hennen so lange piesackt, bis sie ihn kastrieren und zum Berater machen. Eine Frage aber bleibt: Wenn Phil ernsthaft Geld in der Firma verdient, warum muss dann Connie ihre Galerie dichtmachen?«

Ich sagte: »Es geht nicht um das, was man verdient, sondern um das, was hängen bleibt. Möglicherweise hatte Phil ja die finanziellen Mittel, um Connie aus der Verlegenheit zu helfen, hatte sich aber dagegen entschieden. Vielleicht hatte ihre Ehe längst einen Knacks wegen Connies Alkoholproblemen. Wenn er rausbekommen hat, dass in der Klinik was mit Muhrmann gelaufen ist, dann kann das der Tropfen gewesen sein, der das Fass zum Überlaufen brachte.«

Er sagte: »Ja, das würde der ehelichen Begeisterungsfähigkeit Abbruch tun.«

»Connie kann gewusst haben, dass ihr Schwiegervater im

Cyberspace nach Liebe suchte. Sie und Muhrmann haben beschlossen, Tara als Köder einzusetzen. Und was Robin gerade über Egos gesagt hat, macht das Motiv nur noch stärker: Abgesehen von dem finanziellen Gewinn hätte Connie es der gesamten Familie mal so richtig gezeigt.«

Milo nahm einen Bissen Huhn, kaute langsam, schob eine Gabel voll Pasta hinterher und dann noch eine. Als er das Besteck beiseitelegte, wirkte er abwesend. »Wieso aber wird Tara das Gesicht weggeschossen? Wäre Markham noch am Leben, könnte ich mir einen Machtkampf als Motiv vorstellen. Tara merkt, dass sie die ganze Dreckarbeit macht, und verlangt einen größeren Anteil – oder sie versucht es im Alleingang und sägt Connie und Muhrmann ab. Die sind wütend und machen sich mit einer .45er und einer Flinte Luft. Aber da Markham tot ist, gibt es nichts, worum man sich streiten kann.«

Robin sagte: »Es sei denn, Markham hat Tara in seinem Testament eine beachtliche Summe vermacht, auf die Connie scharf war.«

»Ein bisschen was nebenher am Laufen haben ist eine Sache, Rob. Aber es schriftlich festzuhalten ist ein Riesenschritt Richtung Skandal.«

»Und genau deshalb hätte er's doch machen können, quasi als Botschaft aus dem Grab. In seinem Profil macht Markham viel Wirbel um seine Kreativität. Die eigene Geliebte groß rauszubringen und Unfrieden in der Familie zu stiften könnte sein letztes Projekt gewesen sein.«

Ich sagte: »Auch nach Markhams Tod wäre Tara für Muhrmann und Connie noch von Wert gewesen, wenn sie sich einverstanden erklärt hätte, mit einem weiteren Daddy anzubandeln. Aber was, wenn sie sich weigerte? Und was, wenn sich ihr Entschluss eben dadurch festigte, dass Markham sie mit einer beachtlichen Summe bedacht hatte? Connie und

Muhrmann wären gleich doppelt frustriert gewesen. Und das passt auch perfekt dazu, dass Muhrmann direkt nach Markhams Tod seine Mutter um Kohle anhaut. Tara hat Mut gefasst und ihn abgesägt.«

»Zu viel Mut«, sagte Robin. »Sie hatte keine Ahnung, mit wem sie sich da einließ.«

Milo legte seine Gabel ab. »Ich danke dem genialen Ermittlerpaar … das klingt alles sehr plausibel.« Er stemmte sich hoch. »Ich denke mal, es wird Zeit, dass wir mehr über diese netten Menschen erfahren.«

19

Samantha »Suki« Agajanians roter Audi TT Roadster fuhr um zehn Uhr fünfunddreißig auf den Parkplatz hinter dem Gebäude.

Milo wusste, dass es ihr Wagen war und sie eigentlich Samantha hieß, weil er in den frühen Morgenstunden bereits Nachforschungen über sie und ihre Schwester angestellt hatte.

Vorher aber hatte er die Familie Suss noch einmal mit Hilfe des World Wide Web und der Vermögenssteuer genau unter die Lupe genommen.

Nach dem Verkauf der Firma waren keine weiteren finanziellen Einzelheiten mehr ans Licht gekommen. Als privat geführtes Unternehmen hatte Markham Industries sämtliche Belange geheim gehalten.

Erstaunlicherweise hatten sich Philip und Franklin durch ihr gemeinsames Geburtsdatum als Zwillinge entpuppt.

»Das sind so ziemlich die ungleichsten Zwillinge, die ich je gesehen habe«, sagte Milo.

Trotz der Schließung von Connies Galerie und ihrer mutmaßlichen Affäre mit Steven Muhrmann waren sie und Philip nach wie vor verheiratet und lebten zusammen am Portico Place, nicht weit vom Encino Reservoir. Die Postfachadresse, die sie in ihrem Empfehlungsschreiben für Muhrmann angegeben hatte, gehörte zu einer Briefkastenfirma und war längst weitervermietet worden, wobei die neuen Mieter sich nicht an sie erinnerten.

Die Doktoren Franklin und Isabel Suss bezahlten im zehnten Jahr Steuern für ein Haus am North Camden Drive in Beverly Hills. Davor hatten sie in einem kleineren Haus am Roxbury Drive, südlich des Wilshire Boulevard gelebt.

Leona Suss war die einzige Bewohnerin eines knapp einen Hektar großen Anwesens am Hartford Way, nördlich des Beverly Hills Hotels sowie einer Eigentumswohnung in Palm Desert. Beide Immobilien waren vor siebenundzwanzig Jahren mit Mitteln aus dem Familienfonds gekauft worden.

Kein Suss war öfter als einmal verheiratet.

»Zu viel Stabilität, das ist unamerikanisch«, meinte Milo.

Die Agajanian-Schwestern dagegen hatten sich bereits in ihren Zwanzigern scheiden lassen, Rosalynn sogar gleich zweimal. Die Gründerinnen von SukRose.net hatten die Wahrheit gesagt, was das Grundstück am Lake Arrowhead anging, aber in der Stadt lebten sie in einer Mietwohnung in den Hollywood Hills, südlich der Straßen mit den Vogelnamen.

Rosalynn fuhr dasselbe Audi-Modell wie ihre Schwester, nur in Silber. Die Columbia University und die Wharton School bestätigten die Abschlüsse beider Frauen. Zwei Strafzettel wegen Falschparken, jeweils einer pro Schwester, beide pünklich bezahlt, stellten bereits den gesamten Umfang ihrer Kontakte mit der Staatsmacht dar.

Von dem Platz aus, den ich ganz hinten auf dem Parkplatz gefunden hatte, konnten wir Suki beobachten, wie sie auf die Hintertür des Gebäudes zuging und sich ein iPhone ans Ohr presste. Sie lächelte, während sie lauschte, lächelte, während sie sprach. Dann schrieb sie eine SMS und behielt dabei ihren fröhlichen Gesichtsausdruck. Ein eng geschnittenes Tweed-Jackett teilte sich über festen, großzügigen Pobacken, und die enge Jeans brachte ihre Beine wunderbar zur Geltung. Auf den zwölf Zentimeter hohen, roten Stilettos strauchelte sie alle paar Schritte, doch der eine oder andere Gleichgewichtsverlust tat ihrer guten Laune keinen Abbruch.

Als hätte sie einen Antrag gestellt, das Universum käuflich zu erwerben, und erwarte nun jeden Augenblick die Nachricht, dass diesem stattgegeben wurde.

Wir warteten, bis sie im Gebäude verschwunden und in den Aufzug gestiegen war. Genau in dem Moment, als sich die Türen schlossen, blickte sie auf und hob eine perfekt gezupfte Augenbraue. Wir stoppten die Türen und traten ein.

Milo grüßte mit einer angedeuteten Geste.

Sie widmete sich wieder ihrem Mini-Bildschirm.

Der Aufzug hielt im ersten Stock. Zwei der anderen Mitfahrenden stiegen aus, eine ältere Frau in einem ausgeleierten Karomantel und mit schlechtem Make-up, die aussah, als wolle sie gleich jemanden maßregeln, blieb zurück. Sie hatte dicht neben Suki gestanden und bewegte sich jetzt rasch und so weit wie möglich von ihr weg. Rümpfte die Nase, als würde sie etwas anderes als Chanel No. 5 verströmen.

Ding. Zweiter Stock.

Suki zögerte.

Milo sagte: »Ladies first.«

Die alte Frau sagte: »Hauptsache, es geht überhaupt weiter.«

Draußen im Gang wurden weiter SMS geschrieben.

»Morgen, Suki.«

»Morgen.«

»Wir müssen reden.«

»Das glaube ich kaum. Brian hat Ihnen gegeben, was Sie brauchen.«

»Brian hat uns die grundlegenden Fakten geliefert. Seither ist das Leben komplizierter geworden.«

»Für wen?«

»Kommt drauf an.«

Sie sah von ihrem iPhone auf. »Ich lasse mich nicht gerne unter Druck setzen.«

»Klingt, als hätte Brian Ihnen geraten, das zu sagen.«

»Nein. Das ist das Gefühl, das Sie mir vermitteln. Das habe ich nicht verdient.«

»Können wir uns in Ihrem Büro unterhalten?«

»Haben Sie einen Durchsuchungsbefehl?«

»Ich kann einen besorgen, aber ich hoffe doch, dass Sie es nicht so weit kommen lassen, Suki. In Ihrem eigenen Interesse, denn sobald das Verfahren beginnt, entwickelt es eine ganz eigene Dynamik. Zum Beispiel würden Ihre Geschäfte auf Eis liegen, so lange unsere Techniker brauchen, Ihre Festplatten zu kopieren und sämtliche Aufzeichnungen durchzugehen.«

»Das können Sie auf keinen Fall machen.«

Milo schnalzte mit der Zunge. »Das sagen sie alle, Suki.«

»Wir sind hier nicht in Syrien oder im Iran«, sagte sie. »Sie brauchen einen Grund für eine Durchsuchung.«

»Wir haben einen Grund«, sagte er. »Egal was Sie im Fernsehen gesehen haben, Mord lässt sich nicht einfach übergehen.«

»Nie und nimmer«, sagte sie, aber ihre Stimme stockte.

»Das Traurige daran ist, Suki, dass wir Ihre Festplatten wahrscheinlich nicht mal brauchen, und sie durchzusehen wäre sowieso ein sehr lästiger Riesenaufwand. Wir wollen lediglich Antworten auf ein paar einfache Fragen. Also wie wär's, wenn Sie uns allen zusammen einen Gefallen tun?«

»Sie haben gerade gesagt, alles sei sehr kompliziert.«

»Aber Sie können es wieder einfach machen.«

Die Tür zu einem der beiden benachbarten Büros ging auf. Zwei Männer in Maßanzügen und Hemden mit offenem Kragen kamen lachend heraus.

»Morgen«, sagte einer.

Sukis Erwiderung war kaum vernehmbar, und die beiden musterten sie, als hätte sie sie in einem Club öffentlich zurückgewiesen.

»Boah«, sagte der eine. »Nichts wie weg hier.«

Als sie in den Fahrstuhl stiegen, sagte der andere: »Waren die von der Polizei? Komisch.«

Mit den Lippen formte Suki ein tonloses *verdammt.*

Milo sagte: »Wir unterhalten uns in Ihrem Büro.«

»Gut. Aber ich verspreche nichts.«

Die dunklen, leeren Räume von SukRose.net wurden hell erleuchtet, als Suki auf dem Weg in ihr Büro auf mehrere Wandschalter schlug. Staubsaugerspuren und ein chemischer Orangengeruch verrieten, dass hier über Nacht sauber gemacht worden war. Aber der Duft des mexikanischen Essens vom Vorabend brach sich noch Bahn. Der Putztrupp hatte wohl kleine Behälter mit scharfer Sauce neben einem der Computerbildschirme stehen lassen.

Sie runzelte die Stirn, fegte die Dinger in einen Mülleimer und sah an uns vorbei.

Die Computer summten. Hardware und Software arbeiteten einträchtig daran, reiche alte Männer mit jungem Frauenfleisch zusammenzubringen.

Ich dachte, wahrscheinlich war das jahrhundertelang das Wesen der Ehe gewesen, bevor sich das Ideal der romantischen Liebe von einem fiktionalen Kunstbegriff zur sozialen Norm entwickelte. Und wer weiß? Vielleicht würde sich das

Konzept der Seelenverwandtschaft eines Tages in Bytes und Bits ausdrücken lassen.

Vorerst aber kam es einem dank eines wunderschönen Mädchens ohne Gesicht ganz entschieden *falsch* vor.

Als wir auf dem Parkplatz gewartet hatten, hatte Milo mich gebeten, ich möge mit Sukis Befragung beginnen. *Du weißt ja, wie's mir mit dieser Mathescheiße geht.*

Also fragte ich: »Suki, wie zufällig ist Ihr Verfahren?«

»Sie müssen mir genauer erklären, was Sie mit ›Verfahren‹ meinen.«

»Die Zusammenführung von Daddies und Sweeties.«

»Das *Verfahren* besteht darin, dass wir Daten zur Verfügung stellen und sich die Teilnehmer dann selbst damit zurechtfinden.«

»Ganz alleine.«

Ihr Blick wanderte nach links. »Das habe ich gerade gesagt.«

Milo trat ans Fenster und teilte die Vorhänge. Der Lichtstrahl, der hindurchschien, war grell und weiß.

Sie behielt ihn im Blick, bis er wieder an seinen Platz zurückgekehrt war. »Wonach haben Sie Ausschau gehalten? Stehen da draußen noch mehr von Ihnen rum?«

Er sagte: »Tolle Aussicht. Sie haben es sich hier wirklich schön eingerichtet.«

Milo hat eine Art, Freundlichkeiten unheilvoll klingen zu lassen. Suki Agajanian schluckte. »Kann sein.«

Lügen zu müssen macht mir keinen Spaß, aber ich kann es besser, als mir lieb ist. »Suki, wir haben Ihre Seite von unseren Mathematikspezialisten untersuchen lassen. Sie sind sich einig. Die Zufallssuche als einzige Verfahrensweise ist – wenn Sie konkurrenzfähig bleiben wollen – ungefähr so erfolgversprechend, wie einen Affen mit Buntstiften und Papier in einen Raum zu sperren und zu erwarten, dass er im Verlauf eines verlängerten Wochenendes ein Shakespeare-Sonett verfasst.«

Sie schwankte von einer Seite zur anderen. Wäre sie ein Boot gewesen, wäre sie voll Wasser gelaufen. »Tatsächlich?«

Ich nickte.

»Dann wissen Ihre Experten nicht, wovon sie reden.«

»Sie wollen also behaupten, Sie schränken die Suche niemals ein, um eine höhere Anzahl an Übereinstimmungen zu erzielen.«

Ihr Blick wiederholte seinen Ausflug Richtung backbord. »Es gibt Akzente, die wir setzen, falls dies jemand wünscht. Na und?«

»Was für Akzente?«

»Konstruktive Schwerpunkte.«

»Konzentration auf gemeinsame Interessen?«

Nicken.

»Lieblingsspeisen und so weiter?«

»Das geht schon tiefer«, sagte sie. »Werte, Erfahrungen, intellektuelle Interessen.«

Ich versuchte, mir eine tiefergehende Unterhaltung zwischen Markham Suss und Tara Sly vorzustellen.

»Und zur Eingrenzung benutzen Sie eine Software, mit der sich bestimmte Begriffe suchen lassen.«

Sie hielt beide Handflächen abwehrend hoch. »Nein, ich werde auf keinen Fall in technische Details gehen. Das würde ich nicht einmal machen, wenn wir das Patent schon angemeldet hätten – wir sind gerade dabei. Das kann alles abgewandelt und geklaut werden.«

»Wir sind die Letzten, bei denen Sie befürchten müssen, dass wir Ihnen die Technik klauen«, sagte ich.

Sie verschränkte die Arme vor der Brust. »Nein, kommt nicht in Frage. Also, wenn Sie sonst nichts mehr …«

»Wir sind uns also einig, dass die Zufallssuche nach der wahren Liebe theoretisch Spaß macht, die Fokussierung auf gewisse Gemeinsamkeiten jedoch besser funktioniert.«

»Ich denke, es kommt drauf an.«

»Geben Sie grundsätzlich eine Schlagwortsuche ein? Oder ist das nur eine Möglichkeit?«

Sie antwortete nicht.

Ich sagte: »Ich würde vermuten, dass es eine Möglichkeit ist, die Sie zusätzlich in Rechnung stellen. Die Daddies können den Do-it-yourself-Tarif wählen oder fürs betreute Verlieben extra was drauflegen.«

Suki Agajanians verschränkte Arme verkrampften, ließen ihre Schultern einknicken, als hätte sie jemand in ein zu enges Korsett geschnürt. »Über Beziehungen macht man keine Scherze.«

Ich sagte: »Das liegt mir auch völlig fern. Berechnen Sie die Zusatzleistung per Suchbegriff, oder gibt es eine Pauschale?«

»Ich wüsste nicht, warum das für Sie von Belang sein sollte.«

»Sind sowohl Sweeties wie auch Daddies befugt, diese Hilfe in Anspruch zu nehmen?«

»Jeder macht es auf seine Art, das ist ja das Schöne an …«

»Daddies müssen zahlen, um sich auf der Seite eintragen zu dürfen, aber Sweeties nicht.«

»Das hat Ihnen Brian bereits verraten.«

»Die zusätzliche, kostenpflichtige Dienstleistung können dann aber auch nur Daddies in Anspruch nehmen, richtig?«

Langes Schweigen. Gereiztes Nicken.

Ich sagte: »Die Sweeties schlagen sich alleine durch.«

Sie erwiderte: »Glauben Sie mir, die kommen ausgezeichnet klar.« Schweißperlen traten auf ihre hübsche levantinische Nase. Sie ließ die Arme sinken und verschränkte die Finger ineinander. Ein Knöchel knackte. Das Geräusch ließ sie zusammenzucken.

Wenn dich dein eigener Körper erschreckt, bist du leichte Beute.

Ich sagte: »Sie wissen natürlich, worauf wir hinauswollen.«

»Natürlich nicht.«

»Cohibas.«

Sie rollte auf ihrem Schreibtischstuhl zurück. Stieß gegen ein Hindernis, kam abrupt zum Stehen und suchte Halt an der Schreibtischkante. »Wir absolut nichts Unrechtes getan.«

»Das hat auch niemand behauptet, Suki.«

»Können Sie dann bitte gehen, damit ich mich um meine Angelegenheiten kümmern kann? Ich muss einen Berg E-Mails abarbeiten.«

»Sobald wir die genauen Daten haben, wann sich Tara Sly und Markham Suss bei Ihnen angemeldet haben.«

»Nein, das kann ich auf keinen Fall«, sagte sie. »Nicht bevor ich Rücksprache mit Brian gehalten habe.«

Ihr iPhone lag auf dem Schreibtisch. Mit einer glitzernden, pinkfarbenen Hülle, wie ein Spielzeug, das man einer Dreijährigen schenkt. Ich hielt es ihr hin.

Sie rührte sich nicht.

»Rufen Sie ihn an, Suki, damit wir uns alle um unsere Angelegenheiten kümmern können.«

»Das ist alles, was Sie wollen?«, fragte sie. »Nur die Daten, und dann lassen Sie mich in Frieden?«

»Sie können sich drauf verlassen.«

Sie lachte. »Dann haben Sie wirklich Ihre Zeit verschwendet, weil das Registrierungsdatum kein Geheimnis ist. Es steht oben über den Profilen.«

Genau.

Milo zog Stylemavens und Mysterys kreative Schreibversuche aus der Tasche. »Demnach hat sich Mr Suss vor dreiundzwanzig Monaten und vier Tagen angemeldet.«

»Wenn es da steht.«

»Und Tara alias Mystery folgte wenige Tage später. Drei, um genau zu sein.«

»Okay.«

Ich sagte: »Wie viel verlangen Sie für die Suche nach Schlüsselbegriffen?«

»Das fragten Sie bereits.«

»Ich kann mich an keine Antwort erinnern, Suki. Und ehrlich gesagt, verstehen wir auch nicht, weshalb Sie sich so sträuben, wenn die bezahlte Stichwortsuche ein Verfahren ist, über das alle neuen Daddies bei der Anmeldung unterrichtet werden. Es sei denn, das ist gar nicht so, und Sie legen die Gebühr willkürlich fest. Zum Beispiel danach, wie viel Sie glauben aus jemandem rausholen zu können.«

»Nein! Jeder zahlt vierzig Dollar für drei Wörter, und zusätzliche Begriffe kosten jeweils zwanzig.«

»Pro Monat?«

»Für zwei Monate. Aber man kann die Begriffe auch ändern, wenn sie keine Ergebnisse bringen, und das wird nicht extra berechnet.«

»Wie viel Prozent Ihrer Mitglieder entscheiden sich für die Suchbegriffe?«

»Das weiß ich nicht.«

»Die Mehrzahl?«

»Wir haben nie mitgezählt.«

»Mathe-Cracks wie Sie und Rose?«, fragte ich. »Das kann ich kaum glauben.«

Sie ließ die Schultern hängen. »Ungefähr die Hälfte.«

Schnell überschlagen bedeutete das ein beträchtliches Einkommen.

Sie sagte: »Darf ich jetzt an meine E-Mails …«

»Die Hälfte der Daddies zahlt für die verfeinerte Suche, während die Sweeties ganz auf ihr eigenes Geschick gestellt bleiben.« Ich lächelte. »Sozusagen.«

»Sie wären überrascht«, sagte sie, »wenn Sie wüssten, dass einige von ihnen sehr klug und gebildet sind.«

»Tara Sly muss wirklich klug gewesen sein, um sich ihren Daddy so schnell unter den Nagel zu reißen«, sagte ich. »Wobei man das angesichts ihres Profils kaum vermuten würde.«

»Wie auch immer.«

»Entweder das, oder sie hatte übersinnliche Fähigkeiten.«

»Wie meinen Sie das?«

»Das wissen Sie nicht?«

Wieder eine kleine Blickwanderung.

Ich sagte: »Raten Sie mal, wie viele signifikante Wörter bei ihr und Stylemaven übereinstimmen.«

Schweigen.

»Fünf, Suki. *Abenteuer, Freiheit, Glück, spirituell.* Und am auffälligsten, *Cohiba.* Unsere Mathematikexperten behaupten, die Wahrscheinlichkeit, dass so etwas zufällig passiert, ist verschwindend gering. Wir glauben nicht, dass Mystery nach einem potentiellen Daddy gesucht hat. Sie hatte es von Anfang an auf Stylemaven abgesehen. Das wäre auch kein großes Problem, wenn Sweeties Zugang zu den Profilen der Daddies hätten, bevor sie sich anmelden. Sie müssten nur lesen, welche Interessen ein bestimmter Daddy angegeben hat, und ihren eigenen Text entsprechend formulieren. Aber dann ginge es auf Ihrer Website drunter und drüber, und das Ganze würde in einen einzigen großen linguistischen Wettkampf ausarten. Also sind die Profile der Daddies für alle ohne Usernamen und Passwort tabu. Es sei denn, Sie wären bereit, auch *diese* Regel gegen eine Gebühr außer Kraft zu setzen.«

»Das tun wir *nicht.*«

Ich sagte: »*Abenteuer, Freiheit, Glück* und *spirituell* sind Wörter, die auf SukRose wahrscheinlich häufig auftauchen. Besonders *spirituell,* alle behaupten, spirituell veranlagt zu sein. Trotzdem wäre eine vierfache Trefferquote eine stolze Leistung. Wenn dann noch ein eher seltener Begriff wie *Cohiba* dazukommt, scheint es doch ziemlich plausibel, dass Tara übersinnliche Fähigkeiten hatte. Es sei denn, Sie verkaufen Ihren Sweeties Daten unter der Hand, aber das würden Sie natürlich niemals tun.«

»Das tun wir auch nicht, ich schwör's.«

»Dann ist das wirklich verwirrend, Suki. Wir haben uns eine zufällige Auswahl an Profilen angesehen. Raten Sie mal, wie oft *Cohiba* oder *Cohibas* in anderen Profilen, außer denen von Stylemaven und Mystery, vorkamen?«

Schweigen.

»Jede Antwort außer null wäre falsch, Suki.«

»Okay, na und?«, fragte sie. »Jemand mit einem Usernamen und einem Passwort hat ihr sein Profil gezeigt.«

»Ein anderes Sweetie?«

»Ja.«

»All diese Mädchen konkurrieren um ein paar wenige reiche Typen, und eine davon schiebt, nur um nett zu sein, kostenlos Daten rüber?«

Sie zuckte mit den Schultern.

Milo sagte: »Wir haben eine andere Erklärung.«

»Was?«

Er zeigte ihr eine Vergrößerung von Steven Muhrmanns Foto. »Sieht der aus wie ein Typ, der gerne teilt?«

Suki Agajanian fiel die Klappe runter. »Der?«

»Na so was«, sagte Milo. »Eine spontane Reaktion.«

Sie starrte mit offenem Mund.

Er sagte: »Anscheinend hatten Sie das Vergnügen.«

»Stefan, hab seinen Nachnamen vergessen – Moore«, sagte sie. »Was hat der damit zu tun?«

»Sein richtiger Name ist Steven Muhrmann.«

»Ich kannte ihn als Stefan Moore.«

»Woher kannten Sie ihn, Suki?«

»Er hat für uns gearbeitet, okay? Nur kurz, kein großes Ding.«

»Wann?«

Sie klapperte auf der Tastatur. Schnappte nach Luft. Lehnte sich zurück und starrte an die Decke. »Oh, Scheiße.«

Milo sagte. »Das Datum bitte, Suki.«

»Ungefähr zur selben Zeit.«

»Wie was …?«

»Wie dieser Daddy sich angemeldet hat. Stylemaven – Suss.«

»Das Datum?«, wiederholte er.

Sie las es hölzern ab.

Milo sagte: »Das sind zwei Tage, nachdem Stylemaven auf der Website aufgetaucht ist, und ein Tag, bevor sich Mystery angemeldet hat.«

»*Scheiße.*«

»Wie lange hat er für Sie gearbeitet, Suki?«

»Keine zwei Wochen – warten Sie.« Klapper, klapper. »Ich schätze mal, dass ich darüber keine Aufzeichnungen habe. Aber es war nicht lang, vielleicht eine Woche, anderthalb Wochen.«

»Sieht aus, als habe er gleich an seinem ersten Arbeitstag Zugang zu Ihrer Datenbank gehabt.«

»Auf keinen Fall«, sagte sie. »Er konnte gar nicht mit dem Computer umgehen.«

Ich bohrte weiter: »Und das wissen Sie, weil …«

»Weil er uns das vorher gesagt hat.«

»Was für ein ehrlicher Mensch.«

»*Scheiße.*«

»Ich wette, er hat ein großes Ding draus gemacht, dass er ein Computeridiot ist, Suki. Ich wette, Sie und Rose waren beeindruckt von so viel Ehrlichkeit.«

Sie schloss die Augen. Massierte sich die Schläfen. »Ich habe wahnsinnige Kopfschmerzen.«

Ich sagte: »Sie fühlten sich sicher, wegen seiner Unkenntnis im Umgang mit Computern. Er würde sich auf keinen Fall an Ihren Daten vergreifen.«

Sie richtete sich gerade auf. »Dieses Schwein – aber das kann nicht sein, er konnte unmöglich an die Profile gekommen sein. Wir sind paranoid, was Sicherheit angeht. Wollen Sie wissen, wie paranoid wir sind? Bei uns wird alles zweifach verschlüsselt, wir verwenden mehrere Schichten Firewalls. Das ist wie im Pentagon. Wir tun *alles*, damit der Zugriff auf unsere Daten verwehrt wird, denn ohne diese Daten sind wir geliefert.«

»Was genau waren Stefans Aufgaben?«

»Er war Laufbursche, machte Besorgungen, Lieferungen.«

»Ist er auch ans Telefon gegangen?«

»Manchmal.«

»Wann?«

»Wie meinen Sie das?«

»Nur wenn Sie und Rose hier waren? Oder hat er auch Telefondienst gemacht, wenn Sie zum Mittagessen raus sind?«

Schweigen.

Ihr Flüstern war böse. »Oh, Scheiße.«

Ich sagte: »Sie haben sich nicht die Mühe gemacht, die Computer auszuschalten, weil Stefan ja damit nicht umgehen konnte.«

Das Geräusch, das sie machte, ließ sich nur schwer beschreiben. Irgendwas zwischen einem Lachen, einem Gackern und einem Bronchialkatarrh. »Scheiße, Scheiße, Scheiße, wie konnten wir nur so … nein, nein, auf keinen Fall, ich glaub das nicht.«

Ich fragte: »Haben Sie ihn gefeuert?«

»Nein, er hat aufgehört.«

»Hat er einen Grund genannt?«

»Er ist einfach nicht mehr gekommen.«

»Also hat er offiziell nicht gekündigt, er hat sich einfach

nicht mehr blicken lassen. Weil er seinen eigentlichen Job längst erledigt hatte.«

Ihr Kopf sank wie von einer plötzlichen Last niedergedrückt. »Das tut mir so leid. Aber Sie wollen doch nicht behaupten, das ist der Grund, weshalb ... weshalb ihr das passiert ist. Das wollen Sie doch nicht behaupten, oder?«

Milo sagte: »Tara Sly wurde auf Markham Suss angesetzt. Wenn Stefan Sie reingelegt hat, ist das eine Sache. Wenn Sie sich aber von ihm haben schmieren lassen, um ein bisschen nachzuhelfen, dann steht das auf einem ganz anderen Blatt.«

»Nein, nein, das würden wir niemals tun, persönlich läuft hier gar nichts. Das geht alles online.«

»Wie romantisch.«

Ich sagte: »Sie hatten keine Ahnung, dass sie so genau zu ihm passte?«

»Woher denn? So was sehen wir uns nicht an.«

Er sagte: »Und nachdem wir mit Taras Bild da waren? Sind Sie da nicht neugierig geworden?«

Sie neigte den Kopf hin und her. »Na klar, aber wir wussten doch, dass sie nur zu einem Daddy Kontakt hatte, und das war gut. Wir dachten, im schlimmsten Fall würden wir Ihnen diese Information geben, und dann lassen Sie uns in Ruhe.«

»Die Tatsache, dass sich beide im Abstand von nur wenigen Tagen angemeldet und mehr oder weniger unmittelbar darauf Verbindung miteinander aufgenommen haben, hat Sie nicht stutzig gemacht?«

»Ich schwöre«, sagte sie. »Das haben wir nicht mal mitgekriegt. Wir haben nur versucht, unsere ... uns rauszuhalten. Es tut mir leid, okay? Und wir sind auch nie mit ihm warm geworden – diesem Arschloch. Wie denn auch? Er kam rüber wie ein Blödmann. Außerdem können Sie nicht beweisen, dass er was damit zu tun hat – oder dass unsere Daten manipuliert wurden.«

»Fünf Treffer, Suki? Cohibas?«

»Wie gesagt, das kann ein anderes Mädchen gewesen sein.«

Milo und ich sagten nichts.

»Okay«, sagte sie. »Oder ein Fehler.«

Er fragte: »Was für ein Fehler?«

»Ein Programmierfehler, das kommt vor, dann beheben wir's. Aber wirklich, das kann genauso gut ein anderes Mädchen gewesen sein. Vielleicht haben sie getauscht.«

»Wie Baseballkarten?«, fragte Milo. »Hey, ich hab eine weiterführende Geschäftsidee: Daddy- und Sweetie-Karten, sammelt drauflos, Kinder.«

»Egal.«

»›Hey, Tara, ich hab unter meinem Usernamen und Passwort gesurft und bin zufällig auf diesen reichen, alten Kerl gestoßen, der was für kubanische Zigarren übrig hat. Und ich dachte, hey, der ist doch perfekt. Du liebst reiche, alte Säcke, die nach Tabak stinken und von Karma schwafeln, also los, Süße. Und wenn du erst mal deinen eigenen Usernamen und ein eigenes Passwort hast, kannst du dich bei mir für den Gefallen revanchieren – und, ach ja, Homegirl, hier sind noch vier andere Begriffe, die du in deinem Profil unterbringen kannst, damit du einen mathematisch unwahrscheinlichen Zufallstreffer erzielst, weil ich ganz sorgfältig nach Begriffen gesucht habe, um deine Erfolgschancen zu maximieren.‹« Er gab sich einen Klaps auf die Wange. »›Huch, jetzt hast du kein Gesicht mehr.‹«

Suki Agajanians Augen füllten sich mit Tränen. »Ich hab doch schon gesagt, dass es mir leidtut.«

»Wie wär's dann, wenn Sie Ihr Bedauern umsetzen und uns helfen würden, Suki. Hören Sie einfach mit der Verzögerungstaktik und dem juristischen Blödsinn auf und verraten Sie uns, welche Adresse Stefan angegeben hat, als er sich für den zehntägigen Job beworben hat.«

»Natürlich, kein Problem.« Klapper. »Hier.« Sie druckte eine Seite aus.

Dieselbe nicht mehr existierende Briefkastenadresse, die Connie Longellos bei Muhrmanns Vermieter angegeben hatte.

Milo sagte: »Wo ist der Rest seiner Bewerbung?«

»Das ist alles, versprochen. Ich weiß, es sieht ein bisschen dürftig aus, aber wir haben damals Tag und Nacht gearbeitet, um die wichtigen Dinge fertig zu bekommen. Wir hatten keine Zeit, uns bei ihm um die Formalitäten zu kümmern – und wie schon gesagt, er war ja kaum da.«

»Wie sind Sie überhaupt auf ihn gestoßen?«

»Er ist auf uns gestoßen«, sagte sie. Blick nach links. Ihre Lippen bebten. Sie würde niemals als Psychopathin durchgehen.

»Wie ist er auf Sie gestoßen?«

»Hat seinen Namen und seine Telefonnummer auf einem Zettel unter der Tür durchgeschoben. Da stand drauf, dass er auf der Suche nach einem Bürojob sei. Er meinte, er habe sich unten vorgestellt und jemand habe ihm gesagt, wir bräuchten ein Mädchen für alles.«

»Wer unten?«

»Ich weiß es nicht.«

»Sie haben es nie überprüft.«

»Wir hatten fürchterlich viel zu tun. Und dachten, wir könnten ein bisschen Hilfe gebrauchen. Später, als der Laden lief, merkten wir, dass Computer alles können, was ein Mensch kann, nur besser. Das ist das Schöne am eBiz, die Fixkosten sind minimal.«

»Eine schlaue Bande, Sie, Rose und Brian«, sagte er. »Ist sonst noch jemand aus der Familie beteiligt?«

»Michael – unser kleiner Bruder – hat ein bisschen Webdesign für uns gemacht. Er ist künstlerisch begabt, aber das war's auch schon.«

»Erzählen Sie uns alles, woran Sie sich in Zusammenhang mit Stefan Moore erinnern.«

»Er war okay«, sagte sie. »Höflich, hat nicht viel geredet.«

Ich sagte: »Er ist Ihnen nicht in die Quere gekommen, und da Sie zu tun hatten, war das perfekt.«

»Ja. Sie wollen doch nicht sagen, dass er derjenige war, der … oh, Gott!«

Milo sagte: »Wir sagen nur, dass wir eine tote Frau haben und der gute alte Stefan in der Nacht, in der sie starb, in ihrer Nähe gesehen wurde. Das macht ihn, wie wir es nennen, zu einer Person von besonderem polizeilichem Interesse.«

Sie ließ erneut den Kopf hängen. »Das ist ein gottverfluchter scheiß Alptraum.«

»Ein Alptraum war es für Tara Sly, für Sie ist es eine Unannehmlichkeit, Suki.«

Sie blickte auf, ihre dunklen Augen funkelten. »Sie kapieren nicht, was ich sage. Wenn irgendwas davon an die Öffentlichkeit dringt, sind wir komplett und absolut geliefert, und es könnte zu keiner schlimmeren Zeit passieren.«

»Weil das Geschäft so hart ist?«

»Nein, das genaue Gegenteil, das Geschäft läuft super. Wir haben ein paar ernsthafte Übernahmeangebote, die möglicherweise gigantisch ausfallen. Also bitte, bitte, bitte, machen Sie nichts davon publik. *Bitte.*«

Milo sagte: »Wir tun unser Bestes, Suki. Vorausgesetzt, Sie haben uns alles erzählt, was Sie wissen.«

»Das habe ich! Ich schwör's bei Gott!«

»Ich will noch mal auf etwas zurückkommen, was Brian gesagt hat: Sie verlangen von den Sweeties keine weiteren persönlichen Angaben, sofern die Überprüfung auf Vorstrafen negativ ausfällt.«

Sie zögerte einen Moment. »Im Prinzip … okay, wir heben die Adressen und Telefonnummern auf, es gibt keinen Grund, das nicht zu tun. Ich gebe Ihnen die von Mystery. Hilft Ihnen das?«

»Ausgezeichnet, Suki. Dann können Sie uns auch ihren richtigen Namen verraten.«

»Das würde ich ja, aber ich kenne ihn nicht.«

»Kommen Sie …«

»Das ist wahr, ich bin jetzt vollkommen ehrlich. Ich möchte ehrlich sein, es gibt keinen Grund mehr, irgendwas zurückzuhalten.«

»Sie verlangen ein polizeiliches Führungszeugnis, kennen aber nicht den richtigen Namen?«

»Wir nehmen, was wir gesagt bekommen«, sagte sie. »Wir sind nicht das FBI. Man darf von uns keine … wie heißen die noch … Dossiers erwarten.«

Er starrte sie an.

»Ich schwöre.«

»In Ordnung, Suki. Dann geben Sie uns die Adresse und die Telefonnummer.«

»Okay, okay, okay.« Klapper klapper klapper. »Oh, Gott.«

»Was?«

»Das Feld ist leer«, sagte sie. »Die Angaben wurden gelöscht.«

»Von wem?«

»Kann ich nicht feststellen.«

»Wann?«

»Kann ich auch nicht feststellen.«

»Sieht aus, als wäre Ihre Datenbank alles andere als nicht manipulierbar. Das bringen Sie besser noch vor Abschluss der Übernahmeverhandlungen in Ordnung.«

Sie warf uns ein gequältes Lächeln zu. »Mir wird schlecht«, erklärte sie ruhig, als gäbe sie ein Klavierkonzert und wolle das nächste Stück ankündigen.

An der Tür würgte sie bereits.

Die Toilette, auf die sie rannte, war nah genug, so dass wir alles hören konnten.

20

Suki Agajanian kehrte mit bleichem Gesicht und gebeugtem Rücken von der Toilette zurück, das schlaffe Haar zu einem widerspenstigen Knoten hochgebunden.

»Keine Sorge, mir geht's gut«, sagte sie, als hätten wir uns besorgt gezeigt.

Milo fragte: »Also, was können Sie uns sonst noch sagen?«

»Ich schwöre, da ist nichts mehr. Ich bin ihr ja nicht mal persönlich begegnet. Und ihm auch nicht. Für uns sind das nur Namen.«

Wir warteten.

Sie wiederholte: »Ich schwör's.«

»Eine Frage noch: Hat sich eine zweite Person mit dem Namen Suss auf Ihrer Seite angemeldet?«

Sie zögerte, warf die Hände in die Luft und tippte. »Negativ.«

»Wie sieht's aus mit Longellos?« Er buchstabierte es.

»Negativ.«

»Okay, Suki, wir gehen jetzt, aber wenn wir rausbekommen, dass Sie uns noch was vorenthalten haben ...«

»Habe ich nicht«, sagte sie. »Dann wäre ich schön blöd, und ich bin dafür bekannt, genau das nicht zu sein. Wir werden in Zukunft alles noch genauer abklopfen, aber Dummheit wurde uns noch nie unterstellt.«

»Ein dreifach Hoch auf die Agajanians«, sagte er.

»Wir sind Erfolgsmenschen. Dafür muss man sich nicht schämen. Jetzt würde ich mich wirklich gerne um meine E-Mails kümmern.«

Wir ließen sie an ihrem Schreibtisch sitzen, wo sie mit einer Hand simste und mit der anderen tippte. Aber noch bevor wir die Tür zum Gang erreichten, lief sie uns barfuß hinterher. »Darf ich Sie um eine Sache bitten? Sie müssen nicht antworten, aber ich muss Sie fragen. Wie sind Sie eigentlich darauf gekommen, dass sie was mit uns zu tun hat? Tara. Oder wie auch immer sie richtig heißt.«

»Wie ich Ihnen gesagt habe«, erwiderte Milo. »Ein anonymer Hinweis.«

Aschgraue Unschuld wich einem Schlaumeierlächeln. »Ach, kommen Sie, wirklich?«

»Wirklich.«

»Das ergibt doch keinen Sinn. Wer würde uns denn so reinreiten wollen? Das ist total hinterhältig und unter aller Kanone.«

Milo sagte: »Wir leben von anonymen Hinweisen.«

»Das ist echt traurig.«

»Was?«

»Dass Leute einander so reinreiten.«

Er zwinkerte ihr zu. »Wir lieben unseren Job trotzdem.«

Auf dem Weg zum Fahrstuhl sagte er: »Um die Wahrheit zu sagen, ich hab auch über den Hinweis nachgedacht und überlegt, wer sonst noch Bescheid gewusst hat. So viel Mühe, wie sich Muhrmann, Tara und wahrscheinlich auch Connie Longellos gegeben haben, ihre Spuren zu verwischen, sollte man nicht meinen, dass sie sich noch jemandem anvertraut haben.«

Ich bemühte mich, mit ruhiger Stimme zu antworten. »Sollte man meinen.«

Im Wagen sagte er: »Reiche Familie, da läuft alles aufs Geld raus.«

Ich entgegnete: »Wie wär's mit folgender Seifenoper: Suss

verfiel rasch seiner Lust und überwies Tara monatlich Unterhalt, keine große Sache für jemanden mit so viel Kohle. Dann kamen Emotionen ins Spiel, und er erhöhte die Zuwendungen. Da Stevie, Connie und Tara die Einnahmen teilten, lag die Gehaltserhöhung durchaus im Interesse aller. Doch die goldene Gans biss unvorhergesehen ins Gras, der warme Regen versiegte, und Tara weigerte sich nicht nur, sich mit einem weiteren Daddy einzulassen, sondern verlangte außerdem eine Pauschale, um ihren Ruhestand zu finanzieren, ansonsten würde sie dem Rest der Familie von der Nummer erzählen. Für Connie hätte das mehr als nur einen Einnahmeverlust bedeutet. Es wäre eine Katastrophe gewesen.«

»Wer sich ins Haifischbecken begibt…«, sagte er. »Dummes, verblendetes Mädchen. Aber auf wen hat sie an jenem Abend im Fauborg gewartet?«

»Connie vielleicht.«

»Du hast gesagt, sie sah aus, als wäre es ein Date.«

»Ja, das habe ich gedacht.«

Der Fahrstuhl kam. Er war leer. Kaum waren wir drin, suchte er nach Kameras, fand keine, redete aber trotzdem nicht weiter.

Als wir wieder auf dem Parkplatz standen, sagte er: »Könnte es sein, dass Connies Beziehung zu Tara mehr als nur geschäftlich war?«

Ich lächelte. »Soll vorkommen.«

»Ein Dreier«, sagte er. »Tara, Connie und Steve, Sex und Geld, alles durcheinander. O Mann, das ist schon keine Seifenoper mehr. Das ist schon eine Doku-Soap.«

»Amerika sucht den Superseitensprung?«

Wir lachten beide.

Ich sagte: »Noch eins: Taras Ambitionen könnten durch Suss' Versprechungen geweckt worden sein, zum Beispiel im Hinblick auf eine feste Beziehung.«

»Dass er seine Frau für seine Freundin verlässt?«

»Ob er's so gemeint hat oder nicht, es wäre auf jeden Fall nicht besonders ungewöhnlich. Sieh dir die Promifotos in den Klatschblättern an. Da wimmelt es vor alten Knackern mit jungen Dingern am Arm.«

»Dann stirbt er, und sie ist nichts mehr als ein verbrauchtes Betthäschen. Ja, das könnte Anlass für schwerwiegende Dummheiten bieten.«

»Damit sie dran glaubt, hat er ihr ein paar Klunker gekauft.«

»Die Uhr.«

»Schmuck wäre für Tara durchaus interessant gewesen, weil man ihn relativ leicht zu Geld machen kann. Sie hätte ihn privat verkaufen können, ohne Steuern zu bezahlen. Die Uhr hat sie im Beisein von Muhrmann getragen, aber was, wenn ihr Suss noch ein paar andere Kostbarkeiten geschenkt hat, die sie ihm und Connie vorenthielt? Wenn sie's rausgefunden haben, dann wäre das ein weiteres Motiv, sie zu bestrafen.«

»Dann war das Date im Fauborg eine Falle. Aber was hat Tara erwartet?«

»Einen lustigen Abend.«

Im Wagen sagte er: »Wenn der Mord an ihr geplant war, wieso gehen sie dann aber erst in ein Hotel und riskieren, gesehen zu werden?«

»Muhrmann ist ja gar nicht reingegangen. Dass er uns aufgefallen ist, war reiner Zufall. Neil, der Kellner hat gesagt, während seiner Schicht ist niemand aufgetaucht. Also hat sich Connie vielleicht überhaupt nicht blicken lassen, und Tara ist wieder gegangen, hat sich mit Muhrmann getroffen. Er hat ihr eröffnet, dass es eine Planänderung gebe und Connie in den Palisades eine kleine Party organisiert habe. Sie fahren zu einer vorher verabredeten Stelle, an der

Connie wartet, und die beiden legen sie mit einer 45er und einer Flinte um. Sie haben ein bisschen dicker aufgetragen, weil die Sache durch Taras Erpressungsversuch etwas Persönliches bekommen hat. Ihr Gesicht unkenntlich zu machen hatte den zusätzlichen Nutzen, die Identifizierung zu erschweren. Und es hat funktioniert. Wir wissen immer noch nicht, wer sie wirklich war.«

»Hör auf, Salz in die Wunde zu streuen … okay, lass uns ein bisschen rumfahren und gucken, wie diese Menschen hausen.«

Wir fuhren über den Laurel Canyon ins Valley und hoch in die Hügel des vornehmen Encino.

Portico Place war ein eleganter Straßenzug mit großen, durch üppige Hecken und hohe Tore abgeschirmten Häusern. Hinter Phil und Connie Suss' Adresse verbarg sich eines der prächtigsten Gebäude: zwei hochaufragende, handverputzte Stockwerke, ein mit Dachziegeln gedecktes, ockerfarbenes Haus im toskanischen Stil, umringt von penibel gestutzen Dattelpalmen und cognacfarbenen Bougainvilleen, davor ein mit Kopfsteinen gepflasterter Parkplatz. Filigrane Tore gaben den Blick auf einen weißen 3er BMW und ein bronzefarbenes Lexus-Cabrio frei.

Milo sagte: »Mama und Bruder Frank ziehen nach Beverly Hills, aber Phil und Connie mischen sich keineswegs unters gemeine Volk. Nicht schlecht für einen Mann ohne eigenes Einkommen.«

Er pfiff leise durch die Zähne. »Geht doch nichts über reiche Eltern.«

Wir sahen fast eine Stunde zu, wie nichts passierte, dann fuhren wir in die Stadt zurück.

Frank und Isabel Suss residierten in Beverly Hills, aber ihr

Haus am North Camden Drive hätte auch in jedem x-beliebigen Mittelklasse-Vorort stehen können. Das einstöckige Wohnhaus war in einem Beigeton mit Stich ins Pinkfarbene gestrichen. Der spärliche Vorgarten war größtenteils zubetoniert. Ein alter Honda stand davor.

»Beide Ärzte«, sagte er. »Wahrscheinlich sind sie bei der Arbeit.«

In den zwanzig Minuten, die wir dort saßen, passierte nicht mehr, als dass das Dienstkleidung tragende Hausmädchen der Nachbarn deren mausgroßen Chihuahua Gassi führte.

Er sagte: »Bisschen bescheiden für zwei Hautärzte, oder? Ich dachte, mit Botox scheffelt man Geld.«

»Vielleicht machen sie sich nicht viel aus materiellen Dingen.«

»Und betäuben Gesichtsmuskeln nur so zum Spaß? Ich bin langsam bereit, alles zu glauben.«

Dem Aussehen ihres Anwesens nach zu urteilen, machte sich Leona Suss sehr viel aus materiellen Dingen.

Das dreistöckige georgianische Haus erinnerte an Monticello. Wäre Thomas Jefferson nicht das Geld ausgegangen. Das Gebäude war dreißig Autolängen breit, von einer Steinmauer umgeben, das Metallgitter darauf hatte schon Grünspan angesetzt. Runde Granitplatten inmitten von Kamelienblüten alle drei Meter. Moosflecken waren zu perfekt verteilt, um zufällig entstanden zu sein. Oben floss Efeu elegant über die Gitterstäbe und deren kupferfarbene Spitzen, Schleifen und Bekrönungen. Es war exakt so gestutzt, dass Licht hindurchscheinen, aber niemand in den Garten blicken konnte.

Ein kupfernes Fußgängertor gewährte Einblick. Kein Parkplatz, nur schattige Rasenflächen und ein gepflasterter Gehweg, von prächtigen Kiefern, Ahornbäumen und Zedern gesäumt. Links des Hauses befand sich der Repräsentationsgarten mit Buchsbäumen, Zypressen, vor Farbe sprühenden Rosenbüschen und einem Spalierpavillion.

Ich rollte an der Westseite des Grundstücks entlang, wo Fahrzeugen durch ein drei Meter hohes massives Stahltor bei Bedarf Zugang gewährt werden konnte. Eine ausnehmend schön beschnittene chinesische Ulme fand sich zur Rechten. Etwas in dem Baum reflektierte das Sonnenlicht und glitzerte.

Eine Überwachungskamera war an einem kräftigen Ast befestigt, durch das Blattwerk beinahe vollständig verborgen.

Wir kehrten zur Vorderseite zurück, hielten nach einer weiteren Kamera Ausschau und entdeckten sie an der größten Zeder.

Milo sagte: »Falls die kleine Miss Tara das alles jemals gesehen hat, dürfte sie das auf Ideen gebracht haben. Ich möchte wetten, der alte Markham hat es ihr gezeigt.« Ich sagte: »Und das ist ihr nicht gut bekommen.«

Sein Handy dudelte Schubert. Er stöpselte es in die Freisprechanlage und bellte: »Sturgis.«

Eine Frau bellte noch lauter zurück: *»Jernigan!«*

»Hi, Doc.«

Sie lachte. »Hi, Lieutenant. Ich hab hier den Autopsiebericht über dein gesichtsloses Opfer. Sie hatte Alkohol im Blut, aber nicht so viel, dass sie nicht mehr zurechnungsfähig gewesen wäre, vielleicht ein oder zwei Drinks. Keine Drogen oder Medikamente. Gestorben ist sie an den Schussverletzungen, was keine große Überraschung ist. Ich vermute, dass die Kugel vor den Schrotkugeln eingetreten ist, denn wir haben eine hübsche saubere Spur durchs Gehirn. Wäre sie zuerst mit der Schrotflinte getroffen worden, wäre die Kugel in der Suppe gelandet. Keine Hinweise auf sexuelle Übergriffe, sie hat kein Kind zur Welt gebracht, aber sie hatte eine ausgeprägte Endometriose, was entweder genetisch bedingt sein kann oder das Ergebnis von Narbenbildung infolge einer Geschlechtskrankheit. Außerdem haben wir Narbengewebe in und um ihren Enddarm gefunden, das heißt, sie hatte wahrscheinlich ziemlich regelmäßig Analverkehr. Abgesehen davon fehlte ihr nichts.«

»Danke, Doc.«

»So weit die Wissenschaft, Milo«, sagte Jernigan. »Jetzt kommt das Bauchgefühl: Die Verletzungsstruktur macht mir immer noch zu schaffen. Angenommen, sie wurde zuerst von der .45er getroffen und die Wucht hat sie umgeworfen, dann hätte die Flinte größeren Schaden anrichten müssen. Sie hätte ausgestreckt am Boden gelegen, wäre tot oder fast tot und einem Schuss von oben absolut ungeschützt ausgesetzt gewesen. Aber die Schrotkugeln überschneiden sich nicht so sehr mit der anderen Schussverletzung, wie ich gedacht hätte. Tatsächlich finden sich die massivsten Verletzungen vertikal fast auf einer Linie. Als hätten die beiden Täter genau gleichzeitig abgedrückt.«

»Ein Erschießungskommando«, sagte er.

»Das ist der Eindruck, den ich gewonnen habe. Aber ein geübtes Kommando. Die beiden müssen nebeneinandergestanden und zur selben Zeit abgedrückt haben. Die Wunde durch die Schrotflinte war alles andere als sauber. Die Kugeln haben ihre Nebenhöhlen durchstoßen, ebenso wie den unteren Teil ihrer Stirnlappen. Aus nächster Nähe angelegt, hätte ihr dabei eigentlich der komplette Kopf weggerissen werden müssen. Und ich wüsste nicht, wie der Schütze sie derart von vorne hat treffen können, wenn sie am Boden lag – es sei denn, er hätte auf einer Leiter gestanden.«

»Präzisionsmord«, sagte Milo. »Vielleicht demnächst schon olympische Disziplin.«

»Das ist unheimlich, oder? Fast hat es was von einer Hinrichtung.«

»Als sollte sie bestraft werden.«

»Das denke ich«, sagte Jernigan. »Du weißt ja, wie das sonst so ist mit unseren richtig kranken Fällen. Das hier lässt sich aber schwerer einordnen. Es hat was von einer eiskalten Exekution, aber dann gibt's auch noch was anderes, was Dunkleres – etwas, bei dem dir Delaware vielleicht helfen kann.«

»Komisch, dass du ihn erwähnst.«

Ich sagte: »Hier ist Alex.«

»Oh, hi«, sagte sie. »Also, was meinst du?«

»Passt ausgezeichnet zu dem, was wir derzeit für das Motiv halten: Geld im Verein mit Rache.«

»Ihr seid ja Geistesgrößen«, sagte sie. »Wenn ihr mehr wisst, haltet mich auf dem Laufenden, ich bin neugierig geworden.«

Milo sagte: »Mir gefällt dein Optimismus, Doc.«

Clarice Jernigan sagte: »Ohne Optimismus hätte alles keinen Sinn, oder? Wiedersehen, Jungs, ich muss mich noch um ein paar ganz wunderbar wehrlose Patienten kümmern.«

Wir näherten uns dem Tor von Leona Suss' Anwesen.

Milo sagte: »Erschießungskommando. Jetzt hat sie mir einen Floh ins Ohr gesetzt, und ich werde ihn nicht mehr los.«

Wir wollten gerade unseren nächsten Schritt überlegen, als ein schwarz-weißer SUV hinter dem Seville heranfuhr, den Motor aufheulen und anschließend verstummen ließ.

Ein Chevy Suburban vom Bevery Hills Police Department. Eine junge, uniformierte Beamtin stieg aus, musterte das hintere Nummernschild des Seville, zog ihren Gürtel hoch und musterte dann den Wagen.

Milo bedachte sie mit seinem angedeuteten Gruß. Sie zeigte sich unbeeindruckt.

Eine kleine Frau. Höchstens einssechzig, schmale Hüften, flache Brust und ein offenes Gesicht, dazu ein langer brauner Pferdeschwanz.

»Sieht aus wie zwölf«, sagte Milo und kramte in seiner Tasche. »Vielleicht verkauft sie selbstgebackene Kekse aus dem Polizeikindergarten.«

Die Beamtin sprach etwas in ihr Funkgerät. Rückte noch einmal ihren Gürtel zurecht und kam mit einer Hand auf dem Schlagstock zu uns.

Das offene Gesicht war voller Sommersprossen, leicht geschminkt, abgesehen von üppig aufgetragenem Eyeliner und Mascara, der sich in eine bröckelnde Paste verwandelt hatte.

An der Grenze zum Goth.

W. Bede stand auf ihrem Dienstabzeichen.

»Meine Herren. Ist das Ihr Cadillac?«

Ich sagte: »Meiner.«

»Führerschein, Fahrzeugschein und Versicherungsnachweis, bitte.« Eine zu rauchige Stimme zerrte an ihren Stimmbändern. Strapazierte sie, als hätte sie Unterricht in autoritärem Sprechen genommen, aber die Abschlussprüfung versemmelt.

Milo zeigte seine Marke und seinen Ausweis. »Wird das genügen, Officer?«

Bedes blaugrüne Augen schienen größer zu werden, und ihre Pupillen zogen sich zusammen.

Sie sagte: »L. A. Mordkommission? Bei der Dienstbesprechung war keine Rede von gemeinsamen Ermittlungen.«

»Wir ermitteln«, sagte Milo, »aber die Verbindung zu Ihrer schönen Stadt hat sich erst vor wenigen Minuten beiläufig ergeben.«

»Beiläufig? Ich weiß nicht … was das heißen soll.«

»In dem Haus wohnt jemand, mit dem wir gerne sprechen würden.«

»In diesem Haus?« Als würde eine Immobilie im Wert von mehreren zig Millionen ihren Besitzer von jedem Verdacht freisprechen.

Milo sagte: »Mrs Leona Suss.«

»Warum interessieren Sie sich für sie?«

»Möglicherweise kennt sie gewisse Personen, für die wir uns interessieren, und deshalb wollten wir Kontakt zu ihr aufnehmen.« Er lächelte. »Außerdem, Officer, haben wir endlich mal Gelegenheit, uns in einer schönen Gegend aufzuhalten. Aber Sie sind das ja gewohnt.«

Bedes Körperhaltung entspannte sich, und um ihre Augen wurden Lachfältchen sichtbar. Gesundes Farmermädchen in selbstgeschneiderten Jeans. »Sie würden sich wundern, Lieutenant. Wir bekommen am laufenden Band Notrufe. Neunzig Prozent gehören zwar in die Kategorie Fehlalarm, aber wir machen trotzdem Kontrollgänge. Ist wirklich der Hammer, was sich die Leute in Beverly Hills für einen Mist in die Wohnung stellen.«

»Viel Geld, kein Geschmack.«

»Das können Sie laut sagen.«

»Hat Mrs Suss gemeldet, dass wir hier sind?«

»Vor fünf Minuten, über die normale Leitung, kein Notruf.«

»Prima Reaktionszeit.«

»Deshalb wohnen die Leute hier.«

»Wie lautete die Beschwerde?« Bede lächelte wieder. »Zwei Männer sitzen in einem alten Wagen.«

»Hätten wir in einem Ferrari bessere Chancen gehabt?«

»Wahrscheinlich.«

»Vielleicht sollte ihr mal jemand den Unterschied zwischen einem alten Auto und einem Klassiker erklären.«

Bede trat einen Schritt zurück, begutachtete den Seville. Dasselbe tat sie mit mir.

»Der ist ziemlich gepflegt. Haben Sie ihn beschlagnahmt? Bei Aktionen gegen das organisierte Verbrechen nehmen wir auch immer jede Menge cooles Zeug mit. Gerade ist ein

Bentley dazugekommen, der einem Dealer aus San Diego gehörte. Der hat hier versucht, Geschäfte zu machen, was ein schwerer Fehler war. Wenn ein passender Einsatz in Zivil ansteht, bekommt einer der Kollegen einen hübschen fahrbaren Untersatz.«

Sie blickte wieder auf das Anwesen. »Ich muss mich mit der Anruferin in Verbindung setzen. Was soll ich ihr sagen?«

Milo sah an ihr vorbei. Seidene Vorhänge hatten sich hinter einem Fenster im Erdgeschoss geteilt.

Eine Frau mit einer Katze auf dem Arm.

Groß, dünn, mit kurzen schwarzen Haaren. Sie trug einen figurumschmeichelnden champagnerfarbenen Hausanzug aus Velours, der ihr viel zu groß war, und dazu eine Sonnenbrille mit weißem Gestell.

Milo sagte: »Irgendeine leicht abgewandelte Version der Wahrheit wird genügen, Officer Bede. Wenn Sie möchten, übernehmen wir.«

Doch sie meinte: »Nein, ich muss wegen meines Berichts persönlich mit ihr sprechen. Okay, wie wär's, wenn ich ihr sage, dass ihr koscher seid und ermittelt, aber nicht weiter ins Detail gehe? Dann wird sie mit euch reden wollen, und ihr seid am Drücker.«

»Dann war es doch nicht umsonst, dass wir hergekommen sind.«

»Umsonst ist in Beverly Hills gar nichts.«

21

Leona Suss trat durch das Tor und schaukelte ihre Katze in ihrer Armbeuge.

Officer Bede sagte: »Ma'am, wie sich herausgestellt hat, sind die beiden Kollegen von der Polizei in Los Angeles.«

Leona tätschelte Bedes Schulter. »Danke, Liebes. Ich mach das schon.«

Bede runzelte die Stirn. »Dann fahr ich mal wieder, Ma'am.«

»Einen schönen Tag noch, Liebes.«

Bedes Suburban rauschte davon.

Leona Suss sagte: »Die stellen heutzutage schon Kinder ein.« Ein schlaffer Arm mit Armreifen schlenkerte Milo entgegen. »Hallo, meine Herren.«

»Lieutenant Sturgis, Ma'am. Und das ist Alex Delaware.«

»Leona. Aber das wissen Sie ja bereits.«

Ihr Lächeln war so breit, dass es ihr Gesicht auseinanderzureißen drohte, wobei die untere Hälfte der Schwerkraft zum Opfer gefallen wäre. Sie war geliftet, aber schon vor einer ganzen Weile und nicht allzu drastisch. Die Straffungen hoben ihr Kinn und ihren Mund hervor, und ihre Stirn gab allmählich schon wieder nach. Das Endergebnis war nicht unschön anzuschauen und ließ erahnen, wie sie mit dreißig ausgesehen haben musste.

Eine für ihr Alter gut aussehende Frau. Als sie ihre Sonnenbrille abnahm und mandelförmige, lavendelblaue Augen zum Vorschein kamen, hätte man sie durchaus als schön bezeichnen können.

Kantig, zart gebaut, Porzellanteint. Sie erinnerte mich an jemanden … an Singer Sargents *Madame X*.

Milo sagte: »Tut mir leid, dass wir Sie belästigen müssen, Ma'am.«

»Oh, Sie belästigen mich ganz und gar nicht.« Ihre sonnige, satte Stimme widersprach dem eher strengen Erscheinungsbild. »Ich hätte gar nicht gemerkt, dass Sie hier sind, aber Manfred wurde unruhig.« Sie hievte die Katze ein Stück höher. »Er ist besser als jeder Hund und ganz eindeutig sauberer. Das Tolle ist, dass ich ihn nicht mal kaufen musste, er ist einfach eines Morgens hier hereinspaziert, der kleine Schnorrer. Ich gab ihm frischen weißen Thunfisch und Sahne aus dem Bioladen, und seither haben wir eine ganz wunderbare Beziehung. Ich mag Hunde nicht. Zu anhänglich. Wie lange sind Sie schon hier und – wie heißt das noch? – observieren das Haus?«

»Wir sind gerade erst gekommen, Ma'am.«

»Dann war Manfred ja in Topform. Er hat miaut, und als ich meine Candace Bushnell nicht weglegen wollte, fing er an, wie ein Wilder am Vorhang zu zerren. Als das nichts brachte, raste er in den Seitentrakt, dann wieder nach vorne. Irgendwann hab ich dann mein Buch weggelegt. Mitten in einem sehr pikanten Kapitel. Ich habe den Bildschirm der Videoüberwachungsanlage geprüft, und da waren Sie in Ihrem reizenden alten Wagen. Wir hatten auch mal genau so einen, damals … neunzehnhundertsechsundsiebzig.« Sie streichelte Manfred. Er wandte den Kopf Richtung Haus.

»Bei dem Wagen«, sagte Leona Suss, »konnte ich unmöglich erraten, dass Sie von der Polizei sind. Es heißt ja, man soll sofort anrufen, wenn einem etwas ungewöhnlich vorkommt, also habe ich angerufen.«

»Sie haben ganz richig gehandelt, Ma'am.«

»Natürlich, das weiß ich«, sagte Leona Suss. »Jetzt lassen Sie mich raten, Sie sind wegen ihr hier.«

»Wegen wem, Ma'am?«

»Tara.« Ein erdumspannendes Lächeln. »Das letzte bisschen Altherrenvergnügen, das sich mein verstorbener Mann geleistet hat.«

»Sie kennen sie?«

»Ich weiß, dass es sie gab.«

»Und Sie wissen, dass wir wegen ihr hier sind, weil …«

»Weil ich sie im Fernsehen gesehen habe«, sagte Leona Suss. »Die Zeichnung. Ich meine, ich war nicht sicher, aber die Ähnlichkeit war verblüffend. Ich habe nicht angerufen, weil ich eigentlich gar nichts zu bieten habe. Mark ist seit fast einem Jahr tot, welche Verbindung kann es da schon geben?«

Ich sagte: »Sie wussten, wie sie ausgesehen hat?«

»Mark hat mir ein Bild gezeigt. Hat mit ihr geprahlt, der arme Trottel. Sie hat ihm ein paar Fotos geschenkt. Im Badeanzug, so was. Er war sehr stolz auf seine Errungenschaft.« Leona Suss trug ein weiteres breites Grinsen zur Schau. »Als hätte es nichts mit seinem Geld zu tun gehabt.« Gelächter. »Sie beide wirken wirklich ziemlich erschrocken. Ich wusste gar nicht, dass man Polizisten erschrecken kann.«

Milo sagte: »Na ja, Ma'am, Sie haben es gerade geschafft.«

Leona Suss lachte schallend. Die Katze schauderte. »Mark und ich hatten eine ziemlich offene Beziehung, Lieutenant Sturgis. Nicht gefühlsduselig, das ist zu kompliziert. Ich denke, Sie sollten hereinkommen. Was meinst du, Manfred? Sollen wir die schreckhaften Herren von der Los Angeles Police hereinbitten, obwohl wir in Beverly Hills leben?«

Die Katze blieb ungerührt.

»Manfred scheint nichts dagegen zu haben. Kommen Sie herein, meine Herren.«

Hinter der Eingangstür befand sich eine weiße Marmor-Rotunde mit einer Flügeltreppe aus demselben glänzenden Stein wie der Fußboden, den Leona mit rasender Geschwindigkeit überquerte. Sie führte uns vorbei an einer Reihe höhlenartiger, mit Antiquitäten vollgestellter Räume, von denen jeder Einzelne als Wohnzimmer hätte dienen können, und beschloss, sich mit uns in einem siebeneckigen Raum in Delfter Blau mit kontrastierenden cremefarbenen Profilleisten niederzulassen.

Goldbestickte, apricotfarbene Polster waren mit Szenen aus dem antiken China bedruckt. Blau-weißes Porzellan im

Überfluss. Trotz des warmen Tages glühte ein mit Gold und Onyx eingefasster Kamin elektrisch. Alle Vitrinen waren aus dunklem Mahagoni und scheinbar echt georgianisch oder aus der Regencyzeit. Drei große Gemälde in geschnitzten und vergoldeten Rahmen zierten die Wände. Zwei zeigten hauchdünn bekleidete Damen aus dem neunzehnten Jahrhundert in prachtvollen Gärten. Über dem Kaminsims hing eine pastellfarbene englische Landschaft. Ich suchte nach Signaturen und fand sie.

Leise Musik – irgendwas New-Age-artiges, vielleicht nachgeahmte Walgesänge – strömte aus unsichtbaren Lautsprechern. Als wir eintraten, hörten zwei Hausmädchen in weißen Hosenanzügen aus Nylon mit dem Aufräumen auf. Eine war grauhaarig und Slawin, die andere Afrikanerin.

Leona Suss sagte: »Würde es den Damen etwas ausmachen, sich in ein anderes Zimmer zu verlagern – in der Bibliothek wurde schon viel zu lange nicht mehr Staub gewischt.«

»Ja, Ma'am.«

»Selbstverständlich, Ma'am.«

Die Katze sprang ihr aus den Armen, landete leise und raste davon.

»Ooh, Manfred hat Hunger, bitte kümmern Sie sich um seinen Brunch.«

»Ja, Ma'am.«

»Selbstverständlich, Ma'am.«

Leona lenkte uns zu einem über drei Meter langen Sofa, auf dem seidene Kissen aus Shantung-Seide lagen. Auf dem Chippendale-Tischchen gegenüber stand eine Sammlung von Schwarz-Weiß-Fotos in Goldrahmen.

Ungefähr zwei Dutzend Glamouraufnahmen und Standbilder aus alten Filmen, auf jedem war dieselbe Schönheit mit rabenscharzem Haar zu sehen. Auf den meisten trug sie eine Cowgirlkluft, auf einigen posierte sie auf einem Pferd.

Jahrzehnte waren vergangen, aber eine Verwechslung war nicht möglich. Es war Leona Suss in der Blüte ihrer Jahre.

Ich sagte: »George Hurrell?«

Sie ließ sich auf einem Sessel nieder, zog ihre Beine seitlich an, klappte sie ein wie eine Origamifigur, so wie dies nur sehr schlanke Menschen vermögen. »Kannten Sie Hurrell?«

»Ich habe von ihm *gehört.*«

»George war der Beste und außerdem ein Schatz«, sagte sie. »Er konnte jeden spektakulär gut aussehen lassen. Das in Verbindung mit dem Rohmaterial, das er vor die Linse bekam – Jane, Joan, Maureen, dann die Jüngeren – Sharon Stone. Mein Gott, das Ergebnis war umwerfend. George und ich haben immer wieder davon gesprochen, dass wir uns zu einem Fotoshooting verabreden wollten, aber es kam immer etwas dazwischen, deshalb, nein, leider sind das die Arbeiten weniger begabter Künstler. Die Studios hatten ihre eigenen festangestellten Leute, und es gab immer ganze Heerscharen von Fotografen, die nur allzu gerne freiberuflich arbeiten wollten.«

Sie spielte mit ihrer großen weißen Sonnenbrille. Diamanten oder Strasssteine verzierten die Gelenke der Bügel. Die Brille ähnelte der, die Mystery im Fauborg getragen hatte, aber es war nicht dieselbe.

Eine Fingerspitze mit silberfarben lackiertem Nagel klapperte auf dem Brillengestell. »Das sind einfach nur ganz gewöhnliche Publicity-Fotos.«

Ich fragte: »Haben Sie lange als Schauspielerin gearbeitet?«

Sie lächelte: »So mancher würde behaupten, dass ich nie damit aufgehört habe. Mark zum Beispiel. Ihm gefiel, was er als mein Gespür für Theatralik bezeichnete. Er meinte, ich sei sein kleiner Filmstar, was natürlich Firlefanz ist. Ich habe insgesamt elf Filme gedreht, jeder Einzelne davon ein drittklassiger Western. Meistens wurde ich als brünette Gegenspielerin der wunderschönen blonden Heldin besetzt. Danach habe ich noch in jeder Menge Fernsehserien mitgespielt – aber das wollen Sie alles gar nicht wissen, Sie interessieren sich für Tara.«

Sie wiederholte den Namen und stieß ein leises, rauchiges Lachen aus. »Tara ist ein Haus, kein Name, hab ich nicht recht? Ein paarmal hat Mark sie Tiara genannt, was noch geschmackloser klingt, nicht wahr? Vielleicht hat den alten Narren sein Gedächtnis verlassen. So oder so, mir war es egal, der Name roch nach Wohnwagensiedlung.«

Milo fragte: »Kennen Sie ihren Nachnamen?«

»Nein, tut mir leid. Ich weiß nur über sie, was Mark mir erzählen wollte. Gnädigerweise war das recht wenig.«

»Würde es Ihnen etwas ausmachen, uns zu sagen, was Sie wissen?«

Sie musterte einen silberfarbenen Fingernagel. »Sie denken, wie bizarr, entweder täuscht diese Frau Gelassenheit vor oder sie ist verrückt. Aber Sie müssen wissen, welche Art von Beziehung Mark und ich über zweiundvierzig Jahre geführt haben. Er entriss mich den Fängen einer für Hollywood typischen Hoffnungslosigkeit, und da war ich noch keine vierundzwanzig. Er war sechsundzwanzig, wirkte aber in den Augen eines Mädchens aus Kansas ungeheuer weltmännisch. Wir waren unzertrennlich. Dann besaß er die Frechheit, vor mir zu sterben.« Brüchiges Lachen. »Selbst in glücklichen Beziehungen gibt es Höhen und Tiefen, meine Herren. Mark und ich zogen es vor, die Tiefen zu ertragen, um in den Höhen zu schwelgen. Dazu war ein gewisses Maß an Toleranz nötig.«

Wir nickten beide.

»Machen Sie mir nichts vor«, sagte Leona Suss. »Leute wie Sie werden dafür bezahlt, sich ein Urteil zu bilden.«

Milo sagte: »Über solche Dinge fällen wir keine Urteile, Mrs Suss.«

»*Missus*. Das gefällt mir immer noch. Ich war Marks *einzige* Missus.«

Sie machte eine gelangweilte Handbewegung durch das riesige Zimmer. »Wenn sich der arme, umnachtete Junge von Zeit zu Zeit freimachen muss, dann bitte. Wir waren in der Bekleidungsindustrie tätig, ich habe gelernt, realistisch zu sein.«

»In Bezug auf …«

»Die Schlampen, die als Models für Büstenhalter, Höschen und Nachtwäsche arbeiten, haben nun mal die aufsehenerregendsten Körper auf dem ganzen Planeten. Wir haben ein umsatzstarkes Unternehmen geführt, das bedeutet, dreimal im Jahr neue Höschen, Büstenhalter und Nachtwäsche. Können Sie sich vorstellen, welchen Versuchungen Mark täglich ausgesetzt war? Ich habe nie ein College besucht, meine Herren, aber ich bin nicht dumm. Solange mir Mark im Herzen treu blieb, stand es ihm frei, sich hier und da ein bisschen Erholung zu gönnen.«

Ich sagte: »Sie meinen Abenteuer.«

»Nein, Erholung. Mark war *kein* Abenteurer. Er reiste nicht gerne, verließ ungern seine vertraute Umgebung. Zu mehr als einer Crystal-Kreuzfahrt pro Jahr konnte ich ihn nicht überreden. Wenn Sie's ganz genau wissen müssen, ich spreche davon, dass er seinen kleinen Sie-wissen-schon-was in eine Anzahl junger, feuchter Sie-wissen-schon-was stecken musste.«

»Dann war Tara also nur ein weiteres Kapitel in einem dicken Buch?«

Sie schenkte mir einen ernsten Blick, der in Belustigung überging. »Sie haben ein Händchen für Formulierungen. Ja, besser kann man's kaum beschreiben.«

»War sie eines Ihrer Dessous-Modelle?«

»Nein, Mark hat sie aufgegabelt, nachdem er sich schon

zur Ruhe gesetzt hatte. *Online.* Was ich wahnsinnig komisch finde, weil er während seiner gesamten Geschäftstätigkeit keinen Computer anfassen wollte und wir seltsame, autistische Männer einstellen mussten, die sich um unsere technischen Belange gekümmert haben. Und was macht er dann? Kauft sich einen *Laptop*, den er nicht einmal alleine einschalten kann. Er stellt ihn in seinem *Arbeitszimmer* auf und verbringt immer mehr Zeit davor. Das ging so weit, dass er irgendwann stundenlang verschwunden war. Ich nehme an, man könnte das als Sucht bezeichnen.«

Milo sagte: »Was hat er Ihnen noch über Tara erzählt?«

»Sie haben es eilig, auf den Punkt zu kommen, nicht wahr? Na schön, ich finde es erfrischend, Beamten zu begegnen, die sich bemühen, ihre Sache gut zu machen. Was hat er mir noch erzählt … dass er auf seine alten Tage einen Zeitvertreib gefunden habe, und er versprach, nicht zu viel für ihren Unterhalt auszugeben.«

»Mit Unterhalt …«

»Ihre Wohnung, ihre Lebenshaltungskosten«, sagte Leona Suss.

»Hat Sie das beunruhigt?«

»Ich sagte: ›Du alter Narr, wenn du so was machst, dann mach es richtig, aber behalt das Budget im Auge, damit es nicht in absurde Höhen schnellt.‹ Ich konnte nicht zulassen, dass er sich kreuz und quer in der Stadt herumtreibt und schließlich irgendwo in einem Graben landet. Mark hatte den unterirdischsten Orientierungssinn. Meiner Ansicht nach konnte ich mir dank seiner Ehrlichkeit ein Urteil über seine viagrabedingte Begeisterung bilden. Außerdem, wenn er sich unbedingt auf seine letzten Tage zur Lachnummer machen wollte, wer hätte ihn daran hindern können?«

»War er krank?«

»Eigentlich nicht, aber er sprach ständig vom Sterben.

Seine Cholesterinwerte waren entsetzlich, und er weigerte sich, seine Ernährung umzustellen. Fleisch, Fleisch, Fleisch. Anschließend noch mehr Fleisch. Danach Käse und süße Desserts. Ich wollte auf keinen Fall, dass er einfach umkippt und mich mit Schuldgefühlen zurücklässt, weil ich ihm den Spaß verdorben habe.«

Milo sagte: »Ich kann Ihre Argumentation nachvollziehen, Ma'am, aber das ist trotzdem sehr tolerant.«

»Nur wenn ich mir gestattet hätte, sie als etwas anderes denn als Spielzeug zu betrachten. Mark hat mich innig geliebt, und zwar nur mich, er war mir im Herzen treu. Wir haben zwei wunderbare Jungen gemeinsam großgezogen und ein herrliches Leben miteinander aufgebaut. Wenn ihm danach war, kleine blaue Pillen zu schlucken und es einem billigen Flittchen zu besorgen, warum hätte mich das stören sollen?«

Ich sagte: »Also haben Sie das Budget festgelegt?«

»Ich habe eine Obergrenze vorgeschlagen«, sagte Leona Suss und grinste breiter als je zuvor. »Sechstausend im Monat, was viel zu großzügig war. Nicht, dass ich ihm so etwas hätte diktieren können, Mark hatte einen kleinen persönlichen Rentenfonds beiseitegelegt – irgendwas mit der Steuer auf Anraten unseres Finanzverwalters. Alles andere wurde in einem Familienfonds festgelegt, und wir beide waren dessen Treuhänder. Es stand ihm frei, sein kleines Sparschwein zu schlachten, aber er versicherte mir, die von mir genannte Summe sei angemessen.«

Milo sagte: »Für einige Menschen sind sechstausend Dollar im Monat sehr viel Geld.«

Sie gestikulierte wieder im Raum herum. »Für manche Menschen wäre all das hier auch eine große Sache, aber man gewöhnt sich an alles, und für mich ist es nur ein Haus.«

»Alles ist relativ«, sagte ich.

»Genau.«

»Ein Frieseke, ein Hassam und ein Thomas Moran sind nicht gerade Straßenkunst.«

Ihre Lavendelaugen verengten sich. »Ein Polizist, der sich mit Malerei auskennt? Wie erfrischend. Ja, die Bilder sind recht kostspielig, an heutigen Maßstäben gemessen, aber Sie würden sich wundern, wie wenig wir damals vor dreißig Jahren dafür bezahlt haben. Wer ein erfolgreicher Kunstsammler werden möchte, meine Herren, braucht einen erlesenen Geschmack und muss alt werden.«

Ich sagte: »Also waren sechstausend Dollar nicht mehr als ein Tropfen auf den heißen Stein.«

Sie legte ihre Sonnenbrille neben eines ihrer Fotos. Dann bewegte sie den Rahmen, damit wir das Bild besser sehen konnten.

Eine wunderschöne brünette Frau mit langem, lockigem und vom Wind zerzaustem Haar, die in einen wolkenlosen Himmel blickte. Dazu ein Lächeln, das sich auf tausend verschiedene Arten hätte interpretieren lassen.

»Ich will Ihnen etwas sagen, das abscheulich snobistisch klingt, aber es ist die Wahrheit: Bei einem einzigen Ausflug zu Chanel gebe ich ohne Weiteres mehr aus.«

»Alles in allem war Tara also eine billige Affäre.«

»Sie war in *jeder* erdenklichen Hinsicht billig. Mit Mark unterhielt sie sich mit falschem britischem Akzent. Als wäre sie Princess Di. Er hat sie ausgelacht.«

Milo sagte: »Wissen Sie, wo sie gewohnt hat?«

»West Hollywood, Mark wollte nicht weit fahren müssen. Wenn Sie hier warten, hole ich die Adresse.«

Sie war weniger als eine Minute verschwunden und kehrte mit einer Karte zurück, die zu der apricotfarbenen Couchgarnitur passte. Die Katze trottete mehrere Schritte hinter ihr her, den Schwanz erhoben, die Ohren gespitzt, die Augen undurchdringlich.

»Hier bitte.« Nachdem sie die Informationen auf die Karte geschrieben hatte, überreichte sie sie mir.

Mit den besten Empfehlungen von Leona Suss

Eine Adresse am Lloyd Place in eleganter Schreibschrift mit Füller notiert.

»Ich bin genau *einmal* dort vorbeigefahren«, sagte sie. »Nicht um dem alten Dummkopf nachzustellen, sondern um sicherzugehen, dass er auch etwas bekam für sein Geld. Hübsche Wohnung, zumindest von außen.«

Milo sagte: »Wie viel von den sechstausend gingen für die Miete drauf?«

»Das kann ich Ihnen nicht sagen. Allerdings habe ich drauf bestanden, dass sie sich regelmäßig auf Krankheiten testen ließ und die Kosten dafür aus dem Budget bestritt. Ich konnte schließlich nicht zulassen, dass mich Mark mit irgendeiner entsetzlichen Pest ansteckt.«

Sie neigte den Kopf und klimperte mit den Wimpern. Wollte, dass wir zur Kenntnis nahmen, dass sie mit ihrem Mann weiterhin sexuell aktiv war.

Ich fragte: »Haben Sie die Testergebnisse gesehen?«

»Mehrfach. Nicht die angenehmste Aufgabe, aber man muss die eigene Gesundheit schützen.«

»Wissen Sie noch, wo sie sich testen ließ?«

»Ein Arzt auf dem San Vicente Boulevard. Und nein, ich habe die Berichte nicht aufgehoben. Ich bin keine Freundin geschmackloser Souvenirs.«

»Sie haben die Berichte gesehen«, sagte Milo, »kennen aber Taras Nachnamen nicht?«

»Die Berichte waren mit einem Nummerncode versehen.«

»Und Sie haben darauf vertraut, dass der Code zu ihr gehörte.«

»Natürlich habe ich das, ich habe Mark vertraut. Ohne Vertrauen funktioniert keine Beziehung.«

Sie richtete sich auf, tänzelte zum Kamin und drückte auf einen Knopf. Das slawische Hausmädchen tauchte auf. »Ma'am?«

»Ich hätte gerne eine Limonade, light, bitte, Magda. Pfirsich – wie sieht es mit Ihnen aus, meine Herren?«

»Nein, danke.«

»Sie stammt aus dem Kosovo, hat ihre gesamte Familie verloren«, sagte Leona Suss. »Meine Vorfahren waren Immigranten aus Bulgarien, haben sich in Lawrence, Kansas, niedergelassen. Vater baute Kirchenorgeln für Reuter, bis er achtzig war. Ich finde, Ausländer sind die besten Arbeiter.«

Magda kehrte mit einem Kristallglas auf einem Silbertablett zurück. Eine Zitronen-, eine Limetten- und eine Orangenspalte klemmten auf dem Glasrand.

»Vielen Dank, Magda.«

»Ma'am.«

Leona nahm einen Schluck. »Mmm, lecker. Wie sieht die Küche aus, Liebes?«

»Den Ofen muss ich noch machen.«

»Hervorragende Idee.«

Das Hausmädchen tänzelte davon.

Milo sagte: »Wusste sonst noch jemand in Ihrer Familie von Mr Suss' Beziehung zu Tara?«

»Absolut nicht, warum auch?«

»Da Sie so offen …«

»Das war eine besondere Offenheit zwischen Mark und mir. Warum in der Welt hätte ich meine Jungs in etwas so Albernes hineinziehen sollen?«

Sie stellte ihr Getränk ab. Das Glas stieß dumpf auf das Silber. »Wie kommen Sie auf meine Familie?«

»Wir wollen nur gründlich vorgehen, Mrs Suss.«

»In meinen Ohren klingt das nicht gründlich, sondern zudringlich.«

»Tut mir leid, Ma'am …«

Leona Suss starrte ihn an. Wandte den Kopf Richtung Fenster mit Blick auf den Garten und bot uns ihr Profil. Das Licht wirkte Wunder auf ihrer Haut. George Hurrell hätte der Anblick gefallen. »Verzeihen Sie mir. Die Polizei spioniert nicht alle Tage in meinem Haus.«

»Tut mir leid, wenn wir Ihnen Kummer bereitet haben.«

»Haben Sie nicht, genau genommen wirken Sie auf mich gewissermaßen … ich denke, das richtige Wort ist therapeutisch. Darüber zu reden meine ich. Bislang hatte ich nie Gelegenheit dazu. Was glauben Sie, wer sie getötet hat?«

»Das wollen wir herausfinden, Ma'am.«

»Nun«, sagte sie, »wenn ich Detektiv wäre, würde ich ihr früheres Leben unter die Lupe nehmen, weil es in der Vergangenheit einer solchen Person allerhand unappetitliche Figuren geben muss.«

»Einer solchen Person?«

»Einer, die sich verkauft.«

Milo zeigte ihr Steven Muhrmanns Foto.

Ausdrucksloses Gesicht. »Ziemlich grobschlächtig. Ist das jemand aus ihrer Vergangenheit?«

»Möglicherweise.«

»Möglicherweise«, sagte sie. »Das bedeutet, ich soll mich um meinen eigenen Kram scheren, Sie müssen sich bedeckt halten. Schön, also dann: Kann ich sonst noch etwas für Sie tun?«

»Nein, Ma'am, danke, dass Sie sich Zeit für uns genommen haben.«

»War mir ein Vergnügen. Ich bringe Sie an die Tür, meine Herren.«

Beim Durchqueren der marmornen Rotunde kamen wir an einem sichelförmigen Tisch vorbei, auf dem ein einzelnes Foto stand.

Es war größer als die anderen, aber es war dasselbe Motiv darauf zu sehen, auch hier wieder gestochen scharf, schwarzweiß und aus der prädigitalen Ära. Leona Suss hatte auf ihre Cowgirlaufmachung verzichtet, zugunsten eines weißen Kleids mit dazu passendem Tuch, das sich um ihren Kopf wand.

Kein Lächeln. Kein trauriger Blick, aber in ihren Augen lag etwas anderes. Etwas Zaghaftes – Abwartendes?

Sie und Milo waren fast schon an der Tür, als ich sagte: »Das ist ein ganz besonders schönes Bild, Mrs Suss.«

Sie drehte sich um. »Die blöde Aufnahme? Ich sollte es wegschmeißen, aber es war Marks Lieblingsbild, und jedes Mal, wenn ich es in den Müll werfen will, komme ich mir so illoyal vor.«

Sie schniefte. »Seine Kleider liegen immer noch im Schrank. Manchmal gehe ich rein und tanke seinen Geruch.«

Sie riss die Tür auf. »Ich bin sicher, von hier aus finden Sie den Weg, meine Herren.«

22

Bevor er in den Seville einstieg, blieb Milo stehen, um noch einmal das Anwesen der Familie Suss zu betrachten. Der Lebensstil, den Leona gewöhnt war. »Könntest du dich jemals daran gewöhnen, so zu leben?«

Ich sagte: »Ich bin nie in die Verlegenheit gekommen, es versuchen zu müssen.«

»Sechstausend bei Chanel – kaufst du Leona die gleichgültige Nummer ab?«

»Sie schien mit ihrer Meinung nicht hinter dem Berg zu

halten. Trotzdem schwer zu glauben. So oder so, dass sie von der Affäre wusste, ändert nichts an dem Motiv mit der fehlgeschlagenen Erpressung. Du hast gesehen, wie sie reagiert hat, als du den Rest der Familie erwähnt hast.«

»Mama Löwe«, sagte er. »Dass Mark mit einer Blondine scharwenzelt, die er im Cyberspace aufgegabelt hat, ist eine Sache. Sollte Leona aber erfahren haben, dass ihre Schwiegertochter dahintersteckte, dann wäre das was ganz anderes.«

Die Überwachungskamera schwenkte in unsere Richtung und blieb stehen.

Milo knurrte missbilligend. »Tara ist das Anwesen in *Vom Winde verweht*, kein Vorname – sie hat recht, komm schon.«

Ich fuhr los.

Er sagte: »Für Leona sind sechstausend Dollar im Monat Peanuts, aber für Tara muss das richtig viel Kohle gewesen sein. Auch dass sie neun Monate nachdem Suss ins Gras gebissen hat umgebracht wurde, könnte bedeuten, dass sie zunächst von Ersparnissen lebte, die schließlich aufgebraucht waren, woraufhin sie versuchte, ihre Finanzen aufzustocken, indem sie sich an Connie wandte, wofür sie im großen Stil bezahlen musste. Wäre nur zu schön, wenn ich ihren echten Namen wüsste.«

»Versuch's mit Tiara. Manchmal haben Versprecher was zu bedeuten.«

Er gab *Tiara Sly* in den Computer ein. Immer noch nichts. Er streckte sich und spielte an seinem Notizblock herum.

Zwei Kilometer später sagte ich: »Bist du empfänglich für ein alternatives Szenario?«

»Alternativ inwiefern?«

»Connie und Muhrmann als Täter.«

»Das ganze verfluchte Kartenhaus zum Einsturz bringen und wieder ganz von vorne anfangen? Warum sollte ich dafür nicht empfänglich sein?«

Ich sagte nichts.

»Spuck's aus.«

»Leona hat uns gerade erzählt, dass sie vierundzwanzig war, als sie Mark kennenlernte. Das ist genau das Alter, das Tara in ihrem Profil angegeben hat. Außerdem war Leona auf dem Foto im Eingangsbereich fast ganz genauso gekleidet wie Tara in der Nacht, in der sie starb. Bewusst oder unbewusst hat Mark vielleicht Leona gesucht, so wie sie damals war. Mit allem, was Tara tat, hat sie sich diesen Umstand zunutze gemacht.«

»Und um das zu erfahren, musste Tara Kontakt zu jemandem gehabt haben, der über Mark und Leonas Leben im Bilde war. Wie zum Beispiel eine Schwiegertochter. Also, warum brauchen wir eine Alternative?«

Ich sagte: »Ich kann mir vorstellen, dass Connie die Beziehung arrangiert hat, aber das macht sie noch nicht notwendigerweise zur Mörderin. Um Marks Eskapaden über vierzig Jahre zu ertragen, hat sich Leona einen dicken Panzer zugelegt – ein ausgeklügeltes System an Beschönigungen. Marks Affären mit austauschbaren Mädchen waren der Preis für den Erfolg als Unternehmer, in Wirklichkeit aber war Leona seine wahre Liebe. So was und eine Brieftasche voller Kreditkarten hilft einem über so manch dunkle Stunde hinweg, aber solche Konstrukte fordern ihren Tribut. Angenommen Leona hatte sich Hoffnungen gemacht, dass nach Marks Ruhestand alles anders würde. Endlich würde der notgeile alte Trottel seine Hosen anbehalten und eine Kreuzfahrt mit ihr machen. Stattdessen hat er seinen Vorrat an kleinen blauen Pillen aufgestockt und seine goldenen Jahre mit Flittchen vergeudet, die all das zu bieten hatten, was Leona inzwischen fehlte. Leona tat, als würde sie die Kontrolle behalten, indem sie eine Obergrenze für den Unterhalt des Betthäschens festlegte. Dann starb Mark, seine finanziellen Transaktionen kamen ans Licht und damit auch, dass er sehr viel mehr verschenkt hatte als nur sechstausend monatlich. Oder schlimmer noch, dass er vorhatte, Leona zu verlassen und mit besagtem Flittchen auszubüchsen. Falls Tara den Nerv besaß, Leona mit finanziellen Forderungen zu behelligen, kann ich mir vorstellen, dass dann alle Dämme brachen.«

»Womit hätte Tara Druck auf Leona ausüben können?«

»Mit der Drohung, Leona öffentlich bloßzustellen, indem sie ein Gerichtsverfahren anstrengt und auch ihre Söhne mit hineinzieht.«

»Das hätte nur geklappt, wenn die Familie von Marks Sperenzchen nichts gewusst hätte. Glaubst du wirklich, dass er vier Jahrzehnte lang schamlos auf Abwege gehen konnte, ohne dass die Söhne das spitzgekriegt haben? Erst recht, wo sie im selben Unternehmen gearbeitet haben. Wenn wir davon ausgehen, dass Connie diejenige war, die Tara überhaupt erst auf ihn angesetzt hat, dann beweist das doch, dass sie jede Menge gewusst hat.«

»In vielen Familien gibt es ein unausgesprochenes Schweigeabkommen, aber wenn der Stein, unter dem all das ruht, angehoben wird, bleibt nichts mehr, wie es war. Leona kam damit klar, solange sie so tun konnte, als sei sie Marks ›kleiner Star‹. Mit Tara konfrontiert, muss sie sich wie eine Kleindarstellerin gefühlt haben.«

»Der Druck auf die lustige Witwe wurde immer stärker, bis sie nicht mehr lustig war«, sagte er.

»Ich kann mir allerdings nicht vorstellen, dass Leona mit einer Flinte oder einer 45er hantiert. Andererseits hat sie natürlich die Mittel, zwei Killer zu engagieren.«

»Mama Löwe schlägt zu.« Er rieb sich über das Gesicht. »Wie passt dazu, dass Muhrmann an jenem Abend da war?«

»Wie du gesagt hast, entweder als Mitverschwörer oder als Opfer.«

»Wenn Leona wütend genug war, um einen Mord in Auftrag zu geben, und irgendwie rausbekommen hat, dass Connie mit Tara unter einer Decke steckte, könnte Connie ernsthaft in Gefahr sein. Oder auch nicht. Aber mir fällt nicht ein, wie wir das rauskriegen könnten.« Er fluchte. Princess, Mystery, Tara und vielleicht sogar Tiara. Demnächst wird sich herausstellen, dass sie als Theodore geboren wurde und sich zweimal täglich rasiert hat.«

»Was auch immer Leona damit zu tun hat«, sagte ich, »sie hat dir zwei gute Hinweise gegeben. Eine Adresse am Lloyd Place und einen Arzt auf dem San Vicente Boulevard, der auf Geschlechtskrankheiten testet.«

Er zog sein Telefon ruckartig aus der Tasche und gab die Kurzwahl für *Rick* ein.

Dr. Richard Silverman meldete sich: »Hey, du.«

»Bist du zu Hause oder bei der Arbeit?«

»Bei der Arbeit. Vermisst du mich?«

»Immer. Hast du mal eine Sekunde?«

»Perfektes Timing, bin gerade mit einer Operation fertig. Nekrotische Gallenblase, kurz vor dem Aus. Hab ein Leben gerettet und strecke stolz meine Medizinerbrust heraus.«

»Glückwunsch!«

»Jetzt, wo ich die appetitanregende Beschreibung abgegeben habe, wie wär's mit einem Kaffee? Wo bist du?«

»Unterwegs. Tut mir leid, hab zu viel zu tun.«

»Ok-ay … hast du vor, zum Essen nach Hause zu kommen?«

»Schwer zu sagen. Bin noch mit Alex unterwegs.«

»Ach.« Zwei Sekunden Pause. »Hi, Alex. Sieh mal zu, dass ihr irgendwann Feierabend macht.«

»Ich tu mein Bestes.«

»Wirf ihn einfach raus.«

Milo sagte: »Wer testet auf dem San Vicente Boulevard auf Geschlechtskrankheiten?«

»Die Tests kann jeder Arzt durchführen.«

»Gibt's jemanden, der sich darauf spezialisiert hat?«

»Und ich hab gedacht, das sei ein rein privater Anruf.«

»Vergiss, dass ich gefragt hab.«

»Ich soll die Zahnpasta zurück in die Tube drücken?« Rick schmunzelte. »Ich hab keine Ahnung, welche Ärzte dort niedergelassen sind, aber ich kann mir nicht vorstellen, dass wer immer auch diese Tests durchführt gegen seine Schweigepflicht verstoßen wird.«

»Du hast recht, war blöd.«

Eine Sekunde später: »Ich hör mich mal um.«

»Danke.«

»Kannst es mir danken, indem du zum Essen nach Hause kommst.«

Der nächste Anruf galt einem freundlich gesonnenen Richter, den Milo um einen Durchsuchungsbefehl für die Wohnung am Lloyd Place bat.

Freundlichkeit hat ihre Grenzen.

»Haben Sie was genommen, Lieutenant?«

»Verzeihen Sie die Störung, Sir, ich dachte, Sie würden sich vielleicht dafür interessieren.«

»Warum sollte ich?«

»Weil's ein besonders brutaler Fall ist, Sir. Und wegen Ihrer harten Linie im Kampf gegen das Verbrechen.«

»Inwiefern brutal?«

Milo ergänzte Einzelheiten.

Der Richter sagte: »Klingt wirklich scheußlich. Wohnt sonst noch jemand unter dieser Adresse?«

»Nicht, dass ich wüsste, Euer Ehren.«

»Ich will nicht, dass sich jemand bei der amerikanischen Bürgerrechtsunion beschwert. Na schön, unter folgenden Bedingungen: Sie müssen glaubhaft machen oder belegen, dass Sie ernsthafte Versuche unternommen haben, die Identität des Opfers festzustellen, bevor Sie zu dem Schluss kamen, dass die Dame unter dieser Adresse gelebt hat. Sobald diese Voraussetzungen geschaffen sind, muss Ihnen der aktuelle Besitzer, respektive Mieter, die Erlaubnis zum Betreten der Räumlichkeiten gewähren, wobei sich die Durchsuchung auf die persönliche Habe sowie Körperflüssigkeiten zu beschränken hat, die nachweislich von besagtem Opfer stammen.«

»Danke, Euer Ehren.«

»Ja, ja, legen Sie sich ins Zeug. Wenn's nach all den klagewütigen Vollidioten geht, die überall herumrennen, habe ich Ihnen wahrscheinlich immer noch zu viel zugestanden.«

Auf der Fahrt bergab Richtung Sunset Boulevard fuhren wir an dem mächtigen, himbeerbrausefarbenen Beverly Hills Hotel vorbei, ich bog in den Doheny Drive ein und rollte weiter bergab auf der Suche nach dem Lloyd Place.

Milos Navi hatte ihn näher an Santa Monica vermutet, als er tatsächlich war, und fast wäre ich dran vorbeigefahren. Eine jener leicht zu verfehlenden Abzweigungen, die in eine Sackgasse münden, unmittelbar vor der Grenze zwischen West Hollywood und Beverly Hills.

Der Lloyd Place war schmal und schattig und voller kleiner Eigentumshäuser, viele davon durch efeubewachsene Mauern und überambitionierten Gartenbau vor neugierigen Blicken geschützt.

Ich sagte: »Marilyn Monroe hat hier in ihrer Anfangszeit gelebt.«

»Woher weißt du so was?«

»Einsame Kinder lesen viel.«

Ich fuhr den halben Straßenzug ab, bis wir die Adresse fanden. Ein einstöckiges Doppelhaus, der Eingang hinten, beinahe vollständig von Palmen verdeckt. Ein grünes Gebäude;

nicht im übertragenen Sinne ökologisch, sondern tatsächlich: minzfarbener Rauputz bis auf halbe Höhe, darüber limettenfarbenes Holz.

Eine ruhige, kaum befahrene Straße. Perfekt für ein Liebesnest.

Das Nest, in dem Mark Suss es sich bequem gemacht hatte, lag in Einheit B, hinten. Kein Name am Briefkasten. Unter Einheit A war der Name Haldeman angegeben. Ein altes schwarzes Mercedescabrio stand in der Auffahrt. Milo gab das Kennzeichen in die Suchmaschine ein. Erno Keith Haldeman, gemeldet in Malibu.

Wir gingen an dem Wagen vorbei, der gepflasterte Weg wurde von Oleander begrenzt, dessen Blätter, Samen, Hülsen und giftige, rosa Blütenblätter überall verstreut waren. Es roch nach Tahiti. Wenn Erno Haldeman sich in seiner Wohnung vorne aufhielt, dann zeigte er sich sehr zurückhaltend; niemand hinderte uns an unserem Durchmarsch zu Einheit B.

Einfache Holztür, die Jalousien heruntergelassen. Eine makellos gesaugte *Willkommen!*-Matte. Niemand reagierte auf Milos Klopfen. Er rief bei der Bezirksverwaltung an und fragte, wem das Grundstück gehöre, notierte sich etwas und zeigte auf die Einheit vorne.

Wir gingen denselben Weg wieder zurück bis zu Erno Haldemans extra breiter Tür, die mit Schnitzereien reich verziert war. Ein Elefant in der Mitte zog sich über beide Flügel. Ein Klopfer aus Messing hing im Rüssel des Dickhäuters.

Milo benutzte ihn, viermal, laut. Das Holz – Teak oder etwas Ähnliches – gab ein dumpfes Hämmern von sich.

Er versuchte es noch einmal.

Eine männliche Stimme, tief und dröhnend, rief: »Verschwinden Sie.«

»Mr Haldeman …«

»Mich interessiert nicht, was Sie verkaufen.«

»Wir …«

»Auch wenn es die Erlösung ist und Sie von den Zeugen Jehovas kommen.«

»Wir sind von der Polizei, Mr Haldeman.«

»Das ist mal was Neues.«

»Ist wahr.«

»Lesen Sie mir Ihre Dienstnummer vor, und ich lasse mir das vom Sheriff bestätigen.«

»L. A. Police, Sir. Lieutenant Milo Sturgis.« Dann las er seine Nummer vor. Schwerfällige Schritte gingen dem Öffnen der Tür voraus. Ein graues Auge spähte von einem Punkt deutlich über Milos Blickachse heraus. »Im Ernst?«

»Ganz im Ernst, Sir.«

»Worum geht's?«

»Ihre Mieterin.«

»Tara? Was ist mit ihr?«

»Sie ist tot, Sir.«

Die Tür ging auf, und ein Berg aus weißem Leinen kam zum Vorschein.

Mitte vierzig, hängende Schultern, so breit wie zwei Männer zusammen, und das bei locker einsfünfundneunzig. Erno Haldeman hatte unbehaarte rosa Hände von der Größe einer Rinderkeule, einen sauber rasierten Kahlkopf, eine rote Knollennase, die auf eine verdrießliche Oberlippe stieß, und Hängebacken, die beim Atmen bebten. Dazu strohfarbene Augenbrauen, die so buschig waren, dass man damit fettige Pfannen hätte schrubben können. Seine grauen Augen waren gelb gerändert, unverhältnismäßig klein und strahlten vor Neugierde.

Das Leinen war ein Zweiteiler, der maßgeschneidert sein musste: ein bauschiges V-Ausschnitt-Hemd und eine Hose mit Zugband. Badeschuhe verbargen seine massiven Füße kaum. Haldemans Zehennägel waren gelb und schartig und von derselben Konsistenz wie ein Rhinozeroshorn, seine Fingernägel aber waren makellos in ihrer Form und mit klarem Nagellack lackiert.

»Tara?«, fragte er. »Sie machen Witze.«

»Ich wünschte, es wäre so, Sir.«

»Was ist passiert?«

»Sie wurde erschossen, Sir.«

»Hier in der Gegend?«

»Nein, Sir.«

»Ich hab schon gedacht, sie hätte was Verbotenes gemacht und Sie wollten meine Aussage dazu.«

»Hat sie auf Sie den Eindruck gemacht, als wäre sie in verbotene Aktivitäten verwickelt?«

»Ich mache Termingeschäfte mit Getreide, Lieutenant. Mit blindem Vertrauen bin ich vorsichtig. Aber nein, sie war immer ordentlich und freundlich, als sie hier gewohnt hat, allerdings hat jemand anders ihre Miete bezahlt. Erst als ihr das Geld ausging und sie sich immer wieder rausgeredet hat, fing ich an, mich zu wundern. Sie hat behauptet, sie sei auf der Suche nach einem Job, aber dafür konnte ich keinerlei Anzeichen entdecken. Nicht dass ich darauf geachtet hätte, wann sie kam und ging. Meistens bin ich sowieso nicht in der Stadt.«

»Wann ging ihr das Geld aus?«

»Sie schuldet mir drei Monatsmieten.«

Etwas Weißes, das noch größer war als Haldeman, lenkte unsere Aufmerksamkeit auf die Einfahrt. Ein FedEx-Transporter fuhr hinter dem Mercedes heran.

Haldeman sagte: »Eine Sekunde«, quittierte den Erhalt eines Päckchens und las die Aufschrift, während er sich uns erneut zuwandte. »Superpreis für einen Château Margaux Premier Cru von einem Händler in Chicago, zehn Jahre alt. Müsste bald so weit sein. Normalerweise kaufe ich nicht blind, aber ich kenne den Winzer, und auf John kann man sich verlassen, dass er die Temperatur kontrolliert.«

Milo sagte: »Danke. Sie haben bei Tara also drei Monate lang ein Auge zugedrückt.«

Haldeman verlagerte das Päckchen in die andere Hand, nahm es zwischen Daumen und Zeigefinger, als wäre es nur Schaum.

»Na gut, kommen Sie rein, ich bin für heute fertig mit dem Geldverdienen.«

23

Erno Haldeman wohnte in einer kleinen, für einen großen Mann eingerichteten Wohnung. Sämtliche nicht tragenden Wände waren entfernt und die Decke bis an die Dachsparren erhöht worden. Die Fußböden waren aus schwarzem glänzendem Granit, die Wände waren weiß und kahl. Einige wenige Möbelstücke standen herum, alle aus Chrom und grauem Filz. Auf einer drei Meter langen Glasscheibe auf drei Metallböcken stand eine ganze Reihe von Computern, Modems und Druckern.

Haldeman schob seinen massigen Körper gegen einen Küchentresen aus weißem Marmor.

»Warum hab ich bei Tara drei Monate lang beide Augen zugedrückt? Weil sie mir leidtat. Und nein, nicht weil wir was miteinander hatten. Ich bin glücklich verheiratet, und selbst wenn ich es nicht wäre … Pädophilie reizt mich nicht.«

Ich fragte: »Sie haben sie als Kind betrachtet?«

»Meine Frau hat einen Doppelabschluss vom MIT. Ich war in Princeton. Man gewöhnt sich an ein gewisses intellektuelles Niveau. In meinen Augen war Tara ein Kind.«

»Ein dummes Blondchen«, sagte Milo.

»Muss hier am Viertel liegen«, sagte Erno Haldeman. »Marilyn Monroe hat früher auch in der Gegend gewohnt.«

»Ecke Doheny Drive und Cynthia Street.«

Haldeman zwinkerte. »Ein Polizist, der sich in Hollywood auskennt?«

Milo sagte: »Welchen Nachnamen hat Tara angegeben?«

»Sly. Warum? Ist der falsch?«

»Wir können niemanden mit diesem Namen finden.«

»Tatsächlich?«, fragte Haldeman. »Nehmen Sie's mir nicht übel, wenn ich frage, ob Sie wirklich alle im Netz verfügbaren Daten überprüft haben.«

»Danke für den Hinweis, Sir.« Milo setzte sich.

Ich tat es ihm gleich.

Haldeman sagte: »Ein Deckname, hm? Na ja, mir war's egal, sie war eine tolle Mieterin.«

»Bis vor drei Monaten.«

»Nichts ist für die Ewigkeit. Was müssen Sie sonst noch wissen?«

»Alles, was ihr Mietverhältnis betraf.«

»Sie war die einzige Mieterin, die ich je hatte. Meine Frau und ich haben das Haus vor drei Jahren gekauft und wollten ursprünglich die beiden Einheiten verbinden. Bis wir die entsprechenden Kostenvoranschläge eingeholt hatten, musste Janice beruflich nach Übersee. Ihre Firma berät mehrere große europäische Opernhäuser, darunter auch die Scala in Mailand, wo sie den Großteil des Jahres verbringt. Dann kamen ein paar lukrative Abschlüsse zustande, ich habe eine Eigentumswohnung in Malibu gekauft, und wir haben uns überlegt, dass wir diese zu unserem Hauptwohnsitz machen und das Haus hier als Mieteinnahmequelle behalten wollen.«

Er schlug sich auf seinen baumstammgroßen Oberschenkel. Dasselbe Geräusch wie an der Teaktür. »Um es kurz zu machen, wir haben die beiden Einheiten nicht zusammengelegt, sondern A so umgebaut, wie Sie's hier sehen, weil dadurch mehr Platz entsteht und das Licht besser ist, und haben für B eine Anzeige geschaltet. Tara hat sich darauf gemeldet, kam vorbei, die Wohnung gefiel ihr, sie meckerte nicht am Preis herum und kehrte am darauffolgenden Tag mit genug Geld für sechs Monate plus Kaution zurück. Das war vor über anderthalb Jahren. Dasselbe hat sie alle sechs Monate gemacht. Zweimal.«

»Wie hoch ist die Miete?«

»Achtzehnhundert im Monat«, sagte Haldeman. »Sie hat nie gearbeitet, deshalb hab ich mich natürlich gewundert, aber einem geschenkten Gaul guckt man nicht ins Maul. Später wurde mir natürlich klar, dass irgendein alter Knacker für alles aufkam, damit er zwei-, dreimal die Woche, hauptsächlich nach Einbruch der Dunkelheit, bei ihr vorbeischauen durfte. Manchmal sind sie zusammen ausgegangen, manchmal zu Hause geblieben. Die ganze Nacht.«

Er zuckte mit den Schultern. »Die Wände sind nicht dünn, aber trotzdem hört man das ein oder andere. Kann sein, dass sie ihm was vorgemacht hat, aber er schien sich für sein Alter nicht schlecht zu schlagen.«

Milo zeigte ihm ein Foto von Markham Suss.

»Das ist der edle Gönner, auf jeden Fall.«

»Haben Sie je mit ihm geredet?«

»Guten Tag und auf Wiedersehen. Er war immer freundlich, keine Spur von Verlegenheit. Genau genommen eher im Gegenteil. Wenn ich ihn gehen sah und er mich auch bemerkte, hat er mir immer zugezwinkert.«

»War wohl stolz auf sich.«

»Vielleicht ist das in dem Alter der einzige Ehrgeiz, den man noch entwickelt. Mir ist im Moment nur wichtig, wie viel Geld ich verdiene.«

»Warum dachten Sie, dass er Taras Unkosten beglich?«

»So viel Geld?«, fragte Haldeman. »Außerdem hat sie nie gearbeitet, aber immer die schicksten Klamotten getragen.«

»Couture«, sagte Milo.

»Mit Couture kenne ich mich nicht aus, aber sie sah immer aus wie aus dem Ei gepellt. Auf Schmuck stand sie auch. Altmodisches Zeug, nicht was man bei einem Mädchen ihres Alters vermuten würde. Anscheinend hat sie sich für ihn zurechtgemacht.«

»Was für eine Art Schmuck war das?«

»Ach, da bin ich kein Experte, aber ich hab sie mit ein paar teuer aussehenden Diamanten gesehen. Ich erinnere mich, dass ich gedacht habe, wenn's bei ihr mal finanziell eng wird, kann ich immer noch einen davon versetzen.«

»Und dann wurde es eng, aber Sie haben nichts dergleichen getan.«

»Was soll ich sagen? Sie hat immer wieder versprochen, die Miete zu zahlen. Und hat geweint. Ein Blick hat genügt, und sie ist in Tränen ausgebrochen. Ich hab's für Schauspielerei gehalten, mir ist der Geduldsfaden gerissen, und ich habe gesagt: ›So wie Sie sich aufführen, könnte man meinen, jemand sei gestorben.‹ Daraufhin sind alle Dämme gebrochen, und sie hat mir's erzählt. Ihr Mäzen ist gestorben – so hat sie ihn genannt. ›Mein Mäzen.‹ Als sei sie Michelangelo und er einer der Medici. Sie ist einfach zusammengebrochen und hat ich weiß nicht wie lange geheult. Sie meinte, sie brauche Zeit, sich wieder zu berappeln, wenn ich ihr nur die Zeit lassen würde, dann brächte sie schon wieder alles in Ordnung.«

Ich fragte: »Hat sie je währungsfreie Bezahlung angeboten?«

»Sie meinen – oh«, sagte Haldeman. »Ja, das wäre ein schönes Pornodrehbuch gewesen. Nein, hat sie nicht, und hätte sie es getan, hätte ich abgelehnt. Falls das selbstgerecht klingt, dann kann ich's auch nicht ändern. Janice ist meine vierte Frau, und ich bin wild entschlossen, dafür zu sorgen, dass es diesmal funktioniert.«

Er überschlug seine Beine und massierte seinen Fußknöchel. »Sie hat gut ausgesehen, aber an ihr war nichts besonders sexy oder verführerisch. Zumindest aus meiner Sicht.«

Ich fragte: »Wie hat sie sich verhalten?«

»Ruhig, freundlich.«

Milo sagte: »Es sei denn, ihr Mäzen kam vorbei, und das Haus stand in Flammen.«

»Jepp. Bis er ins Gras gebissen hat«, sagte Haldeman. »Aber schön für ihn. Dass er so viel Spaß hatte, meine ich.«

»Hatte Tara noch andere Besucher?«

»Ich habe keine gesehen.«

Mit dem Foto von Steven Muhrmann erntete er ein Kopfschütteln. »Sieht fies aus. Ist das der Kerl? Der sie umgebracht hat?«

»Wir sind noch weit davon entfernt, jemanden im Verdacht zu haben, Mr Haldeman. Wir hatten eigentlich eher gehofft, dass Sie uns ihren richtigen Namen verraten.«

»Tara Sly, so hab ich sie gekannt.«

»Was können Sie uns noch über sie erzählen?«

»Nichts. Ich stehe früh auf, wegen der internationalen Märkte, am späten Nachmittag schlafe ich meistens. An den Wochenenden fahre ich nach Malibu. Einmal im Monat fliege ich nach Mailand, um bei Janice zu sein, und manchmal bleibe ich länger, als ich sollte. Wenn ich Tara einmal die Woche gesehen habe, dann war das schon viel.«

»War ihre Post an Tara Sly adressiert?«

»Was sie bekam, ist in ihrem Briefkasten gelandet, das hab ich nicht gesehen.«

»Eine Frau voller Geheimnisse«, sagte Milo.

»Rückblickend könnte man das so sehen. In meinen Augen

war sie die ideale Mieterin. Sie hat sich um ihren eigenen Kram gekümmert, jeweils halbjährlich im Voraus bezahlt, keine Partys gefeiert und noch nicht mal so laut Musik laufen lassen, dass ich's hätte hören können.«

»Hatte sie einen Wagen?«

»Einen BMW – das kleinste Modell. Silber. Auf der Stoßstange war ein Aufkleber von einer Mietwagenfirma.« Haldemans Miene hellte sich auf. »Mir fällt doch was ein: Der war von einer dieser Billigvermietungen in Beverly Hills, vielleicht hilft Ihnen das weiter.«

»Vielen Dank, Mr Haldeman. Steht der BMW noch in der Garage?«

»O nein, sie hat alles mitgenommen. Nicht nur den Wagen, alles.«

»Wann?«

»Irgendwann während meiner letzten Italienreise, die vier Tage gedauert hat – vor drei Wochen. Janice war nicht besonders angetan wegen der Miete, und ich kam nach Hause, wild entschlossen, entweder abzukassieren oder ein Riesentheater zu veranstalten. Also hab ich an Taras Tür geklopft, und als sie nicht reagiert hat, bin ich mit meinem Schlüssel rein. Die Wohnung war leer.«

Ihm blieb der Mund offen stehen. »War sie da schon tot?«

»Nein, Sir.«

»Also hat sie mich übers Ohr gehauen.«

»Ist die Wohnung immer noch leer?«, fragte Milo.

»Vollständig«, sagte Haldeman. »Tun Sie sich keinen Zwang an, schauen Sie ruhig rein.«

24

Milo nahm Erno Haldeman den Generalschlüssel aus seiner Riesenpranke, schob seine eigene in einen Plastikhandschuh und drehte den Türgriff.

Alles sauber weiß. Es roch nach frischer Farbe.

»Haben Sie gestrichen?«

»Keine Angst, da war nichts, was es wert gewesen wäre, aufbewahrt zu werden. Kein Staubkörnchen im Wandschrank, und sie hat jedes einzelne Möbelstück mitgenommen – hier, ich zeig's Ihnen.«

Milo hielt ihn auf. »Ich hätte gerne Ihre Erlaubnis, ein Team von der Spurensicherung herschicken zu dürfen, damit sie Fingerabdrücke nehmen und andere Beweismittel sicherstellen.«

»Wollen Sie damit sagen, dass sie hier getötet wurde?«

»Wir wissen, dass das nicht so war.«

»Wozu soll das dann gut sein?«

»Wir wollen die Besucher identifizieren, die sie hatte.«

»Hab ich Ihnen doch gesagt, abgesehen von dem alten Mann gab es keine.«

»Aber Sie haben sie nur einmal die Woche gesehen, höchstens.«

Haldeman kratzte sich auf seiner Glatze. »Geht es hier um sehr aufwendige Maßnahmen?«

»Nein, Sir. Und die Crew wird hinterher ihr Möglichstes tun, um aufzuräumen.«

»Das ist auf sehr unangenehme Art widersprüchlich, Lieutenant.«

»Das geht schon alles in Ordnung.«

»Aber wenn ihre Leute etwas finden, dann wird unter Umständen auch etwas beschädigt.«

»Das kann ich mir nicht vorstellen, Sir.«

»Es bleibt wohl keine gute Tat ungestraft, hm?«

Milos liebstes Credo. Er blieb ungerührt. »Es wird einen Tag in Anspruch nehmen, Mr Haldeman, und dann sind wir wieder weg.«

»Hab ich denn eine Wahl?«

»Die haben Sie.«

»Aber wenn ich mich weigere, besorgen Sie sich einen Durchsuchungsbefehl oder was für ein Papier Sie dafür brauchen, und das Endergebnis ist dasselbe, nur dass Sie genervt sind, weil ich den ganzen Laden aufgehalten habe, und schon deshalb werden Sie mir auch noch die Fußbodendielen aufhebeln.«

»Nicht, sofern es keinen Grund gibt. Oder können Sie uns sagen, warum wir die Dielen aufhebeln sollten.«

Haldeman schnappte nach Luft. »Guter Gott, nein.«

»Dann sehe ich kein Problem. Es wird gepudert, vielleicht ein bisschen Chemie versprüht. Aber alles wird zügig erledigt, und ich werde mich ganz besonders darum bemühen, dass Sie Ihr Eigentum genau so zurückerhalten, wie wir es vorgefunden haben.«

»Mann, Sie nehmen es aber genau.«

»Mir bleibt in meinem Job nichts anderes übrig, Sir.«

»Kann gut sein. Na schön, machen Sie. Sagen Sie mir, wann Ihre Crew voraussichtlich eintreffen wird. Dann richte ich es so ein, dass ich da bin.«

»Wird gemacht, Sir. Danke.«

Haldeman lächelte. »So viel Kooperationsbereitschaft, und Sie wollen mir wirklich nicht sagen, wer sie getötet hat?«

»Das wissen wir selbst nicht, Sir.«

Haldeman musterte ihn. »Ich glaube, Sie sagen die Wahrheit. Ts, ts. Die Qual der Ungewissheit.« Sein Grinsen war breit, verspielt und böse. »Davon lebe ich.«

Der junge Mitarbeiter im Büro von Budget Rent A Car in Beverly Hills ließ sich nicht von der Dienstmarke beeindrucken. Oder der Nachfrage. »Wir haben vier Silberne aus der Einser-Serie.«

»Dieser wurde über einen längeren Zeitraum gemietet, vielleicht sogar anderthalb Jahre, vor ungefähr zwei Jahren, möglicherweise von einem Mann namens Markham Suss.«

Der Mitarbeiter tippte. »Ich habe einen Eintrag über einen aus der Einser-Serie, der vor zweiundzwanzig Monaten an Markham Industries vermietet wurde.«

»An wen?«

»Hier steht nur Markham Industries. Und er wurde zurückgebracht ... vor fünf Tagen.«

»Von wem?«

»Markham Industries, nehme ich an. Hier steht, er wurde nach Büroschluss abgestellt, ohne den erforderlichen Papierkram. Laut Vertrag einen Monat zu früh, aber der Wagen war unbeschädigt, also ließen wir's auf sich beruhen. Wären Schäden dran gewesen, wären wir der Sache nachgegangen.«

Milo sagte: »Markham Industries gab es schon nicht mehr, als der Wagen angemietet wurde.«

»Ach so«, sagte der Mitarbeiter. »Deshalb sind Sie hier.«

»Wie meinen Sie das?«

»Dann wurde der Wagen für irgendwas Illegales benutzt, stimmt's? Das haben wir ständig. Wenn sie was Illegales vorhaben, fahren die Leute nach Beverly Hills, um dort einen Wagen zu mieten, weil sie glauben, dass sie dadurch besonders seriös wirken.«

»Was Illegales?«

»Hauptsächlich Drogen. Letztes Jahr kamen Kerle aus Compton und glaubten, sie würden eine Riesennummer abziehen können, weil sie Anzüge trugen. Wir prüfen das sehr genau.«

Im Fall von Markham Industries nicht genau genug. Oder hatte Mark Suss ein Firmenkonto weiterlaufen lassen, nachdem er die Firma schon verkauft hatte?

Milo fragte: »Welche Informationen haben Sie über Markham Industries eingeholt?«

Der Mitarbeiter tippte weiter und starrte auf seinen Computer.

Wenn die Revolution kommt, werden Maschinen mit Maschinen sprechen, und die Stimmbänder der Menschen werden verkümmern.

»Hier steht nicht viel, ich nehme an, die Überprüfung hat nichts ergeben. Wir vermieten nicht ohne ordentliche Papiere … sieht aus, als wäre es ursprünglich ein Vertrag über zwei Wochen gewesen, der erst mal nur um einen Monat verlängert wurde … dann um drei … dann noch mal drei – boah, danach war's ein ganzes Jahr – das ist superlang bei uns.« Er überflog das Kleingedruckte. »Sieht aus, als hätten sie um den Vorzugstarif für Langzeitbucher gebeten und ihn auch bekommen … boah, und sie hat ihn sogar rückwirkend bekommen, ein Riesennachlass für die ersten sechs Monate.«

»Wie wurde gezahlt?«

»Firmen-Amex.«

»Wer hat unterschrieben?«

»Hier steht M. Suss.«

»Die Kartennummer, bitte.«

»Ich bin nicht sicher, ob ich das darf.«

Milo beugte sich vor. »Glauben Sie mir, Sie dürfen.«

Der Mitarbeiter überlegte.

Milo sagte: »Mr Suss ist tot, deshalb hat er keinen Anspruch mehr auf Vertraulichkeit.«

Der Fingernagel des Mitarbeiters klapperte auf der Tastatur. »Das müssen Sie auf Ihre Kappe nehmen.«

Milo schrieb die Nummer ab. »Hat sonst noch jemand den Vertrag unterschrieben?«

»Hm … sieht nicht so aus.«

»Wenn Mr Suss den Wagen für jemand anders hätte mieten wollen, hätten Sie dann die Unterschrift des Fahrers gebraucht?«

»Nicht für den Mietvertrag. Aber wir brauchen natürlich einen gültigen Führerschein vom Fahrer.«

»Ist da was eingetragen?«

»Warten Sie.«

Er durchquerte den Empfangsbereich und ging zu einer Reihe von Aktenschränken aus Metall, öffnete und schloss mehrere Schubladen, trat schließlich einen Schritt zurück, begutachtete ein Blatt und lächelte. »Nicht schlecht.«

Ein Führerscheinfoto aus New Mexico.

Tiara Melisse Grundy, einssiebenundsechzig, zweiundfünfzig Kilo, Haar- und Augenfarbe braun.

Langes, dunkles, glattes Haar, so weit feststellbar kein Make-up. Aber das hübsche Gesicht über dem Ausschnitt entsprach dem des Mädchens, das sich selbst als Mystery verkauft hatte.

Sie hatte bei SukRose ihre korrekten Maße angegeben, doch bei ihrem Alter hatte sie gelogen: Laut Geburtsdatum wäre sie in einem Monat bereits dreißig geworden.

Aber weil Leona Suss geklont werden sollte, hatte sie vierundzwanzig sein müssen.

Obwohl nur minimal zurechtgemacht und trotz des stundenlangen Schlangestehens sah Tiara Grundy jung und frisch genug aus, so dass man es ihr abnehmen konnte.

Milo sagte: »Warum lächeln Sie?«

»Ein Kerl hat ihn für seine Braut gemietet.«

»Kommt das oft vor?«

»Oft genug«, sagte der Mitarbeiter. »Ist halt viel teurer, als einfach einen zu leasen, aber bei uns geht's eben auch kurzfristig, und es ist keine Anzahlung nötig.«

»Sprechen wir von verheirateten Männern?«

Dreckiges Grinsen. »Wir erkundigen uns nicht nach den Familienverhältnissen.«

Wir verließen das Büro, und Milo murmelte: »Tiara Grundy«, als hätte er eine neue Spezies entdeckt.

Ich sagte: »Mark Suss fing ganz vorsichtig mit einem Mietvertrag über zwei Wochen an, dann hat er Vertrauen gefasst, auf einen Monat verlängert und so immer weiter, bis er den Wagen schließlich für ein ganzes Jahr gemietet hat. Zu dem Zeitpunkt wäre ein herkömmlicher Leasingvertrag billiger gewesen, aber das hier ließ sich leichter verstecken, also hat er um einen Preisnachlass gebeten.«

»Immer die Finanzen im Blick.«

»Selbst mit Preisnachlass ist das noch eine schöne Stange Geld, die zu den sechstausend monatlich hinzukommt. Außerdem der Schmuck. Wahrscheinlich gab es noch weitere Extras – Geld, von dem Leona Suss keine Ahnung hatte. Das bedeutet, Suss nahm die Beziehung ernst. Vielleicht hat Tiara das auch getan.«

»Liebe gedeiht auf dem Nährboden der Sünde.«

»Sehr poetisch ausgedrückt.«

»Katholisch«, sagte er. »Die Sünde lauert immer irgendwo im Verborgenen.«

Mit dem Zeigefinger tippte er auf die Adresse auf dem Führerschein.

Ein Postfach in der Cerrillos Road in Santa Fe. Noch bevor wir den Wagen erreichten, hatte er das Telefon schon in der Hand.

Der Anruf galt dem Kriminallabor, bei dem er ein Team der Spurensicherung in die Wohnung am Lloyd Place bestellte. Sein nächstes Opfer war Detective Darrell Two Moons vom Santa Fe Police Department.

Two Moons sagte: »Hey, L. A., lange nichts mehr von euch gehört. Ich wette, ihr hattet seit eurem letzten Besuch hier kein anständiges Christmas Chili mehr.«

»Nicht mal annähernd anständig«, sagte Milo. »Wie geht's, Darrell?«

»Die Kinder werden immer größer«, antwortete Two Moons. »Mein Bauch auch, leider, der von Katz genauso. Wir sehen langsam aus wie watschelnde Fernsehdetektive.«

»Versuch's mal mit Pilates«, erwiderte Milo. »Stärkt die Muskeln, verbessert die Haltung und reduziert Körperfett.«

»Machst du so was?«

»Lieber trinke ich Batteriesäure.«

Two Moons lachte. »Was gibt's?«

»Ich hab eine Postfachadresse von einem Mordopfer in New Mexico.« Er gab Two Moons die Eckdaten des Falls durch.

Two Moons sagte: »Dem Namen nach kenne ich sie nicht, also wahrscheinlich ist sie keine von unseren chronisch quertreibenden Nutten. Aber die Adresse kenne ich, das ist ein Einkaufszentrum südlich von St. Michael's. Könnte Mailbox Incorporated sein oder der Bürobedarfsladen. Vielleicht vermieten die auch in der Bioapotheke noch Postfächer. Wenn du willst, schick ich einen Streifenbeamten hin, der's rausfindet.«

»Das wäre toll, Darrell.«

»Wie ist sie gestorben?«

»Schüsse ins Gesicht.«

»Nicht schön«, sagte Two Moons. »Da hat wohl jemandem ihre Technik nicht gefallen, hm?«

»So was in der Richtung.«

Wir fuhren zurück zur Polizeistation.

Milo sagte noch einmal »Tiara Grundy«, als könnte der Name allein eine Art Erleuchtung bringen. »Grundy kann kein so gewöhnlicher Name sein. Wenn ich hier in der Gegend Verwandte von ihr finde, lass ich dich wissen, wo und auch wann sie benachrichtigt werden.«

»Morgen hab ich bis zum späten Nachmittag zu tun.«

»Vor Gericht?«

»Nein.«

»Hast du's dir anders überlegt und nimmst jetzt doch wieder neue Therapiefälle an?«

Ich lächelte.

Er sagte: »Hey! Warum machst du so ein großes Ding daraus? Ich frag ja nicht nach medizinischen Details.«

»Gut.«

»Oh, Mann, sollte ich jemals Geheimnisse haben, die es wert sind, geheim gehalten zu werden, dann vertraue ich sie dir an. Okay, prima, du wirst irgendeinen verhaltensgestörten Typen heilen, und es hat nichts mit mir zu tun, also soll ich den Mund halten und mich auf meinen eigenen, verdammten Job konzentrieren.«

Ich sagte: »Guter Plan.«

25

Am darauffolgenden Morgen um elf klingelte ich bei Gretchen Stengel. Eine Frau mit einer Stimme, die zu voll im Klang war, als dass es Gretchens hätte sein können, sagte »einen Augenblick« und ließ mich herein.

Die Wohnungstür stand bereits offen, als ich sie erreichte. Eine mollige, grauhaarige Frau in einem weiten, geblümten Kleid lächelte und hielt einen Finger an die Lippen.

Als ich nah genug gekommen war, flüsterte sie: »Sie schläft. Endlich.«

Dann lotste sie mich in den Flur und streckte mir ihre Hand entgegen. »Ich bin die Schwester, Bunny Rodriguez.«

»Alex Delaware. Schlimme Nacht?«

»Es war hart. Danke, dass Sie sich um Chad kümmern.«

»Ist er da?«

»Macht ebenfalls ein Nickerchen«, sagte sie. »Eng an Gretchen gekuschelt.« Ihr traten Tränen in die Augen. Sie blinzelte. »Er ist so ein lieber Junge.«

Als müsste man mich davon überzeugen.

Ich sagte: »Gut, dass er Sie hat.«

»Ich habe ihn immer schon geliebt.« Sie atmete ein und aus, und ihr Körper bebte wie Aspik unter dem dünnen Kleid aus Kunstseide. Das Muster zeigte Hortensien und Glyzinen, grüne Ranken liefen dazwischen Amok. Ihre Augen waren sanft braun, blutunterlaufen an den Rändern. Die Abdrücke auf beiden Seiten ihrer schmalen geraden Nase ließen darauf schließen, dass sie gewöhnlich eine Brille trug. »Meine eigenen Kinder sind schon groß. Ich denke, das wird ein Abenteuer werden. Hoffentlich ist es noch lange nicht so weit.«

Ihr Lächeln war alles andere als glücklich. »Geht doch nichts über Verdrängung, stimmt's?«

»Hauptsache, es hilft.«

»Ja, das ist wahr.« Bunny Rodriguez beugte sich vor. »Ihr Onkologe hat gesagt, er kann es kaum fassen, dass sie überhaupt noch lebt. Ich denke, das macht die Liebe zu Chad. Er ist das erste ...« Kopfschütteln.

»Das Erste?«

»Ich wollte sagen, dass erste Anständige, das Gretchen in ihrem Leben hinbekommen hat, aber mir steht so ein Urteil eigentlich gar nicht zu.«

»Gretchen hatte ein schweres Leben.«

»Ja, das hatte sie. Wenn sie nur… aber lassen Sie uns von Chad reden, deshalb sind Sie ja hier. Er ist ein unglaublich lieber kleiner Mann, immer gewesen. Das Komische ist, meine eigenen Kinder waren gar nicht so lieb. Brav schon. Ehrlich, absolut. Aber haben sie auf mich gehört? Im Leben nicht. Ich war immer ein gehorsames Kind und habe zwei ungezogene Schlingel in die Welt gesetzt, und ausgerechnet Gretchen bekommt Chad.«

»So was bezeichnet man als Genpool«, sagte ich. »Wir springen rein und wissen nie, was an die Oberfläche treibt.«

Sie musterte mich. »Mir gefällt, wie Sie sich ausdrücken. Ich hab ein Faible für Wörter, ich bin Englischlehrerin. Das wird ein Alptraum, aber wir halten durch, stimmt's? So oder so.«

»Wir tun unser Bestes. Gibt es etwas, das Sie mir über Chad erzählen wollen?«

»Irgendwie…«, sie fuhr sich mit dem Daumen über die Unterlippe. »Dieses Mal ist er ein bisschen reserviert. Fast als… ich glaube, ich weiß, was das Problem ist. Gretchen hat mich gebeten, ihm zu sagen, dass sie sterben muss. Sie konnte das nicht. Also hab ich's ihm gesagt. Nachdem ich zuvor ein paar Bücher darüber gelesen habe. In seinem Alter, hieß es da, würde er sich Sorgen machen, von Gretchen getrennt zu werden. Ich hab's nicht übers Herz gebracht, ihm zu sagen, dass er sie nie mehr wiedersieht, deshalb hab ich nur das Wort benutzt. Tod, meine ich. Er schien es aber zu verstehen. War das falsch?«

»Wie hat er reagiert?«

»Er hat gar nicht reagiert. Er hat mich nur angestarrt, als würde ich Kauderwelsch reden.«

»Es hat ihn erreicht«, sagte ich. »Er hat es mir gesagt.«

»Hasst er mich deshalb? Die Überbringer schlechter Nachrichten müssen meist als Erste dran glauben.«

»Nein, gar nicht.«

»Er scheint mich auszugrenzen.«

»Vielleicht muss er sich auf seine Mutter konzentrieren.«

»Ja, natürlich, ich dachte nur irgendwie … ich bin vermutlich viel zu egoistisch. Ich wollte einfach nur jetzt schon eine gute Grundlage schaffen, damit, wenn es so weit ist …«

»Das findet sich schon von ganz alleine.«

»Wahrscheinlich. Am Ende«, sagte sie. Sie schauderte. »Was für eine widerwärtig passende Formulierung.«

Ein barsches »Hey!« lenkte unsere Aufmerksamkeit zur Tür.

Gretchen stützte sich mit ihrem tragbaren Sauerstofftank am Türrahmen ab, zeigte uns einen Stinkefinger und ließ ihre fauligen Zähne mit einem Grinsen aufblitzen.

»Hey, ihr beiden! Schluss mit dem Gequatsche, ich bin hier die *Hauptperson!*«

Bunny wollte ihre Schwester stützen, aber Gretchen schüttelte sie ab. »Ich bin kein Krüppel, geh und bleib bei Chad. Er wacht gerade auf, und du weißt doch, wie lange er dafür braucht. Wenn er Milch oder Saft will, gib ihm was, aber keine scheiß Limonade.«

Bunny gehorchte.

Gretchen lachte. »Sie ist älter als ich, aber ich hab sie schon immer rumkommandiert.«

»Wie geht's Chad?«

»Was, wenn ich lieber darüber reden möchte, wie ich Bunny manipuliere, als über ihn? Was, wenn es das ist, was mich heute am meisten beschäftigt?«

»Reden Sie, worüber Sie wollen, bis Chad aufgestanden ist.«

»Uuuuuhhh«, jaulte sie. »Sie sind ja ein ganz harter Brocken. Also erzählen Sie, wusste Sturgis meinen – *hüstel hüstel* – anonymen Tipp zu schätzen?« Ein aufgesetztes Räuspern löste einen Hustenanfall aus, auf den ein grässliches Bellen folgte, das schließlich in einem Krampf gipfelte, unter dem sie sich krümmte.

Als sie endlich wieder in der Lage war, ruhig zu atmen, wackelte sie mit einem Finger.

»Eine arme Krebspatientin erstickt, und Sie stehen einfach nur da?«

»Eben haben Sie noch behauptet, Sie seien kein Krüppel.«

»O Mann, Sie sind ... muss die Hölle sein, mit Ihnen eine Beziehung zu führen. Sind Sie verheiratet?«

»Wie geht's Chad?«

»Ich soll die Klappe halten? Klar, warum nicht, ich werde bald tot sein, und Sie werden *Jeopardy!* gucken oder worauf ihr intellektuellen Typen sonst so steht.«

Ich wartete.

Sie sagte: »Chad geht's gut. Haben Sie Sturgis gesagt, dass der Tipp von mir kam?«

»Hat Chad ...«

»Bla-*bla*, bla-*bla*, bla-*bla*.« Sie legte mir eine Hand auf die Schulter und übte Druck aus, aber wegen ihrer schwindenden Kräfte fühlte sich das an, als hätte sich ein Schmetterling zum Nektartrinken niedergelassen. »Erst die Website, dann Stefan. Also, was meinen Sie, soll ich ihm noch mehr verraten?«

»Das ist Ihre Entscheidung.«

»Als wär's Ihnen scheißegal.«

»Lassen Sie uns über Chad sprechen.«

Die Hand auf meiner Schulter krallte sich fest. Eine riesengroße, gefrässige Motte bereitete sich auf ihren nächsten Flug vor. »Sagen Sie Sturgis, die kleine Miss Mystery war gar nicht so mysteriös, als sie anschaffen ging. Sagen Sie ihm, sie war einfach nur Tiara aus der Wohnwagensiedlung, hatte keine Ahnung, wie man sich kleidet, wie man spricht, wie man geht. Wie ein ordentlicher Blowjob funktioniert. Sagen

Sie ihm, er darf mich gerne anrufen. Und wissen Sie was? Wenn er's tut, sage ich: Fick dich, Fettsack. Weil ich der ungehobelten Schwuchtel nicht nach der Pfeife tanze. Er hätte mich wie einen Menschen behandeln können, stattdessen hat er mich behandelt wie ein Stück Scheiße.«

Die Hand löste sich. Sie stocherte in der Luft herum. »Lady G. vergisst so schnell nichts.«

Ich durchforstete mein Gedächtnis nach etwas, das ich bei dem Gespräch zwischen ihr und Milo verpasst hatte. Nichts.

Menschen mit Persönlichkeitsstörung sind sehr empfindlich.

Trotz all der Scherze ging es wirklich nur um sie sie sie.

Ganz schön hart, so zu leben, aber unwillkürlich fragte ich mich, ob es vielleicht gut war, so zu sterben.

Gegen den Tod anzurennen, weil sie voller Zorn und Selbstgefälligkeit war.

Ich sagte: »Wenn Sie so weit sind, sprechen wir über Chad.«

Sie fletschte die braunen Zähne. »Allmählich gehen Sie mir echt auf den Geist.«

Sie bewegte sich rasch vorwärts. Küsste mich fest auf die Lippen. Tat mir dabei mit dem Sauerstoffschlauch weh. Sie attackierte meine Nase mit dem Gestank von Krankheit. Im Zurückweichen nahm sie meinen Arm und flötete: »Wir wollen uns nett und anständig unterhalten. Weiß Gott, wir haben's beide nötig.«

Sie sank ganz offensichtlich mit Schmerzen auf einen Stuhl, hustete noch ein bisschen und streckte mir eine abwehrende Hand entgegen, als ich auf sie zutrat. »Lassen sie mich in Ruhe. Gut.« Keuchen.

Ein paar Minuten später: »Ich sollte nett zu Ihnen sein. Eine Sitzung mit Chad, und schon geht's ihm besser.«

»Besser …«

»Er schläft die Nacht durch.« Ihre Brust bebte. Sie stellte die Sauerstoffzufuhr neu ein. »Er ist sehr verschmust. Ich liebe es, wenn er so verschmust ist. Dann ist es, als wäre alles in Ordnung, so wie früher. Kommen Sie her. Bitte.«

Ich setzte mich neben sie.

»Näher. Ich verspreche Ihnen, ich beiße nicht.«

Ich rutschte näher ran. Sie nahm meine Hand. Küsste meine Fingerknöchel. »Tut mir leid, wegen eben. Küsschen. Das war gemein.« Sie massierte meine Finger. »Jetzt bin ich wieder lieb. In Wirklichkeit finde ich, dass Sie ein ganz wunderbarer Mann sind.«

Sie fing an zu weinen, hielt die Tränen aber abrupt zurück, als Chad hereingesprungen kam und rief: »Ich hab Durst. Tante Bunny sagt, ich darf Schokomilch haben, wenn du es erlaubst.«

»Sicher«, sagte Gretchen grinsend. »Guck mal, wer da ist.«

Chads Blick wanderte zu mir.

»Sag Dr. Delaware Hallo, mein Engel.«

»Darf ich Schokomilch haben?«

»Ich hab doch Ja gesagt. Willst du Dr. Delaware nicht Hallo sagen?«

Schulterzucken.

Bunny Rodriguez kam herein. »Ich hab ihm gesagt…«

»Schokomilch ist Milch, also ist sie gesund. Geh, gib ihm was.«

Bunny trottete in die Küche, schenkte ihm ein großes Glas voll. Der Junge trank es in einem Zug aus. »Mehr.« Bunny sagte: »Gretch?«

»Na klar.«

Glas Nummer zwei verschwand ebenso schnell. Genauso auch ein drittes. Ein kleiner Milo.

Ich ging zu Chad. »Hast du Lust, noch mal zu malen?«

»Glaub schon.«

»Wir können auch was anderes machen.«

»Malen.«

Gretchen sagte: »Iss noch was Gesundes, außer der Schokomilch. Gesundsein ist wichtig.«

»Nein.«

»Na, dann nicht, mein Engel.«

In seinem Zimmer sagte Chad: »Mommy wacht andauernd auf. Sie ist nass.«

»Nass im Gesicht?«

»Überall. Ihr Nachthemd.«

»Sie schwitzt.«

»Ich glaub ja.«

»Weißt du, was Schweiß ist?«

»Das kommt aus der Haut, wenn's einem heiß ist.«

»Genau. Schwitzt du auch manchmal?«

»Wenn's heiß ist.« Er blätterte den Zeichenblock um. »Sie schwitzt aber, wenn's kalt ist.«

»Auch wenn's nicht heiß ist, ist ihr vielleicht heiß.«

»Warum?«

»Das kommt vor, wenn man krank ist.«

»Ihre Haut ist kalt«, sagte er. »Dann hustet sie, und ich umarme sie. Sie hüpft wie ein Springball.«

»Vom Husten.«

»Ich umarme sie.«

»Du kümmerst dich um sie.«

Er dachte drüber nach. »Ich will nicht, dass sie hinfällt.«

»Aus dem Bett raus?«

»Überhaupt.«

»Würde dir das Angst machen?«

»Das würde wehtun.«

»Wenn sie auf den Boden fällt.«

»Ist mir mal passiert«, sagte er. »Das hat wehgetan. Mommy hat weitergeschlafen. Ich bin alleine wieder ins Bett.«

»Du kannst schon richtig gut auf dich selbst aufpassen.«

»Komm, wir malen, ich gewinne.«

Sechs wild gezeichnete und aus dem Block gerissene Seiten voller schwarzer Kreise später: »Mommy wird nicht sterben.«

Ich sagte nichts.

Er sagte: »Das glaube ich.«

26

Es dauerte zwei Tage, bis sich Darrell Two Moons zurückmeldete.

Das Postfach, das Tiara Grundy als ihre Adresse in New Mexico angegeben hatte, war in einem inzwischen nicht mehr existierenden Schreibwarenladen untergebracht gewesen. Grundy war dreimal in Santa Fe verhaftet worden, zweimal mit achtzehn, einmal mit zwanzig. Einmal wegen Besitz von Marihuana, zweimal wegen Trinken in der Öffentlichkeit. Alle Vorwürfe wurden fallen gelassen, sie hatte keine einzige Stunde hinter Gittern verbracht.

Ich sagte: »Vielleicht war sie ja auch eine Kandidatin für den Entzug.«

Milo meinte: »Möglich, aber die Akoholdelikte könnten weniger dramatisch sein, als es den Anschein hat. Darrell meinte, damals hätten sie das Einkaufszentrum regelmäßig durchkämmt und die Jugendlichen dort im Prinzip einfach eingesammelt, weil die Ladenbesitzer sich über die schlechte Atmosphäre beschwert hatten. Wenn man also nur dort rumhing, konnte man schon mal einkassiert werden. Und da sie danach nie wieder verhaftet wurde, könnte es halb so wild gewesen sein.«

»Vielleicht ist sie weg aus Santa Fe und hat irgendwo anders Ärger gemacht.«

»Hör dir diesen Pessimisten an. Du glaubst wohl nicht an Läuterung?«

»Doch schon, aber sie hat hier in L. A. als Prostituierte gearbeitet und sich dann im Cyberspace rumgetrieben.«

Er wandte sich mir zu. »Das weißt du, weil …«

»Ich würde alle überprüfen, die vor fünf bis zehn Jahren teure Callgirls ins Rennen geschickt haben.«

Er rollte auf seinem Stuhl zurück. »Würdest du, hm?«

Ich sagte: »Die Spur könnte auch zu Muhrmann führen. Er wirkte wie einer, der sich von einem Zuhälter als Aufpasser engagieren lässt.«

»Ein Zuhälter, der Aufpasser engagieren muss, weil es ihm an Testosteron fehlt?«, fragte er. »Vielleicht jemand wie Gretchen Stengel? Wenn ich mich recht entsinne, dann hat sie früher Bodybuilder angeheuert.«

»Ja, jemand wie Gretchen, aber ich würde meine Zeit nicht mit ihr verschwenden.«

Er rollte noch ein Stückchen weiter zurück, stieß gegen einen Papierkorb. Der Korb fiel um und kullerte über den Linoleumboden. Milo beäugte mich.

Ich hielt seinem Blick stand.

»Okay«, sagte er, »um welchen heißen Brei willst du herumreden?«

»Wir könnten über das Geheimnis ewigen Glücks diskutieren.« Er lachte. Ich lachte auch, aber es lag keine große Freude in der Luft.

Er stellte seine Hände zu einem Dreieck auf und betrachtete einen Riss in der Decke. »Ich denke, das hat mit deinem mysteriösen Termin gestern zu tun.«

Ich antwortete nicht.

»Ich denke außerdem, dass es mit dem Tipp bezüglich SukRose zusammenhängt.«

Ich tat, als wollte ich mir einen Krümel vom Ärmel fegen.

»Ich hab's! Es gibt einen Grund, warum ich so viel Geld verdiene.« Er hielt sich am Schreibtisch fest und zog sich wieder heran, bis er so dicht an der Kante war, dass sein Bauch darüberhing. »Du willst, dass ich mich auf die Zuhälterjagd begebe, ich werde mich deinem überragenden Urteilsvermögen fügen. Obwohl weder Tiara Grundy noch Tara Sly noch sonst jemand, der sich Mystery nannte, bei der Sitte bekannt ist. Aber zunächst verfolge ich meine eigene pikante Spur.«

Er schlug die Mordakte auf und zog ein fotokopiertes Verbrecherfoto heraus.

»Darf ich vorstellen, Maude Grundy alias Momsy.«

Maude Stella Grundy war zum Zeitpunkt ihrer Festnahme fünfundzwanzig und sah fast doppelt so alt aus.

Dunkles, strähniges Haar umrahmte ein schmales, aber schlaffes Gesicht. Eingefallene Wangen und die aufgequollenen Augen einer Süchtigen kündeten davon, dass falsche Entscheidungen ihr Leben zerstört hatten. Aber hinter alldem blitzten der zarte Knochenbau und die symmetrischen Gesichtszüge einer Frau auf, die einst hübsch gewesen war. Und wenn man ganz genau hinsah, konnte man die Ähnlichkeit mit Tiara erahnen.

Vielleicht sah ich aber auch zu genau hin.

Laut Maude Grundys Geburtsdatum war sie nur fünfzehn Jahre älter als Tiara.

Ich sagte: »Sie könnte eine ältere Schwester sein.«

»Könnte, ist sie aber nicht. Darrell hat Tiaras Geburtsurkunde gefunden. St. Vincent Hospital, das größte in Santa Fe. Vater unbekannt, Mutter minderjährig. Eine Adoption wurde empfohlen, aber dazu kam es nicht. Schöner Stammbaum, hm? Maude hat auf den Einlieferungsformularen eine Adresse in Española angegeben, das ist eine Arbeiterstadt dreißig Meilen außerhalb von Santa Fe. Darrell hat sie überprüft, das war mal eine Wohnwagensiedlung und ist jetzt ein

Walmart. Tiara kam anscheinend um eine Festnahme herum, aber Maude hatte nicht so viel Glück. Ihr wurden gleich eine ganze Menge Vergehen auf einmal vorgeworfen. Sie wurde bestraft, musste aber nicht ins Gefängnis. Kreditkartenmissbrauch, Drogen, Ladendiebstahl und, wer hätte das gedacht, sie wurde auf dem Straßenstrich aufgegabelt.«

Er nahm das Papier wieder und stand auf.

Ich fragte: »Wohin jetzt?«

»Hey, ich hab auch Geheimnisse.«

»Oh, Mann.«

Er schlug mir auf die Schulter. »Nein, ich lüge. In meiner Branche gibt's keine Vertraulichkeiten. Wenn ich merke, dass mir jemand etwas verschweigt, dann rappelt's im Karton. Komm schon, wir gehen Mama suchen.«

Mit einem langen Schritt war er schwupps raus aus dem winzigen Büro. Er pfiff auf dem Weg durch den Flur.

»Lebt Maude in L. A.?«

»In der Nähe der Kreuzung Pico Boulevard und Hoover Street. Kein Führerschein, aber letztes Jahr wurde sie wegen Ladendiebstahl vorgeladen. Wollte irgendeinen Scheiß von einem der Stände klauen, die die Latinos immer vor den alten Kinopalästen am Broadway aufbauen. Sie plädierte auf Bagatelldiebstahl, bekam dreißig Tage, wurde aber wegen Überfüllung schon nach zehn Tagen entlassen. Ich konnte keinen Festnetzanschluss und auch keinen Handyvertrag auf ihren Namen finden, und Steuern zahlt sie auch keine, aber ich kann's auch noch mal versuchen. Egal, was sie ist, sie verdient es zu erfahren, dass ihre Tochter tot ist.«

Ich sagte: »Tiara führte ein Leben im großen Stil, lebte von der Kohle von Mark Suss, und Mommy lebte im Dreck.«

»Vielleicht fand sie ihre Familie nicht so toll.«

Die Adresse gehörte zu einem baufälligen, vierstöckigen, hundert Jahre alten Wohnhaus, das umgeben von ähnlichen Meisterwerken stand und mit Bandengraffiti beschmiert war: Stompy, Topo und Sleepy feierten irgendeinen Sieg in dicken, fetten schwarzen Lettern.

Die verrostete Feuertreppe war kaputt und ab dem ersten Stock nicht mehr begehbar. Viele Fenster waren mit Sperrholz vernagelt, und die, die es nicht waren, waren dunkel. Keine Briefkästen außen, alles, was öffentlich zugänglich war, wäre nicht länger als ein paar Sekunden unbeschädigt geblieben.

Eine Gruppe blutjunger Latinos mit kahlrasierten Köpfen, von denen einer Stompy, Topo oder Sleepy hätte sein können, verdrückte sich, als wir aus dem Wagen stiegen. Frauen mit Gesichtern wie auf einem Wandgemälde von Rivera schoben Babies in Kindersportwagen, als wäre alles egal außer ihrer Mutterschaft. Ein verhutzelter alter Mann in grauer Arbeitskleidung saß vor dem Gebäude auf einer Bank an einer Bushaltestelle und beobachtete den Verkehr auf dem Pico Boulevard.

Der Fahrzeuglärm schwoll auf beiden Seiten wagnerianisch an.

Milo überflog die Wandkunst. »Was ist bloß aus Dopey und Sneezy geworden?« Er drückte auf die Klingel des heruntergekommenen Gebäudes.

Es erklang weder Klingel noch Summer, und als er sachte am Knauf rüttelte, fiel dieser herunter. »Wir sehen uns mal hinten um.«

Als wir auf die Ecke zugingen, verrenkte sich der alte Mann auf der Bank. Ein üppiger weißer Schnurrbart ragte breit über sein Gesicht hinaus. »Hey, Polizei.«

Milo sagte: »Hallo.«

»Suchen Sie jemanden in dem Loch da?«

»Ja, Sir.«

»›Sir‹, das gefällt mir.« Der Schnurrbart war gewachst und an den Spitzen gezwirbelt. Die Haut des Mannes war wie das gegerbte braune Leder auf dem Schreibtisch eines Gelehrten, seine Augen waren schwarz und vogelartig, die Hände grob, aber sauber. Dasselbe galt für seine Arbeitskleidung. Auf einem ovalen Aufnäher über der linken Tasche stand *Jose*.

»Da werden Sie niemanden finden.«

Ein doppelt langer Bus hielt rumpelnd an. Der Mann blieb sitzen. Der Bus setzte sich wieder in Bewegung und ruckelte gerade in dem Moment über die Ampel, als diese auf Rot schaltete, begleitet von Hupen und Beschimpfungen.

Milo sagte: »Warum, Sir?«

»Da wohnt keiner mehr, das Haus ist verflucht.«

»Wie lange schon?«

»Ein paar Monate, drei vielleicht. Da hat's gebrannt. Ein Einwandererpärchen hat auf einer illegalen Kochplatte gekocht. Das Feuer wurde gelöscht, aber das Fundament ist hinüber. Die Bauaufsichtsbehörde ist gekommen und hat das Haus geräumt.«

»Wohnen Sie hier in der Gegend?«

»Nicht hier. Da.« Ein schwieliger Finger zeigte auf ein Gebäude zwei Straßen weiter östlich.

»Es hängt gar keine Bekanntmachung dran«, sagte Milo.

»Na, so was«, sagte der Mann schmunzelnd. »Vielleicht hat jemand ein Blatt Papier gebraucht.«

»Wurde bei dem Brand jemand verletzt?«

»Die beiden Kinder von den Einwanderern sind dabei draufgegangen, und ich hab gehört, die Frau ist jetzt völlig hinüber. Ein paar Nachbarn haben Rauchvergiftungen erlitten, und einer von denen ist auch tot. Rufen Sie bei der Feuerwehr an, die können Ihnen das genauer erzählen. Gehen Sie ruhig rein und gucken Sie sich das an, machen Sie schon. Da drin ist es schwarz und alles leer geräumt, und man kommt auch nur über die Zäune der anderen Häuser rein. Hab gehört, die wollen's abreißen, aber es passiert nichts. Keine Ahnung, warum es nicht einfach einstürzt.«

»Wem gehört das Gebäude?«

»Leuten, denen Häuser gehören. Wen suchen Sie?«

Milo sagte: »Eine Frau namens Maude Grundy. Vierundvierzig Jahre alt, aber sie sieht älter aus.«

»Tot«, sagte der Mann.

»Haben Sie sie gekannt?«

»Hab gewusst, dass sie Maude heißt, sie hat mir ihren Nachnamen nie verraten. Selbst wenn ich sie nicht gekannt hätte, würde ich jetzt wissen, dass sie tot ist, weil die Person, die bei dem Brand gestorben ist, die einzige weiße Frau war, die da gewohnt hat. Sie wäre aufgefallen, selbst wenn sie sich nicht so benommen hätte, wie sie sich benommen hat.«

»Wie hat sie sich denn benommen?«

»Betrunken, ist rumgelaufen wie eine Verrückte. Wollte sich verkaufen.«

Er schnaubte. »Als ob jemand *so eine* haben wollte. Vierzig soll die gewesen sein?«

»Vierundvierzig.«

»Ich hätte sie auf siebzig geschätzt. Vielleicht fünfundsechzig, wenn sie Lippenstift benutzt hätte, hat sie aber nicht. Ich bin selbst siebenundsiebzig, und sogar ich fand, dass sie alt aussah.«

»Wie hat sie ihre Miete bezahlt?«

»Vielleicht war sie Hirnchirurgin«, sagte der alte Mann. »Woher soll ich das wissen. Ich hab fünfzig Jahre als Landschaftsgärtner gearbeitet, habe den Fehler gemacht, für private Firmen zu arbeiten, nicht für die Stadt, deshalb hab ich keine fette Rente und muss jetzt immer noch hier wohnen.

In meinem Haus bezahlen alle Miete, dort wohnen Familien, hauptsächlich anständige Leute. Das Haus da? Gesindel. Alle waren froh, als es abgebrannt ist. Da sind alle möglichen Leute ein und aus gegangen, und einen Verwalter hat es nie gegeben. Egal, jetzt ist sie tot. Zehn-Dollar-Maude. Also verschwenden Sie Ihre Zeit nicht damit, sie zu suchen.«

»Zehn Dollar hat sie verlangt?«

»Wird behauptet. Als die mich angeguckt hat, hab ich gemacht, dass ich wegkam. Wenn man kein Geld hat, ist man zwar ein armer Tropf, aber das heißt noch lange nicht, dass man dumm ist.«

Nach einem Anruf in der Gerichtsmedizin tauchte auch Maude Grundys Sterbeurkunde auf. Vor zwei Monaten und zwei Wochen, Lungenversagen aufgrund von Rauchinhalation. Der Abtransport der Leiche war von einer gewissen Tara Sly, wohnhaft am Lloyd Place in West Hollywood, gegengezeichnet worden. Maude Grundys Überreste wurden in ein Bestattungsinstitut in der Mission Road überführt, direkt gegenüber vom Friedhof.

Milo sagte: »Ich weiß, was das ist«, rief aber trotzdem an. Es handelte sich um eine Bestatterschule, praktisch gelegen. Maude Grundy endete als Anschauungsmaterial für den dortigen Anfängerunterricht.

»Sie hat ihre Mom den Bestatter-Lehrlingen gestiftet«, sagte er, »und zwar nicht zu medizinischen Zwecken. Mit der Kohle von Suss hätte Tiara durchaus ein Begräbnis hinbekommen, zumindest eine Verbrennung. Stattdessen überlässt sie Mommy der Formaldehydbande. Okay, dann wollen wir mal den mysteriösen Zuhälter finden. Gretchen ausgeschlossen.«

Er rieb sich übers Gesicht. »Willst du was dazu sagen?«

Ich sagte: »Ich frage mich, wie weit unsere Prinzessin inzwischen über die Zehn-Dollar-Deals hinaus war.«

27

David Maloney, ein Detective des Sittendezernats Westside, der alt genug war, um sich noch erinnern zu können, fasste für uns die Geschichte der sexuellen Dienstleistungen im gehobenen Segment nach Gretchens Festnahme zusammen. Wir trafen uns in dem großen Dienstzimmer, in dem Maloney einen Schreibtisch in einer Ecke mit Beschlag belegt hatte.

Ich war Maloney schon einmal begegnet, als er noch lange Haare hatte und mehrfach gepierct war. Jetzt trug er eine graue Geschäftsführerfrisur und kleidete sich wie ein Profigolfer. Drei Löcher in jedem Ohr waren dezente Andenken an jene Zeit.

Er redete schnell und ohne Punkt und Komma, als wollte er gelangweilten Aktieninhabern einen Quartalsbericht abliefern.

Der erste Zuhälter, der den Fünf-Sterne-Hotel-Markt bediente, war eine Frau, die vorher für Gretchen anschaffen gegangen war und die Suzanna »Honey Pot« Gilder hieß. Gilder stand lange im Verdacht, Gretchens Geschäfte weitergeführt zu haben, während diese im Gefängnis saß, und ihr wurden dieselben Steuernachzahlungen abverlangt, die auch Gretchens Herrschaft beendet hatten. Sie hielt noch zwei Jahre durch, bis sie aufgab und nach Las Vegas zog, wo sie den missratenen Sohn eines Mormonen-Senators heiratete, ihre Lebensbeichte im Selbstverlag veröffentlichte und Kinder großzog.

Schon bald nach Honey Pots Rückzug aus dem Geschäftsleben schickten zwei Ukrainer und ein Lette, die aus Hurenhäusern in Orange County heraus operierten, jede Menge Mädchen auf den Strich, die sie aus den ehemaligen Sowjetrepubliken rübergeholt hatten. Ein paar Mädchen starben, und innerhalb eines Jahres wurden zwei der Männer auf dem Grund des Lake Elsinore gefunden. Der einzig Überlebende verlegte seine Geschäfte nach Fresno, und Honey Pots Stall tauchte sodann unter der Schirmherrschaft einer Frau namens Olga Koznikow auf, die lange Zeit mit Gretchen konkurriert hatte.

Milo sagte: »Hatte sie irgendwas mit den Männern im See zu tun?«

Zum ersten Mal lächelte Maloney: »Logik ist das eine, Beweise das andere. Olga hat einen Gang runtergeschaltet, aber wahrscheinlich managt sie immer noch eine kleine Gruppe von ausgewählten Mädchen. Die Südostasiatinnen sind jetzt das große Ding, die ganzen Massagesalons … Aber ich fange mit Olga an, weil sie in euren Zeitrahmen passt.«

Milo sagte: »Danke, ich such mir ihre Akte raus.«

»Du wirst keine finden. Sie hat keine schlechten Angewohnheiten und immer einen kühlen Kopf bewahrt, sogar Steuern gezahlt.«

»Wie hat sie das Geld gewaschen?«

»Wir vermuten durch Flohmarktstände, Antiquitätenmessen und den Import von Möbeln aus China. Ihr gehören außerdem eine Reihe russischer Restaurants. Wahrscheinlich auch noch einiges andere, von dem wir nichts wissen.«

»Habt ihr sie jetzt auf dem Schirm oder nicht?«

»Wir konzentrieren uns auf die Salons.«

»Wo finde ich diese Perle?«

»Ihr müsst nur das Telefonbuch aufschlagen, sie hat ihr Büro eintragen lassen. Ich hab euch die Nummer schon rausgesucht.«

»Bist ein Schatz, Dave.«

»Kein Problem. Tut mir leid, dass ich bei der Identifizierung des Opfers nicht helfen konnte. Ich hab dreimal nachgefragt, aber niemand kannte eine Tara Sly, eine Tiara oder sonst wen, und ihr Foto hat auch bei niemandem was klingeln lassen. Olga ist gut im Spurenverwischen.«

Far Orient Trading and Design Modes operierten von einem roten, scheunenartigen Gebäude hinter einem Ladenkomplex mit Billigmöbeln auf dem La Cienega Boulevard. Bis zum Los Angeles International Airport war es nicht weit. Kein Problem, alles Mögliche ranzuholen und wegzuschaffen.

Auf Antik getrimmte Möbel waren vor der Scheune ausgestellt. In einer Reihe geparkter Fahrzeuge stand auch der silberne Suburban, der das einzige auf Olga Koznikow zugelassene Fahrzeug war. Keine getönten Scheiben, nichts gepimpt oder sonstwie gespoilert und das Innere makellos. Eine Babyschale war in der mittleren Sitzreihe festgeschnallt.

Als wir uns auf die Scheune zubewegten, kam uns ein hübsches vietnamesisches Mädchen in hautengen Jeans, einem schwarzen Rollkragenpullover und flachen Goldlamé-Schuhen lächelnd entgegen.

»Hallo, meine Herren, kann ich Ihnen irgendwie behilflich sein?«

Milo befingerte eine grüne Urne und einen Tansu aus falschem Rosenholz, der höchstens einen trockenen Sommer überdauern würde. »Hübsch. Welche Dynastie?«

Das Mädchen kicherte. »Suchen Sie etwas Bestimmtes?«

»Ist Olga da?«

Das Lächeln des Mädchens gefror. »Warten Sie.«

Sie eilte wieder hinein. Wir folgten ihr, sahen zu, wie sie einen schmalen Gang mit Tischen, Stühlen, Schränken, Altären und Gips-Buddhas hinuntertrippelte.

Noch bevor sie das Ende erreicht hatte, kam ein Mann heraus. Um die dreißig, schwarz, er trug einen kohlschwarzen Overall über einem weißen T-Shirt, war so groß wie ein Shortstop und breit wie ein Defensive Tackle. Das Mädchen sagte etwas zu ihm. Er tätschelte ihr über den Kopf, als wollte er ein Kleinkind trösten, und sie duckte sich aus unserem Blickfeld heraus.

Er kam freundlich lächelnd auf uns zu. Seine Oberschenkel waren so stämmig, dass sein Gang unweigerlich etwas Watschelndes bekam. Die Beine seiner Jeans schabten hörbar aneinander.

»Ich bin William. Kann ich Ihnen helfen?« Jungenhafte Stimme, jamaikanischer Singsang, pedantisch deutliche Aussprache.

Die Nähte des Overalls waren orange, er passte so gut, dass er auch maßgeschneidert hätte sein können. Das Gesicht des Mannes war glatt rasiert, die Haut glänzte, und seine milchweißen Zähne standen perfekt gerade in einer Reihe. Die gesunde, glückliche Visage von O. J. vor seinem Fall.

Milo ließ kurz seine Dienstmarke aufblitzen. »Ich bin Lieutenant Sturgis. Ist Olga da?«

»Darf ich fragen, worum es geht?«

»Erinnerungen.«

»Wie bitte?«

»Wir wollen über alte Zeiten plaudern«, sagte Milo.

Mit dem rechten Daumen griff William in die Brusttasche seines Overalls, holte ein Päckchen Kaugummi heraus, schob sich einen Streifen zwischen die Zähne und fing an zu kauen. »Ich kann mir nicht vorstellen, was Sie meinen.«

»Nicht nötig, sich was vorzustellen.« Milo bewegte sich vorwärts. William rührte sich nicht. Dann doch.

Die Frau, die an ihrem Schreibtisch ein Sandwich aß, hatte weiße Haare, war stämmig und sah älter aus, als es die siebenundsechzig auf ihrem Führerschein angegebenen Jahre hätten vermuten lassen. Das Haar war lockig wie die Showfrisur eines Pudels und maskulin kurz geschnitten, mit einem albernen Pony. Das von den Fransen eingerahmte Gesicht war fast vollkommen rund, ein kleiner Mund, ein Schweineschnäuzchen, blass mit rosa Tupfen. Schlaff aber faltenlos, Fett ist ein guter Faltenfüller.

Das Sandwich war ein architektonisches Meisterwerk aus Pastrami, Schinken, Pute, Krautsalat, weißem und orangefarbenem Käse sowie roter und grüner Paprika. Trotzdem war das türkisblaue Kleid der Frau unbefleckt, ebenso wie ihre Lippen. Ihre Augen waren haselnussbraun und ihr Blick der Welt offenbar überdrüssig. In dem großen, hellen, unprätentiösen Büro standen ein Kopierer, ein kleiner Kühlschrank sowie ein alter, grauer PC, der die Agajanian-Schwestern nur abfällig hätte grinsen lassen.

Olga Koznikow sah aus wie eine Frau, die sich anscheinend akzeptierte, wie sie war, was ihr eine gewisse Gelassenheit verlieh. Nur die recht langen Fingernägel, French Nails, verrieten ihre Anspannung und Eitelkeit.

»Hallo«, sagte sie und wies auf die beiden Stühle, die ihr gegenüber auf der anderen Seite des Schreibtischs standen.

Sie packte das, was von ihrem Sandwich übrig war, wieder ein, trottete zum Kühlschrank und tauschte die feste Nahrung gegen eine Dose Pepsi Light.

»Für Sie auch?« Ein leichter, aber deutlich hörbarer russischer Akzent.

»Nein, danke.«

»Sie sind wegen Tara hier.«

»Das wissen Sie, weil …«

Weil Gretchen Bescheid gegeben hat, dass wir kommen.

»Ich weiß es, weil ich gehört habe, dass sie tot ist.« Seufzen. »Armes kleines Mädchen.« Noch einmal Seufzen. »Manchmal kommen sie mir vor wie meine Babys.«

»Dabei sind sie …«

»Junge Menschen auf der Suche nach dem Glück«, sagte Olga Koznikow.

»Und Sie leiten sie an?«

»Ich gebe mein Bestes, Lieutenant Sturgis.«

Milo hatte sich nicht vorgestellt.

»Erzählen Sie uns von Tara.«

»Sie wollen über Erinnerungen sprechen? Zu viele Erinnerungen können einem zu schaffen machen.«

Das mit den »Erinnerungen« hatte William nicht weitergegeben. Inmitten des ganzen Durcheinanders in der Scheune mussten also auch Mikrofone und Kameras und wer weiß was noch versteckt sein. Und sie wollte, dass wir das wussten.

Milos sagte: »Wir sind nicht vom Sittendezernat.«

»Wenn Sie's wären«, sagte Koznikow, »würden wir gar nicht mit Ihnen reden.« Sie trank ihre Cola und lehnte sich zurück. »So, jetzt knöpfen Sie bitte Ihr Hemd auf, Lieutenant Sturgis, und Ihr gut aussehender Kollege ebenso. Und leeren Sie bitte auch alle Ihre Taschen, wenn es Ihnen nichts ausmacht.«

»Und wenn es uns was ausmacht?«

»Ich bin eine alte Frau. Erinnerungen verblassen.«

»Sie sind die Erste, die mich um so etwas bittet, Olga.«

»Ich weiß, tut mir leid. Aber wenn Sie sich jetzt ausziehen würden …«

»Können wir ein bisschen Hintergrundmusik bekommen?«

»Ich kann im Rhythmus auf den Tisch klopfen, wenn Sie mögen.«

Als wir unsere Hemden wieder zugeknöpft hatten, sagte Koznikow: »Danke. Ich hoffe, es war Ihnen nicht allzu peinlich.« Augenzwinkern. »Sie sind beide gut gebaut.«

Milo sagte: »Danke, dass Sie sich damit begnügen.«

»Es gibt für alles eine Grenze, Lieutenant Sturgis. Ich habe immer an Grenzen geglaubt.«

»Erzählen Sie uns von Tara.«

»Ich erzähle Ihnen eine Geschichte. So was wie ein Märchen. Es könnte ein Märchen sein. Verstehen Sie?«

»Es war einmal vor langer, langer Zeit?«

»Es könnte sich theoretisch so zugetragen haben. Okay?«

»Okay.«

»Dann fange ich an«, sagte sie. »Was, wenn vor vielen, vielen Jahren einmal ein wunderschönes junges Mädchen nach Kalifornien kam und etliche Fehler gemacht hat? Was, wenn sie schlimmen Männern begegnet ist, die in der Nähe von Bushaltestellen, Bahnhöfen und Flughäfen auf sie gewartet haben? So was kann traurig enden, nicht wahr?«

»Tara wurde von einem Zuhälter auf den Straßenstrich geschickt.«

»Was, wenn dieses schöne Mädchen mehrere, wie ich sagen würde, schlechte Erfahrungen gemacht hat? Was, wenn sie das Glück hatte, diese zu überstehen, ohne ernsthaft Schaden zu nehmen?« Koznikow machte eine weitere Coladose auf und trank. »Was, wenn sie noch mehr Glück hatte und gute Menschen traf, die sich um sie kümmerten? Da hätte sie doch wirklich Glück gehabt, oder?«

»So was wie eine Ersatzmutter?«

»Mütter sind gut.« Sie legte eine weiße, von Altersflecken übersäte Hand auf ihre linke Brust. »Jeder braucht eine Mutter.« Sie lächelte. »Oder eine Großmutter.«

Milo sagte: »Als sie endlich Anleitung gefunden hatte, was genau war ihr Spezialgebiet?«

»Was, wenn sich das nach den Wünschen der Kunden gerichtet hat? Selbstverständlich innerhalb gewisser Grenzen.«

»Hausbesuche.«

»Die Stadt ist groß.«

»Wo war die Grenze?«

»Die Stadt ist *sehr* groß. Benzin ist teuer.«

»Sie ist auf der Westside geblieben«, sagte Milo.

»Die Westside ist schön.«

»Wo lagen sonst ihre Grenzen?«

»Was«, sagte Koznikow, »wenn sie sich jeden Monat testen ließ, immer Kondome benutzte und die Leute, mit denen sie sich traf, vorher überprüft wurden, damit sie sicher sein konnte, dass diese auch nett sein und sie nicht zwingen würden, Körperteile einzusetzen, die sie nicht einsetzen wollte.«

Dr. Jernigans Ausführungen über die Narben im Analbereich schossen mir durch den Kopf. Ebenso Bilder, die ich rasch wieder zu verdrängen versuchte.

»Klingt nach einem guten Deal. Gehörte das Fauborg Hotel auch zur Westside?«

Olga Koznikow zwinkerte. »Wunderschönes Gebäude.«

»Hat Tara dort gearbeitet?«

»Wenn ein Kunde eine hübsche Umgebung wünschte, dann wäre das doch eine gute Wahl gewesen, oder nicht?«

Mit Gedanken an die für das Fauborg typischen Gäste fragte ich: »War Tara bei sehr viel älteren Männern beliebt?«

Sie musterte mich. »Gut, dass Sie Ihre Brusthaare nicht rasieren. Männer machen das jetzt. Ich verstehe es nicht.«

»Haben ältere Männer ...«

»Sie verlangen von mir, dass ich mich an Dinge erinnere, die sehr lange her sind.«

Milo sagte: »Wie sieht's aus mit der Theorie? Stand sie denn theoretisch auf alte Säcke?« Koznikows Hand presste auf ihre schwere Brust. »Das ist so lange her.«

»Olga, irgendetwas sagt mir, dass Sie sich sehr gut an alles erinnern.«

»Das ist ganz reizend von Ihnen, so etwas zu sagen, Lieutenant, aber wir werden alle älter.«

»Tara hatte keine Chance, älter zu werden. Deshalb sind wir hier.«

Koznikow zuckte zusammen. Für eine knappe Sekunde blitzte die wahre Person hinter dem Theater von der gütigen Puffmutter auf.

Wie ein geübter Therapeut nutzte Milo den Moment: »Sie hatte keinen leichten Abgang, Olga.«

Er legte ein Foto von der Toten auf den Schreibtisch.

Koznikows Gesichtsausdruck veränderte sich nicht, aber die Hand auf ihrer Brust wurde weiß.

»Helfen Sie uns Olga.«

»Sie war so schön. Diese Barbaren.«

»Denken Sie an bestimmte Barbaren?«

»Woher sollte ich solche Menschen kennen?«

Milo sagte: »Irgendwelche Barbaren, ein Name, irgendwas?«

Koznikow schüttelte den Kopf. Langsam, gequält. »Ich würde es Ihnen sagen. Tut mir leid.«

»Wie lange ist es her, dass Tara für Sie gearbeitet hat?«

»Drei Jahre.« Zum ersten Mal wich sie vom Theoretischen ab. Dann merkte sie es, und ihr Kiefer verkrampfte. »Drei Jahre sind fast tausend Tage. Ich zähle gerne. Zur Übung. Mentale Beweglichkeit. Für mein Gedächtnis.«

Geplapper.

Milo sagte: »Vor drei Jahren ist sie also weg?«

Ein Jahr, bevor sie im Internet einstieg.

»Ich mag auch Kreuzworträtsel. Fürs Gedächtnis. Aber die Engländer? Zu vornehm.«

»Warum hat sie bei Ihnen aufgehört, Olga?«

»Manchmal wird man müde.«

»Persönliche Probleme?«

»Manchmal wird man eben müde.«

»Hatten Drogen oder Alkohol etwas damit zu tun?«

»Manchmal wird man auch ohne Drogen oder Alkohol müde.«

»Also kein Missbrauch von Substanzen irgendwelcher Art?«

»Manche Menschen können sich beherrschen.«

»Taras Mutter nicht.«

»Welche Mutter? Sie hatte keine Mutter«, sagte Olga.

»Wurde sie im Reagenzglas gezeugt?«

»Ihre Mutter ist gestorben, als sie noch ein kleines Mädchen war. In Colorado.«

»In welcher Stadt in Colorado?«

»Vail. Sie ist im Schnee aufgewachsen. Vor langer, langer Zeit.«

»Ach ja?«

»Ihre Mutter war Skilehrerin, ist bei einem Unfall gestorben, und Tara ist im Heim aufgewachsen.«

»Was ist mit dem Vater?«

»Ein schweizer Tourist, sie hat ihn nie kennengelernt.«

»Hat sie Ihnen das erzählt?«

»Sie hat mir ein Bild gezeigt.«

»Aus Vail.«

»Eine hübsche Frau mit einem Baby. Und Schnee.«

»Interessant«, sagte Milo.

Koznikows Wangen bebten.

»Olga, Taras Mutter war eine Frau namens Maude Grundy. Sie war eine alkoholkranke Nutte aus New Mexiko und erst fünfzehn Jahre alt, als sie Tara zur Welt brachte. Auf Taras Geburtsurkunde ist der Vater als unbekannt angegeben. Maude hatte es schwer im Leben, irgendwann ist sie nach L. A. gezogen, aber wir wissen nicht genau, wann. Unklar ist auch, ob Tara sie hergebracht hat. Wenn ja, dann gab es wahrscheinlich ein Zerwürfnis zwischen den beiden, denn Tara hat Maude in einer absoluten Absteige hausen lassen, die vor zweieinhalb Monaten abgebrannt ist. Maude kam bei dem Brand ums Leben, und Tara hat keinen Cent für ihre Beerdigung ausgegeben.«

Koznikow hörte teilnahmslos zu. Sie nahm ein paar tiefe Schlucke aus ihrer Dose. Unterdrückte ein Rülpsen und lächelte. »Sie erzählen mir das, um mich traurig zu machen.«

»Ich erzähle Ihnen das, falls Tara Ihnen doch was Wahres erzählt haben sollte und Sie uns vielleicht helfen können, denjenigen zu finden, der sie ermordet hat.«

Sie wandte sich an mich. »Ihre Frage kann ich jetzt beantworten. Ja, die alten Säcke standen auf sie. Ich dachte, okay, sie hat keinen Vater, das leuchtet mir ein. Bis dahin stimmte es also, auch wenn es kein Schweizer war.«

»Was hat der Umstand, dass sie keinen Vater hatte, damit zu tun, dass alte Männer auf sie standen?«, fragte Milo.

»Sie mochten sie, weil sie *sie* mochte. Das ist schon alles – Liebe, Sex, Spaß. Du magst mich, ich mag dich. Einer von denen, ein sehr alter, freundlicher Mann hat mir vor langer, langer Zeit verraten, dass Tara ›geduldig‹ war. Das könnte doch eine Erklärung sein, oder? Das müsste Ihnen helfen, es zu verstehen.«

Ich sagte: »Geduld ist eine gute Eigenschaft bei einem jungen Menschen.«

»Gut und sehr selten.«

»Wie sieht es aus mit einer Zeitachse?«, fragte Milo. »Wann hat sie angefangen, für Sie zu arbeiten? Wann hat sie aufgehört?«

»Drei Jahre sind immer eine lange Zeit, egal was man macht.«

»Wie lange sind Sie schon im Geschäft?«

»Achtzehn Jahre.«

»Und Sie werden nicht müde?«

»Ich habe Glück.«

»Drei Jahre«, sagte Milo. »Wie lange war es damals her, dass Tara in L. A. ihre schlechten Erfahrungen gemacht hatte?«

»Ein Jahr.«

»Dann ist sie vor sieben Jahren hergekommen.«

»Sie sind gut in Mathematik. Ich brauche für alles einen Taschenrechner.«

»Hat sie davon gesprochen, dass sie schon mal irgendwo anders als in Colorado gelebt hat?«

»Ja, aber jetzt weiß ich nicht mehr, was stimmt und was nicht.«

»Das finde ich schon noch heraus, Olga. Wo hat sie angeblich noch gelebt?«

»Texas, Arizona, Oklahoma.«

»In New Mexico nicht?«

»Nein.«

»Was können Sie uns sonst noch sagen?«

»Nichts.«

»Nichts, hm?«

»Leider.«

Ich sagte: »Was hat sie nach ihrem Ausstieg gemacht?«

»Die Hand löste sich von ihrer Brust, und sie fuhr sich durch die Haare. Die Locken dehnten sich und sprangen anschließend wieder wie Metallfedern in ihre alte Form zurück. »Computer.«

»Sie hat sich online verkauft?«

»Nicht verkauft«, sagte Koznikow. »Angeboten. Für eine Beziehung.«

»Sie hat Ihnen gesagt, dass sie eine Beziehung sucht?«

»Ich mische mich nicht in die Angelegenheiten der kleinen Vögelchen.«

»Aber Sie haben herausgefunden, dass sie online aufgetaucht war.«

»So was spricht sich rum.«

»Haben Sie mit ihr darüber gesprochen?«

»Computer«, sagte sie, »sind magisch. Aber es gibt leider auch schwarze Magie.«

»Vor allem gibt es keine Sicherheit«, sagte ich. »Anders als bei persönlichen Verabredungen und mit einem Beschützer wie William.«

»William verkauft Möbel.«

»Haben Sie je rausgefunden, mit wem sich Tara online eingelassen hat?«

»Ich denke doch mit einem reichen Mann.«

»Aber sie hat es Ihnen nie erzählt?«

»Ich mische mich nicht ein.«

»Vieles spricht sich rum«, sagte ich.

»Das tut es.«

»Sie hatten nichts dagegen, dass sie bei Ihnen aufhört.«

»Manche Jobs kann man auch machen, wenn man müde ist.«

»Aber den von Tara nicht.«

»Eine Kuh mit leeren Eutern gibt keine Milch.«

»Warum nehmen Sie an, dass sie mit einem reichen Mann zusammen war?«

»Ich sah, wie sie aus einem Wagen gestiegen ist«, sagte Koznikow. »Rodeo Drive, wo die schicken Läden für die dünnen Mädchen sind. Ein schöner kleiner BMW. Sie hatte Tüten in der Hand.«

»Von welchen Geschäften?«

»Ich war zu weit weg, um die Aufschriften zu lesen.«

»War sie alleine?«

»Ja.«

»Sie haben angenommen, dass ein reicher Freund ihre kleine Shopping-Tour finanziert hat.«

»Einen Abschluss in Betriebswirtschaft hatte sie ja nicht.«

Milo sagte: »Ich werde Ihnen jetzt etwas verraten, Olga, weil wir Ihre Hilfe sehr zu schätzen wissen. Der reiche Mann, den sie gefunden hat, hieß Mark Suss.«

»Okay.«

»Ein alter Mann. War er einer Ihrer Stammkunden?«

»Ich kenne diesen Suss nicht.«

»Kennen Sie einen anderen Suss?«

Koznikow zog an einer Locke. »Ich kenne ihn nicht. Ich weiß nicht, was Tara mit ihm gemacht hat. Ich weiß gar nichts.«

»Hat sie nie mit Ihnen über Suss geredet?«

»Wie schreibt sich das?«

»S-U-S-S.«

»Kurzer Name«, sagte sie. »Ist er echt?«

»Sieht so aus. Reiche Familie aus Beverly Hills.«

»Sie denken, dass er sie umgebracht hat?«

»Derzeit nicht. Was ist mit den fiesen Männern, mit denen sie sich eingelassen hatte, bevor sie zu Ihnen kam? Kann einer von denen wütend genug gewesen sein, um ihr etwas anzutun?«

Koznikows Lachen klang wie das Sprotzeln einer Fehlzündung. »Wir sprechen von Abschaum.«

»Der kann aufbrausend sein.«

Ihre Augen wurden schlagartig kalt. »Abschaum tritt man mit Füßen.«

»Also lohnt es sich nicht, nach ihren ersten Zuhältern Ausschau zu halten.«

»Nein.« Sie ballte eine Hand zur Faust. »Dieser Suss, haben Sie mit ihm gesprochen?«

»Er ist gestorben.«

»Ah.«

»Nachdem sie von Ihnen weggegangen war, kam sie da noch mal wieder?«

»Wozu?«

»Ein Freundschaftsbesuch?«

Sie wurde still. Löste ihre speckigen Finger voneinander.

»Olga?«

»Okay, ich verrate Ihnen was. Einmal ist sie noch hergekommen. Wollte einen Rat.«

»Wann?«

»Zwei Jahre ist das vielleicht her. Mehr oder weniger.«

»Ein Jahr, nachdem sie hier aufgehört hat?«

»Ja.«

»In welcher Angelegenheit wollte sie einen Rat?«

»Sie wollte wissen, wie man eine gute Beziehung aufbaut.«

»Zu wem?«

»Das hat sie nicht gesagt. Später hab ich sie in ihrem kleinen BMW gesehen und mit den Klamotten.«

»Hatte sie einen reichen Mann gefunden und wollte sich zur Ruhe setzen?«, fragte Milo. »Der Traum eines jeden Callgirls.«

»Für Sie ist das nichts als ein Witz«, sagte Olga Koznikow, »aber für uns ist das nicht immer lustig.«

»Kommt aber vor, oder?«

»Ich könnte Ihnen Namen nennen. Mädchen, die in Spielfilmen mitspielen, die Ehefrauen reicher Männer. Sogar von Anwälten.«

»Sogar von denen?«

Koznikow grinste. »Nicht jede Frau weiß, wie man den Mund richtig benutzt.«

Ich sagte: »Tara wollte eine Beziehung aufbauen. Etwas, das über Sex hinausging.«

»Sie war glücklich, ich war glücklich. Sie war ein nettes Mädchen.«

»Was können Sie uns noch über sie erzählen?«

»Nichts.« Sie starrte uns an. »*Wirklich* nichts.«

Milo fragte: »Hat William sie gekannt?«

»William verkauft Möbel.«

»Trotzdem.«

»Trotzdem nicht.«

»Damals, vor seiner Zeit, als alles noch theoretisch war, hatten Sie doch theoretisch andere Angestellte. Um Grenzen zu setzen.«

Koznikow hob die Hände.

»War einer Ihrer Aufpasser ein Mann namens Steven Muhrmann?«

Koznikow zerrte so fest an einer Locke, dass sie gleich mehrere schneeweiße Haare ausriss, die erst in der Luft schwebten und dann allmählich auf ihren Schreibtisch wehten. Sie fegte sie herunter. »Warum fragen Sie nach ihm?«

»Also hat er für Sie gearbeitet.«

Ihre Finger trommelten auf der Schreibtischplatte. Sie nahm die Coladose und zerdrückte sie mit einer Hand. »Kurz.«

»Zur Zeit, als Tara für Sie gearbeitet hat?«

Schweigen.

Milo fragte: »Standen sich Tara und er nahe?«

»Nein.«

»Das klingt, als wären Sie sicher.«

Koznikow rieb sich die Stirn.

»Was, Olga?«

»Der da«, sagte sie. »Ich hab's Tara gesagt, sie war ganz meiner Meinung.«

»Sie haben ihr gesagt, sie soll sich von Muhrmann fernhalten.«

»Allen Mädchen hab ich's gesagt«, sagte Koznikow. Sie beugte sich vor, ihr Busen schwappte auf den Schreibtisch. »Wollen Sie sagen, er ist derjenige welcher?«

Milo sagte: »Ich will sagen, dass er noch Kontakt zu Tara hatte, nachdem sie sich aus den Geschäften hier zurückgezogen hatte. Wir würden gerne mit ihm sprechen, es ist uns aber noch nicht gelungen, ihn zu finden. Haben Sie eine Idee?«

»Hat er's getan?«

»Das wissen wir nicht, Olga.«

»Aber möglich ist es.«

»Möglich ist alles, aber nein, er ist nicht tatverdächtig, und ich möchte nicht, dass Sie so tun, als ob.«

»Ich tu nie, als ob.«

»Ich mein's ernst, Olga.«

»Sie sind ein Narr«, fauchte sie. »Er tut so, als ob. Er ist ein Schauspieler.«

»Hat er Ihnen etwas vorgemacht?«

»Wahrscheinlich.«

»Wahrscheinlich?«

»Er hat gelogen.«

»Und?«

»Lügen sind eine gute Vorübung für die Schauspielerei.«

»In welcher Hinsicht hat er gelogen?«

»Hat sich hängen lassen, nicht gearbeitet.«

»Alkohol, Drogen, Hurerei.«

»Loser«, sagte sie.

»Wie sind Sie auf ihn gekommen?«

»Auf einem meiner Grundstücke wurde gebaut. Er hat das Fundament gegraben. Starke Muskeln. Ich dachte, vielleicht wäre er okay, weil er schwul war.«

»Muhrmann ist schwul?«

»Hab ich gedacht«, sagte sie. »So wie er seinen Körper gepflegt hat, die blonden Haare, sonnengebräunt.«

Milo lächelte. »So sind nur Schwule.«

»Schwule Männer sind die Besten«, sagte sie. »Die kümmern sich um die Mädchen, kein Problem.«

»Aber Muhrmann kümmerte sich um nichts.«

»Penner«, sagte sie. »Loser.«

»Hatte er besonders für Tara was übrig?«

»Nein. Holzbirne.«

»Kein schlauer Typ?«

»Ich spreche von *ihr*«, sagte Koznikow.

»Sie war dumm genug, sich mit Muhrmann abzugeben.«

»Wer nicht hören will, muss fühlen.« Sie rieb sich die Hände aneinander. »Okay, ich bin fertig.«

Sie hievte sich von ihrem Stuhl und zeigte zur Tür, war kaum einsfünfzig groß. Die dünnen, verkniffenen Lippen verliehen ihr das Aussehen einer giftigen Kröte.

Milo sagte: »Wenn Sie uns noch einen Hinweis geben könnten, mit welchen Mädchen sie zusammen gearbeitet hat, dann wäre das sehr hilfreich.«

»Ich kenne keine Mädchen. Ich weiß gar nichts.«

»Sie wussten aber, dass Tara tot ist.«

»Ich sehe fern«, sagte sie. »In der Hauptsache den Heim-und-Garten-Sender, aber manchmal auch Heimwerken. Auf Wiedersehen.«

»Olga …«

»Auf Wiedersehen. Kommen Sie bitte nicht wieder.«

Sie zog die Tür auf. William stand nur wenige Zentimeter vom Türrahmen entfernt und kaute energisch Kaugummi.

»Hey«, sagte er.

Koznikow befahl: »Bring sie raus.«

Milo blieb beharrlich: »Falls Ihnen noch was einfällt …«

»Ich bin alt, nachdenken fällt mir schwer.«

William griff nach Milos Ellbogen, überlegte es sich dann aber anders, deutete eine Verneigung an und trat einen Schritt zurück. »Nach Ihnen, meine Herren.«

Milo ging hinaus in den Gang, ich aber wurde von Koznikow zurückgehalten, die mich mit der Hand am Handgelenk packte. Ein fester Griff, es fehlte nicht viel, und es hätte richtig wehgetan.

Sie stellte sich auf die Zehenspitzen, legte mir einen Arm um die Hüfte und schob ihren Mund bis auf zwei Zentimeter an mein Ohr heran.

Ich wollte zurückweichen, doch sie hielt mich fest. Legte ihren Mund an mein Ohr. Heißer Atem, dann ein Flüstern:

»Danke, dass Sie Gretchen helfen.«

Ich schälte ihren Arm von meiner Hüfte und ging.

Sie lachte. »Hab mir gedacht, dass Sie das sagen würden.«

28

William lief uns durch die Scheune hinterher. Als wir wieder Tageslicht sahen, sagte Milo: »Wir finden den Weg alleine, mein Freund.«

William machte sich in den Schultern breiter.

»Andererseits, mein Freund, zeigen Sie mal Ihren Ausweis.«

»Darf ich fragen, aus welchem Grund, Sir?«

»Fragen dürfen Sie, aber Sie werden keine Antwort bekommen. Zeigen Sie mir Ihre Papiere.«

William kaute schnell. »Natürlich.« Eine Brieftasche kam zum Vorschein. Ein goldenes Dollarzeichen unter dem ein ganzes Bündel Scheine klemmte.

Milo sagte: »Marcy William Dodd. Park La Brea Towers, hm? Schön.«

»Mir gefällt's, Sir.«

Milo zeigte auf eine Reihe von Fahrzeugen. »Welcher gehört Ihnen?«

»Der Hyundai.«

»Ist das Ihr einziger Wagen?«

William hörte auf zu kauen. »Haben Sie eine Stretchlimo erwartet, Sir? Eine lässige Gangsterpose und einen Pelzhut auf der Kopfstütze?«

»Warum hätte ich das tun sollen?«

»Sie wissen doch, wie's ist, Sir.«

»Kannten Sie Tara Sly?«

»Nein, Sir. Das war vor meiner Zeit.«

»Wann hat Ihre Zeit denn angefangen?«

»Ganz offensichtlich nachdem die Person, über die Sie sich erkundigt haben, aus Madames Diensten ausgeschieden ist.« Zähne blitzten wie Stroboskoplichter. »Wissen Sie was, Sir, mir gefallen diese Fragen nicht, und laut Gesetz muss ich sie nicht beantworten. Machen Sie's gut.«

Er ging zur Scheune zurück.

Bis ich den Seville angelassen hatte, hatte Milo bereits seinen Namen eingegeben, aber außer seiner Adresse nichts gefunden.

»Das ist der sauberste Haufen Verbrecher, dem ich je begegnet bin.«

»Die verkaufen Möbel«, sagte ich.

»Und ich nehme als Eiskunstläufer an den Olympischen Spielen teil. Okay, nichts wie weg hier.«

Als ich auf den La Cienega Boulevard bog, fragte er: »Was hat sie dir ins Ohr geflüstert?«

»Schmeicheleien.«

»Im Ernst?«

»Sie steht auf meine Brustbehaarung.«

»Mit gutem, altem Charme liegt man nie daneben. Hast du ihr deine Nummer gegeben?«

»Na klar«, sagte ich. »Wir gehen erst Essen, danach ins Kino.«

»Wäre mal eine neue Erfahrung für dich«, sagte er.

»Robin mit einer älteren Psychopathin zu betrügen? Wow, klingt verlockend.«

»Ein persönliches Opfer, um der Polizei zu helfen.«

»Anders als Muhrmann kenne ich meine Grenzen.«

»Mr Rüpel«, sagte er. »Der kennt Tara seit Urzeiten – Tiara. Ja, das macht ihn zu meinem Hauptverdächtigen.«

Er zog einen Block und einen Stift aus der Tasche. »Wir sollten schleunigst die Zeitachse vervollständigen, für die Zeit, bevor sie sich Mark Suss unter den Nagel gerissen hat. Nach ihrer dritten Festnahme verlässt sie Santa Fe, das ist nicht länger als neun oder zehn Jahre her. Dann reist sie herum, fährt Richtung Westen. Vielleicht war sie sogar an den Orten, von denen sie Olga erzählt hat. Ein paar Jahre später landet sie in L. A. Wahrscheinlich ist sie ziemlich am Boden, weil sie sofort auf dem Straßenstrich anfängt. Noch mal ein Jahr später steigt sie bei Olga ein, wird zur hochbezahlten Hure, bleibt drei Jahre dabei, dann setzt sie sich im reifen Alter von sechsundzwanzig Jahren zur Ruhe. Nachdem sie Muhrmann kennengelernt und eine Art Beziehung mit ihm angefangen hat. Hab ich was vergessen?«

»Ich find's interessant, dass sie genau um den Tod ihrer Mutter herum die Mietzahlungen eingestellt hat.«

»Was? Meinst du, sie war so traumatisiert, dass sie es schlicht vergessen hat?«

»Vielleicht hat das Ereignis eine einschneidende Veränderung in ihrem Leben bewirkt.«

»Mietrückstände als Anzeichen eines psychischen Reifungsprozesses?«

»Ersparnisse für die Zukunft anzulegen könnte ein Anzeichen dafür sein«, sagte ich. »Sie war bereit, sich zu verändern. Hat sie zwischen Zahlungseinstellung und ihrer Ermordung irgendwo anders gewohnt?«

»Du meinst, bei jemand anderem?«

»Oder alleine?«

»Wo denn?«

»Gute Frage.«

»Ich hab mir bereits sämtliche Grundbücher angesehen und nichts gefunden. Wenn sie einen neuen Vermieter hatte, sollte man meinen, dass er sich meldet, wenn er ihr Gesicht in den Nachrichten sieht.«

Ich sagte: »Es sei denn, derjenige, mit dem sie zusammenwohnte, hatte ein ganz eigenes Interesse daran, nicht anzurufen.«

»Muhrmann. Oder Connie Longellos. Oder beide. Irgendwo gibt es ein geheimes Liebesnest.« Stirnrunzeln. »Oder nichts von alldem. Wird Zeit, der Spur mit dem Geld nachzugehen.«

Wir holten uns zwei kerosinschwarze Kaffees aus dem großen Ermittlungszimmer, verzogen uns in Milos Büro und spielten Computerspiele.

Da wir legal nicht die Möglichkeit hatten, auf Bank- und Maklerkonten zuzugreifen, blieben uns nur Grundbucheintragungen.

Philip Suss und Connie Longellos-Suss gehörten vier Gewerbeeinheiten in L. A. County, außerdem das Haus in Encino und eine Eigentumswohnung in Huntington Beach. Grundsteuern waren treu gezahlt worden, keine Pfandrechte oder sonstigen Belastungen. Auf einem Lagerhaus und einem Gebäude in Tarzana, das an einen Fitnessclub verpachtet war, lagen Hypotheken, aber nichts von Belang, gemessen am Wert der Immobilien.

Milo addierte die jüngsten Schätzungen und pfiff.

»Vierundzwanzig Millionen.«

Ich sagte: »Das ist wahrscheinlich zu niedrig gegriffen, weil die Grundstücke seit Jahren nicht mehr geschätzt wurden.«

Ein Grundstück war im vergangenen Jahr verkauft worden: das Gebäude, das Connie Longellos' Kunstgalerie beherbergt hatte. Ein Kurzdarlehen hatte darauf gelastet, aber der Profit aus dem Verkauf machte das dicke wieder wett, und Phil und Connie waren mit knapp einer Million Dollar Gewinn nach Hause gegangen.

»Connie lässt sich die Butter nicht vom Brot nehmen«, sagte er. »Sie wollte bei den Immobilien absahnen. O Mann, damit ist mein Motiv für sie hin. Diese verdammten Reichen, noch ein Grund, sie zu hassen.«

Jetzt sah er bei Franklin und Isabel Suss' Grundbesitz nach und fand ein Haus am Camden Drive, eine Büroetage am Bedford Drive, wo sie beide ihr Praxis hatten, ein zweites Haus in einem exklusiven Viertel in Ventura, ein Mehrfamilienhaus mit sechs Einheiten in West L. A., und auf allen lagen Hypotheken, ausgenommen der Hauptwohnsitz, aber auch hier wieder nichts Dramatisches. Der Wert des Gesamtpakets: neun Millionen.

»Schön«, sagte er. »Aber nur ungefähr ein Drittel von dem, was sein Bruder wert ist. Frankie studiert Medizin, und Philly wird Tycoon?«

Ich sagte: »Medizinstudium, Praktikum und Assistenzstelle, da kommen einige Jahre zusammen, in denen man nichts verdient. Phil hätte die Zeit nutzen und als Unternehmer tätig werden können. Oder Frank interessiert sich für etwas anderes als dafür, Geld anzuhäufen.«

»Was zum Beispiel?«

»Medizin.«

»Eine gerade Linie zwischen zwei Punkten? Von wegen weit hergeholt.« Er lachte.

»Nach allem, was wir wissen, ist Frank aber genauso reich wie Phil, nur hat er sein Geld anders angelegt, nämlich an der Börse.«

»Vielleicht … hey, was ist, wenn die beiden auf dem Papier noch einigermaßen gut aussehen, aber einer von ihnen mit irgendeiner Aktion in letzter Zeit eine Menge Kohle in den Sand gesetzt hat?«

»Wenn einer von ihnen akut in Schwierigkeiten stecken würde, würde er doch seine Häuser verkaufen oder zusätzliche Hypotheken aufnehmen. Keines der Häuser ist bis zum Anschlag belastet, und Phils Immobilien sind größtenteils vollständig abbezahlt.«

Er rieb sich das Gesicht.

Ich sagte: »Selbst wenn sie finanziell abgesichert sind, könnten sie ein nicht ökonomisches Motiv haben. Tiara wollte die Familie erpressen, und man entschied sich für Schadensbegrenzung.«

»Dafür, die Burg zu verteidigen.« Er loggte sich aus. »Ich muss eine Möglichkeit finden, diesen feinen Pinkeln auf die Pelle zu rücken.« Er legte sich die Handfläche auf seine pockennarbige Wange und grinste. »Vielleicht sollte ich bei den Ärzten anfangen. Mich nach einer dermatologischen Sandstrahlbehandlung erkundigen oder was auch immer die mit einem Wrack wie mir anstellen. Zum Teufel, vielleicht lasse ich mir auch gleich Fett absaugen, vorausgesetzt, die haben extra große Schläuche.«

Ich sagte: »Wir lieben dich, so wie du bist.«

»Außerdem sind Abriss und Renovierung durch meine Versicherung nicht gedeckt, und Connie Longellos ist eine Sünderin, die mit Muhrmann abhing, also fangen wir beim Naheliegendsten an.«

»Der direkten Linie zwischen zwei Punkten.«

»Und schon ist es nicht mehr weit hergeholt, mein Junge.«

»Warum nicht?«

»Weil ich das sage.«

Wir fuhren wieder nach Encino. Das Haus am Portico Place sah in der Nachmittagssonne hübsch aus, die ockerfarbene Fassade wirkte sanfter und hatte sich in einen milden Buttermilchton verwandelt. Der aufgeraute Putz verlieh dem letzten Farbanstrich Tiefe, und die Blüten der Bougainvillen glühten wie Granatsteine.

Wie schon zuvor standen der weiße BMW und der bronzefarbene Lexus in dem gepflasterten Hof.

Milo lotste uns an eine Stelle, von der aus wir verdeckt Ausblick auf die Tore hatten. Wir blieben eine Weile dort sitzen, dann rief er John Nguyen an und bat um die Befugnis, Suss' Finanzen prüfen zu dürfen.

Nguyen sagte: »Warum tust du mir das an?«

»Was?«

»Machst mich zum bösen Papa. Die Antwort lautet Nein, jetzt geh und räum dein Zimmer auf.«

Zehn Minuten vergingen, in denen Milo den Innenraum des Seville mit Zigarrenrauch verpestete und eine Nachricht von Rick beantwortete. Am San Vicente Boulevard, in einem dem Cedars-Sinai Medical Center angegliederten Gebäude, befand sich eine Klinik, die sich auf Geschlechts- und Erbkrankheiten spezialisiert hatte und entsprechende Tests anbot. Rick hatte den Direktor dort angerufen, einen Immunologen, den er flüchtig kannte, nur um sich anschreien zu lassen.

Dies sei ein Verstoß gegen die ärztliche Schweigepflicht. Man würde sich aggressiv dagegen zur Wehr setzen. Rick sollte es doch besser wissen.

Milo sagte: »Von wegen professionelle Höflichkeit. Tut mir leid.«

»Der Typ war immer schon ein Arsch, mach dir keine Sorgen.«

»Deshalb liebe ich dich.«

»Ist das der einzige Grund?«

»Soll ich alle Gründe aufzählen?«

»Nein, warte lieber, bis wir zu Hause sind und du Zeit hast, ins Detail zu gehen.«

Nach einer weiteren Viertelstunde beschloss Milo, bei Phil und Connie Suss am Tor zu klingeln.

»Nicht, dass ich eine Idee hätte, wie ich mein Interesse begründen soll.«

»Du kannst es immer noch auf die sanfte Tour versuchen, mal sehen, wie sie drauf reagieren.«

»Und das soll heißen?«

»Rechtfertigend, bescheiden, der Name *Suss* sei in Zusammenhang mit der Hinterlassenschaft eines Opfers gefallen, ob sie wohl so freundlich wären, sich ein paar Minuten Zeit zu nehmen.«

»Auf die Knie gehen und denen in den Arsch kriechen?«, sagte er. »Lieber leg ich mein Gesicht unter ein Sandstrahlgebläse.«

Eine Sekunde später: »Okay, klingt nach einem Plan.«

Gerade als er klingeln wollte, trat Connie Longellos-Suss in einem Jogginganzug aus schwarzem Samt und in Laufschuhen aus der Tür. Ohne Make-up, die blonden Haare zu einem hohen Pferdeschwanz gebunden. Sie ließ den Lexus an, das Dach herunter und fuhr zum Tor.

Es öffnete sich elektrisch. Sie bog in südlicher Richtung ab.

Milo sagte: »O Gott aller Detektive, führe uns ins Gelobte Land.«

Beim letzten Mal wurde eine Wanderung von vierzig Jahren draus.

Ich hielt meinen Mund.

29

Connie Longellos-Suss fuhr zu einem Nagelstudio auf dem Ventura Boulevard.

Milo sagte: »Ich kann nirgendwo den Jordan entdecken.«

Sie blieb zweiunddreißig Minuten drin, und Milo nutzte die Gelegenheit, um einen Chili-Hotdog von einem Imbissstand ganz in der Nähe sowie zwei Flaschen Cola zu vertilgen. Als Connie nach draußen trat, ihre silberfarben manikürten Fingernägel betrachtete, rieb er sich gerade einen Fettfleck mit Wasser vom Jackettaufschlag.

Das Verdeck des Lexus wurde für die Fahrt von weniger als einem halben Kilometer in östlicher Richtung nach Sherman Oaks heruntergelassen. Sie parkte vor einer Boutique namens Poppy's Daydreams.

Sonst waren keine Parklücken mehr frei.

Milo sagte: »Fahr um den Block.« Dann: »Verflucht.«

»Was?«

»Da gibt's einen Laden mit frischen Säften, und ich hab mich mit Cola vollgeschüttet.«

Ich fuhr um den Block und näherte mich gerade wieder dem Bekleidungsgeschäft, als Connie auftauchte, ihre Parkuhr kontrollierte, Münzen einwarf und zu Fuß weiterging.

Sie ging eine Straße weiter Richtung Osten zu einem Bistro namens Max Cuisine.

Milo sagte: »Ich frage mich, ob sich der Name auf die Portionsgröße bezieht. Kehr um, und park auf der anderen Straßenseite.«

Als wir ins Restaurant kamen, hatte Connie ihr Essen schon bekommen. Der Teller offenbarte, dass die Portionen alles andere als großzügig bemessen waren: Etwas Kleines, Blasses und entfernt an Geflügel Erinnerndes schwebte auf einer Wolke aus grünem Stroh. Eine Flasche teures Mineralwasser stand neben ihrem Ellbogen, ebenso ein bislang unberührter Brotkorb. Ihre Gabel hing in der Luft, während sie eine Ausgabe der Zeitschrift *Modern Painters* studierte.

Es war bereits zu spät fürs Mittagessen und fürs Abendessen noch zu früh, und so war sie der einzige Gast. Abgesehen von den Nutten in spitzenbesetzten Unterröcken und den absinthvernebelten Spaziergängern auf einer Reihe von Toulouse-Lautrec-Drucken war das einzige andere menschliche Wesen, das zu sehen war, eine kräftige Frau in einer Kochjacke. Sie rauchte an einem der Tische weiter hinten und las dabei *Le Monde*.

Als wir eintraten, beachtete uns Connie Suss nicht. Erst als wir uns ihr bis auf einen halben Meter genähert hatten, blickte sie auf.

Milos Dienstmarke öffnete ihr den Mund. »Ist alles in Ordnung? Mit meinem Mann?«

»Alles in Ordnung, Ma'am. Dürfen wir uns setzen?«

»Hm … ich denke schon. Was ist los?«

Sie legte ihre Gabel ab, dann auch die Zeitschrift. Eine gut aussehende Frau, mit klaren, blauen Augen und ebenso klaren, symmetrischen Gesichtszügen. Es war ihr gelungen, sich eine gewisse Sonnenbräune zu erhalten, ohne ihrer Haut augenfällig Schaden zuzufügen. Vielleicht kam die Farbe aus der Sprühdose. Oder sie hatte sie ihrem Schwager oder ihrer Schwägerin zu verdanken. Können Ärzte so was? In Beverly Hills wahrscheinlich schon.

Wir setzten uns neben sie, einer links, der andere rechts von ihr. Durch den kleinen Tisch entstand eine eher intime Situation. Sie rutschte ein bis zwei Zentimeter von Milos Wampe ab, kam mir dadurch aber ungewollt näher und zog eine Grimasse. Ich machte ihr etwas Platz.

»Was ist los?«

»Verzeihen Sie die Störung – Mrs Suss, oder muss es Mrs Longellos heißen?«

»Kommt drauf an.«

Milo hob eine Augenbraue.

»Ich meine«, sagte sie, »dass ich Longellos beruflich nutze, aber rein rechtlich betrachtet heiße ich Suss. Als ich meinen Mann kennenlernte, war ich bereits fest etabliert, deshalb schien es einfacher, meinen Mädchennamen beizubehalten.«

»Was arbeiten Sie?«

»Ich arbeite nicht mehr, ich bin im Ruhestand. Finanzen, Investmentbanking, so habe ich meinen Mann kennengelernt. Ich habe für ein Unternehmen Geld verwaltet, das sich auch um seine Familienfinanzen gekümmert hat. Dann fing ich an, mich für Kunst zu begeistern – warum ist das wichig? Warum muss ich überhaupt mit der Polizei sprechen?«

»Es ist nichts«, sagte Milo, »wir müssen nur gründlich vorgehen. Ihr Name ist in Zusammhang mit der Hinterlassenschaft eines Opfers aufgetaucht.«

»Ein Opfer? Was für ein Opfer? Ich verstehe nicht.« Sie wich zurück.

»Mord, Ma'am.«

Connie Longellos' Kopf schoss nach vorne, als wäre sie brutal gestoßen worden. »*Was?* Was, um Himmels willen, hat mein Name bei einem – das ist verrückt, Sie müssen sich irren.«

»Connie Longellos«, sagte Milo. »Wir haben Sie über Ihren Namen gefunden.«

»Nun, das ist verrückt, das ist einfach vollkommen irre.« Sie fingerte am Reißverschluss ihrer Trainingsjacke. Dicker Veloursstoff, ein winziges Logo am Ärmel. Eine italienische Marke, von der ich noch nie gehört hatte. »Wer ist dieses Opfer?«

»Eine Frau namens Tiara Grundy.«

»Das ist wirklich irre. Ich habe keine Ahnung, wer das ist.«

»Sie hat sich auch Tara Sly genannt.«

»Sagt mir ebenso wenig. *Allerdings* muss ich gestehen, der Name klingt wie einer, den sich eine Pornodarstellerin ausdenken würde. Nein, Sie sind absolut auf dem Holzweg, ich kenne keine Tiara oder Tara. Wo ist mein Name aufgetaucht –

auf einem Kunstwerk vielleicht? Ich habe in meinem Leben einiges an Kunst verkauft, vielleicht war sie Kundin bei mir.«

»Nein, Ma'am«, sagte Milo.

»Was dann? Wo war mein Name?«

»Er tauchte in Verbindung mit ihrer Hinterlassenschaft auf.«

»Wovon spechen Sie?«

Milo antwortete nicht.

»Sie platzen hier rein, wollen mir aber nichts verraten?«

»Zu diesem Zeitpunkt müssen wir noch sehr diskret sein. Wie sieht es aus mit Steven Muhrmann? Kennen Sie ihn?«

»Wen?«

»Sie kennen einen Steven Muhrmann?«

Sie schmunzelte. »Sie vergeuden Ihre Zeit, das muss ein Computerfehler sein.«

»Wie sieht es aus mit Stefan Moore?«

»Schlecht sieht es aus«, sagte Connie Suss. »Klingt wie der Name eines Monsters aus einem Spielfilm, einem von diesen japanischen Filmen.«

»Stefan?«

»Merman. Merman erobert Tokio.« Sie lachte.

Milo nicht.

»Tut mir leid, ich bin sicher, Sie machen nur Ihre Arbeit«, sagte sie, »aber Sie müssen zugeben, dass es seltsam ist, mich hier zu überfallen, während ich gerade meinen Dunch zu mir nehme – das ist eine meiner Wortkreationen für eine Mischung aus Dinner und Lunch. Ich leide unter Sodbrennen, deshalb esse ich gerne sehr früh. Wie eine Seniorin.«

Sie musterte die Reste des Fleckens auf Milos Jackett. »Sie kommen hier herein und bewerfen mich mit Namen. Das ist doch ziemlich seltsam.«

Sie griff nach ihrer Zeitschrift.

Milo sagte: »Markham Suss.«

Sie zog ihre Hand zurück. »Mein Schwiegervater? Was hat *der* denn damit zu tun?«

»Tiara Grundy kannte ihn. Gut.«

»Mark ist schon vor einer ganzen Weile gestorben.«

»Sie scheinen sich über die Beziehung nicht zu wundern.«

»Natürlich wundere ich mich.«

»Ehrlich gesagt, wirken Sie nicht besonders überrascht, Ma'am.«

Sie atmete aus. »Okay, Sie sprechen offensichtlich über eine von Marks Schlampen, aber das hat nichts mit mir zu tun. Hat sie sich umbringen lassen und meine Visitenkarte bei sich gehabt, oder was? Vielleicht hat ihr Mark meine Galerie empfohlen? Obwohl ich mich nicht entsinnen kann, dass er jemals Interesse an der Galerie gezeigt hat. Oder eine von denen dorthin mitgebracht hätte – ich hatte eine Galerie für Glaskunst nicht weit von hier, aber ich habe sie geschlossen, weil wir ein unglaubliches Angebot für das ganze Gebäude bekommen haben, und ehrlich gesagt, hatte ich auch vom Arbeiten die Nase voll.«

»Eine seiner Schlampen?«, fragte Milo. »Das heißt, es gab viele.«

»Schlampen waren eine feste Einrichtung in Marks Leben, das ist kein großes Geheimnis, Officer – oder soll ich Detective sagen?«

»Lieutenant.«

»Verzeihen Sie, Lieutenant. Als es zwischen mir und meinem Mann ernst wurde und er mich seinen Eltern vorstellte, warnte er mich, ich solle mich auf ein paar seltsame Dinge gefasst machen.«

»Zum Beispiel?«

»Ein bisschen … freiere Umgangsformen als bei anderen Leuten.«

»Extreme Toleranz?«

»Vielleicht hätte Mark es so genannt«, sagte sie, »in meinen Augen war es aber reine Vogel-Strauß-Taktik. Die unausgesprochene Wahrheit, Sie wissen schon.«

»Ein Nicht-wahrhaben-Wollen?«

»Etwas nicht wahrhaben zu wollen bedeutet, dass man so tut, als wäre es anders, als es ist. Mark hat niemandem was vorgemacht… tut mir leid, ich komme mir nicht besonders loyal vor, wenn ich so darüber rede. Würden Sie mich jetzt bitte in Ruhe dunchen lassen?«

Ich sagte: »Alle wussten von Marks Eskapaden, aber alle haben darüber hinweggesehen.«

»Wenn Lee – meine Schwiegermutter – damit leben konnte, was ging es mich dann an?« Sie legte die Stirn in Falten. »Nicht, dass Sie das irgendetwas anginge. Mark ist jetzt fast ein Jahr tot, also kann er ganz offensichtlich nichts mit dem Mord an dieser Tiara zu tun haben.«

Milo sagte: »Und Sie haben noch nie von einem Steven oder Stefan Muhrmann gehört?«

»Auch wenn Sie mich noch einmal fragen, ändert das nichts an den Fakten, Lieutenant.«

»Hmm.«

»Hmm, was?«

»Ihr Name ist ein bisschen direkter in Zusammenhang mit Muhrmann aufgetaucht.«

Connie Longellos-Suss' blaue Augen traten aus ihren Höhlen. »Wovon sprechen Sie?«

Die Köchin in der Ecke sah von ihrer Zeitung auf.

Milo sagte: »Ma'am, es tut mir leid, Ihnen Kummer zu bereiten, aber es wurde ein schreckliches Verbrechen verübt, und wenn Hinweise auftauchen, bin ich verpflichtet, diesen nachzugehen.«

»Ich kenne keinen Merman. Oder Godzilla oder Rodan. Das ist doch absurd.«

»Sind Sie nicht neugierig, in welchem Zusammenhang Ihr Name mit seinem in Verbindung stand?«

»Nein, weil das lächerlich ist.« Sie sackte zusammen. »Oh, nein, Sie machen Witze.«

»Was?«

»Geht es wieder um die Sache mit dem Identitätsdiebstahl?«

»Hatten Sie Probleme damit?«

»Vor ein paar Jahren hat jemand eine meiner Kreditkarten belastet. Idioten, die mit meiner Platinkarte Fastfood und Computerspiele gekauft haben. Ich habe das Konto sperren lassen und seither keine Probleme mehr gehabt. Aber wenn so was erst mal im Internet landet – wollen Sie sagen, dieser Mehrman tut, als wäre er ich?«

»Steven Muhrmann hat Sie als Bürgin genannt, um ein Haus zu mieten. Und jemand hat in Ihrem Namen ein Empfehlungsschreiben verfasst.«

»Das ist doch *irre.*«

»Das Haus befindet sich in der Russell Avenue, in Los Feliz«, sagte Milo.

»Sie könnten genauso gut Griechisch sprechen. *Das* würde ich wenigstens verstehen, mein Vater war Grieche.«

Milo blätterte in seinem Block, nannte ihr die Postfachadresse in Pacific Palisades.

Sie sagte: »Ich habe in meinem Leben noch kein Postschließfach besessen.«

»Ma'am, ich muss Sie etwas fragen… eine schwierige Frage, bitte nehmen Sie's mir nicht übel. Haben Sie mal eine Entziehungskur gemacht?«

Sie starrte ihn an. Brach in Gelächter aus. »Entziehungskur? Wozu, um Himmels willen?«

»Sie sind wegen Trunkenheit am Steuer erwischt worden.«

»Das? Oh, Mann, Sie sind… das war total dämlich.«

»Inwiefern dämlich?«

»Geben Ihre Polizeiakten keinen Aufschluss darüber?«, fragte sie. »Darüber, was bei meiner Festnahme wirklich passiert ist?«

»In der Akte ist vermerkt, dass Sie wegen Trunkenheit am Steuer festgenommen wurden.«

»Dann will ich Ihnen erzählen, wie's wirklich war. Das war einer jener Silvesterabende, an denen *Sie und Ihre Leute* Fahrzeuge herauswinken und Stichproben machen. Die Ironie ist, dass mein Mann und ich nicht mal feiern waren, wir hatten beschlossen, zu Hause zu bleiben und die Ruhe zu genießen.« Sie lachte leise. »Wir haben ein bisschen Wein getrunken. Riesling. Ich trank zwei Gläser, und dann brauchte ich … ich hatte meine …«

Pfirsichfarbene Schamesröte machte sich an den Rändern ihres gebräunten Gesichts bemerkbar. »Ach, zum Kuckuck, Sie haben mir ohnehin schon den Appetit verdorben. Ich brauchte etwas für Damen, und ich hatte nichts mehr, okay? Normalerweise ist es Phil – mein Mann –, der nachts in die Drogerie oder zum Supermarkt fährt, doch so was ist ihm peinlich, also bin ich gefahren. Und ungefähr eine halbe Minute später wurde ich herausgewunken. Und …« – sie seufzte – »… ich bestand den dämlichen Alkoholtest nicht. Aber ungefähr nur um ein Zehntel Prozent, die ganze Sache war lächerlich. Ich habe versucht, diesen Hirnamputierten zu erklären, dass ich nur losgefahren bin, um ein paar vermaledeite Tampons zu besorgen, und ich nicht mehr als zwei Gläser Riesling getrunken hatte. Sie sahen mich an wie eine Kriminelle, meinten, ich hätte 0,9 geblasen, was über der erlaubten Grenze von 0,8 läge. Dann haben sie mich festgenommen. Ich wurde hysterisch. Und wie seid ihr Genies damit umgegangen? Ihr habt mir Handschellen angelegt und mich hinten in den Streifenwagen gestoßen. An dem

Punkt bin ich völlig durchgedreht, hab angefangen rumzuschreien und die Kerle angefleht, mich Phil anrufen zu lassen. Die haben mich einfach ignoriert. Von dem ganzen Stress fing ich an wie blöd zu bluten. Aber da meine Hände mit Handschellen gefesselt waren, konnte ich nichts dagegen machen.«

Ihre Augen füllten sich mit Tränen. »Die bloße Erinnerung ist absolut demütigend, doch was soll's! Sie wollen Einzelheiten hören, also bekommen Sie die Einzelheiten. Ich habe den kompletten blöden Streifenwagen vollgeblutet, und als sie das gesehen haben, sind sie ausgeflippt, weil sie dachten, ich hätte mir die Pulsadern aufgeschlitzt. Wenn sie sich die Zeit genommen und mir zugehört hätten, hätten sie nicht mehr machen müssen, als mir einen verfluchten Tampon zu besorgen. Aber nein, das wäre zu vernünftig gewesen. Stattdessen riefen sie die Sanitäter, die mich eingehend untersuchten und mir irgendwann endlich einen *Tampon* gaben. Zu dem Zeitpunkt war ich bereits seit über einer Stunde von zu Hause weg, und Phil machte sich Sorgen. Er stieg ins Auto, fuhr zur Drogerie, sah meinen Wagen und fuhr ran. Raten Sie mal, was Ihre Kollegen gemacht haben?«

Milo sagte: »Sie ließen ihn ins Röhrchen blasen?«

»Bingo«, sagte Connie Suss. »Von wegen zufällig. Ihre Leute müssen Anweisungen bekommen haben, wie man ehrliche Steuerzahler drangsaliert. Zum Glück hat Phil den Test bestanden. Und das, obwohl er *drei* Gläser Riesling getrunken hatte. Er wiegt einfach sehr viel mehr als ich, und ich denke, dass es auch an der Zeitdifferenz lag. Zum Schluss konnte Phil die Kerle überzeugen, mich nicht ins Gefängnis zu stecken, aber ich bekam einen Strafzettel und musste gemeinnützige Arbeit leisten. Irgendwann hab ich dann Kurse in Kunsterziehung für Jugendliche aus Problembezirken gegeben. Ihre Leute haben mir versprochen, meine Akte würde vollkommen bereinigt werden. Haben die gelogen? Sieht ganz danach aus.«

Sie nahm ihre Gabel, zupfte an einem Zinken und erzeugte einen kaum hörbaren Ton. »Damit habe ich Ihnen von der demütigendsten Erfahrung meines Lebens berichtet. Sie können jetzt gehen.«

Milo sagte: »Tut mir leid, dass Sie das mitmachen mussten.«

»Entschuldigen Sie sich nicht, lassen Sie mich einfach in Ruhe.«

Milo ließ den Kopf hängen.

Connie Suss meinte: »Warum gucken *Sie* denn so verdrießlich?«

»Weil ich Ihnen weitere Fragen stellen muss.«

»Gütiger Gott, was denn *jetzt* noch?«

»Ihr Name stand auf der Liste der Patienten einer Entzugsklinik. In der auch Steve Muhrmann therapiert wurde.«

Ihre Hände klammerten sich an der Tischplatte fest. »Das ist *irre*. Wo ist diese Klinik?«

»Pasadena. Awakenings.«

»Das Einzige, was mich nach Pasadena führt, ist der Rose Bowl, und das letzte Mal sind wir vor vier Jahren hingefahren. Das muss ein Fall von gestohlener Identität sein.« Sie legte ihre Stirn in Falten und glättete sie wieder. »Vielleicht ist das einer von diesen Krankenkassenbetrugsfällen, wo medizinische Dienstleistungen abgerechnet werden, die nie erbracht wurden? Ich kann auf einen ganzen Stapel Bibeln schwören, dass ich niemals irgendeine Art von Entzug gemacht habe, noch jemals ein Alkoholproblem hatte, noch die Flittchen meines Schwiegervaters auch nur dem Namen nach kenne und auch kein Postschließfach gemietet habe.«

Sie hielt inne, um Luft zu holen. »Dasselbe gilt für jegliche

Art von Beziehung zu einem Mer-man.« Kichern. Schrill. Sie verwandelte ihre Hand in einen herabschießenden Düsenjet. »Achtung, Tokio.«

Die Köchin sah in unsere Richtung.

»Rasend komisch«, sagte Connie Suss.

Milo sagte: »Das Gesicht von Tiara Grundy wurde in den Nachrichten gezeigt.«

»Ich gucke nie Nachrichten, viel zu deprimierend.« Sie tätschelte Milos Handgelenk.

»Danke, Lieutenant.«

»Für …?«

»Dafür, dass Sie mir den Appetit komplett genommen haben. Ich versuche ein paar Pfund abzunehmen, und Sie machen es mir leicht.«

Sie nahm ein paar Scheine aus einer Krokotasche und ging damit zu der Köchin. »Es war köstlich Françoise, aber ich werde es mit nach Hause nehmen.«

»Selbstverständlich, Connie.«

Françoise verschwand mit dem Teller in der Küche. Während Connie Suss wartete, kehrte sie uns den Rücken zu.

Milo sagte: »Danke, dass Sie sich Zeit genommen haben, Ma'am.«

Keine Antwort.

Als wir gingen, rief sie uns nach: »Sie haben allen Grund, mir zu danken. Leute wie ich finanzieren dieses Schmierentheater, das Sie für einen Beruf halten.«

30

Eine Reihe von Anrufen bei den Kollegen von der Verkehrspolizei bestätigte in allen Einzelheiten, dass Connie Suss die Wahrheit über ihre Festnahme erzählt hatte.

»Ich hasse es, wenn sie glaubwürdig sind«, sagte Milo. »Hattest du das Gefühl, dass sie uns was vormacht?«

»Jeder kann sich täuschen«, sagte ich, »aber ich glaube, sie hat nicht gelogen.«

»Also, vergessen wir sie. Ebenso wie den ganzen Fall, den ich konstruiert habe. Vielleicht hat sie recht, und es läuft auf Betrug hinaus – und diese Psychiaterin Manlow steckt mit den Tätern unter einer Decke. Sie hat eigentlich auch einen ehrlichen Eindruck gemacht, aber wie du gesagt hast …«

Ich erwiderte: »Wenn Manlow an dem Betrug beteiligt war, warum erzählt sie uns dann überhaupt, dass jemand mit Connies Namen einen Entzug gemacht hat?«

»Streng genommen hat sie's uns nicht erzählt, Alex. Sie hat es nur nicht bestritten.«

»Im Prinzip hat sie's uns mitgeteilt, ohne dass sie's uns sagen musste.«

»Vielleicht, weil wir sie überrumpelt haben. Oder sie ist eine von diesen Lügnerinnen, die es für das Beste halten, Teilwahrheiten einzuflechten.«

Er rief bei der Ärztekammer an und wurde per Automatenstimme an die Beschwerdestelle weitergeleitet. Über Elizabeth Emma Allison Manlow lagen keinerlei Beschwerden vor.

Ich sagte: »Konnte sich jemand als Connie angemeldet und die Therapie selbst bezahlt haben? Solange der Krankenversicherung keine Rechnung gestellt wurde, gab es auch keinen Grund für die Klinik, die Identität dieser Person genauer zu prüfen.«

»So viel Geld«, sagte er, »würde bedeuten, dass es jemand war, der mehr als genug davon hatte. So wie die Familie Suss.«

»Einen anderen Namen zu benutzen wäre eine gute Möglichkeit, den Umstand zu verschleiern, dass man sich behandeln ließ. Aber es ist auch ein aggressiver Akt, also sollten wir uns vielleicht nach jemandem umsehen, der Connie nicht ausstehen kann.«

»Das könnte jeder sein.«

»Familien sind emotionale Hexenkessel, aber dass sich die Person als Frau ausgegeben hat, bedeutet mit ziemlicher Sicherheit, dass es eine Frau gewesen sein muss«, sagte ich. »Damit bleiben Leona und die Schwägerin – Isabel. Ich sehe nicht, dass sich Leona einem solchen Risiko ausgesetzt hätte. Isabel ist ebenfalls Ärztin. Sie hatte problemlos Zugang zu Drogen, und das könnte zu einer Sucht geführt haben. Und als Ärztin hätte sie ihre Zulassung verlieren können, wenn es rausgekommen wäre, also hätte sie guten Grund gehabt, ihre Identität zu verbergen. Und wie Connie wusste auch sie von Marks sexuellen Sperenzchen.«

»Sie checkt unter Connies Namen ein, freundet sich mit Muhrmann an und erzählt ihm von ihrer irren Familie.«

»Ein Entzug lockert die Zunge. Ein Mann wie Muhrmann würde hören: viel Geld, alter Mann, junge Frau. Er strahlt Tiara an und sagt: Ich hab eine großartige Idee.«

»Ungezogene Dr. Isabel.« Er presste sich beide Hände an die Schläfen. »Oder wir liegen völlig daneben, und die falsche Connie war eine Person, die gar nicht zur Familie gehörte und die genau wusste, wie man Unruhe stiftet. Zum Beispiel eine Angestellte. Gott weiß, wie viele Leute man braucht, um einen solchen Haushalt zu führen. Ein Hausmädchen oder ein Butler denkt, da lassen sich ein paar Tausender beiseiteschaffen, das würde als Motivation genügen.«

»Ein paar Millionen sind besser als ein paar Tausender.«

»Dann bleiben wir in der Familie, hm?«

»Vielleicht ist das meine Berufskrankheit, aber das scheint mir plausibler.«

Er rief in der Praxis von Dr. Franklin und Dr. Isabel Suss an.

Nachdem er eine Bandaufnahme über die Gefahren von Sonnenstrahlen unterlegt mit New-Age-Musik über sich hatte ergehen lassen müssen, kam er endlich an eine menschliche Stimme.

»Praxis Dr. Suss.«

»Ich hätte gerne einen Termin für eine Dermabrasion.«

»Sind Sie Patient bei uns, Sir?«

»Nein, aber ich möchte es gerne werden. Ist morgen noch was frei?«

»Mal sehen … bei Dr. Franklin ist alles voll, aber bei Dr. Isabel hat jemand um drei Uhr abgesagt.«

»Perfekt.«

»Kann ich bitte Ihre Versichertennummer haben?«

»Die hab ich gerade nicht dabei, aber ich verspreche, dass ich sie mitbringe.«

»Ja, bitte, Sir. Das ist sehr wichtig.«

Er beendete das Gespräch. »Könnte in die Hose gehen, wenn Connie dem Rest der Familie schon von ihrem vermiesten Dunch erzählt hat.« Er schnaubte. »Die Genies von der Verkehrspolizei haben den Vogel für mich abgeschossen. Ein Zehntel drüber, und die behandeln sie wie eine Schwerverbrecherin.«

»Manche Leute hören auf zu denken, sobald es Vorschriften gibt.«

»Leider nur allzu wahr, Amigo. Rick und ich kennen einen, der mal Tennisprofi war und Schmerzen in der Ferse hatte, weshalb ihm der Arzt einen Behindertenausweis zum Parken verschrieben hat. Ein paar Wochen später geht's der Ferse wieder gut, aber Jean-Georges stellt seinen Jaguar immer noch ab, wo's ihm gerade passt. Gleichzeitig leiht sich ein anderer armer Schlucker mit nur einem Arm und einem kaputten Bein den Wagen von seinem Kumpel und parkt auf einem Behindertenparkplatz. Als er rauskommt, haben ihn die Parkwächter aufgeschrieben. Okay. Aber was glaubst du, wie die Chancen stehen, dass diese Nazis den Strafzettel zerreißen, sobald sie den einen Arm und das kaputte Bein sehen?«

Eine große Hand knallt auf das Armaturenbrett. »Ungefähr so hoch, wie dass ich zum nächsten Familientreffen der Suss eingeladen werde.« Er schüttelte den Kopf. »*Dunch.* Ich dagegen leide ja eher unter *Stresssucht.*«

»Chronische Überarbeitung?«

»Stressbedingte Fresssucht.«

Ich fuhr über den Benedict Canyon in die Berge, während Milo seine Nachrichten durchsah. Ein Sheriff namens Palmberg hatte zehn Minuten zuvor angerufen. Mit zusammengekniffenen Augen entzifferte er die Nummer. »Aus Malibu. Mir fällt kein Grund ein, wie wir einen Tag am Strand rechtfertigen könnten.«

Der Mann am Empfang in Malibu sagte: »Hier arbeitet niemand, der so heißt.«

»Er hat mich von dort angerufen.«

»Hmm.«

»Lieutenant Sturgis. LAPD.«

»Bleiben Sie dran.« Einige Augenblicke später: »Er ist aus Downtown, aber er war heute Morgen hier. Ich hab seine Handynummer.«

Ein Tuten, dann meldete sich ein dröhnender Bass: »Larry Palmberg.«

»Milo Sturgis, Sie hatten angerufen.«

»Milo«, sagte Palmberg, als müsse er den Namen erst verdauen. »Ich hab hier draußen in Topanga einen Mord, für den Sie sich vielleicht interessieren könnten. Keine zwei Kilometer nördlich von der Stelle, an der Sie letzte Woche einen hatten, und der Todeszeitpunkt scheint mehr oder weniger derselbe zu sein. Muss nicht zusammenhängen, aber man weiß ja nie.«

»Mann oder Frau?«

»Mann, zwei Schüsse in den Rücken, Magnum-Munition. Hat ihm das Rückgrat weggerissen und alles, was davor war.«

»Irgendwelche Anzeichen auf eine Schrotflinte?«

»Nein, nur zwei Schusswunden. Die Verwesung hat schon eingesetzt, aber ich kann Ihnen sagen, dass es ein einigermaßen großer Mann war, hat sich die Haare blond gefärbt, laut Führerschein hat ihn seine Mama Steven Muhrmann genannt. Ich hab nachgesehen, der Mann hatte eine bewegte Vergangenheit. Kennen Sie ihn?«

»Hab von ihm gehört, Larry«, sagte Milo. »Ich kann's kaum abwarten, seine Bekanntschaft zu machen.«

Mordkommissar Laurentzen Palmberg war einsfünfundneunzig, mehr als zwei Zentner schwer und etwa Mitte fünfzig. Er hatte einen grauen Bürstenhaarschnitt sowie rosige Wangen. Seine goldumrandete Brille mit kleinen Gläsern grub sich in seine ernste Nase. Er rauchte mit Hingabe und drückte seine Zigarette aus, als wir aus dem Seville stiegen.

Die Vorstellungsrunde hatten wir schnell hinter uns. Palmberg nahm eine Packung Parliaments heraus und wechselte damit ständig von einer Hand in die andere. Abgesehen davon wirkte er sehr gelassen. Deputys in ockerfarbenen Uniformen gab es hier wie Sand am Meer, Palmberg war der Einzige in Zivilkleidung: Er trug einen gut geschnittenen grauen Nadelstreifenanzug, ein weißes Hemd, züchtig zugeknöpft, orangefarbene Krawatte, mit den edlen Köpfen von Irish Settern verziert. Mit seinem Fuß, der in einem staubigen, schwarzen Halbschuh steckte, wippte er am Straßenrand.

Er zeigte an die Stelle, wo sich die weiß gekleideten Techniker von der Spurensicherung ungefähr zehn Meter weiter hinten um etwas scharten. Die Leiche lag auf einem drei Meter breiten Vorsprung, der in Äonen von Jahren durch Erosion aus dem Abhang getreten war. Wäre das Opfer nicht dort gelandet, wäre der Mann dreißig Meter weiter unten ins dichte Gestrüpp gefallen.

»Hier hat es angefangen.« Palmberg ging an ein Beweismittelfähnchen in der Nähe und nickte in Richtung einer großen, braunen Stelle auf dem Asphalt, Erde und Gras. Klumpen von etwas, das wie Dörrfleisch aussah, hing in den Büschen.

Einst lebenswichtige Organe, die jetzt in der Sonne trockneten. Wir enden alle mal so.

Ich sagte: »Was hat er an?«

»Einen schwarzen Anzug, ein ehemals weißes Hemd. Schwarze Krawatte. Ich nehme an, sein letzter Abend war ein eleganter.«

In demselben Outfit hatte ich ihn draußen vor dem Fauborg gesehen. Ich wartete auf einen Kommentar von Milo, aber er fragte nur: »Wer hat ihn gefunden?«

»Helikopter«, sagte Palmberg, »ein Immobilienmakler, der sich riesige unbebaute Flächen ansehen wollte. Der Pilot ist so tief wie möglich runter, um sich zu vergewissern, dass es war, was es war. Dann hat er uns gerufen.«

»Gutes Auge.«

»Ist früher im Polizeidienst geflogen. Alte Gewohnheiten lassen sich schwer ablegen.«

Palmberg strich einen bereits makellosen Aufschlag glatt. »Der Film, der sich in meinem Kopf abspielt, bis uns was Besseres einfällt, sieht so aus: Muhrmann saß mit jemandem im Wagen. Sie hielten an, um die Aussicht zu genießen. Er sieht nach vorne, der Schütze stellt sich hinter ihn, drückt ab. Muhrmann rollt entweder von alleine runter oder wird ein bisschen geschubst. Es gibt keinerlei Anzeichen für einen größeren Kampf und auch keine Schleifspuren, deshalb nehme ich an, dass sich der Schütze die Schwerkraft zunutze gemacht hat. Viel Schwung war nicht nötig. Die Leiche liegt nur deshalb dort, weil sie in ein paar Zweigen hängen geblieben ist. Sonst hätten wir sie nie gefunden.«

Milo fragte: »Irgendeine Ahnung, in welcher Entfernung der Schütze stand?«

Palmberg betrachtete die Männer in den weißen Anzügen. »Beste Schätzung ist plus/minus drei Meter. Wegen der Zersetzung ist das schwer zu sagen, aber es gab keine Tüpfelung, also gab's wahrscheinlich auch keinen Kontakt, und somit war's kein Schuss aus nächster Nähe. Ich kann mir vorstellen, dass der Schütze vorgeschlagen hat, dass sie anhalten, um sich den Ausblick anzusehen. Dann ist er unter einem Vorwand zurück zum Wagen gegangen, hat die Waffe geholt und Muhrmann weggeblasen, bevor dieser wusste, wie ihm geschah. Euer Opfer wurde mit einer Schrotflinte erschossen, hm? Und trotzdem seid ihr hergekommen?«

»Mit einer Schrotflinte, aber auch mit einer 45er.«

»Zwei Täter?«, fragte Palmberg. »Dafür gibt's hier keinerlei Anzeichen, und die Hülse, die wir gefunden haben, war eine .357. Was wisst ihr über *diesen* Kerl hier?«

Er überschattete seine Augen mit der Handfläche, und Milo spähte herunter auf den Leichenfundort. »Er war Hauptverdächtiger in dem Mordfall, an dem wir gerade arbeiten, aber jetzt muss ich meinen Film wohl neu besetzen. Wie habt ihr von meinem Opfer erfahren?«

»Was glaubst du wohl?«, fragte Palmberg. »Ich bin Detective mit Leidenschaft, ich brüte über den Tagesmeldungen, als wären's meine Cholesterinwerte.« Er ließ ein langes, dröhnendes Lachen erschallen. »Nein, ich hab's im Fernsehen gesehen, und als ich dann erfahren hab, wo dieser hier liegt, hab ich mir so meine Gedanken gemacht. Also, Milo, erzähl mal, wenn Muhrmann dein Hauptverdächtiger war, wieso wurde das in den Nachrichten nicht erwähnt?«

»Es war nur so ein Gefühl. Mehr hatte ich gegen ihn nicht in der Hand.«

»Gefühle sind gut, ich habe eine Menge Fälle mit Gefühlen gelöst.«

»Erzähl das mal meinen Vorgesetzten«, sagte Milo. »Man hat entschieden, dass ich nicht genug in der Hand habe, um an die Öffentlichkeit zu gehen.«

Palmberg gluckste. »Meine Vorgesetzten hätten wahrscheinlich dasselbe gesagt. Aber egal, geholfen hätte es sowieso nicht viel, da Muhrmann ja seit Tagen da unten liegt und verrottet, vielleicht musste er in derselben Nacht dran glauben wie eure unbekannte Schöne.«

»Die Schöne hat inzwischen einen Namen. Tiara Grundy hat als Callgirl gearbeitet und war zum Schluss die Geliebte eines Sugar Daddy.«

»Habt ihr den Daddy im Visier?«

»Der ist auch tot, vor einem halben Jahr gestorben, natürliche Ursache.«

»Du lieber Himmel, die sterben ja wie die Fliegen. Welche Art von natürlich?«

»Herz, er ging auf die siebzig zu, hat nicht auf sein Cholesterin geachtet.«

»Irgendwelche Spuren?«

»Muhrmanns Leiche könnte eine sein, Larry. Er wurde in der Nacht, in der Tiara starb, mit ihr gesehen, und wir glauben, dass sie ein Date hatte, aber nicht mit ihm.«

Er nickte mir zu.

Ich fasste kurz die Szene im Fauborg zusammen.

Palmberg sagte: »Falscher Filmstar mit falschem Leibwächter. Eine Art Spiel, hm? Glaubt ihr, es war ein neuer, reicher Freier?«

Milo sagte: »Ein reicher, gefährlicher Freier, der mit Muhrmann unter einer Decke steckte und Tiara gemeinsam mit ihm erschossen hat. Etwas mehr als einen Kilometer weiter hat er sich dann auch seines Mitstreiters entledigt, um die Sache unter Dach und Fach zu bringen. Irgendwelche Reifenspuren hier?«

»Wenn es welche gab, dann sind sie längst verschwunden.« Palmberg nahm seine Brille ab, prüfte die Gläser und kratzte einen Fleck weg. »Irgendwelche Kandidaten im Blick für die Rolle des hinterhältigen Sensenmanns?«

»Wir haben uns mit Daddies Erben beschäftigt, weil wir es nicht für ausgeschlossen halten, dass Tiara ihr Glück mit Erpressung versucht hat, als sie ihren Wohltäter verlor.«

»Aber reiche Leute delegieren lieber.«

»Das ist richtig«, sagte Milo. »Das Problem bei einem Auftragsmörder ist, dass ich die finanziellen Transaktionen nicht überprüfen kann.«

Palmberg setzte seine Brille wieder auf. »Klingt, als wären wir beide ganz schön gearscht. Hast du was dagegen, mir deine Akte zu zeigen?«

»Bekommst du zugefaxt, sobald ich wieder im Büro bin.«

»Ich mach's genauso, mein Lieber. Sobald ich eine Akte habe.«

Sie tauschten Karten. Milo sagte: »In meinen Unterlagen findest du die Adresse von Muhrmanns Mutter, wohnt in Covina, nette Frau.«

»Das sind sie alle«, sagte Palmberg. »Muss heute dein Glückstag sein, keine zwei Kilometer weiter südlich, und ihr hättet sie benachrichtigen müssen.«

»Zu schade.«

»Das ist das Beste an dem Job, hm? Ist sie normal nett oder *richtig* nett?«

»Richtig nett.«

Palmberg fluchte scherzhaft.

Milo warf erneut einen Blick auf den Leichenfundort. »Warst du schon unten?«

»Zweimal. Beim zweiten Mal hab ich mir die Hose aufgerissen und musste den Anzug wechseln. Überlegt euch das gut.«

Milo sagte: »Hast du Klamotten zum Wechseln dabei?«

»Bei den ganzen Körperflüssigkeiten, mit denen man es im Lauf der Jahre zu tun bekommt?«, entgegnete Palmberg. »Du etwa nicht?«

Palmberg wartete auf der Straße und sprach in sein Handy, während Milo und ich runterkletterten, uns dicht am Hang hielten, aber trotzdem mehrmals ausrutschten.

Die Ebene entpuppte sich als nicht sehr tiefer Krater, größer, als ich geschätzt hatte, eher schon sieben Meter breit. Der Himmel über uns war weit, ein tiefes Blau mit Federwölkchen. Die Erde war grau, wo sie nicht braun war, und überwuchert von wildem Salbei, Senf, verblühtem Klatschmohn und dem ein oder anderen halbverdorrten Kiefernsetzling.

Ein tolles Fleckchen, offen und sonnig. Doch auch die ganze frische Luft konnte den Verwesungsgestank nicht überdecken. Wir erreichten die Leiche, gerade als das kriminaltechnische Team mit der Beweisaufnahme fertig wurde.

Drei Techniker, eine Frau und zwei Männer. Sie hatten eine Bahre zum Aufklappen herangerollt und wirkten nicht glücklich angesichts der Aussicht, diese beladen wieder hochschleppen zu müssen.

Einer der Männer sagte: »Hey, Lieutenant.«

»Walt. Könnte ich ihn mir kurz ansehen, bevor Sie ihn mitnehmen?«

Walt öffnete den Reißverschluss des Sacks bis zur Hälfte. Eine abstrakt menschliche Masse, teilweise lederig, aus der etwas quoll, das wie Presskopf aussah, lag im Sonnenlicht unter einem herrlichen Himmel. Die Augen waren verschwunden, leckere Häppchen für findige Vögel. Irgendetwas Fleischfressendes hatte sich am Hals gütlich getan. Blutgefäße, Muskelfasern und Sehnen hingen heraus. Das weiße Hemd war zerrissen, von der schwarzen Krawatte waren nur noch blutige Fetzen übrig. Gesplitterte Rippen ragten aus einer massiven Austrittswunde. Der vergammelte Schwamm von einer Lunge und das abgenutzte Gummiherz lagen auf der aufgerissenen Brust. Tote Maden verteilten sich drumherum wie Reiskörner bei einer Hochzeit.

Milo wandte sich an mich. »Ist daran irgendwas auch nur entfernt wiedererkennbar?«

Ich sagte: »Die Haare stimmen überein. Ebenso die Kleidung und die Größe.«

Walt fragte: »Haben Sie einen Zeugen zum Tatort mitgebracht, Lieutenant?«

»Der Zeuge wurde offiziell zugelassen.« Er stellte mich als Polizeiberater vor, erklärte aber nicht, woher ich Muhrmann kannte. Alle drei Techniker waren verdutzt, doch keiner sagte etwas.

Die Frau sagte: »Wenn er aktenkundig ist, können wir seine Identität überprüfen. Vom linken Daumen und Ringfinger lassen sich noch Abdrücke nehmen, die anderen wurden bis auf die Knochen abgenagt.«

Walt sagte: »Brauchen Sie sonst noch was, Lieutenant?«

Milo meinte nur: »Nein, danke. Packen Sie ihn wieder ein.«

Walt zog den Reißverschluss hoch, ohne die Leiche anzusehen.

Der zweite Mann, jünger, dunkler, sagte: »Und jetzt zum spaßigen Teil. Wir schleppen ihn da hoch. Eigentlich sollten wir das nicht machen müssen, aber die Fahrer stecken im Verkehr fest, und Detective Palmberg will, dass die Leiche so schnell wie möglich abtransportiert wird.«

Walt sagte: »Im Fernsehen hätten die uns einen Helikopter mit einem von diesen Körben dran geschickt. Schließlich wurde er ja auch vom Hubschrauber aus gefunden.«

»Fernsehen«, sagte die Frau, »dann würde ich einen Visagisten und falsche Titten bekommen und reden, als hätte ich nicht mehr alle Tassen im Schrank.« Sie klimperte mit den Wimpern. »Sssih Äss Ei, stehe ganz zu Ihrer Verfügung, wir machen einen elektro-magnetischen Kreuzschnitt der linken lateral dorsalen, fibrio-filamentalen Inklusion. Dann wissen wir, wer sein Urgroßvater war, was er an Thanksgiving vor sechs Jahren gegessen hat und was der Schnauzer seiner Cousine von Trockenfutter hält.«

Alle lachten.

Der jüngere Mann sagte: »Wenn ihr mich fragt, dann ist es ätzender, die Bahre zu nehmen. Ihr nehmt die Leiche, ich nehm die Bahre.«

Die Frau sagte: »Hauptsache, du musst das Corpus Delicti nicht schleppen, Pedro.«

Pedro sagte: »Wenn du die Bahre nehmen willst, dann los, Gloria. Ich nehme die Leiche.«

»Kinder, Kinder«, sagte Walt. Und zu Milo: »Die darf man nicht aus den Augen lassen.«

Milo sagte. »Wenn Sie noch vier Hände brauchen, wir stehen euch zu Diensten.«

Pedro sagte: »Schon okay, wir sind harte Kerle vom CSI, bis zur ersten Werbepause haben wir das alles erledigt.«

Walt sagte: »Du vielleicht, Superheld. Ich werde das eine Woche lang im Rücken spüren. Wenn sie helfen wollen, dann lass sie ruhig, in Gottes Namen.«

Milo warf einen Blick auf den Abhang. »Ist hier unten außer ihm noch was, das ich mir ansehen sollte?«

»Ein bisschen Blut«, sagte Walt, »aber das meiste ist auf der Straße und auf den ersten drei Metern Abhang. Wir haben

Hautfetzen eingesammelt und beschriftet, doch scheinbar hat es keinen Kampf gegeben.

Milo musterte trotzdem die Umgebung, seine Nüstern bebten, dann holte er tief Luft.

»Wie wär's, wenn zwei von euch die Bahre nehmen, wir anderen bilden den Trauerzug.«

»Abgemacht«, sagte Walt.

Wir begannen mit dem Aufstieg.

Pedro sagte: »Der Herr ist mein Hirte. Schade bloß, dass das hier kein Schaf ist.«

31

Am folgenden Tag hörte ich nichts von Milo, und als ich bei Gretchen anrief, um zu fragen, wie es Chad ging, meldete sich niemand.

Robin und ich gingen bei einem Italiener essen, von dem sie gehört hatte. Ein Familienbetrieb, die Frau kochte, der Mann stand hinter dem Tresen, zwei Mädchen im Teenageralter bedienten. Alles war hausgemacht, der Wein gut.

Knoblauchbrot für uns beide, was nicht die schlechteste Definition von Diplomatie ist.

Als wir nach Hause kamen und Blanche aus ihrem Käfig holten, leckte sie mir mit besonders großer Begeisterung die Hand. Dasselbe machte sie bei Robin, dann rülpste sie. Jetzt war alles wieder bestens.

Es klingelte an der Tür.

Blanche raste zur Vorderseite des Hauses und blieb mit wedelndem Schwanzstummel dort sitzen.

Robin sagte: »Jemand, den sie unbedingt begrüßen möchte.«

Eine Stimme auf der anderen Seite brüllte: »Muss wohl an meinem guten Aussehen liegen.«

Sie ließ Milo herein. »Hoffentlich hab ich euch nicht bei irgendwas gestört, Kinder.«

Ein Küsschen auf die Wange, und er verzog das Gesicht. »Spaghetti con olio y mucho Knoblauchico.«

»Meisterdetektiv. Ich gehe und spüle mit Mundwasser.«

»Ich hab gedacht, wir könnten vielleicht alle zusammen ausgehen. Schade.«

»Wir machen dir gerne was zu essen.«

Er warf die Hände in die Luft. »Die Opfer, die ich im Namen der Freundschaft bringe.«

Auf dem Weg in die Küche fragte Robin: »Wie geht's Rick?«

»Du meinst, warum komme ich alleine?«

»Nein, Schatz. Ich wollte wissen, wie es Rick geht.«

»Er hat zu tun«, erwiderte er. »Bereitschaftsdienst, wahrscheinlich schwingt er jetzt im Moment schon wieder das Skalpell. Ich hab auch zu tun, der Unterschied ist nur, dass er etwas zustande bringt.« Er hielt inne. »Aber ich will euch nicht stören und euch eure gute Laune verderben. Eigentlich sollte ich mich besser schnell verziehen, bevor mein Jammervirus noch jemanden infiziert.«

»Sei nicht albern«, sagte Robin. »Was darf ich dir bringen? Hoffentlich was mit Knoblauch, damit wir uns alle gut verstehen.«

Drei hastig verschlungene Wurstbrote und ebenso viele kalte Biere später schnallte er den Gürtel zwei Löcher weiter und strahlte Robin an. »Du bist ein fürsorglicher Engel – wer braucht schon Prozac?«

»Hattest du einen schlimmen Tag?«

»Gar keinen Tag.«

Ich sagte: »Warst du heute nicht bei Dr. Isabel?«

»Wenn sie noch zuckersüßer wäre, bräuchte ich Insulin. Sie hat sich über eine halbe Stunde mit mir hingesetzt, hat meine komplette Krankengeschichte aufgeschrieben, sich meine Elefantenhaut betrachtet und so getan, als wäre alles gar nicht so schlimm. Anschließend hat sie mir die Vor- und Nachteile einer Dermabrasion erläutert sowie eine ganze Reihe alternativer Behandlungsmethoden erklärt. Zum Schluss hatte ich ein so schlechtes Gewissen, weil ich sie angeschwindelt hatte, dass ich fast unterschrieben hätte.«

Robin sagte: »Wir sprechen jetzt von einer der Schwiegertöchter?«

»Ja. Die andere war nicht so freundlich, aber wenn man bedenkt, dass wir sie überfallen und unangenehme Erinnerungen wachgerufen haben, dann war sie fast schon wieder wie eine Heilige. Unterm Strich: Beide machen einen ehrlichen, soliden und ausgesprochen unkriminellen Eindruck, und es gibt in beider Vergangenheit nichts, das auf Unschönes hinweist.«

»Wieso hast du dir die beiden und nicht ihre Ehemänner angesehen?«

»Weil sich jemand unter dem Namen der ersten Schwiegertochter in der Entzugsklinik angemeldet hat. Das bedeutet, es muss eine Frau gewesen sein.«

»Dr. Isabel«, sagte sie. »Wie heißt die andere?«

»Connie Longellos.«

Robin sagte: »Connie kann auch ein Männername sein. Connie Mack war Manager der Yankees.«

»Woher weißt du denn so was?«

»Papakind.« Sie senkte den Blick, so wie sie es immer tat, wenn sie sich an ihren Vater erinnerte.

»Ich bin beeindruckt«, sagte er. »Allerdings hat der Vermieter gesagt, dass es eine Frau war.«

Robin sagte: »Habe ich dein Leben gerade komplizierter gemacht, Milo?«

Ich sagte: »Wisst ihr was …?«

Sie drehten sich zu mir um.

»Der Vermieter hat möglicherweise nur vermutet, dass es eine Frau war, wegen des Namens auf dem Empfehlungsschreiben. Er hat nie mit jemandem gesprochen.«

»Das stimmt«, sagte Milo und zuckte plötzlich zusammen. »Vielleicht hast du uns gerade von einem schwerwiegenden Tunnelblick befreit. Ich würde dir dafür danken, dass du über den Tellerrand hinwegsiehst, aber wer über den Tellerrand hinwegsieht, muss ja erst mal einen Teller vor sich stehen haben.«

Robin tätschelte ihm die Hand. »Möchtest du Nachtisch?«

32

Ich brachte Milo zu seinem Wagen.

»Sag Robin danke für das Essen.«

»Du hast dich schon bedankt.«

»Sag's ihr noch mal. Fürs Dessert.«

Es gab doch gar kein Dessert.«

»Doch natürlich«, sagte er. »Süße Einsichten.« Er schüttelte den Kopf. »Connie Mack. Warum zum Teufel nicht? Morgen sehe ich mir die Brüder an.«

Ich sagte: »Die Postfachadresse der falschen Connie war in Pacific Palisades, was von beiden Tatorten nicht allzu weit entfernt ist. Wenn man von Beverly Hills kommt, liegt es sogar auf dem Weg.«

»Da muss es eine Verbindung geben … okay, macht euch auf was gefasst, Phil und Frank. Wenn ich Unterstützung bekomme, dann lasse ich euch beide observieren. Wenn nicht, fange ich mit Phil an, weil er keine geregelten Arbeitszeiten hat. Außerdem ist er mit der echten Connie verheiratet, und ich kann mir vorstellen, dass ein verdrossener Ehemann so eine Nummer durchzieht.«

»Phil wurde noch nie betrunken am Steuer erwischt.«

»Frank auch nicht, aber das kann Glück sein. So wie Phil Glück hatte, in der Nacht, in der er blasen musste.« Er lachte. »Glück und Beziehungen. Okay, träum süß, wenn's was Neues gibt, lass ich es dich wissen.«

Der Anruf um elf Uhr vormittags kam nicht von ihm. Unterdrückte Nummer, direkt auf meiner privaten Leitung.

»Doctor, hier ist Moe Reed. Der Lieutenant hat mich gebeten, Ihnen mitzuteilen, dass er nach Downtown gerufen wurde. Für wie lange ist unklar.«

»Gibt's Ärger?«

»Falls Sie eine Statistik-Sitzung als Ärger bezeichnen möchten?«

»Er hat sich eine ganze Weile davor gedrückt.«

»Wenn einen der Polizeichef persönlich anruft und ... einem die Meinung geigt, dann drückt man sich nicht mehr.«

»Danke, Moe. Sonst noch was?«

»Der Polizeichef hat ihn um sechs Uhr früh geweckt«, sagte Reed. »Nicht gerade der beste Start in den Tag.«

Ich gab die Namen der Suss-Zwillinge in verschiedene Suchmaschinen ein, verknüpfte die Suche mit Topanga, Pacific Palisades, Malibu und ein paar Städten im West Valley. Nichts.

Um die Mittagszeit ging ich die Küchentreppe runter, durch den Garten zu Robins Atelier, machte zwischendurch Halt, um die Fische zu füttern. Sie war immer noch mit demselben Gitarrenkörper wie neulich beschäftigt, hielt ihn ins Licht, klopfte an unterschiedlichen Stellen darauf, fuhr mit dem Finger über die äußeren Ränder. In meinen Augen hatte sie nicht viel damit gemacht. Drei Meter weiter schnarchte Blanche auf ihrem Hundebett.

»Schatz, was gibt's?«

»Milo hat zu tun. Ich dachte, ich sehe mir noch mal das Haus von Philip Suss an.«

Sie nahm einen Meißel, wischte die Klinge ab und legte ihn wieder hin. »Ich leiste dir Gesellschaft – guck nicht so erschrocken. Warum nicht?«

»Erstens, weil's langweilig ist.«

»Wenn ich dir Gesellschaft leiste? Jetzt bin ich beleidigt.«

»Das verkrafte ich schon. Für dich wär's einfach nur öde.«

Sie schlang einen Arm um meine Taille. »Ich sollte jetzt sowieso nicht schnitzen. Ich bin viel zu abgelenkt.«

»Wovon?«

»Von ihr. Ich weiß, es gibt keinen rationalen Grund, aber manchmal hab ich keine Lust, einfach zu ignorieren, wie's mir geht. Was ist der zweite Grund?«

»Welcher zweite Grund?«

»Du hast gesagt ›erstens‹. Was noch?«

Ich wusste keine Antwort.

Sie sagte: »Na, bitte. Wenn ich dabei bin, können wir auf Liebespaar machen. Umso weniger wirst du für einen durchgeknallten Schnüffler gehalten.«

»Ich schätze mal, ich werde meinen zerknitterten Regenmantel und meine Groucho-Nase nicht brauchen.«

»Die Nase könnte ganz niedlich aussehen, aber den Mantel brauchst du bestimmt nicht.«

Sie schob mich zur Tür. Blanche wachte auf, streckte sich, gähnte, stellte die Ohren auf und sprang uns hinterher.

»Bist du sicher, dass du das machen willst? Wahrscheinlich führt es zu absolut gar nichts.«

»Kopf hoch«, sagte Robin. »Das wird Spaß machen. Jedenfalls ist es mal was anderes.«

Wir erreichten Portico Place kurz vor eins. Krähen krächzten, und Eichhörnchen rasten Baumstämme hinauf, aber es gab keinerlei Anzeichen dafür, dass hier Menschen wohnten, was in den besseren Vierteln von L. A. vollkommen normal ist. Dieselbe Parklücke war verfügbar, doch diesmal hielt ich ein Stück weiter weg, um nicht aufzufallen.

Die Sicht auf das Haus war teilweise versperrt, aber den BMW und den Lexus im Hof konnte man erkennen.

Robin sagte: »Hübsches Haus. Für das, was es ist.«

»Was meinst du? Eine Protzvilla «

»Nein, schon was Besseres. Hübsche Proportionen. Aber Neues auf Alt trimmen funkioniert nie richtig, oder? Trotzdem, das hier ist ein ganz wackerer Versuch.«

Sie reichte mir eines der Sandwiches, die sie geschmiert hatte.

Roastbeef auf Roggenbrot, dazu Senf mit Meerrettichnote, sorgsam in Folie gewickelt. Außerdem Kartoffelchips, saure Gurkenscheiben, schwitzende Coladosen. Alles eingepackt in eine Minikühltasche.

»Das ist alles viel zu zivilisiert«, sagte ich.

»Was isst Milo denn?«

»Burritos gehören zu seinen Lieblingsspeisen. Im Prinzip ist ihm alles recht, was schnell geht, schwer im Magen liegt und fettig ist.«

»Na ja«, sagte sie, »was spricht dagegen, das Niveau ein bisschen anzuheben? Auch wenn man was Unzivilisiertes dabei macht.«

»Was ist am Observieren unzivilisiert?«

»Wir observieren nicht, wir jagen, Schatz. Wir beten, dass uns jemand hilflos und um sich schlagend in die Falle tappt.«

»Stört dich das?«

»Überhaupt nicht.«

Wir aßen auf und tranken die Dosen leer und blieben noch weitere dreiundzwanzig Minuten sitzen, bis die Tore aufgingen.

Connie Longellos manövrierte ihren Lexus auf die Straße und bog Richtung Süden ab. Sie fuhr direkt an uns vorbei, starrte aber geradeaus.

»Hübsche Frau«, sagte Robin. »Ein bisschen schlecht gelaunt, soweit ich sehen konnte. Wenn ihr Mann dafür verantwortlich ist, dann reicht es wohl nicht, hübsch zu sein.«

Vierzehn Minuten später fuhr der BMW heraus. Philip Suss saß am Steuer, seine Lippen bewegten sich, und er lächelte beim Reden.

Robin sagte: »Der ist nicht schlecht gelaunt. Mit wem auch immer er plaudert, das Gespräch macht ihn glücklich.«

Auch Suss fuhr Richtung Süden.

Ich wartete kurz, bevor ich ihm folgte.

Robin sagte: »Das ist überhaupt nicht langweilig.«

Als Milo und ich Connie Suss beschattet hatten, war sie in östlicher Richtung über den Ventura Boulevard nach Sherman Oaks gefahren. Ihr Mann nahm jetzt dieselbe Durchgangsstraße in westlicher Richtung, mied den Freeway und quälte sich durch den dichten Mittagsverkehr. Er ließ sich auf seinem Weg in das Geschäftsviertel von Encino leicht verfolgen. Ich blieb immer ungefähr drei Autolängen hinter ihm, schloss die Lücke gelegentlich, bevor ich mich wieder zurückfallen ließ, sah dabei aber immer, wie sich seine Lippen bewegten.

Er blieb auf dem Ventura Boulevard, fuhr durch Tarzana und dann rüber nach Woodland Hills, wo er links in die Canoga Avenue abbog, dann wieder links in die Celes Street und rechts in den Alhama Drive. Vor einem gelben, einstöckigen Vierziger-Jahre-Cottage blieb er stehen, ging zur Haustür, klingelte und wurde eingelassen.

Robin sagte: »Hübsches weißes Leinenhemd, perfekt sitzende Hose, frisch geputzte Schuhe, und sein Haar glänzt. Er geht bestimmt nicht Poker spielen mit den Jungs.«

»Volltreffer.«

»Du wusstest gar nicht, was du verpasst, hm? Ehrlich, Alex, findest du nicht, dass er total aufgedonnert war? Als würde er zu einem heißen Date gehen? Und guck dir den Mustang in der Auffahrt an. Das ist ein Mädchen-Auto.«

Hellblaues Fließheck, weiße Innenausstattung. Ein Aufkleber auf der Stoßstange mit einem Symbol, das nach einem japanischen Schriftzeichen aussah.

Ich notierte das Kennzeichen. Robin nahm sich ein Blatt aus meinem Block und malte das Schriftzeichen ab.

Dann fuhr ich noch ein paar Häuser weiter, drehte und bezog Stellung. Den Motor machte ich aus, weil Phil Suss möglicherweise kein Interesse an einer Stippvisite hatte.

Sekunden später kam er wieder heraus, gefolgt von einer Frau.

Und dann noch einer.

Zwei große, gut gebaute Frauen Ende zwanzig oder Anfang dreißig, jeweils mit langer, dunkler Mähne, die im Wind wehte.

Phil Suss ging mit beiden Arm in Arm, lachte und flanierte zu seinem Wagen.

Ich war zu weit weg, um erkennen zu können, welche Hautfarbe die beiden Frauen hatten, aber sie trugen winzige, enge Oberteile – die eine ein rotes, die andere ein schwarzes –, dazu superenge Jeans, die ihren ultralangen Beinen schmeichelten, sowie spindeldürre High Heels, die das Gehen zum Balanceakt werden ließen.

Phil Suss hielt ihnen die Beifahrertür auf und klappte den Sitz nach vorne, um eine der beiden Frauen hinten einsteigen zu lassen. Als sie sich bückte und auf die Rückbank zwängte, gab er ihr einen Klaps auf den Po. Die andere ließ ihre Hüfte kreisen und machte dasselbe mit seinem Hinterteil. Daraufhin küsste er sie. Und sie revanchierte sich.

Robin sagte: »Hübschsein reicht auf keinen Fall.«

Ich wartete, bis der BMW wieder an der Celes Street war, dann fuhr ich ihm hinterher. Ich erreichte die Kreuzung zur Canoga Avenue gerade rechtzeitig, um Phil Suss in südlicher Richtung davonrasen zu sehen. Nachdem er kurz rechts in die Dumetz Road abgebogen war, fuhr er keine anderthalb Kilometer weiter bis zum Topanga Canyon Boulevard. Fünfzehn Minuten später lenkte er in die Old Topanga Road und fuhr auf den Kiesparkplatz eines Restaurants mit Holzvertäfelung.

Das Satori.

Robin sagte: »Na, sieh einer an.«

Wir hatten einige Male hier gegessen, als wir noch Zeit für uns hatten und uns der Sinn nach Romantik stand. Das war schon eine Weile her. Zu lange?

Hier gab es von Blattwerk überdachte Terassen und gemütliche Essräume mit Steinfußboden. Von den Plätzen draußen konnte man teilweise den Topanga Creek sehen. Ich erinnere mich, dass es dort Biokost gab und gute Weine und dass alles nicht gerade billig war.

Wunderbar, wenn man mit der richtigen Person herkam und keine Bienen herumschwirrten. Als Robin und ich das letzte Mal hier waren, versorgte eine Waschbärenmama gerade ihre maunzenden Waschbärenbabies am Flussufer.

Phil Suss und seine Frauen waren durch einen hölzernen Torbogen getreten, die Arme umeinander geschlungen.

Robin und ich sahen vom Auto aus zu, diesmal nah genug,

um die Hautfarbe der Mädchen erkennen zu können. Und wie die Truppe so drauf war.

Weiß.

Fröhlich, an der Grenze zu ausgelassen.

Beide Frauen sahen umwerfend aus, strahlten eine Sinnlichkeit aus, wie es nur Menschen tun, die von ihrem guten Aussehen überzeugt sind.

Ich dachte an Tiara Grundy, fragte mich, ob auch sie mit Mark Suss hier gewesen war.

Oder einem seiner Söhne?

Robin sagte: »So groß waren die Sandwiches nicht, komm, wir gehen essen.«

»Du verwechselst mich wohl mit Milo.«

»Wenn du Milo wärst, hätte das seine Vorteile, Schatz. Komm schon, wir gehen rein, ich hab dir doch schon erklärt, dass ich deine Deckung bin. Ein einzelner Mann würde auffallen. Aber wir sind verliebt, alle werden sich freuen.«

Sie öffnete die Beifahrertür und hielt inne. »Brauchen wir einen Plan?«

»Einfach unauffällig bleiben und so viel wie möglich mitbekommen.«

»Unauffällig kann ich gut«, sagte sie. »Wir halten Händchen und tun, als hätten wir außer uns gerade überhaupt nichts im Kopf.«

Das Restaurant war so gut wie leer. Robin und ich wurden zu einer von Kiefern begrenzten Veranda und an einen Tisch geführt, an dem wir ungestört gewesen wären und einen herrlichen Blick auf das sprudelnde Wasser gehabt hätten.

Charmant. Doch hätten wir dort zu nah an der Nische gesessen, in die sich Phil Suss und die kurvigen Brünetten verzogen hatten. Und wir hätten dem ausgelassenen Trio den Rücken zugekehrt.

Robin sagte: »Wie ist es damit?« Und zeigte auf einen weniger beliebten Platz mit direktem Blick auf Suss' kleine Gruppe.

Die Augenbrauen der Bedienung wanderten nach oben. »Was Ihnen lieber ist.«

»Danke für den ersten Tisch, aber der hier gefällt uns besser«, sagte Robin. »Wir waren an unserem letzten Hochzeitstag hier, und jetzt sind wir zufällig vorbeigefahren und haben uns spontan entschlossen, was zu essen.«

Die Frau lächelte. »Spontan klingt gut.«

Phil Suss bestellte zwei Eistee, einen trank er, den anderen bedeckte er mit einer gefalteten Serviette. Die Frauen entschieden sich für Champagner.

Unbeschwerte Mädchen, die alles richtig machten: Sie warfen ihre Haare zurück, leckten sich über die Lippen, berührten Phil Suss strategisch an der Schulter, an den Armen und an der Wange.

Die eine im roten Top – ein Neckholder, der einen makellosen, samtigen Rücken entblößte – hatte dichtes, schwarzes Haar mit raffinierten, bronzefarbenen Strähnen.

Die mit dem Glätteisen begradigten Locken des Mädchens im dunklen Top waren schwarz wie Ebenholz und ebenfalls von bronzefarbenen Strähnen durchzogen.

Als würden die beiden im Team arbeiten und zu einem koordinierten Pheromonangriff starten.

Beide Frauen hatten an den strategisch wichtigen Stellen nachhelfen lassen: Brust, Wimpern, Wangenknochen. Ich musste meine Alterseinschätzung korrigieren: Mitte dreißig bis vierzig.

Phil glühte. Er liebte es, so viel Aufmerksamkeit geschenkt zu bekommen.

Robin und ich nahmen unsere Speisekarten, versteckten

uns hinter den übergroßen, in Hanf gebundenen kulinarischen Verheißungen, während wir weiterhin heimlich hinüberstarrten.

Champagner wurde nachgeschenkt, mädchenhaftes Kichern.

Robin sagte: »Hmm, vegane Ente. Das hatten die früher nicht.«

»Hätte nicht gedacht, dass sich Enten diese Ernährungsphilosophie zu eigen machen.«

Sie lachte. Wir berührten unsere Hände, bestellten Salate und behielten die drei weiter im Blick.

Den verzückten Gesichtern der Brünetten nach zu urteilen, war Phil Suss der geistreichste Mann auf dem Planeten.

Ein anderer Mann ging an uns vorbei.

Eine der Frauen rief: »Baby!«

Dr. Franklin Suss, dessen kahler Schädel glühte, trug ein schieferblaues Nat-Nast-Hemd mit aufgestickten Billardkugeln, dazu eine cremefarbene Leinenhose, braune Kalbslederschuhe. Er küsste die Frau mit dem schwarzen Top, dann deren Freundin.

Anschließend ging er zu seinem Bruder, und beide Männer gaben sich einem langwierigen Ritual aus Umarmungen, doppelten Wangenküssen, weiteren Umarmungen, Schulterklopfen und kräftigen Handschlägen hin.

Die im roten Oberteil sagte: »Das reicht, ihr zwei, ich werde noch eifersüchtig.«

Die im schwarzen Oberteil ergänzte: »Oder wir denken, dass ihr echt nicht ganz normal seid.«

Frank und Phil küssten sich noch einmal. Frank wackelte aufgesetzt mädchenhaft mit dem Hintern.

Alle lachten.

Frank rutschte in die Nische neben die mit dem roten Oberteil.

Legte den Arm mit der Leichtigkeit der Gewohnheit um ihre Schulter. Phil machte dasselbe bei der im schwarzen Top.

Dann nahm Phil den Deckel von dem zweiten Eistee und schob ihn rüber zu Frank.

Frank machte High Five und hob sein Glas. »Danke, Bruderherz.«

Phil tat es ihm gleich. »Hey, Mann.«

Sie streckten die Arme vor den Frauen aus und stießen an.

Die mit dem roten Oberteil sagte: »Nicht schon wieder. Jungs, passt auf: Hier sind schöne, sexy Frauen anwesend.«

»Bei so viel Bruderliebe können wir nicht mithalten«, sagte die mit dem schwarzen Oberteil und zog eine Schnute.

Frank sagte: »Bruderliebe. Wahrscheinlich sollten wir nach Philadelphia ziehen.«

Die mit dem roten Oberteil sagte: »Was?«

Sie wandte sich an die mit dem schwarzen Oberteil, die wiederum mit der Schulter zuckte. »Wie meinst du das, Frankie?«

Phil sagte: »Vergiss es, Lori, lass uns bestellen.«

»Soll das ein Witz sein? Philadelphia kann man vergessen.«

»Schon mal da gewesen?«

»Nein, aber da gibt's keinen Strand.«

Phil sagte: »Du bist ja ein richtiges Geografie-Genie.«

Frank kicherte.

Die mit dem schwarzen Oberteil meckerte: »Komm schon, Frankie. Was ist da lustig dran?« Frank verdrehte langsam die Augen. »Das war ein blöder Witz, Baby. Also, was essen wir?«

Die mit dem roten Oberteil sagte: »Wieso erzählst du denn so was Blödes?«

Mit versteinertem Gesicht sagte Frank: »Ich wusste nicht, dass der Witz blöd war, bis ich's gesagt hab.« Dabei sprach er langsam wie zu einem zurückgebliebenen Kind.

Die im roten Oberteil meinte: »Ach so, okay.«

Phil erklärte: »Sieh's mal so. Wenn eine von euch den falschen Bikini anzieht, wundert ihr euch doch auch, stimmt's? An der Stange sieht er gut aus, aber am Körper bringt er's einfach nicht.«

Lori zog eine Schnute. »An *diesem* Körper sieht alles gut aus, Philly.« Sie streckte ihren üppigen Busen heraus.

Ihre Freundin tat es ihr gleich. Dann hellte sich ihre Stimmung auf. »Oh«, sagte sie. »Ich hab's kapiert: Philly aus Philadelphia.«

Gekicher.

Die mit dem schwarzen Oberteil sagte: »Aber Frankie aus Philadelphia passt nicht.«

Dr. Frank Suss: »Na bitte, immer Brautjungfer, niemals Braut.«

Verstörte Blicke.

Phil Suss sagte: »Genug von dem Blödsinn. Ihr beiden seid die Schärfsten auf der ganzen Welt, Frankie und ich stehen auf euch, und außerdem hab ich jetzt Hunger.«

33

Phil, Frank, Lori und die Frau, die – wie sich später herausstellte – Divana hieß, unterbrachen ihr Mittagessen immer wieder durch zahlreiche Küsschen, Streicheleinheiten über Wangen und einige nicht ganz so dezente Grabschereien unter dem Tisch.

Die beiden bildeten zwei zwanglose Paare: Frank mit Divana, Phil mit Lori. Aber ich erinnerte mich an den Klaps auf den Hintern auf dem Alhama Drive und bezweifelte, dass es so einfach war.

Robin und ich pickten jeweils in einem Salat und versuchten, möglichst gelassen zu wirken. Je länger das Essen dauerte, desto mehr wirkte ihr Lächeln wie aufgeklebt.

Als wir das Satori nur wenige Minuten nach dem Weggang der vier verließen, entspannte sie sich wieder.

Die Brüder in der Mitte, die Arme jeweils um die Taille des anderen, lachend. Die Frauen schweigend an den Seiten.

Phil und Lori stiegen in den BMW. Frank bugsierte Divana in einen schwarzen Cadillac XTS.

Ich fragte: »Hast du einen Vorschlag, was wir machen, wenn sie sich trennen?«

Robin antwortete: »Ich würde an Phil dranbleiben. Seine Frau ist diejenige, deren Name in Zusammenhang mit Steven Muhrmann benutzt wurde.«

Eine echte Detektivin.

Beide Autos rollten vom Parkplatz. Richtung Norden kamen sie wieder ins Valley, Richtung Süden vorbei an den Stellen, an denen Muhrmann und Tiara Grundy gestorben waren.

Die Suss-Zwillinge wählten keine der beiden Richtungen, sondern blieben auf der Old Topanga Road und fuhren tiefer in den bewaldeten, verlassenen Canyon hinein.

Zwei Brüder, zwei Autos.

Zwei Brüder, zwei Waffen?

Unkomplizierte nonverbale Kommunikation zwischen Zwillingen konnte ein perfektes Zwei-Mann-Erschießungskommando ergeben. Und die Wunden erklären, die Clarice Jernigan so stutzig gemacht hatten. Synchron abgegebene Schüsse.

Auf die Plätze, fertig, *los.*

Wahrscheinlich hatten sie das als Kinder schon tausendmal gemacht, mit Pusterohr, Spielzeugpistolen und Wassergewehren.

Mit dem Erwachsenwerden änderte sich das Spiel, und sie eigneten sich Daddies Einstellung gegenüber Frauen an.

Übernahmen Daddies Sweetie als grausame Erbschaft.

Ein albernes, naives Mädchen, das nicht ahnte, dass es als Eigentum der Familie betrachtet worden war, das man ebenso leicht abstoßen konnte wie jeden anderen flüssigen Anlageposten.

Phils weißer Wagen fuhr langsamer.

Franks schwarzer ebenso.

Die Landschaft veränderte sich, jetzt standen hier Häuser, halb versteckt, viele davon Wohnwagen, Schuppen oder selbstgezimmerte Hütten, alle ein gutes Stück abseits der Straße. Die Brüder bogen auf eine nicht näher bezeichnete Schotterstraße ein, die eine scharfe Kurve machte. Ein Briefkasten hing schief auf einem Pfahl. Klapprige Zedern und Trockenheit liebende Eichen beugten sich über die Durchfahrt.

Schon bald waren beide Fahrzeuge auf dem schattigen Weg nicht mehr zu sehen. Ich fuhr zwanzig Meter weiter, ließ den Seville laufen und stieg aus.

»Wo gehst du hin?«

»Nachsehen.«

»Ich komm mit.«

»Ineffizient«, sagte ich. »Setz dich ans Steuer und lass den Motor laufen. Wenn ich rennen muss, bist du bereit.«

»Wenn du rennen musst? Wie wär's, wenn keiner von uns geht und wir Milo die Adresse geben.«

»Ich seh mich nur mal eine Sekunde lang um, ist keine große Sache.«

Sie packte mich am Handgelenk. »Zu viel Testosteron, Baby, wir wissen doch, wozu das führt.«

»Der Testosteronschub der beiden wirkt sich zu meinen Gunsten aus. Die denken im Moment an Spaß, nicht an ein Kapitalverbrechen.«

»Dessen kannst du dir aber nicht sicher sein, Alex.«

Ich nahm ihre Hand weg, ließ sie im Wagen sitzen.

Eine verschrumpelte, aufgeklebte Hausnummer schälte sich seitlich vom Briefkasten. Ich merkte sie mir, sah in den Kasten. Leer.

Zehn Meter weiter machte die Schotterauffahrt eine S-Kurve, was erklärte, weshalb die Wagen so schnell verschwunden waren.

Ich hielt mich ganz links, versank im schmatzenden und knisternden Laub. Dann blieb ich stehen, um zu lauschen. Hörte nichts.

Ein paar Meter weiter: Gelächter.

Spaß, die beste Ablenkung von allen.

Als ich das Ende der gewundenen Auffahrt erreichte, brannte die Nachmittagssonne heiß und weiß.

Ich bewegte mich langsam und vorsichtig voran. Blieb sechs Meter vor einer Fläche mit festgestampfter Erde stehen, ungefähr einen viertel Hektar groß.

In einem Swimmingpool glitzerte das Wasser. Hinter dem Pool sah man die Holzwände eines flachen, aber breiten Hauses. Hinter dem Haus Wald.

Die Autos der Suss-Brüder parkten vor dem Pool, verdeckten teilweise die Sicht.

Summen, surren, Gelächter.

Eine Männerstimme sagte: »Oh, ja, Baby.«

Ich schlich mich hinter den Cadillac, spähte durch beide Fenster, aber wegen der getönten Scheiben sah ich nicht viel.

Ich wagte einen Blick über die Motorhaube des Wagens.

Phil Suss saß am Rand des Pools, nackt und braun, seine üppigen Muskeln kamen dank einer Schicht Talg deutlich zur Geltung. Er hatte die Augen geschlossen, den Mund weit geöffnet, eine der Frauen lag quer über ihm und nahm sich seines Schoßes an. Auf der anderen Seite des Wassers, im flachen Ende, umarmte Frank Suss, blass und dünn, aber mit dickem Bauch, die andere Brünette. Sie hatte ihre Beine um seine Hüfte geschlungen. Die synchronen Bewegungen ihrer Hüften ließen eine lässige Schwimmbewegung entstehen, die allerdings noch bei keinen Olympischen Spielen zum Einsatz gekommen war.

Als ich mich umdrehte, um zu gehen, schlug Phil mit einer Faust in die Luft. »Ja!«

Frank öffnete die Augen. Und lächelte verträumt: »Hey, Mann!«

»Yeah!«

Beide Mädchen lachten. Aber es klang aufgesetzt.

Robin rollte mir mit dem Seville entgegen, und ich stieg ein. Noch bevor ich mich anschnallen konnte, raste sie schon davon. Fuhr, ohne einen weiteren Blick darauf zu werfen, am Satori vorbei. Ihre Hände umklammerten das Lenkrad, sie lächelte nicht.

»Alles klar?«

»Irgendwas Weltbewegendes?«

»Nein.«

»Was denn?«

»Das, was zu erwarten war.«

Sie runzelte die Stirn. »Alle zusammen?«

»Getrennt, aber gleichzeitig.«

»Direkt voreinander? Fast schon inzestuös. Und die beiden scharfen Mäuschen haben keine Ahnung, mit wem sie's zu tun haben.«

»Jetzt haben sie ja die Chance, es herauszufinden«, sagte ich.

Sie beschleunigte, fuhr an der Stelle vorbei, an der Steven Muhrmann gestorben war. Es gab keinen Grund, sie darauf aufmerksam zu machen. Ebenso wenig auf die Stelle, an der Tiara ihr Gesicht verloren hatte.

Die Fahrt zeigte noch einmal, wie nah beide Tatorte beieinanderlagen. Eine temporeiche Nacht voller Blut und ungeahnter Wendungen.

Robin sagte: »Ich frage mich, was dieser Aufkleber bedeutet. Es *muss* was Unanständiges sein.«

War es aber nicht.

Eine Website über *japanische Autoaufkleber* übersetzte das Schriftzeichen als »Peace« in einer Schreibweise, die als *Kanji* bezeichnet wird.

Robin sagte: »Okay, wird Zeit, dass ich mich wieder mit was beschäftige, das ich gut kann.«

Lori und *Divana* in Verbindung mit den Namen der Suss-Brüder erzielte keine Treffer.

Ich rief Milo an, um ihm die Adresse auf dem Briefkasten des Holzhauses durchzugeben.

Wieder nur die Mailbox. Dasselbe bei Moe Reeds Anschluss.

Ich versuchte es mit Milos anderem Kollegen, Detective Sean Binchy.

»Ich glaube, er ist immer noch in der Zentrale, Doc.«

»Muss ein langes Meeting sein.«

Binchy sagte: »Lang sind sie meistens.«

»Wenn Sie ihn sehen, sagen Sie ihm, er soll mich anrufen, ja?«

»Mach ich, Doc. Darf ich Sie was fragen?«

»Sicher.«

»Die Tochter meiner Schwester überlegt, ob sie Psychologie studieren soll. Kann sie sich demnächst mal mit Ihnen darüber unterhalten?«

»Sicher, Sean.«

»Danke. Ich gebe dem Lieutenant Ihre Nachricht weiter.«

»Könnten Sie ein paar Adressen überprüfen und herausfinden, wem die Häuser gehören?«

Ein Augenblick verstrich. »Doc, diese ganzen neuen Datenschutzvorschriften machen den privaten Gebrauch wirklich schwierig. Ein paar Kollegen glauben, dass die Spionageprogramme auf uns angesetzt haben und alle unsere Tastatureingaben aufzeichnen.«

»Das ist nichts Privates, Sean, das gehört zu Milos Fall.«

»Er hat es nicht offiziell genehmigen lassen, Doc. Ich will ja kein Weichei sein, aber …«

»Und ich will nicht, dass Sie Ärger bekommen«, sagte ich. »Aber es geht um keine vertraulichen Informationen. Ich könnte auch in die Stadt fahren und dieselben Daten selbst raussuchen.«

»Stimmt, hmmm«, sagte er. »Geht's um den Mord an der ohne Gesicht?«

»Genau.«

»Das arme Mädchen … ich sag Ihnen was, ich seh's nach und leg es Sturgis auf den Schreibtisch. Dazu einen Zettel, auf dem steht, dass Sie um die Information gebeten haben, aufgrund von …«

»Etwas, das ich vor einer Stunde beobachtet habe.«

»Okay, betrachten Sie's als erledigt. Und ich gebe Dorrie Ihre Nummer.«

Ich sagte: »Wenn's schon auf seinem Schreibtisch liegt, Sean, wär's dann ein Problem, wenn Sie die Information an mich weitergeben? Da es ja sowieso ganz offen daliegt?«

Schweigen.

»Das wird ihm Zeit ersparen, Sean. Ich verspreche, dass er nichts dagegen hat.«

»Oh, Mann«, sagte er. »Ja, Sie waren immer ehrlich zu mir, Doc. Um welche Adressen geht es denn?«

34

Das Haus am Alhama Drive gehörte einem gewissen Oral Marshbarger.

Das Web spuckte nur eine einzige Person aus, die mit diesem Namen gesegnet war: ein Buchhalter bei einer Firma in St. Louis.

Eigentlich zu spät, um da drüben noch anzurufen, aber ich versuchte es trotzdem.

Ein Anrufbeantworter ratterte eine lange Liste mit Durchwahlen herunter. *»Mr Adams erreichen Sie unter 101. Mr Blalock erreichen Sie unter 102.«*

Ich ließ das Alphabet an mir vorüberziehen und wählte die 117.

Ein Mann meldete sich: »Marshbarger.«

Sich als Polizist auszugeben ist ein schwerwiegendes Vergehen. Einen falschen Eindruck entstehen zu lassen und Details schönzufärben ist juristisch unerschlossenes Gebiet. Außerdem natürlich ein beliebter Trick, weil die meisten Menschen nur auf Schlagwörter reagieren und Einzelheiten gar nicht registrieren. Marshbarger könnte als Rechnungsprüfer die Ausnahme sein. Aber wer nicht wagt, der nicht gewinnt.

»Mr. Marshbarger, hier spricht Alex Delaware. Ich arbeite an einem Fall im Auftrag der L. A. Police. Wir haben einige Fragen zu einer Immobilie am Alhama Drive, die, soweit wir wissen, Ihnen gehört.«

»Polizei? Erzählen Sie mir nicht, dass die das für *so was* benutzt haben.«

»Wofür, Sir?«

»Einen Pornodreh, was sonst? Als die aufgekreuzt sind, so wie die aussahen, zuckersüß … das nennt man wohl verführerisch – natürlich war ich misstrauisch. Ich wollte sie direkt fragen, ob sie Drehorte für einen Pornofilm suchen, aber ich hatte Angst, dass sie mich gleich wegen sexueller Diskriminierung anzeigen. Nach dem Motto, würden Sie uns das auch fragen, wenn wir *Männer* wären? Heutzutage zerrt doch jeder jeden wegen allem Möglichen vor Gericht.«

Ich sagte: »Seit wann haben Sie es an die beiden Frauen vermietet? Und was haben die Ihnen über sich erzählt?«

»Also haben sie Pornos gedreht! Herrgott.«

»Es liegt nichts gegen Sie vor, Mr. Marshbarger.«

»Warum sollte gegen *mich* etwas vorliegen? Ich bin das Opfer. Der Punkt ist nur der: Das ist widerlich. Und arglistig. Das Haus wurde eindeutig zur privaten Nutzung angeboten. Haben sie's verwüstet? Hat sich jemand beschwert?«

»Das Haus ist allem Anschein nach völlig in Ordnung.«

»Haben sie Blumen gepflanzt?«, fragte Marshbarger. »Das haben sie versprochen, das war Teil des Vertrags.«

»Der Garten sieht toll aus, Sir.«

»Ich versichere Ihnen, wenn ich gekonnt hätte, hätte ich sie vollkommen durchleuchtet, das hätte ich gemacht, aber was hatte ich schon für eine andere Wahl?«

»Absolut, Sir.«

»Es war ein Notfall«, sagte er. »Ich hab das Haus gekauft und gedacht, ich würde selbst drin wohnen. Drei Monate später hat mich die Firma hierher versetzt. Ich hab um einen Ausgleich gebeten, bis ich das Haus zu einem fairen Preis vermieten kann, und die Firma hat sich zur Zahlung bereit erklärt, aber die unausgesprochene Botschaft lautete: *Machen Sie schnell, Marsh.* Die beiden waren die Ersten, die mit Geld und einer guten Auskunft bei mir vorstellig wurden. Was natürlich logisch ist, wenn sie von einer Pornofirma vorgeschickt wurden. In der Branche wird mehr umgesetzt als in Hollywood, hab ich recht? Und ein Großteil davon wird niemals versteuert – geht es darum? Eine Steuerschuld, und Sie haben gedacht, ich weiß Bescheid, weil ich Buchhalter bin? Tut mir leid, nein, nichts. Und mehr kann ich dazu auch nicht sagen.«

»Mr Marshbarger, es geht um keine Steuerschuld, Ihre Mieterinnen werden keiner Straftat verdächtigt. Und Pornos haben sie auch keine gedreht.«

»Was denn sonst?«

»Sie hatten Kontakt zu Personen, an denen wir ein besonderes Interesse haben.«

»Organisiertes Verbrechen? Oh, Gott …«

»Nein, Sir, Sie müssen sich in dieser Hinsicht absolut keine Sorgen machen. Ich benötige nur einige Informationen.«

»Was für Informationen?«

»Ich muss ein paar Fakten überprüfen. Welche Namen wurden auf dem Mietvertrag angegeben?«

»Offensichtlich die richtigen«, sagte Marshbarger. »Jedenfalls hat das die Kreditsicherungsagentur behauptet, die ich mit der Überprüfung beauftragt habe, ob Sie's glauben oder nicht.«

»Sie hatten also Zweifel?«

»Divana Layne? Lori Lennox? Klingt das nach echten Namen?«

Und das aus dem Mund von Oral Marshbarger.

Ich erwiderte: »Welche vorangegangenen Beschäftigungen haben sie angegeben?«

»Models. Sie meinten, sie hätten hauptsächlich in Japan gearbeitet.« Leises Lachen. »Die Asiaten mögen's gerne üppig, nicht wahr?«

»Und beide erwiesen sich als kreditwürdig.«

»Eins-A. Beide hatten ein jeweils sechsstelliges Einkommen. Vielleicht hat sich der Yen-Dollar-Wechselkurs zu ihren Gunsten ausgewirkt.« Er schmunzelte erneut. »*Models.* Vielleicht für den *Hustler,* aber doch nicht für eins von diesen Modeblättern, die meine Ex immer gelesen hat, die mit den Hungerhaken.«

»Gab es frühere Vermieter?«

»Eine Immobilienfirma in Tokio, sie haben mir Briefe als Empfehlung gezeigt. Auf Japanisch, aber sie hatten auch Übersetzungen dabei. Die waren zum Totlachen. So wie diese Gebrauchsanweisungen, die man für Kameras und Stereoanlagen bekommt.«

»Haben Sie deren Echtheit überprüft?«

»Ich hab ein paar Ferngespräche geführt und japanische Anrufbeantworter dranbekommen, hab meine Nachricht hinterlassen, aber nie wieder etwas von denen gehört. Ich hatte keine Zeit, so viele Ferngespräche ins Ausland zu führen. Ich musste rasch umziehen, und die hatten das Geld. Und bis jetzt haben sie jeden Monat gezahlt. Anders betrachtet, wenn sie das Haus gut in Schuss halten und nichts Kriminelles dort vor sich geht, bin ich möglicherweise doch froh, dass ich an sie vermietet habe. Warum sind diese Informationen so wichtig für Sie?«

»Wie sind die beiden auf Sie gestoßen?«

»Craigslist«, sagte Marshbarger. »Ich hab's mit Anzeigen und Maklern versucht, und herausgekommen ist dabei nichts. Wie gesagt, ich hatte ja auch nicht ewig Zeit, also hab ich gemacht, was heutzutage alle machen. Hab nicht viel erwartet. Aber die beiden hatten alles, was ich brauchte. Finanziell gesehen.«

»Wollen Sie mir sonst noch was erzählen?«

»Also soll ich sie nicht rausschmeißen?«

»Ich wüsste nicht warum, Mr Marshbarger. Es besteht kein Grund, deswegen Kontakt mit ihnen aufzunehmen, Punkt. Die beiden haben nichts Verbotenes gemacht.«

»Pornos sind okay?«

»Wir haben keine Hinweise darauf, dass sie Pornos drehen.«

Eine Sekunde verstrich. »Warum unterhalten wir uns dann?«

»Weil sie mit gewissen Personen bekannt sind, auf die die Polizei aufmerksam wurde. Apropos, ich will Ihnen ein paar Namen nennen. Steven Muhrmann.«

»Nie gehört.«

»Tara Sly?«

»Das ist aber ein Porno-Name«, sagte er. »Oder der einer Stripperin – ist es das? Sind das Stangenschlampen?«

»Markham Suss.«

»Nein.«

»Sonst jemand namens Suss?«

»Nein.«

»Wie hoch ist die Miete für das Haus?«

»Ich wollte zweitausend, wir haben uns auf sechzehnhundert geeinigt, dafür übernehmen sie aber auch alle Nebenkosten und kümmern sich um den Garten. Pflanzen was an und halten alles in Ordnung. Sieht es denn einigermaßen aus?«

»Reizend. Wird per Scheck bezahlt?«

»Dauerauftrag«, sagte Marshbarger. »Haben noch keinen Monat ausgelassen. Dann ist es also okay, wenn sie bleiben?«

»Ja, Sir.«

»Okay… wie war Ihr Name? Nur für den Fall, dass es Komplikationen gibt.«

»Rufen Sie die West L.A. Division an und verlangen Sie Lieutenant Sturgis.«

Ich gab ihm die Nummer.

Er sagte: »Das sind aber nicht Sie.«

»Lieutenant Sturgis ist der Chef.«

»Schon klar, aber…«

Ich legte auf, dankte Robin stillschweigend dafür, dass sie

darauf bestanden hatte, die Rufnummer zu unterdrücken. Dann sprach ich eine ausführliche Nachricht auf die Mailbox von Milos privatem Handy und gab *Divana Layne Lori Lennox Lingerie* in den Computer ein.

Er spuckte fünf japanische Websites aus, zwei aus Bangkok. Die Computerübersetzung machte aus dem Text völlig unsinnigen Wortsalat, neben dem Gebrauchsanweisungen für Kameras fast schon an Shakespeare herankamen.

Aber kein Problem, die Bilder sprachen Bände.

Seite um Seite Material von asiatischen Handelsmessen. Divana, Lori und andere ähnlich gekleidete Schönheiten stolzierten in verschiedenen Kombinationen aus Satin, Spitze, Viskose und Netzstrümpfen über Tokioter Laufstege.

Kein schlechter Bekanntheitsgrad für Unterwäsche-Models. Sie genossen anscheinend so etwas wie einen Prominentenstatus in der Kultur der Mikro-Bekleidung und erlesenen Raffinesse.

Der letzte Auftritt war drei Jahre her. Beide Frauen waren alt genug, um bereits vor zehn Jahren mit dem Modeln begonnen zu haben.

Dadurch hatten sie mehr als genug Gelegenheit gehabt, sich mit jeglicher Kombination von Suss-Männern einzulassen. Ein paar Jahre auf der anderen Seite des Globus, dann zurück nach L.A., wo sie sich mit den Zwillingen zusammentaten.

Bislang schienen sie sehr erfolgreich zu sein.

Angesichts dessen, was mit Tara passiert war, konnte man nur hoffen, dass es so weiterging.

Das Haus in der Old Topanga Road gehörte einer gewissen Olna Fremont.

Ich machte den Namen zum Suchbegriff. Vor mir erstreckte sich der Daten-Highway.

Ich nahm Fahrt auf, bremste, um mich umzusehen. Dann kam ich mit kreischenden Reifen zum Stehen.

35

Lori Lennox geborene Lorraine Lee Bumpers kam an die Tür, die Haare auf Lockenwickler gedreht und eingehüllt in einen weißen Frotteebademantel mit der Aufschrift *Hilton* auf der Brusttasche.

Weiblich, weiß, ein Meter siebzig, fünfundsiebzig Kilo, laut Geburtsdatum auf ihrem Führerschein war sie zweiundreißig.

Neununddreißig, wenn man nach den einundzwanzig Jahre alten Akten des L. A. Police Departments ging. Nur diese eine Festnahme war dort verzeichnet, aber eine unzugängliche Jugendakte ließ auf frühere Verstöße schließen. Die Anklage wegen Prostitution machte nicht viel her; sie war als achtzehnjährige Ausreißerin auf dem Sunset Boulevard und der Highland Avenue anschaffen gegangen und gleich in der ersten Woche erwischt worden. Daraufhin wurde sie in eine betreute Wohngruppe gesteckt und zu Therapiestunden verdonnert. Ein Jahr später wurde sie aufgrund ähnlicher Vorwürfe in Vegas aufgegriffen, hatte sich seither juristisch aber nichts mehr zuschulden kommen lassen.

Das sechsstellige Einkommen, von dem sie gesprochen hatte, gab es tatächlich, beschränkte sich aber auf die fünf Jahre, die sie in Japan gemodelt hatte. Ergänzt durch ein bisschen japanische Fernsehwerbung und die Mieteinnahmen, die sie als Miteigentümerin eines Wohnhauses in Laughlin, Nevada, kassierte. Seit ihrem Umzug nach L. A. stopfte ein jährliches Geschenk von sechsundzwanzigtausend Dollar von einem ungenannten Wohltäter ein paar Lücken. Schenkungssteuerfrei war nur die Hälfte dieser Summe, wahrscheinlich handelte es sich also um zwei anonyme Wohltäter.

Heute Morgen waren ihre Füße nackt, der Nagellack an ihren Zehen blätterte ab, ihr Gesicht ungeschminkt. Auch ihr reflexhaftes Lächeln bröckelte, als sie Milos Dienstmarke sah.

»Morgen«, sagte er.

»Hab ich mir schon gedacht.« Sie blickte auf ihr Handgelenk. Ein blasser Streifen auf einem braun gebrannten Arm, wo sich normalerweise ihre Armbanduhr befand.

»Vierzehn Minuten nach acht«, sagte Milo. »Hoffentlich ist es nicht noch zu früh, Ms. Lennox.«

Sie brachte ein weiteres Lächeln zustande und gab sich unangenehm betroffen. »Na ja, eigentlich schon irgendwie.«

Ihre weißen Zähne waren makellos. Ihr Atem schlecht.

»Ist Divana schon auf?«

»Gerade so«, sagte Lori Lennox. »Was ist los?«

»Können wir reinkommen?«

»Die Polizei? Es ist ein bisschen …«

»Keine große Sache, Lori, wir wollen nur reden.«

»Worüber?«

»Phil und Frank Suss.«

Schieferblaue Augen bewegten sich hin und her wie Enten an einem Schießstand. Sie wollte lügen, aber ihr fiel nichts Überzeugendes ein. »Okay.«

»Sie kennen sie?«

»Ja.«

»Deshalb wollen wir reinkommen«, sagte Milo.

»Geht's den beiden gut?«

»Es geht ihnen wunderbar, Lori.« Er zeigte auf den blassen Streifen am Arm. »Hübsche Bräune. Ich wette, das waren echte Sonnenstrahlen, keine aus der Tube.«

»Ja, ganz natürlich.«

»Auch keine Sonnenbank«, sagte er. »Eher schon Swimmingpool.«

Sie entspannte sich. »Ich wünschte, es wäre so.«

»Ich habe nicht gemeint, dass Ihnen ein Pool gehört, Lori. Sie haben was viel Besseres. Sie können einen nutzen, haben aber keine laufenden Kosten.«

»Hä?«

»In der Old Topanga Road.«

Ihre Augenlider flatterten. Milo zog seinen Block heraus, suchte und las die Adresse ab. Er kannte sie auswendig, aber durch das Ablesen wirkte es offizieller, der Einschüchterungseffekt war stärker.

Lori Lennox spielte mit dem Gürtel ihres Bademantels.

Milo sagte: »Gestern um drei Uhr nachmittags.«

Keine Antwort.

»Schwarzer Bikini. Nicht, dass Sie ihn sehr lange anhatten.«

Sie errötete vom Brustbein bis zur Stirn. Das machte sie mir sympathisch. »Sie haben nicht das Recht ...«

»Was zu tun?«

»Zu spionieren.«

Milo zeigte mit dem Daumen auf die eigene Brust. »Wir? Um Gottes willen. Andererseits, es könnte schlimmer sein. Also, wenn Sie nicht reden wollen ...«

»Wie meinen Sie das, schlimmer?«

»Tara Sly.«

»Wer?«

»Niedliches blondes Mädchen.«

»Davon gibt's viele«, sagte Lori Lennox.

»Jetzt gibt's eins weniger.« Er zeigte ihr seine Dienstmarke. Tippte mit dem Finger auf *Mordkommission.*

Sie musste schlucken. Unternahm einen dritten Versuch zu lächeln, gab es auf halber Strecke auf und trat einen Schritt zurück, um uns hereinzulassen.

Das Haus war nichtssagend, hell, tadellos aufgeräumt. Die Glastische glänzten, die Kissen waren aufgeschüttelt, frische Blumen quollen aus Vasen, schlechte Plakatkunst hing strategisch in der Wohnung verteilt. Der winzige Garten auf der anderen Seite der gläsernen Schiebetüren war viel zu vollgepflanzt, aber satt und grün. Oral Marshbarger hätte sich gefreut.

Lori sagte: »Ich geh und hole sie.« Sie kehrte in einer ausgeleierten beigefarbenen Bluse, ausgewaschenen, aber nicht besonders engen Jeans und flachen Sandalen zurück. Jetzt trug sie ihre Haare offen, außerdem Ohrreifen. Divana Layne geborene Madeleine Ann Gibson trottete in einem grauen *Power-Gym*-Sweatshirt und einer schwarzen Yoga-Hose herein.

Gegen sie lagen keine Anzeigen wegen Prostitution vor, allerdings war sie als junges Mädchen dreimal beim Klauen erwischt worden und in derselben betreuten Wohngruppe gelandet wie Lori.

Milo sagte: »Hallo, meine Damen. Bitte setzen Sie sich.«

»Schon okay«, sagte Divana. Es gab nichts zu lachen, aber sie tat es trotzdem. Dasselbe heisere Gelächter, das ich vom tiefen Ende des Pools her gehört hatte.

Milo sagte: »Bitte setzen Sie sich, dann muss ich mir nicht den Hals verrenken.«

Die beiden Frauen sahen einander an. Dann ließen sie sich jeweils auf der Kante eines blauen Samtsessels nieder, die Beine züchtig übereinandergeschlagen.

Milo sagte: »Also, wer fängt an?«

»Fängt womit an?«, fragte Divana.

»Die Saga von Phil und Frank.«

Lori sagte: »Wir sind befreundet, das ist alles.«

»Schwimmfreunde«, sagte Milo.

»Ist das verboten?«

»Ist *was* verboten?«

»Was mit einem verheirateten Kerl anzufangen?«, fragte Divana. »Wenn Sie dieser Meinung sind, dann sollten Sie vielleicht in Arabien leben oder so.«

Lori sagte: »Wir haben einen guten Deal. Damit sind alle glücklich.«

»Sechsundzwanzigtausend im Jahr machen Sie glücklich?«

Divana drehte an einem Ring. Kleiner Stein, möglicherweise echt.

Sie sagte: »Wir wahren den Frieden, Sie sollten uns danken.«

»Sie wahren den Frieden und zahlen eure Miete«, sagte Milo. »Nicht, dass zweiundfünfzigtausend im Jahr für Typen wie Phil und Frank viel Geld wären.«

Beide Frauen reagierten sichtlich gereizt.

Divana fragte. »Warum sind Sie hier?«

»Steven Muhrmann.«

Ausdruckslose Gesichter.

»Und dann natürlich Tara Sly.«

Divanas Nase kräuselte sich. Ratlos.

Lori sagte: »Was sind das für Leute? Sie machen uns Angst.«

»Vielleicht kennen Sie Tara unter ihrem richtigen Namen. Tiara Grundy.«

Divana kicherte. Lori wandte sich zu ihr um.

Milo sagte: »Ist was lustig?«

Divana sagte: »Grundy klingt nach einer alten Dame. Wie aus einem Spielfilm oder so.«

»Leider wird Tiara niemals alt werden.«

»Mist«, sagte Divana. »Was hat das mit uns zu tun?«

Milo zeigte ihnen Tiaras SukRose-Bikinibild.

Divanas Selbstgefälligkeit löste sich in Luft auf. Lori sagte: »O mein Gott.«

Divana sagte: »Das ist irre – ich brauch was zu trinken. Sonst noch jemand?«

»Coke Zero«, sagte Lori.

»Nein, danke. Uns geht's gut«, sagte Milo.

»Mir geht's nicht gut«, sagte Lori. »Ich dreh gleich durch.«

Eine halbe Bloody Mary später leckte sich Divana backsteinfarbenen Saft von den Lippen.

»Ja, wir wissen, wer das ist. Das ist die Freundin von Frank und Phils Vater, na und?«

»Sie haben sie gekannt?«

»Nein, aber die beiden haben uns von ihr erzählt.« Pause. »Und uns ein Foto von ihr gezeigt.«

»In welchem Zusammenhang?«

»Wie meinen Sie das?«

»Wie kam das Gespräch auf sie?«

»Hmm«, sagte Divana. »Ich glaube, das war in Cabo. Nein, in Sedona, stimmt's. Ja, Sedona. Stimmt's Lori?«

Lori zog die Beine an wie beim Yoga und tappte mit ihrem Sandalenfuß. »Ich glaube ja.« Sie knetete an einem Ohrring. »Ja, auf jeden Fall in Sedona.«

Ich sagte: »War das eine Reise mit Phil und Frank?«

Nicken.

»Verreisen Sie häufig?«

»Nicht häufig genug, das kann ich Ihnen verraten«, meinte Divana.

»Zu volle Terminkalender.«

»Wenigstens haben sie keine Kinder«, sagte Divana. »Es geht immer nur ums Geschäft.«

»Und die Ehefrauen.«

Ich sagte: »Mit Kindern ist man ständig eingespannt.«

»Hab ich mir sagen lassen.«

»Von Phil und Frank?«

»Nein, von Freunden, die welche haben.«

»Aber trotz der Ehefrauen gelingt es den Brüdern, sich freizumachen.«

»Die Brüder«, sagte Divana und lächelte schief, als hätte sie die beiden noch nie so betrachtet, »sind ganz liebe kleine Jungs.«

»Wie kamen Sie auf die Freundin ihres Vaters zu sprechen?«

»Hmm… wir waren… ich glaube, wir waren im Bett, stimmt's, Lori?«

»Wahrscheinlich.«

»Wir verbringen viel Zeit im Bett«, sagte Divana. »Zimmerservice, Champagner, Pay-TV, was kann's Besseres geben? An dem Tag sind die beiden los und wollten sich ein paar rote Felsen ansehen. Frankie und Philly, wir nicht. Wir sagten, macht, was ihr wollt, Jungs, wir bleiben lieber hier mit Mr Moët und Mr Chandon.«

Ich sagte: »Aber irgendwann lagen Sie zu viert im Bett und kamen auf Markham Suss' Liebesleben zu sprechen.«

»Liebesleben?«, fragte Divana. »Sexleben trifft es wohl eher. Sie meinten, er sei ein geiler, alter Bock, und das hätten sie von ihm.«

»Sie waren stolz auf ihr Erbe.«

»Hm?«

»Es gefiel ihnen, dass sie nach ihrem Vater kamen?«

»Ja, genau. Und dann sagte einer von den beiden – ich bin nicht sicher, ob es Philly oder Frankie war –, er meinte, stellt euch vor, der hat was mit einer, die er online aufgegabelt hat, dabei hat er früher Computer gehasst. Das fanden sie lustig.«

»Und sie wussten das, weil…«

»Keine Ahnung«, sagte Divana. »Vielleicht hat er's ihnen erzählt.«

Lori sagte: »Vielleicht war er stolz drauf und hat's ihnen erzählt.«

»In seinem Alter, Lori? Der war garantiert superstolz. Wahrscheinlich mit Viagra, aber trotzdem.«

»Aber eins hat mir nicht gefallen«, sagte Lori, »nämlich, dass die so ein großes Ding draus gemacht haben, dass sie jung war.«

»Tiara?«

Nicken. »Sie meinten, ›die ist frisch, hat kein einziges Fältchen‹. Ich sagte, ›wenn ihr weiter so drauf rumreitet, ihr Schlingel, dann trete ich euch in die Ihr-wisst-schon-wohin‹.«

»Die stehen drauf, wenn man so mit ihnen redet«, sagte Divana.

Ich sagte: »Unterwürfig.«

»Nicht direkt, aber es gefällt ihnen, wenn wir zeigen, dass wir Temperament haben.«

Lori sagte: »So nennen die das, Temperament.«

»Dann waren sie also beeindruckt davon, wie jung Tiara war.«

Lori sagte: »Philly hat angefangen, das weiß ich noch, weil ich da gerade mit Frankie zusammen war und Divana mit Philly. Und Frankie fing an zu lachen, als Philly das gesagt hat, so dass er mit dem Kinn gegen mich gedonnert ist, was mich genervt hat, so dass ich ihn fast runtergeschubst hätte.«

»Da waren Sie mit Frankie zusammen?«, fragte ich. »Das heißt, sonst hatten Sie auch öfter mal was mit Phil?«

Beide Frauen blickten zu Boden.

Ich fragte: »Es gibt keine feste Regel, alles ist ganz locker?«

Divanas Blick fixierte meinen. »Das ist nicht verboten, okay?«

»Auf keinen Fall.«

»Sie können es ja als Club betrachten. Ein Spaß-Club, nur für Mitglieder.«

Ich sagte: »Das mag eine dumme Frage sein, aber wissen die Ehefrauen was davon?«

»Vielleicht«, sagte Lori.

»Ich glaube auch«, sagte Divana. »Vielleicht.«

Ich sagte: »Wirklich?«

»Frank und Phil scheinen nicht besonders vorsichtig zu sein. Ständig benutzen sie ihre Kreditkarten für alles Mögliche und sind permanent unterwegs.«

»Mit uns«, sagte Lori. »Vor zwei Monaten sind wir nach Jackson Hole gefahren und mit einem Heißluftballon geflogen. Nur wir vier. Das war wunderschön.«

»Im Four Seasons auch«, sagte Divana. »Dieser Kamin. Und die leckeren Pralinen.«

Ich sagte: »Was hielten Frankie und Philly wirklich von Tiara?«

»Haben wir Ihnen doch gerade gesagt«, maulte Lori. »Sie haben sich gefreut. Dass er Spaß hatte. Sie fanden es witzig. Hat sie nicht gestört.«

»Haben sie sie nicht verachtet?«

»Auf keinen Fall.«

»Und das Geld, das ihr Vater Tiara geschenkt hat und das niemals ihnen gehören würde.«

»Geld ist denen egal«, sagte Lori.

»Die schwimmen im Geld«, sagte Divana. »Die interessieren sich nur für Sie-wissen-schon-was.«

»Sie haben niemals irgendwelche Animositäten gegenüber Tiara zum Ausdruck gebracht?«

»So sind die nicht, die sind gut drauf. Wie kleine Jungs.«

»Jungs eben«, stimmte Lori ein.

Milo nannte die Tatzeit. »Hat eine von Ihnen eine Idee, was Phil und Frank zu dieser Zeit gemacht haben?«

Lori sagte: »Kommen Sie, Sie glauben doch nicht im Ernst, dass die so was Schreckliches machen würden.«

»Wenn wir herausbekommen, dass sie Gelegenheit dazu hatten, werden wir dem nachgehen, und Sie werden sich nicht raushalten können.«

»Was haben wir getan?«, fragte Divana.

»Sie haben die falschen Freunde.«

»Sie irren sich. So sind die nicht.«

Er wiederholte die Tatzeit. »Können Sie uns sagen, wo die beiden waren?«

Lori schüttelte den Kopf. »Aber das heißt nichts.«

Ich sagte: »Klingt wirklich nach Spaß.«

»Das ist es auch, was die mit ihren Frauen machen, ist nicht unser Problem.«

»Oder was sie nicht mit ihnen machen«, kicherte Lori.

»Wegen Tara Sly«, fragte ich. »Was haben die euch noch erzählt?«

»Nur das.«

»Dass sie die Freundin von ihrem Vater ist.«

»Genau.«

»Und es hat den beiden nichts ausgemacht.«

»Überhaupt nichts.«

Lori sagte: »Wer hat sie umgebracht?«

»Das wollen wir herausfinden.«

»Wie ist sie gestorben?«

»Man hat ihr das Gesicht weggeblasen.«

Divana sagte: »Mit Dynamit oder so?«

»Mit Schusswaffen.«

»O nein«, sagte Lori.

»Igitt«, sagte Divana. In ihrer Stimme lag ein härterer Klang. Dafür war sie die Erste, der Tränen in die Augen traten. »Warum tut jemand so was?«

»Wenn wir das wissen, werden wir denjenigen fassen. Ihnen wird aufgefallen sein, dass ich ›Schusswaffen‹ gesagt habe. Plural.«

Lori sagte: »Dann waren es zwei?«

»Sieht so aus.«

Divanas Augen wurden riesig. »Sie machen Witze – nein, nein, auf keinen Fall.« Sie rutschte nervös auf ihrem Sessel herum. Schlug erneut die Beine übereinander. Wandte den Blick von ihrer Freundin ab. »Na ja«, nuschelte sie.

Lori beugte sich vor.

Divana seufzte lang und tief. Warf zweimal die Haare hinter sich.

»Divvy?«, fragte Lori.

»Ist keine große Sache, Lori.«

»Was?«

Milo sagte: »Wissen Sie, wo die beiden in jener Nacht waren, Divana?«

Nicken.

»*Was? Div?*«

»Ich weiß es halt, okay?«

»Das war der Abend, an dem du angeblich deine Mutter besucht hast.«

Divana lächelte matt.

Lori blieb der Mund offen stehen. »Du – oh, wow, ich fass es nicht …«

»Ist nicht meine Schuld, Lori. Die haben *angerufen.*«

»Ich war hier.«

Divana sagte: »Ich weiß, aber …«

»Aber was?«

»Die wollten das, nicht ich, Lori.«

»Ich war hier!«

»Tut mir leid, okay? Die wollten das halt nicht, okay?«

»Die wollten *mich* nicht?« Lori fasste sich um den Unterleib.

»So war das nicht, Lori. Es ging nicht darum, dass sie dich nicht wollten, es war … sie wollten mal was anderes ausprobieren, okay? Ist kein großes Ding gewesen, die stehen immer noch auf dich. Überleg mal, wie oft wir seitdem – das war bloß einmal, okay? *Okay?*«

Loris Unterkiefer verkrampfte.

Divana griff nach Loris Hand. Lori zog sie weg.

»Ich kann nichts dafür, Lori. Die wollten das, die haben mich drum gebeten. Extra drum gebeten.«

»Nur du, hm? Haben sie das gesagt? Oder hast du's vorgeschlagen?«

»Warum sollte ich das vorschlagen, das wäre bloß … sie wollten es ausprobieren, okay? Mal was anderes. War – kein – großes – Ding.«

Lori schleuderte ihr Colaglas quer durch den Raum. Es landete auf dem Teppichboden, blutete braun aus und kam rollend zum Stehen. »Ich glaub's verdammt noch mal nicht.«

»Ist kein großes Ding, Lori.«

»Für eine Superschlampe wie dich vielleicht nicht.«

»*Ich* bin eine Schlampe? Du wolltest doch, dass ich zuschaue, als du …«

»Das ist was *anderes!* Du warst *dabei*, alles war *ehrlich*. Was du gemacht hast, ist … ist … *Beschiss!*«

Divana verschränkte die Arme. »Das seh ich anders.«

»Na, logisch.«

»Okay. *Es. Tut. Mir. Leid.* Okay?«

»Das ist *überhaupt* nicht okay.« Lori stampfte aus dem Raum.

Divana sah uns an. »Jetzt sehen Sie, was Sie angerichtet haben.«

Milo sagte: »Können Sie beweisen, dass Sie an jenem Abend mit Philip und Franklin Suss zusammen waren?«

»Warum sollte ich mir das ausdenken und meine Freundschaft mit Lori aufs Spiel setzen? Ja, ich kann's beweisen. Wir haben ungefähr um acht im Beverly Hilton eingecheckt, einen

Porno gesehen, dann noch einen. Danach … haben wir den Zimmerservice bestellt und sind nicht mehr da raus bis zum nächsten Morgen. Ich konnte nicht früher nach Hause, weil Lori gedacht hat, ich bin bei meiner Mom, und die wohnt in Oxnard, da bleibe ich immer über Nacht. Frankie musste als Erster weg, musste arbeiten, hatte so ein Ding dabei, so einen Laser, egal, er hat seine Arztklamotten angezogen – seinen Arztkittel –, und Phil hat einen Witz gemacht, von wegen ich könnte ja die Patientin spielen. Frankie hat gelacht und gemeint, das würde bestimmt mehr Spaß machen, als irgendeiner schrumpligen Kuh die Altersflecken wegzubrennen. Wir waren alle mit Phils Wagen hergekommen, also sind wir auch alle zusammen weg und zu Frankie in die Praxis gefahren. Es war noch früh, wahrscheinlich so halb acht. Das Zimmer hatten wir bis elf, also sind Phil und ich … ist nicht wichtig.«

Ich sagte: »Sie und Phil sind noch mal zurück, um ein bisschen ungestört zu sein.«

»Egal. Hauptsache ist doch, dass sie mit mir zusammen waren.«

»Keiner von beiden ist nur mal kurz weg?«

Divana grinste. »Glauben Sie mir, die waren beide da. *Und wie.*«

Lori tauchte nicht wieder auf, und Divana blieb im Sessel sitzen. Verlegen untersuchte sie den Lack auf ihren Fußnägeln, und wir verließen das Haus.

Als wir wieder im Wagen saßen, rief Milo im Hilton an und ließ sich bestätigen, dass das Zimmer gemietet und mit Philip Suss' Platinkarte bezahlt worden war. Die Aufzeichnungen der elektronischen Schlüssel sagten, dass bis sieben Uhr achtundvierzig am folgenden Morgen niemand das Zimmer verlassen hatte und es eine halbe Stunde später wieder betreten wurde.

Ich sagte: »Das nenne ich ein wasserdichtes Alibi.«

Milo grinste breiter als Divana. »Absolut wasserdicht.«

»Das hat jetzt bestimmt mehr Spaß gemacht als dein Meeting in der Zentrale.«

»Sogar Sterben macht mehr Spaß als mein Meeting dort. Das gerade war das Nirvana.«

Wir machten High Five.

Nächster Halt: eine Viertelstunde in östlicher Richtung über die Route 101 nach North Hollywood.

Der alte Mann lebte in einem bonbonrosafarbenen Bungalow südlich des Victory Boulevard. Das niedlichste Haus in der ganzen Straße. Als wir dort ankamen, kappte er gerade eine riesige Paradiesvogelblume, die sein Panoramafenster verdunkelte. Ein von Geburt an krummer Rücken machte ihn so klein, dass er einen Hocker brauchte, um bis an die Mitte der Pflanze zu kommen.

Ich nahm an, er hatte eine Art Trittbrett gebraucht, um im Fauborg hinter der Bar zu arbeiten. In all den Jahren hatte ich nie darüber nachgedacht.

Als er uns sah, legte er seine Heckenschere weg.

»Kann ich Ihnen helfen?«

Deutscher Akzent. Ich hatte ihn nie reden hören.

Gustav.

Ich hatte seinen Nachnamen aus einem Artikel im *L.A. Magazine* über die besten Barmixer der Stadt.

Milo sagte: »Mr Westfeldt, wir könnten Hilfe gebrauchen.«

Der alte Mann hörte sich die Bitte an. »Natürlich, kein Problem.«

36

Wer Erfolg will, muss sich entsprechend kleiden.

Für diesen Job bedeutete das: mein bester Anzug, ein schwarzer Zegna, den ich im Schlussverkauf ergattert hatte, ein hellgelbes Hemd mit Umschlagmanschetten, eine schwarzgoldene Krawatte von Hermés aus demselben Schlussverkauf, dazu italienische Slipper, die ich so selten trug, dass die Sohlen immer noch glänzten wie neu.

Eine Hand ließ ich lässig baumeln. Die andere umklammerte den Griff eines verchromten Aktenkoffers mit Verschlüssen aus Edelstahl.

»Sieht sehr nach James Bond aus«, meinte Robin. »Ist der Aston Martin vollgetankt?«

»Mit Flugbenzin.«

»Finger weg vom Schleudersitz.«

Sie brachte mich an den Seville.

»Der wird es wohl tun müssen.«

»Man wird ja noch träumen dürfen«, sagte ich. »Brumm brumm brumm.«

Das Tor war abgeschlossen. Auf mein Klingeln hin schwenkte die Überwachungskamera herum. Sekunden später öffnete sich die Eingangstür, und das slawische Hausmädchen – Magda – musterte mich durch den Türspalt.

Manfred, der Kater, saß zu ihren Füßen, ein dickes Bündel Selbstbewusstsein.

Ich lächelte und winkte.

Sie drückte die Tür vollständig auf und trat heraus. Der Kater blieb, wo er war. »Ja?«

»Dr. Delaware, ich möchte zu Mrs Suss.«

»Doktor?«

»Dr. Alex Delaware.« Ich sah auf die Uhr. *Viel zu tun, andere Leute warten.*

Sie betrachtete mich. »Schon mal gewesen hier?«

»Selbstverständlich.«

Ihre Stirn legte sich in Falten.

Ich überließ sie dem gründlichen Studium meines Arztausweises. Die ehrwürdige Medizinische Fakultät der UCLA lässt hübsche Ausweise mit beeindruckendem Goldsiegel drucken. Ich bin sowohl als Kinderarzt wie auch als Psychologe zugelassen.

Klinischer Professor – kein schlechter Titel. Zwei Vorträge im Jahr, kein Gehalt, dafür darf ich mich so schimpfen. Und haben alle was davon.

Magda sagte: »Weiß Madame, Sie kommen?«

»Auf jeden Fall.« Ich hievte den verchromten Aktenkoffer hoch.

»Ist krank?«

»Nur eine Routineuntersuchung.« Gewissermaßen stimmte das.

Ich steckte den Ausweis wieder ein. »Ich hab's ein bisschen eilig.«

Nichts geht über einen guten Anzug. Sie schloss das Tor auf.

Kaum waren wir im Haus, schien Magda nicht so recht zu wissen, was sie mit mir anfangen sollte. Ich ließ sie sinnierend im Eingangsbereich stehen und fand den Weg alleine in das delftblaue Zimmer. Dort setzte ich mich auf dasselbe weiche Sofa wie neulich, stellte den Aktenkoffer neben mir ab, öffnete die Schnallen, ließ aber den Deckel geschlossen. Dann schlug ich die Beine übereinander und lehnte mich zurück, genoss den Anblick der Kunst und den Ausblick in den herrlichen Garten.

Magda kam völlig perplex wieder.

»Holen Sie sie«, sagte ich.

»Doktor?«

»Delaware.«

»Sie schlafen.«

Mit deutlich schärferem Ton sagte ich: »Sie *muss* aufwachen.«

Leona Suss kam im Sturmschritt ins blaue Zimmer gerauscht, trug eine figurbetonte malvenfarbene Jogginghose aus Velours, strasssteinbesetzte Laufschuhe und volle Kriegsbemalung. Weiße Finger umklammerten ein Handy, das zur Jogginghose passte.

Blassbraune Augen lenkten ihren Blick auf meine. Die Lavendelfarbe, die ich beim letzten Mal gesehen hatte, war Kontaktlinsen zu verdanken gewesen.

Künstliche Wimpern flatterten wie brünftige Motten.

»Morgen, Mrs Suss«, sagte ich.

»Was fällt Ihnen ein? Ich möchte, dass Sie gehen.«

Ich legte meine Hände hinter den Kopf.

»Haben Sie mich verstanden?«

Ich ließ den Aktenkoffer aufschnappen, nahm einen glänzenden, schwarzen Laptop heraus und stellte ihn neben mich.

»Ich dachte, Sie wären von der Polizei.«

»Nein.«

Sie sagte: »Nun, es ist mir egal, wer Sie sind oder von wem Sie kommen, ich rufe jetzt die Polizei von *Beverly Hills.*«

Sie fing an, eine Nummer in ihr malvenfarbenes Handy einzugeben.

Ich sagte: »Wie Sie meinen, Olna.«

Ihre Finger erstarrten. Sie schob das Kinn vor wie ein Schnappmesser. Das Telefon sank an ihre Seite. »Was wollen Sie?«

»In Erinnerungen schwelgen.«

»Woran?«

»Das alte Hollywood«, sagte ich. »Das ganz alte Hollywood.«

Sie fuhr zusammen, als wäre sie geohrfeigt worden. »Werden Sie nicht unverschämt.«

»Ich habe nicht Sie gemeint«, sagte ich. »Ich mag einfach nur alte Filme.«

Ich klappte den Laptop auf und ließ sie direkt auf den Bildschirm blicken.

Aus dem Koffer holte ich außerdem eine schnurlose Maus, die ich auf den Kofferdeckel legte.

Klick.

Auf dem Bildschirm lief ein Vorspann. Grellgrüne Buchstaben auf schwarzem Hintergrund. Ein Filmtitel.

Gewehre der Gerechten.

Leona Suss sagte: »Verlassen Sie sofort mein Haus.«

Aber sie machte keinerlei Anstalten, ihrem Befehl Taten folgen zu lassen.

Ich sagte: »Gönnen Sie sich einen Blick – kommen Sie schon, machen Sie es sich bequem.«

Sie blieb stehen. »Sie haben sechzig Sekunden, dann rufe ich die Polizei.«

Klick.

Nahaufnahme von einer schwarzhaarigen Schönheit in einer unglaublichen Aufmachung, die einst in Hollywood als Cowgirl-Kleidung gegolten hatte. Ein Gewehr in der Hand. Ein verächtliches Grinsen auf den Lippen.

»Endstation, Goldie.«

Kameraschwenk auf manikürte Finger am Abzug.

Wuchtige Musik.

Dann eine lange Einstellung von der Brünetten vor einem Blockhaus. Gemalte Berge im Hintergrund.

Neue Einstellung: zwei Gestalten von hinten, der Frau mit dem Gewehr gegenüber. Schnitt: subjektive Kameraeinstellung. Ein blondes Mädchen mit rosigem Gesicht und ein ebenso hübscher, junger Mann mit einem weißen Stetson.

Er sagte: »Tu's nicht, Hattie.«

Die Brünette zischte verächtlich: »Das ist dein letzter Atemzug, Rowdy.«

Die Brünette legte das Gewehr an.

Die Blonde schrie.

Der mit dem weißen Hut zog einen Revolver und schoss.

Die linke Brust der Brünetten erblühte rot. Ein Herzchirurg hätte nicht exakter getroffen.

Sie blickte herab auf den größer werdenden Fleck. Lächelte schief und seltsam einnehmend. Löste die Finger.

Ließ das Gewehr fallen.

Sank in den Staub.

Nahaufnahme des Gesichts der schönen Sterbenden. Gemurmel.

»Was hast du gesagt, Hattie?«

»Rowdy ... ich habe dich ... immer geliebt.«

Die Blonde sagte: »Ich glaube, sie ist tot.«

Der mit dem weißen Hut antwortete: »Aber du lebst.«

Ein langer, suchender Blick. Ein noch längerer Kuss.

Blende.

Leona Suss sagte: »Und der Oscar geht an ...«

Ich sagte: »Hat einen gewissen Charme.«

»Das ist Mist, ich hab's Ihnen gleich gesagt. Jetzt verschwinden Sie zum Teufel.«

Ich klickte mit der Maus.

Ein weiterer Filmtitel erschien.

Fluß der Leidenschaft.

Dasselbe dunkelhaarige Mädchen, eine andere Waffe.

Ein Revolver mit langem Lauf. Diesmal war sie es, die schneller zog.

Bamm.

Ein Mann fiel vom Baum.

Bamm.

Ein Mann fiel vom Dach des Saloons.

Bamm.

Ein Mann sprang hinter einer Schubkarre hervor, es gelang ihm, einen Schuss abzufeuern. Pfeifen.

Das Mädchen erschoss ihn.

Klick.

Das Innere eines Saloons. Ein Mann mit weißem Bart stellte sein Whiskeyglas ab. »Wo haben Sie so schießen gelernt, Miss Polly?«

Auf der anderen Seite des Saloontischs drehte die Brünette die Trommel ihres Revolvers, blies einmal oben über die Spitze des Laufs. Dann fuhr sie sich mit der Zunge über die Lippen. »Ach, Chappie, das war noch gar nichts.«

»Für mich sah's nach was aus. Wer hat dir das beigebracht?«

Leises Mädchenlachen. »Man tut, was man kann.«

Schwenk auf die Saloontüren. Ein Mann mit einem weißen Stetson und riesigem Abzeichen auf der maßgeschneiderten Weste.

Das Mädchen mit verächtlichem Blick: »Du?«

»So, jetzt legst du die Waffe weg und gehst friedlich …«

Bamm.

Blende, schwarzer Bildschirm.

Leona Suss sagte: »Ich gebe Ihnen ein Autogramm, und dann machen wir hier Feierabend.«

Klick.

»Es reicht!«, schrie sie.

Ich ging auf Pause.

Der Kater kam hereingetrottet.

»Manfred«, sagte sie, »dieser Idiot langweilt mich, geh und kratz ihm die Augen aus.«

Manfred blieb sitzen.

Ich sagte: »Wahrscheinlich findet er, Tierschutz sollte auch für Menschen gelten.«

»Ach, halten Sie den Mund.«

»Wie wär's mit ›Halt's Maul, du Dreckskerl‹? Einer Ihrer besten Sätze, meiner Meinung nach. Ich hab ihn sogar hier.«

Klick.

»Sie langweilen mich!«

»Ja, aber gleich kommt was ganz anderes«, sagte ich.

Und das stimmte wirklich.

37

Keine Bilder. Nur Text.

Ich las vor:

www. iluvnoirflix.com

Der Schatten des Todes (1963)
In den Hauptrollen Olna Fremont als Mona Gerome,
Stuart Bretton als Hal Casey
sowie allerhand längst vergessene Gangster, Gauner und Schurken.

Ein obskures Juwel, schwer aufzutreiben, aber auf jeden Fall die Mühe wert, selbst wenn es bedeutet, dass man seinen Videorekorder noch mal abstauben muss (versuchen Sie's mit Wiederveröffentlichungen auf Websites wie blackdeath.net, mollheaven.com, entrywound.net).

Im Schatten des Todes ist nicht nur ein Meisterwerk des Low-Budget-Noir, das mindestens ein Jahrzehnt zu spät in die Kinos kam, sondern auch ein Abgesang auf Olna Fremont, die schwarzhaarige Königin des Bad-Girl-Western. Der Film lässt erahnen, was aus der Karriere von Little Miss Evil hätte werden können, wäre sie zwanzig Jahre später zur Welt gekommen. Es ist außerdem der einzige Nicht-Western, den Olna je gedreht hat, was wir sehr schade finden.

Ich meine, denken Sie mal drüber nach. Können Sie sich Olnas Sexiness, ihre Cruella-de-Vil-Persönlichkeit und ihre unheimliche Liebe zu – um es mal vorsichtig auszudrücken – Werkzeugen der Vernichtung in den fähigen Händen eines Tarantino oder Scorsese vorstellen?

Absolut scharf.

Die Handlung in allen Einzelheiten wiederzugeben würde zu weit führen, aber so viel sei verraten, dass Olna ihr psychopathisches Spiel auf die Spitze treibt, Bündnisse wechselt wie ein sexy Chamäleon die Farbe und sich dem Vorspiel mit Schusswaffen derart lasziv hingibt, dass ein ganzer Ortsverein der National Rifle Association sich einen dabei runterholen könnte. Der Höhepunkt – und der Begriff ist hier beinahe wörtlich zu verstehen – ist eine Schießerei, die schon beim Zuschauen fix und fertig macht.

Leider ist Olna am Ende ebenfalls fix und fertig. Wie immer. Weil den Anstandsregeln zufolge, die das selbstgerechte Hollywood vorgibt, böse Mädchen nun mal nicht gewinnen dürfen.

Aber sie beißt erst ins Gras, nachdem sie dem unglaublich hölzernen und fehlbesetzten Stu Bretton den Garaus gemacht hat. Ebenso wie einer ganzen Reihe anderer schleimiger, glupschäugiger Vertreter der Unterwelt.

Olnas feuchte Ich-will's-dir-besorgen-Lippen, ihre spitz abstehenden Brüste und unglaublich erregenden Pistolentricks (ganz besonders gefallen hat uns die Szene, in der sie ihre Taschenpistole küsst) rechtfertigen den Preis des Videos. Zum Teufel, allein der Anblick von Brettons Gesicht, wenn er ausnahmsweise mit voller Absicht leblos wirkt, ist es wert, die sechsundachtzig beinahe unzumutbaren Minuten durchzustehen, die man mit diesem Meisterwerk des Trash beschäftigt ist.

Absolut frei von jeglichem künstlerischen Wert.

Fünf Roscoes.

Ich sagte: »Kritiker kann jeder werden.«

Leona Suss zeigte mit ihrem Handy auf mich und formulierte ein tonloses *Peng*. Sie glitt näher an mich heran, schien meinen Schädel zu betrachten. Dann machte sie es sich auf dem Sofa bequem, nur wenige Zentimeter von mir entfernt. Ihre Nüstern bebten, sie schüttelte sich die Haare auf und verströmte den Duft von Chanel. Fast siebzig Jahre alt, schön, alterslos.

»Sie sind ein ganz Süßer«, schnurrte sie und strubbelte mir durchs Haar. Als sie die Hand zurücknahm, zog sie einmal kurz, aber schmerzhaft daran. »Ich hab's immer noch nicht verstanden, sind Sie jetzt bei der Polizei oder doch Arzt?«

»Psychologischer Berater«, sagte ich und ratterte meine Zulassungsnummer herunter.

»Polizeipsychologe?«

»Ich arbeite gelegentlich für die Polizei, stehe aber nicht auf deren Gehaltsliste.«

»Was heißt gelegentlich?«

»Wenn es um komplizierte Fälle geht.«

Sie schmunzelte. »Hält man mich für verrückt?«

»Eher für faszinierend. Und ich kann mich nur anschließen.«

Sie schloss die Augen, ließ sich in die weichen Kissen sinken. »Dann stehen Sie also nicht auf deren Gehaltsliste?«

»So ist es«, sagte ich.

»Was genau machen Sie für die Polizei?«

»Ich lasse mich für tiefe psychologische Einsichten bezahlen.«

»Welche Einsichten haben Sie über mich gewonnen?«

»Dass man lernen kann, vorgeblich fair zu spielen.«

Sie pfiff leise. »Sind Sie ein verspielter Mensch?«

Ich sagte: »Ich kann es sein.«

Ein Auge ging auf. Ihr rechter Zeigefinger fuhr über den Rand ihres Rings an der linken Hand. Ein rund geschliffener Diamant, riesig, weiß, jede Menge Feuer.

»Hübsch.«

»Absolut lupenrein«, sagte sie. »Ich denke, der Schliff bringt ihn erst richtig zur Geltung, finden Sie nicht auch?«

Sie nahm meine Hand und legte sie auf den Stein. Ihre Haut war kühl, weich. Sie hatte die Altersflecken weggeschminkt, und die kleinen Makel schwammen wie Seerosen in einem tiefen Fass voll Milch.

Ich sagte: »Ich denke, an Ihnen funktioniert alles ganz gut.«

Sie wandte sich ab. »Mich wollten schon die Allerbesten verarschen. Versuchen Sie's erst gar nicht.«

»Ach, was soll's?«, sagte ich.

Ich stellte den Laptop so ein, dass sie besser auf den Bildschirm sehen konnte.

Sie sagte: »Wenn Sie ein bestimmtes Anliegen haben, dann sagen Sie, worum es geht. Wenn Sie einfach nur meine Zeit verschwenden wollen, indem Sie mich zwingen, mir diesen Blödsinn anzusehen, den ich verbrochen habe, als ich zu jung und zu dumm war, um es besser zu wissen, werde ich unsere kleine Unterhaltung an dieser Stelle abbrechen.«

Sie stand auf. »Wenn Sie Ihren Arsch nicht sofort in Gang setzen, gehe ich rauf in mein Zimmer und hole meine Glock. Da Sie ja als Polizeigroupie unterwegs sind, wissen Sie sicher, was das ist.«

»Eine von den Leichten?«, fragte ich. »Modell 19 vielleicht?«

»A22, und ich weiß, wie man damit umgeht. Sie mögen besser aussehen, als es die meisten Mädchen erträglich finden. Und Sie wissen vielleicht auch, wie man sich kleidet – was ist das? Brioni? Nein, Zegna, das erkenne ich an den Nähten, Mark hat sich die Dinger gekauft, als wären es Bonbons. Aber in meinen Augen sind Sie ein Dreckskerl und werden auch einer bleiben, und als einen solchen wird *meine* Polizei Sie ansehen, wenn ich denen unter Tränen erzähle, dass Sie sich an meinem hirnamputierten Hausmädchen vorbeigeschlichen, unbefugt Zugang zum Haus verschafft und versucht haben, mich tätlich anzugreifen.«

Ich sagte. »Klingt nach einem Ihrer Filme. Ebenso wie die Bemerkung, jemand könne Sie für verrückt halten. Hat Mona in *Der Schatten des Todes* nicht genau dasselbe getan? So getan, als sei sie verrückt, damit ihr niemand unterstellt, vorsätzlich gehandelt zu haben.«

»Absoluter Schrott war das«, sagte sie. »Die Kritik war viel zu freundlich.«

»Ich denke, Sie gehen zu hart mit sich ins Gericht.«

Klick.

Sie sagte: »O Gott, Sie sind ein Idiot.«

Aber sie blieb da, den Blick fest auf den Bildschirm gerichtet.

Einmal Schauspielerin, immer …

Der Text verschwand zugunsten einer Diashow.

Leona als Olna in einem weißen Kleid. Ein hübsches, böses Gesicht, eingehüllt in einen passenden Schal. Schlanke Finger, die ein Martiniglas am Stil hielten.

Olive und Perlzwiebel schwimmen in ihrem kristallinen Bad.

Olna trägt außerdem eine Sonnenbrille.

Olna mit nackten Schultern, in eine Bettdecke gewickelt, raucht aus einer Elfenbeinspitze. Hinter glänzend geschminkten Lippen eine zarte Andeutung von Zähnen. Augenlider mit langen Wimpern, postkoital träge gesenkt.

Neben ihr lag der »unglaublich hölzerne« Stuart Bretton und starrte ins Leere. Die muskulösen Arme waren angespannt, er sah gut aus, sein Haar war lockig und sein Gesicht so ausdruckslos wie Straßenstaub.

Olna zielte mit ihrer Waffe.

Nahaufnahme der Waffe: eine doppelläufige Derringer. Zwei Läufe nebeneinander. Eine stummelige, gemein aussehende Waffe, die Schnauze kaum lang genug, um über ihre behandschuhten Hände hinauszureichen.

Nahaufnahme von Stu Brettons Gesicht. Überzogenes Entsetzen.

Nahaufnahme von Stu Brettons muskulösem Körper, das Gesicht nach unten auf dem Bett, ein blutiger Fleck zwischen den Schulterblättern.

Nahaufnahme von Olna Fremonts Gesicht. Erstaunen.

Lange Einstellungen von Polizisten, uniformiert, in Zivil, bewaffnet.

Olna. Schön, friedlich. Das Einschussloch in der Mitte ihrer glatten, weißen Stirn wie der Punkt hinter einem Schlusssatz.

Ich sagte: »Das Leben eifert der Kunst nach, aber nur bis zu einem gewissen Grad. Immerhin durften Sie Ihr Gesicht behalten.«

Leona griff nach dem Laptop.

Ich entzog ihn ihrer Reichweite, aber so, dass sie die letzte Szene, die sie je gedreht hatte, noch gut sehen konnte.

Sie meinte: »Warum zum Teufel soll ich meine Glock nicht holen?«

»Ich bin sicher, wenn Sie wollten, würden Sie treffen. Wo haben Sie schießen gelernt? Kansas?«

Sie lächelte. »Das Landleben kann wunderbar sein. Und Väter lieben kleine Mädchen, die unbedingt etwas lernen wollen. Wussten Sie, dass Erdhörnchen explodieren wie Hackbällchen?« Sie stand auf und strubbelte mir erneut durchs Haar. Ließ es sich auch diesmal nicht nehmen, einmal fest dran zu ziehen und meine Reaktion abzuwarten.

Als ich Anstalten machte, ihre Hand zu packen, zog sie sie weg, wedelte damit wie eine Geisha mit einem Fächer und ohrfeigte mich.

Mit einem Lächeln, als hätte sie gerade gleich im ersten Take eine wahre schauspielerische Meisterleistung hingelegt, schwebte sie zur Tür. »Wenn Sie nicht von Todessehnsucht getrieben sind, sollten Sie besser verschwinden.«

Ich sagte: »Wenn Sie nicht von Todessehnsucht getrieben sind, sollten Sie das Schmierentheater bleiben lassen und gut aufpassen.«

Sie kam auf mich zu, die Fäuste in Brusthöhe, bereit zuzuschlagen.

»Schlechte Idee, Leona. Familien sind der Kitt, der eine Gesellschaft zuammenhält.«

Sie stutzte, behielt die Arme aber in Stellung. »Was zum Teufel soll *das* heißen?«

»Das heißt, Sie haben wenigstens eine Sache gut gemacht. Ihre beiden Jungs verstehen sich ausgezeichnet. Wäre schade, wenn sich das ändert.«

Sie ließ erst einen Arm sinken, dann den anderen. Ihr Blick wanderte durch den Raum voller Kostbarkeiten.

Dann setzte sie sich wieder.

38

Ich schwieg eine Weile. Erlaubte ihren Gedanken, die Führung zu übernehmen.

Was auch immer ihr in den Sinn kam, es vernebelte ihren Blick. Sie saß da wie in Trance. Einen Moment lang dachte ich, sie sei der Wirklichkeit völlig entrückt. Dann schüttelte sie sich wieder Klarheit in den Kopf. »Wenn Sie etwas zu sagen haben, dann spucken Sie's aus.«

»Auf eine Sache können wir uns einigen, Leona. Polizisten sind keine Genies. Die Wahrheit ist, dass sie intellektuell eher beschränkt sind. Manchmal, wenn ein Fall interessant wird, ziehe ich einfach alleine los und entdecke Dinge, die den Kollegen vorher entgangen sind.« Ich zuckte mit den Schultern. »Manchmal erweisen sich meine Entdeckungen als sehr profitabel.«

»Ah, wie sollte es auch anders sein«, sagte sie. »Sie sind eine Hure, aber eine hochbezahlte. Okay, dann kommen wir zur Sache: Was glauben Sie zu wissen, und wie viel ist es Ihrer Vorstellung nach wert?«

»Eine Hure?«, fragte ich. »Ich betrachte mich eher als unabhängige Investition.«

»Betrachten Sie's, wie Sie wollen. Machen Sie die Beine breit, damit wir's hinter uns bringen.«

Ich ließ sie noch ein bisschen weiter schmoren. Als die Sehnen an ihrem Hals deutlich hervortraten, sagte ich: »Eines habe ich aus diesem Fall gelernt. Nämlich dass das Leben der Kunst tatsächlich nacheifert. Wenn Sie das, was Sie früher gemacht haben, als Kunst bezeichnen möchten. Bei unserer ersten Begegnung fand ich Sie interessant, deshalb habe ich ein bisschen nachgeforscht. Habe erfahren, dass Sie vor fünf Jahren vom Pferd gefallen sind. Solche Schmerzen und dann das Problem mit den verschreibungspflichtigen Medikamenten.«

»Kommt vor. Keine große Sache.«

Ich sagte. »Irgendwie widersinnig. Sie drehen diese ganzen Filme, reiten, was das Zeug hält, und verletzen sich kein einziges Mal, nur um dann bei einer Wohltätigkeitsveranstaltung, einer Mondscheinwanderung zugunsten einer Sterbeklinik für Schauspieler, von einem zwanzig Jahre alten Gaul abgeworfen zu werden.«

»Das war keine Glanzleistung«, sagte sie. »Na und? Jetzt geht's mir wieder gut.«

»Sie haben versucht, selbst wieder auf die Beine zu kommen, und als das nicht funktionierte, waren Sie schlau genug, sich in eine Entzugsklinik einzuweisen. Awakenings, draußen in Pasadena, in der Nähe der Rennbahn. Sie wussten, was Sie brauchten, aber wenn das an die Öffentlichkeit gedrungen wäre, wäre das ganz schön peinlich gewesen, also haben Sie sich Connies Identität geliehen und bar bezahlt. Vielleicht können Sie Connie auch einfach nicht leiden und dachten, auf die Art könnten Sie ihr eins auswischen. So oder so, die Mitarbeiter bei Awakenings haben Sie auf dem Foto identifiziert. Sie erinnern sich sehr gerne an Sie. Das Einzige, was ihnen nicht gefiel, war Ihr neuer Freund. Steven Muhrmann, ein träger, zwielichtiger Typ aus L. A., streitsüchtig, uneinsichtig und ohne jegliche Motivation sich zu ändern, weil er per Gerichtsbeschluss dort gelandet war. Das Klinikpersonal machte sich Sorgen, er könnte Sie unter Druck setzen.«

Ich lachte. »Glatte Fehldiagnose, was? Stevie spielte in jeder erdenklichen Hinsicht nicht in Ihrer Liga, und als Sie was miteinander anfingen, hatten Sie von Anfang an das Sagen in der Beziehung. Zum Schluss war er dann aber doch mehr als ein Toyboy. Als Sie ihm Ihre Pläne für Marks Ruhestand eröffneten, sagte er: ›Oh, ich kenne genau das richtige Mädchen dafür.‹«

Sie saß da, ausdruckslos.

»Und Stevies Mädchen entpuppte sich als perfekt, Leona. Wunderschön, anpassungsfähig, nicht zu intelligent. Genau das, worauf Mark es immer schon abgesehen hatte. Ihre Beweggründe haben mich irritiert. Weshalb sollte eine Frau, selbst eine tolerante Frau, ihren Mann ermutigen, das Internet nach einer Geliebten zu durchstöbern? Und Mark war doch auch sonst immer in der Lage gewesen, sich seine Betthäschen selbst zu suchen. Was Sie mir und Lieutenant Sturgis bereits Minuten nach unserer ersten Begegnung auf die Nase gebunden haben. Wir hielten Sie für eine leidgeprüfte Ehefrau. Aber das war nicht alles, Leona.«

Keine Antwort.

Ich sagte: »Meine erste Vermutung war folgerichtig, aber falsch – ein Risiko, das der Beruf des Psychologen mit sich bringt. Ich dachte, Sie würden davon ausgehen, dass sich Mark überall herumtreibt, weshalb Sie versuchen wollten, wenigstens ein gewisses Maß an Kontrolle über seine Eskapaden zu behalten. Typisch Hollywood: Alle wollen Regie führen. Und vielleicht hätten Sie, indem Sie sich einmischen, auch darauf achten können, dass er nicht zu viel Geld für seine Geliebte ausgibt.«

Ihre Augen waren jetzt leblos. Ein Wangenmuskel zuckte.

»Wer hätte besser wissen können, worauf Mark anspringt? Daher die Cohiba, das Abenteuer et cetera, diese ganzen Schlagwörter. Das California-Girl-Gerede – nur damit der kleine Aufsatz wirklich nach dem pseudo-literarischen Erguss eines jungen Flittchens klingt. Denn Mark mochte sie gerne dumm, und Sie hatten seinen Text bereits gelesen – zum Teufel, Leona, es würde mich nicht wundern, wenn Sie den Text für ihn getippt hätten, während Mark als der geile, alte Cyberidiot, der er war, danebensaß. Sie ließen ihn in dem Glauben, er habe ›Mystery‹ entdeckt. Nachdem Sie Stevie Muhrmann als Laufburschen bei SukRose installiert hatten, damit er die Schlagwörter in das Profil von Mystery einfügte. Elegant, Leona. Aber je länger ich darüber nachdachte, desto übertriebener kam mir das vor, wenn Sie doch nur ein bisschen Hitchcock spielen wollten. Dann kamen die Kosten dazu, die Tiara als Marks Geliebte verschlang. Selbst wenn Sie die Ausgaben überwachten. Auch wenn Stevie einen Großteil davon kassiert und teilweise an Sie zurückerstattet hat. Warum hätten Sie Mark überhaupt ermutigen sollen? Es musste mehr dahinterstecken.«

Sie blinzelte.

»Wollen Sie wissen, was ich dann vermutet habe, Leona? Der Plan, der schließlich aufging?«

Sie drehte sich zu mir. »Ich soll Ihnen die Arbeit abnehmen, Sie hinterhältiger kleiner Schnüffler?«

Ich sagte: »Gustav Westfeldt.«

»Wer?«

Ich wiederholte den Namen.

Sie warf den Kopf in den Nacken und lachte. Stand wieder auf. »Jetzt weiß ich, dass Sie nur Mist von sich geben. Machen Sie, dass Sie hier rauskommen.«

»Ist irgendwas lustig an Gustav Westfeldt?«

»Lustig ist, dass ich noch nie was von ihm gehört habe und Sie absoluten Unfug daherreden. *Raus!*«

»Sie kennen ihn, Leona.«

»Ich muss mir nicht von Ihnen sagen lassen, wen ich …«

»Doch, das müssen Sie«, sagte ich. »Und es wäre besser, Sie würden genau zuhören.«

Ihr Kiefer arbeitete. Ihre Finger krallten sich ins Velours.

»Sie wissen nicht, wie er heißt, Leona, aber Sie kennen ihn. Ich war ein bisschen besser informiert. Dass sein Name *Gustav* ist, hatte ich schon mitbekommen, aber von *Westfeldt* hatte ich keine Ahnung. Trotz all der Jahre, in denen ich mich dort gepflegt betrunken habe …«

»Wovon zum Teufel faseln Sie?«

»Gustav Westfeldt«, wiederholte ich, als wollte ich eine Gottheit anrufen. »Ein alter Mann, lockige weiße Haare und ein kleiner Schnurrbart.« Ein Augenblick verstrich. »Bucklig.«

Die Farbe wich aus ihrem Gesicht.

Ich sagte: »Der Barkeeper aus dem Fauborg Hotel. Seit dreiunddreißig Jahren, wie sich herausgestellt hat. All die Leute, die uns bedienen, wir nehmen uns nie die Zeit, mehr über sie zu efahren. Aber über Gustav habe ich einiges erfahren. Er ist vierundachtzig, glücklicher Rentner. Und schlau, im Kopf noch topfit. Ihren Namen hat er nicht gekannt. Auch nicht den von Mark. Weil Sie immer in einer Nische verschwunden sind, sich nie an die Bar gesetzt haben. Aber er erinnert sich eindeutig an Ihre Gesichter und Ihre Getränke. Sapphire Martini für Sie, ohne Eis, Oliven plus Zwiebeln. Mit Zwiebeln und ohne Oliven wär's ein Gibson gewesen, aber Sie wollten beides. In *Der Schatten des Todes* trinken Sie genau denselben Cocktail, ich nehme an, eine Zeitlang war das Ihr Lieblingsdrink. Ich muss gestehen, Gustav hat das nicht gefallen. Er meinte, wenn jemand einen Salat essen will, soll er Salat bestellen. Er hat einen eigenen Namen dafür entwickelt: Gibsini. Er lacht, wenn er's sagt. Und damit hatte er Sie abgespeichert. *Die Lady mit den Gibsinis.* Mark hielt sich an einen achtzehn Jahre alten Macallan, was eine ganz gewöhnliche Bestellung ist, weshalb Gustav ihn nur als *Den Mann von der Lady mit den Gibsinis* abgespeichert hat. Dann gab es zwei Jahre lang noch eine dritte Person, die mit Ihnen beiden die Bar besuchte. Blond. Hübsch, jung – so jung, dass Gustav zuerst geglaubt hat, sie sei Ihre und Marks Enkelin. Er hat sie abgespeichert als *Das Mädchen, das Cola-Rum trinkt.* Mit einer Ausnahme. Am letzten Abend ihres Lebens. An dem Abend bestellte sie – Sie haben es erraten – einen *Gibsini.*«

Ihre Wange zuckte erneut. Sie wandte sich ab, um sich meinen Blicken zu entziehen. Sah nicht mehr, wie ich den Laptop anstieß.

»Das ist so eine Sache mit Barkeepern«, sagte ich. »Selbst wenn man glaubt, dass sie nicht zuhören, tun's sie oft doch. Und ihnen fallen eine ganze Menge Dinge auf. Gustav fiel zum Beispiel auf, dass die kleine Miss Cola-Rum immer zwischen Ihnen und Mark saß und Mark ihr beim zweiten Mal, als sie zu dritt da waren und er glaubte, dass keiner hinsah, seine Hand zwischen die Beine schob. Und sie dort liegen ließ. Und das Seltsame war, Miss Cola-Rum ließ sich das gefallen, während das Gespräch ganz normal fortgesetzt wurde. Gustav, der ein rechtschaffener Mensch ist, war ungeheuer empört, aber er hat in seinem Leben vieles gesehen, das ihn empört hat, und über all die Jahre seinen Job vor allem deshalb behalten, weil er die Klappe hielt. Seine Toleranz wurde weiter strapaziert, als Mark gegen Ende des Abends seine Hand wegzog und Sie *Ihre* an dieselbe Stelle schoben. Und genau so war es immer, wenn Sie zu dritt am Sonntagabend das Fauborg besuchten und es sich in der hübschen Nische in der Ecke bequem machten. Marks Hand, Ihre Hand, Marks Hand, Ihre Hand. Die anderen Gäste konnten Sie nicht sehen, nur Gustav hatte einen hübschen Ausblick. ›Da hab ich's kapiert‹, hat er zu mir gesagt. ›Das waren Perverse, und ich wollte ihnen in die Drinks spucken.‹«

Sie zuckte zusammen.

Ich sagte. »Machen Sie sich keine Gedanken, er hat's nicht

getan. Wie schon gesagt, er ist ein sehr diskreter Mensch. Und erwähnt hat er es auch niemandem gegenüber. Nur mir hat er's erzählt. Weil ich wirklich ein guter Psychologe bin und weiß, wie man die richtigen Fragen stellt. Und« – ich rieb meinen Daumen und meinen Zeigefinger zusammen – »ich weiß, wie man Menschen positiv bestärkt.«

Sie nuschelte irgendwas.

»Was war das, Leona?«

»Sie widern mich an.«

»Finden Sie das nicht ein bisschen hart, Leona? Zumal aus dem Mund einer Person, deren persönliche Moralvorstellungen durchaus als nicht ganz astrein bezeichnet werden dürfen? So was lässt sich auch freundlicher formulieren.«

»Na und?«, erwiderte sie und sah mich an. »Sie war erwachsen, wurde großzügig entschädigt, niemand kam dabei zu Schaden. Wir hatten unseren Spaß und waren bis zum Schluss miteinander intim. Na und?«

»Wenn das schon alles wäre, würden wir uns nicht hier unterhalten, Leona. Sie ist aber tot, und ich habe Ihre Filme gesehen und dadurch erfahren, dass Sie mit einer Waffe umgehen können. Ich spreche hier nicht von dem Blödsinn, den man auf der Schauspielschule lernt. Ihre Beziehung zu Schusswaffen war echt und intensiv und hart an der Grenze zum Erotischen. Ich glaube, dass Sie nach oben gehen, die Glock holen und mich mit einem einzigen Schuss erledigen können. Aber das werden Sie nicht tun, weil Sie schlau sind. Und weil die eigentlich wichtige Erkenntnis nicht die ist, dass Sie ein Waffennarr sind. Die wichtigste Erkenntnis habe ich von Ihrem Co-Star bekommen.«

Eine Hand fuhr an ihre Lippen, umfasste ihr Kinn und drückte so fest, dass die Haut drumherum rosig wurde.

»Der unglaublich hölzerne Stu Bretton, Leona. Als Schauspieler hatte er wirklich nichts auf dem Kasten, aber was ihn so faszinierend macht, hat ja auch nichts mit Schauspielkunst zu tun. Vielmehr damit, dass er einer anderen Person auffallend ähnelt.«

Das Zucken in ihrem Gesicht fuhr ihr jetzt bis in den Oberkörper, und unter ihrer Haut liefen Aale Amok. Ihr gesamter Körper bebte. Den Kopf hielt sie gesenkt.

Ich sagte: »Stu war ein großer Mann, stämmig, gut aussehend, dieser hübsche Kopf mit dem dichten, dunklen und lockigen Haar. Womit Ihr Sohn Phil genau beschrieben wäre. Eigentlich könnte Phil Stu Brettons Klon sein. Zeitlich haut das hin: Phil kam auf die Welt, nachdem *Der Schatten des Todes* gedreht worden war. Ist ja eigentlich nichts ungewöhnlich daran, dass die Hauptdarstellerin mit dem Hauptdarsteller ins Bett geht. Das soll ständig vorkommen. Die Frage, wer Phils Vater ist, ist ja auch deshalb so interessant, weil er einen Zwillingsbruder hat, der Mark wie aus dem Gesicht geschnitten ist. Also, wie kann das sein, Leona?«

Sie vergrub ihr Gesicht in beiden Händen.

Ich sagte: »Ein großes Rätsel, aber hier hat sich meine Ausbildung bezahlt gemacht. Sehen Sie sich das mal an.«

Ich hielt ihr denselben Ausweis unter die Nase wie auch schon Magda.

Zunächst machte sie gar nichts, dann spreizte sie doch ihre Finger und spähte hindurch.

»Ich mag eine Hure sein, Leona, aber ich bin hochgradig qualifiziert, und als Dozent bin ich an der Medizinischen Fakultät mit allerhand interessanten Phänomenen in Berührung gekommen. Die Leute geraten in unglaubliche Situationen. Sie wissen, wovon ich spreche.«

Sie fing an, schwer zu atmen

Ich sagte: »Überschwängerung.«

Ihre Schultern hoben und senkten sich. Sie stöhnte.

»Ein großes Wort, aber ein schlichter Vorgang, Leona. Eine

Frau hat innerhalb kürzester Zeit Sex mit zwei Männern und das Pech, ausgerechnet in diesem Zyklus zwei Eisprünge zu haben. Das Ergebnis sind Zwillinge mit derselben Mutter, aber unterschiedlichen Vätern. Bei sogenannten niedrigeren Tierarten ist das gar nicht so ungewöhnlich, beim Menschen schon sehr viel seltener, aber wahrscheinlich nicht so selten, wie wir glauben. Denn welche Frau, selbst wenn sie draufkommt, würde ein solches Geheimnis preisgeben? Ich habe das mindestens zweimal in einem medizinischen Zusammenhang erlebt: Leute kommen wegen einer Gewebetypisierung, und die Ergebnisse machen uns … nachdenklich.«

Sie beugte sich vor. Krumm, wie Gustav Westfeldts weibliches Gegenstück.

Ich sagte: »*Ihr* Problem, Leona, aber war, dass Sie's nicht geheim halten konnten. Mark kam dahinter. Wahrscheinlich als die Jungs in die Pubertät kamen. Phil sah allmählich wie ein Mann aus, und Mark sprang die Ähnlichkeit ins Gesicht. Weil er alle Ihre Filme gesehen hatte, vielleicht war er sogar mit Stu Bretton befreundet. Damit hatten Sie ein *großes* Problem, Leona. Aber es war auch Marks Problem, weil er zu dem Zeitpunkt längst beide Jungs liebte, und der Gedanke, Phil wegen Ihres Seitensprungs zu verstoßen, war undenkbar. Schöner Zug von Mark, sehr nobel. Doch da er nun mal ein alter, geiler Bock war, beschloss er, Kapital aus der Situation zu schlagen. Er schlug vor, wir bleiben zusammen, Leona, machen weiter, als sei nichts geschehen. Aber ich darf mit so vielen Mädchen vögeln, wie ich will, und es dir nach Herzenslust unter die Nase reiben. Und wenn ich's mir überlege, Leona, du wirst das nicht nur *tolerieren*, du wirst sogar *mitmachen*, wenn ich es möchte.«

Ihre Hände lösten sich von ihrem Gesicht. Sie lächelte. Mit feuchten Augen. Und wildem Blick. »Sie halten sich für genial, oder? Mark ist nicht draufgekommen. Ich habe es ihm gesagt. *Bevor* Philip zum Mann wurde, als die Jungs sieben waren. Weil ich Kinderfotos von Stu gesehen hatte und wusste, was da auf uns zukam. Ich wusste, dass ich was tun musste. Und bilden Sie sich bloß nichts ein, Sie dämlicher Dreckskerl, Mark hat keinen Vorwand gebraucht, um seinen Schwanz in jedes verfügbare Loch zu rammen. Er hat mich schon während unserer *Flitterwochen* betrogen.«

»Dann lasse ich mich gerne korrigieren, Leona. Aber das Ergebnis war dasselbe. Ihr Geständnis gab Mark zeit seines Lebens ein Druckmittel in die Hand, und das prägte über vierzig Jahre hinweg Ihre Beziehung zueinander. Vielleicht war das gar nicht so schlecht. Wenn man erst einmal diese ganzen albernen Tabus überwunden hat, was ist schon dabei, an einem Dreier, einem Vierer oder wie viele auch immer beteiligt waren? Wen kümmert's schon, was wohin gesteckt wird, solange Sie das Haus, die Autos und den ganzen Kram hier bekamen? Und zum Teufel, Leona, Sie haben gemerkt, dass Sie ebenso gerne der Jugend nachstellen wie Mark. Jetzt hat Steven Muhrmann seinen Auftritt. Und Tiara Grundy. Ich bin nur auf eins noch neugierig: Hat Stu Bretton jemals von Phil erfahren?«

Sie richtete sich auf, dachte über ihre Antwort nach. Zuckte mit den Schultern.

»Hatte er kein Interesse an der Vaterschaft?«

»Stu war oberflächlich«, sagte sie. »Deshalb konnte er auch ums Verrecken nicht spielen.« Sie wedelte mit erhobenem Zeigefinger vor meiner Nase. »*Er* war nicht gierig. Er wollte Phil nur ein einziges Mal sehen, und zwar als er schon Krebs hatte. Nicht um Ärger zu machen, er wollte ihn nur sehen. Ich bin mit Phil zum Lunch ins Spago gegangen. Stu hatte einen Tisch auf der anderen Seite des Raums. Stu war nur noch ein Schatten seiner selbst, er war kaum wiederzuerkennen. Philly und ich haben vorzüglich gegessen. Foiegras-Mousse an Kumquat-Tart.« Sie leckte sich die Lippen. »Favabohnen, Bruschette … Stu hat in einem Salat herumgestochert. Er ging als Erster. Unsere Blicke trafen sich. Er warf mir eine Kusshand zu, als Philly nicht hinsah. Eine Woche später war er tot.«

»Friedlich eingeschlafen«, sagte ich. »In einem Privatzimmer im Hospiz für Schauspieler.«

»Sie Schwein! Wie sind Sie uns auf die Schliche gekommen?«

»Ich habe nur an der Oberfläche gekratzt und ein Bild von Ihnen und Mark bei einer Wohltätigkeitsveranstaltung zugunsten des Hospizes gefunden. Und natürlich den Nachruf auf Stu in *Variety* gesehen.«

»Wir haben damals so viel geraucht bei den Drehs«, sagte sie. »Wahrscheinlich gehe ich eines Tages auch daran zugrunde.« Sie lachte. »Als die Jungs noch klein waren, bevor ich es Mark gesagt habe, war Phil immer sein Liebling gewesen. Er war größer als Frankie, stärker, athletischer. ›Der Junge ist ein Herkules, Leona, von wem zum Teufel hat er das nur?‹ Und ich schmunzelte mit ihm. Danach ging ich in mein Zimmer und weinte.«

Sie demonstrierte dies, indem sie leise Tränen fließen ließ. Vielleicht war auch das gespielt. Aber es wirkte zumindest echt. Sie hätte mir leidtun können. Wenn sie eine andere Person gewesen wäre.

Ich sagte: »Hat sich Marks Einstellung geändert, als er es erfuhr?«

»Kein bisschen«, erwiderte sie. »Mark war ein Prinz.«

»Und trotzdem hat er Sie betrogen.«

Die Tränen versiegten. Sie stieß einen hässlichen, kehligen Laut aus.

Ich sagte: »Sie organisierten Marks Ruhestand, dachten, vielleicht würde er ein bisschen kürzertreten und eine verdammte Kreuzfahrt mit Ihnen machen. Dummerweise war das Gegenteil der Fall. Mark wich vom Drehbuch ab und improvisierte. Er fing an Tiara zu mögen. Sie unterhielt ihn. Sogar ihr falscher britischer Akzent gefiel ihm. Er begann, mehr in ihr zu sehen als nur ein Sexspielzeug, und fing an, Sie zu hintergehen. Mit der Zeit schob er ihr mehr Geld zu, als Sie vereinbart hatten. Schenkte ihr eine mit Diamanten besetzte Uhr, die weit über Tiaras Lohngrenze lag. Und Stevie Muhrmann war kein Stück besser, er machte mit. Wenn Tiara einen größeren Anteil kassierte, bedeutete das auch mehr Geld für ihn. Das Problem mit Improvisationen ist allerdings, dass Schauspieler bisweilen Amok laufen. Der schlimmste Alptraum eines jeden Regisseurs. Aber erst als Mark die nicht sehr kluge Entscheidung traf, unerwartet zu sterben, und Sie die noch schlimmere Entscheidung trafen, Tiaras Unterhalt zu streichen, kam heraus, wie ernst das Problem wirklich war.«

»Bin ich die Bank?«, fragte sie. »Diese blöde Schlampe …«

»Ja, Leona, Sie waren die Bank. Und Banken geraten in Schwierigkeiten, wenn sie es mit Leuten zu tun bekommen, die sich für unfehlbar halten. Und dafür hielt sich Tiara inzwischen. Weil der ach so nette Mark ihr nämlich mehr als genug Druckmittel in die Hand gegeben hatte, als er ihr anvertraute, wer Phils Vater war.«

Ich hielt inne.

Sie atmete schwer und schnell. Knurrte: *»Schwein.«*

Schwer zu sagen, wen sie meinte. Vielleicht alle.

Ich sagte: »Vielleicht war's Bettgeflüster, vielleicht auch gezielte Boshaftigkeit seitens Marks. Wie auch immer, der Schaden war angerichtet, und Tiara nahm ihr Wissen ernst. Bei einem Pathologen, der sie seit Jahren auf Geschlechtskrankheiten untersuchte, erkundigte sie sich, ob er auch Vaterschaftstests durchführte. Sie wollte die Wissenschaft auf ihrer Seite haben für den Fall, dass Sie alles abstreiten würden.«

»Diese Schlampe«, sagte sie. »Sie hat mich immer weiter provoziert, auch noch als ich sie gewarnt hatte. Weißer Abschaum, billig, ahnungslos, dumm. Als ich sie kennenlernte, wusste sie nicht mal, wie man einen Drink bestellt.«

»Die komplette Pygmalion-Nummer, bis hin zum Akzent«, sagte ich. »Nach dem Motto *My Spare Lady*. Vielleicht lässt sich ihr schlechtes Urteilsvermögen mit dem Tod ihrer Mutter erklären. Manche Menschen werden erst erwachsen, wenn sie ihre Eltern verlieren. Oder vielleicht lag es einfach nur daran, dass ihr der Hahn abgedreht wurde und sie sich den Lebensstil nicht mehr leisten konnte, an den sie sich inzwischen gewöhnt hatte.«

»Die Schlampe.«

»Finanzielle Zuwendungen machen süchtig«, sagte ich. »Dafür gibt es keine Klinik, und der kalte Entzug ist hart. Tiaras Ultimatum war eindeutig: Ich bekomme einen Haufen Geld, sonst marschiere ich direkt zu deinen Söhnen und gebe ihnen Nachhilfe in Genetik. Apropos, wunder Punkt, Leona. Ihre größte Leistung bestand darin, die Brüder großzuziehen, die einander lieben. Aber würde die Beziehung der beiden die Wahrheit überstehen? Vielleicht, doch das konnten Sie nicht riskieren. Sie erklärten sich mit Tiaras Forderungen einverstanden, bestanden aber darauf, etwas für Ihr Geld zu bekommen. Sie schliefen noch ein paarmal mit ihr. Und Sie haben sie sogar in Ihrem Haus in der Old Topanga Road wohnen lassen, als sie keine Lust mehr hatte, Miete zu bezahlen. Dann haben Sie eine letzte Verabredung arrangiert. Wieder im Fauborg, wo Sie, Mark und Tiara so viele ruhige Abende miteinander verbracht hatten, bevor Sie sich zu weiteren Annehmlichkeiten zurückzogen. Das Hotel sollte abgerissen werden, eine perfekte Metapher. Das Drehbuch haben Sie selbst geschrieben: das naive Mädchen und der Bodyguard. Eine erfahrene ältere Frau gibt den Ton an. Unvermeidlich, die fleischliche Vereinigung. Sie ließen Tiara sogar dieselbe Kleidung tragen, die Sie in *Der Schatten des Todes* trugen. Haben sie gebeten, denselben Cocktail zu bestellen, dieselbe Zigarettenspitze zu benutzen und dieselbe Sonnenbrille aufzusetzen. Und wir wissen ja, wie diese durchtriebene Filmfigur geendet ist. Aber vielleicht gab es auch noch einen anderen Grund, Leona: Vielleicht wollten Sie ja auch sämtliche Spuren der Persönlichkeit eliminieren, die Sie Ihr gesamtes Erwachsenenleben spielen mussten. Das böse Mädchen, das zu weit getrieben wurde, verliert immer. Zeit für ein neues Ich.«

Ich lächelte. »Miss Olna Fremont in ihrer besten Rolle.«

Sie machte eine abfällige Handbewegung.

Ich sagte: »Tiara erklärte sich zunächst einverstanden, aber auch hier improvisierte sie wieder. Sie trug die Uhr, die Mark ihr geschenkt hatte. Und erteilte Ihnen eine raffinierte Abfuhr.«

Sie wurde unruhig.

Ich sagte: »Der Plan sah vor, dass Sie drei sich in einer dunklen Cocktaillounge treffen, zusammen losziehen und irgendwo im Bett landen – wahrscheinlich genau hier auf Satinwäsche. Stevie freute sich auf eine vergnügliche Nacht. Er mimte nur allzu gern den Mann vom Geheimdienst.«

Sie kicherte. »Er hatte Blumenerde im Gehirn.«

»Zwei gegen eine, Leona. Sie haben Schneid.«

»Das hab ich mir sagen lassen.«

»Wie ist es gelaufen?«

»Was macht das schon, lassen Sie uns übers Geschäftliche reden.«

»Ich glaube, es war so: Sie haben Tiara warten lassen, Stevie irgendwann angerufen und ihm mitgeteilt, dass sich eine Planänderung ergeben habe und eine Rückkehr zum Haupthaus nicht in Frage käme. Stevie sagte: ›Mist.‹ Sie sagten:

›Kein Problem, wir können in dem anderen Haus feiern. Dort, wo Tiara wohnt.‹

Ihre Blockhütte, Sie haben sie mit Ihrem eigenen Geld gekauft, sie war also nicht durch Mark besudelt. Das gefiel Ihnen, weil es Sie an die Kulissen der Western erinnerte, vor denen Sie gespielt haben. Sie bestellten die beiden an einen Treffpunkt und holten sie in einem Ihrer Wagen ab. Nicht im Rolls, dafür war das Unterfangen viel zu heikel, nicht im Mercedes, der ist zu klein. Es musste der Range Rover sein, perfekt für Bergstraßen. Sie saßen am Steuer, die beiden sind mitgefahren. Ein paar Meilen vor der Old Topanga Road fuhren Sie rechts ran, hielten und sagten: ›Von dort hat man eine herrliche Aussicht, ich möchte die Sterne am Himmel sehen.‹ Alle drei stiegen Sie aus, vielleicht haben Sie ihnen sogar noch ein paar Sternbilder gezeigt, nachts ist es da oben wunderschön. Und dann musste Tiara dran glauben.«

Sie musterte mich. Rutschte näher heran, strich mir über die Finger. »Ich nehme alles zurück. Sie sind doch ein schlauer Junge.«

»Danke, aber Sie haben es mir leicht gemacht. Die letzte Szene in *Der Schatten des Todes*, wo Ihnen der Polizist die Waffe entreißt und Sie bei der Rangelei einen tödlichen Schuss abbekommen. Es ist eine kleine Derringer, die Sie in einer der vorangegangenen Szenen bereits geküsst haben. Das ist eine ganz ungewöhnliche Waffe, eine Ralston Firearms Model CX324. Sie wurde zuletzt vor fünfzehn Jahren hergestellt, ist plump, aber flexibel. In jeden der beiden Läufe passt entweder eine 45er Kugel oder 410er Gewehrmunition. Die Gerichtsmedizinerin hat sich darüber gewundert, wie gleichmäßig sich die Wunden über Tiaras Gesicht verteilten, weil sie von zwei Schützen ausging. Aber ein doppelter Treffer von einer einzigen Person würde das erklären. So viel ich gelesen habe, ist der Rückstoß nicht zu unterschätzen, aber ein Mädchen, das auf

Erdhörnchen schießt, würde damit problemlos klarkommen. Riskant war es allerdings, denn wenn Sie nicht getroffen hätten, hätten Sie Zeit zum Nachladen gebraucht. Aber Sie waren selbstbewusst genug. Auf Wiedersehen, du schönes Gesicht. Darum ging's und um nichts anderes. Sie hatten genug von der sklavischen Hingabe an die Jugend und andere unwichtige Dinge. Wie hat Stevie reagiert?«

»Was glauben Sie wohl?« Ihr Mund klappte wie eine Falltür herunter und blieb schlaff hängen. Sie riss die Augen auf. Äffte das Erstaunen eines Schwachkopfs nach.

Ich sagte: »Hatten Sie keine Angst, dass er auf Sie losgehen würde?«

»Keine Chance«, sagte sie. »Er hat immer getan, was ich ihm gesagt habe.« Sie lächelte. »Wahrscheinlich machte das den Reiz für ihn aus.«

Sie spielte mit ihren Haaren. »Ist ja auch nicht so, dass ich ihm Zeit gelassen hätte, darüber nachzudenken. Ich habe sie den Hügel hinuntergetreten, bin wieder in den Wagen gestiegen und habe den Motor angelassen. Er stand da und sah aus, als wollte er sich übergeben. Ich sagte: ›Willst du da ewig stehen und glotzen, oder können wir endlich mal richtig Spaß miteinander haben?‹« Sie tappte mit ihren Fingern über ein Sesselkissen. »Was den Spaß anging, bin ich durchaus konkreter geworden. *So was* nenne ich positive Bestärkung. Er sprang sofort in den Wagen, und ich habe ihn berührt, wo er sich gerne berühren lässt. Hab sie ihm in den Schoss gelegt.«

»Die Pistole?«

»Sie war noch heiß«, sagte sie. »Das ist das Problem damit, sie wird heiß. Ich musste Handschuhe tragen.« Sie lachte aus tiefster Kehle. »Als sie ihn im Schritt traf, schoss er so schnell hoch, dass er sich den Kopf am Wagendach stieß. Ich sagte: ›Reg dich ab, Darling. Wir werden einen Mordsspaß haben.‹ Die Anspielung hatte ich gar nicht beabsichtigt.«

Sie schlug sich aufs Knie. Drückte meine Hand.

Ich sagte: »Es war aber eine. Denn eine Meile weiter hielten Sie wieder an und zogen eine zweite Waffe aus ihrem Versteck. Eine 357er, die sich gleich mehrmals abfeuern lässt. Sie befahlen ihm auszusteigen. Warum hat er sich nicht gewehrt?«

»Er hatte Angst«, sagte sie. »Wie ein jämmerliches kleines Mädchen. Fast habe ich mir gewünscht, dass er's versucht, dann hätte auch er kein Gesicht mehr gehabt. Aber dann hätte ich zu viel sauber machen müssen.«

»Er ist einfach ausgestiegen?«

»Er fiel auf die Knie und flehte mich an.« Sie schnaubte. »Jämmerlich. Er fragte, warum? ›Das geht dich nichts an‹, sagte ich. ›Jetzt steh auf und lass uns reden wie Erwachsene.‹«

Sie lachte. »Er hat wirklich gedacht, er würde heil da rauskommen.«

»Dann haben Sie ihm in den Rücken geschossen. Warum zweimal?«

»Eigentlich wollte ich, dass er die Hose runterlässt«, sagte sie, »und ihm dort hinschießen, wo's richtig wehtut. Ich wollte den Ausdruck in seinem Gesicht sehen, wenn er begreift, was ich aus ihm gemacht habe. Wollte, dass er langsam stirbt. Aber man muss praktisch denken. Ich musste es hinter mich bringen und weiterfahren.«

Sie berührte meine Wange, ließ ihre Finger auf meine Brust zuwandern. Ich hielt sie auf. Sie hätte auf keinen Fall eine Waffe unter den engen Joggingklamotten versteckt haben können, aber mein Herz hämmerte, und ich wollte nicht, dass sie das spürte.

Ihr so nah zu sein weckte meinen Fluchtreflex.

Mein Großhirn sagte: *Dir wird schon nichts passieren.* Das Stammhirn, das sich in allen Überlebensfragen einschaltet, sagte: *Mach, dass du hier so schnell wie möglich wegkommst.*

»Schade«, sagte sie. »Sie sind gemein, aber ganz niedlich, wir könnten so viel Spaß miteinander haben.«

»Bis Sie genug haben.«

»Touché. Okay, wie viel wollen Sie für die Rechte an Ihrer kleinen Geschichte? Überlegen Sie sich Ihr Angebot gut, ich verhandele nicht.«

Ich sagte: »Ich habe ausgerechnet, dass Mark Tiara über einen Zeitraum von zwei Jahren knapp hundertfünfzigtausend Dollar gezahlt hat, wahrscheinlich mehr. In Anbetracht der Umstände halte ich das Doppelte für ganz vernünftig.«

Sie entwand sich meinem Griff. Ich ließ los. Sie versuchte, mich erneut zu ohrfeigen. Ich wich ihr aus und stand auf.

»Sie haben den Verstand verloren«, sagte sie.

»Wie sieht es dann mit zweihunderttausend aus? Das ist weniger, als Sie für den Rolls bezahlt haben. Phil und Frank werden bis in alle Ewigkeit beste Freunde bleiben. Ganz zu schweigen davon, dass Sie nicht ins Gefängnis müssen.«

»Ich werde niemals ein Gefängnis von innen sehen, Darling. Das ist eine Geschichte, mehr nicht.«

»Eine wahre Geschichte.«

»Beweisen Sie's.«

»Wenn Sie so sicher sind, das ich das nicht kann, wieso haben Sie dann die Glock noch nicht geholt?«

»Das liegt doch auf der Hand«, sagte sie. »Wegen der anderen Sache.«

»Phil und Frank.«

»Wie dem auch sei, zweihunderttausend sind lachhaft. Selbst die Hälfte davon.«

»Da bin ich anderer Meinung, Leona. Zweihunderttausend sind mein bestes Angebot, und wenn Sie nicht darauf eingehen, werde ich hier rausmarschieren und Lieutenant Sturgis meine Geschichte erzählen. Wie schon gesagt, Polizisten sind keine Genies, aber sie können eins und eins zusammenzählen.«

»Was wird aus Ihnen?«

»Man wird mir danken und mir mein Beraterhonorar auszahlen.«

»Fünfzigtausend. Das ist *mein* bestes Angebot, und Sie tun gut daran einzuschlagen.«

»Hunderttausend.«

»Sie langweilen mich. Fünfundsiebzig.«

»Die Hälfte der Differenz obendrauf«, sagte ich.

»Siebenundachtzigtausendfünfhundert. Exorbitant, aber gut. In drei Tagen werde ich das Geld in bar für Sie haben. Geben Sie mir Ihre Karte, dann rufe ich Sie an und teile Ihnen mit, wo Sie es abholen können.«

»Das glaube ich kaum, Leona. Ich setze den Termin fest. Wenn Sie die Filmmusik arrangieren, verspielt sich das Orchester.«

»Nicht in meinen Ohren«, erwiderte sie fröhlich. »Da war es wunderbare Musik.«

»Drei Tage«, sagte ich. »Ich rufe Sie an.«

»Na gut«, sagte sie. Viel zu rasch. Und ein bisschen zu süßlich. Jetzt war es höchste Zeit zu gehen.

Ich schnappte meinen Laptop, verließ den Raum, durchquerte den riesigen Eingangsbereich.

Das Foto von der Frau in Weiß war verschwunden.

Leona Suss machte keinerlei Anstalten, mir zu folgen, und das ließ mir die Nackenhaare zu Berge stehen.

Als ich die Tür erreichte, drehte ich mich beinahe reflexhaft noch einmal um.

Dort stand sie, die Hände auf der Hüfte, unten an der Treppe. Kurz rieb sie sich im Schritt. Sagte: »Ciao, ciao.« Und ich wusste, dass sie bereits wieder an einem neuen Drehbuch arbeitete.

Der Kater schnurrte zu ihren Füßen.

Ich drehte den Knauf.

Und eine ganze Armee stürmte herein.

39

Angriff der Infanterie.

Milo.

Mordkommissar im Auftrag von Sheriff Laurentzen »Larry« Palmberg.

Außerdem drei uniformierte Hilfssheriffs und ebenso viele uniformierte Beamte von der LAPD, doppelt so viele vom Beverly Hills Police Department sowie zwei Beverly Hills Detectives, die sich wahnsinnig freuten, mal »was Aufregendes« zu tun zu bekommen.

Sieben Mann von der Spurensicherung. Alleine wegen der Quadratmeterzahl.

Dr. Clarice Jernigan, die einen Gerichtsmediziner-Anorak über einem teuren Hosenanzug trug, obwohl sie sich eigentlich eher selten an Tatorten blicken ließ und es hier auch gar keine Leiche gab. Sie wollte eine lupenreine Beweiskette, falls eine der Mordwaffen auftauchte.

Zuletzt: John Nguyen, der stellvertretende Bezirksstaatsanwalt, mit dem Durchsuchungsbefehl, den er bereitwillig erteilt hatte, und dem Haftbefehl, den er erst für angemessen erachtete, als er die Aufnahmen der Laptopkamera sah. Weil »stinkreiche Leute mediengeile Großmäuler engagieren, die vor Gericht einen Riesenaffentanz veranstalten, und ich sicher sein muss, dass uns so eine Scheiße hier nicht passiert«.

»Außerdem«, vertraute mir Milo an, »wollten sie alle mal ein richtig schickes Haus sehen.«

Dabei hätte die Waffe auch einer alleine bei einem lässigen Rundgang durch die Villa finden können.

In dem wohnzimmergroßen begehbaren Kleiderschrank in Leona Suss' Louis-XIV-Schlafzimmer, hinter einer Tür und halb verborgen von Regalen mit Chanel, Dior, Gucci und Patrice Lerange kam ein ein Meter achtzig großer Schmucksafe aus Vogelaugenahorn zum Vorschein. Die darin aufbewahrten Schätze mussten auf ihre Entdeckung warten, bis der Schlosser eintraf.

Der Waffensafe aus Edelstahl – dreißig Zentimeter höher und doppelt so breit – war unverschlossen. Darin befanden sich, in Hüllen verpackt, geölt und wunderbar gepflegt, zwei Flinten, ein Gewehr und vierzehn Handfeuerwaffen, von denen einige noch die Original-Etiketten trugen und nie abgefeuert worden waren, darunter auch eine riesige, vergoldete Magnum Research Desert Eagle Mark VII.

Milo wog Letztere in seinen behandschuhten Händen. »Das ist ein richtig wertvolles Stück. Aber wahrscheinlich viel zu schwer für sie.«

Palmberg sagte: »Ja, eine schöne Waffe … tut, als wär sie so groß wie wir, hm? Als ich sie mit auf den Schießplatz genommen habe, waren meine beiden Töchter auch so. Ich wollte sie an ein kleineres Kaliber ranführen, aber sie bestanden auf Atomwaffen.«

»Schießen sie noch?«

»Nein, die haben zu viel zu tun, sind beide Chirurginnen. Die eine für Krampfadern, die andere für Knochen.«

»Schön.«

»Man bekommt zurück, was man in die Kinder investiert.«

Die Derringer war plump, hässlich und grob, aber offenkundig nicht zu schwer gewesen. Die beiden Läufe nebeneinander bildeten ein gefährliches Omega.

Auf dem mittleren Regal fand Milo den Smith-Wesson .357 Revolver, mit dem Leona, wie sich später herausstellte, Steven Muhrmann ins Jenseits befördert hatte.

Ganz unten im Safe, in einer Schublade, lagen Standbilder aus Filmen von Leona Suss. Ein paar Liebesszenen, aber noch sehr viel mehr Aufnahmen, auf denen Tote oder Sterbende zu sehen waren oder das böse Mädchen mit Waffen hantierte. Anhand späterer Fotos, das jüngste war im Vorjahr aufgenommen, ließ sich der stete Alterungsprozess einer noch immer fitten und agilen Frau nachverfolgen, die ihre Vorliebe für Schusswaffen nie verloren hatte. Auf einigen Bildern schoss sie auf Zielscheiben; auf anderen liebkoste sie die Waffen wie Babys.

Vor allem auf diesen lächelte sie.

»Als wären es ihre Kinder«, sagte John Nguyen. »Das ist eine interessante Lady.«

»Dabei hat sie auch echte Kinder«, sagte ich. »Das macht sie noch interessanter.«

»Wie meinen Sie das?«

»Damit kommen Sie nie vor Gericht.«

»Was, wenn ich aber will?«

»Spielt keine Rolle.«

Es gab keinerlei Anzeichen dafür, dass Mark Suss je die Leidenschaft seiner Frau für Schusswaffen geteilt hatte. Auch keine Spur von der Glock, die sie hatte haben wollen. Sie tauchte im Blockhaus in der Old Topanga Road auf, wo sie geladen in einer Nachttischschublade lag.

Das Zimmer selbst war pink gehalten, überall Verzierungen aus weißer Spitze und dazu ein herzförmiges Himmelbett. Nur ein Viertel so groß wie die Schlafräume in ihrem Haupthaus, aber voller Rüschen und Lavendelduft, was in krassem Gegensatz zum urigen Charme des Hauses stand. Die Tür war verriegelt, gab jedoch unter Einwirkung eines Rammbocks sofort nach. Kein Hinweis darauf, dass in den letzten Jahren jemand hier übernachtet hatte.

Auf der mit Fliegengitter verkleideten Terrasse stand ein Propangasheizgerät, das jüngst benutzt worden war. Pflegeprodukte für Frauen standen dicht gedrängt auf einem Fensterbrett. Freizeitkleidung hing in einem Zedernholzschrank. DNA, die später an einer in die Ecke geschobenen Pritsche sichergestellt wurde, entpuppte sich als mit der von Tiara Grundy identisch. Sie hatte drei Wochen draußen auf dem Land gewohnt, war vielleicht auch in dem Bach hinter dem Haus schwimmen gegangen. Möglicherweise hatte sie sich eingeredet, die Regeln würden nicht ausschließlich von Leona bestimmt werden.

Zwei kleinere Schlafzimmer auf der anderen Seite des Hauses waren für Teenager eingerichtet. Rockposter, Bilder von Rennwagen und unbenutzte elektrische Gitarren fanden sich dort. Mit einem speziellen Lichtverfahren wurden ungeheure Mengen an Sperma auf beiden Betten sichtbar gemacht. Ebenso auf dem Kiefernholzfußboden, den Häkelteppichen und im Badezimmer.

In derselben Nachttischschublade wie die Glock lag auch eine Patek Philippe Calatrava Damenuhr mit Diamanten. Kostenpunkt fünfunddreißigtausend. Mark Suss hatte das Budget weit überschritten.

Proben von der Rückseite der Uhr stimmten mit Tiaras DNA überein. Von Leonas keine Spur. Sie hatte der Versuchung widerstanden, die Uhr an sich zu nehmen.

Aber sie hatte sich an ihr ausgetobt; das Glas war ruiniert, mit einem scharfen Gegenstand derart zerkratzt, dass nur ein schartiges, dünnes Gitter übrig war. Später stellte man fest, dass die Spitze eines leeren Kugelschreibers mit der eingravierten Adresse und Telefonnummer von Markham Industries zu den Abdrücken passte.

Milo sagte: »Liebe macht Spaß, aber Hass ist was für die Ewigkeit.«

Leona Suss engagierte ein ganzes Team von Beverly-Hills-Anwälten, die Nguyen schnell zu viel wurden. In aller Stille erzielte man eine Einigung: Die Angeklagte würde sich des Totschlags für schuldig erklären und fünfzehn Jahre dafür bekommen, wobei die Möglichkeit bestand, nach zehn Jahren die verbliebene Strafe zur Bewährung aussetzen zu lassen. Außerdem sollte ein Gefängnis gewählt werden, in dem eine anständige psychiatrische Betreuung gewährleistet war.

Ein Geständnis war nicht nötig, Gründe mussten nicht angegeben werden.

Nguyen sagte: »Sag bloß nicht, *ich hab's dir ja gesagt.*«

Ich erwiderte: »Irgendwann werden Sie froh darüber sein.«

»Warum?«

»Sie werden duschen und sich nicht mehr schmutzig fühlen.«

40

Drei Tage nach Leonas Festnahme gingen Robin, Milo, Rick und ich wieder zu dem Italiener auf dem Little Santa Monica Boulevard essen.

Milo sagte: »Sir Alex Olivier. Da hast du ganz schön dick aufgetragen, Amigo. Polizisten sind also Idioten, ja?«

»Für meine Kunst bin ich bereit, Opfer zu bringen.«

Er lachte. »Ja, ich sehe, wie du leidest.«

Rick sagte: »Idioten? Das könnte doch von dir sein, Milo. Wenn du gerade in Fahrt bist.«

»Und ob!«, sagte Milo. »Auf jeden Fall danke, dass du der Frau auf die Schliche gekommen bist, *Dottore*. Der Chef meint, diesmal bekommst du ein ordentliches Beraterhonorar. Sobald er rausgekriegt hat, wie er das koscher hinbekommt.«

»Tut mir leid«, sagte ich, »aber da werde ich blau im Gesicht.«

»Was?«

»Wenn ich so lange die Luft anhalte. Wir wissen doch, dass das ewig dauern kann.«

Alle lachten. In Gedanken war ich woanders, aber ich bin ziemlich sicher, dass ich einigermaßen überzeugend den Geselligen spielte.

Als wir mit den Gläsern anstießen, piepte mein Handy.

Robin sagte: »Hast du's nicht ausgeschaltet?«

Ich nahm das Telefon ans Ohr, machte ein paarmal »Mhhm« und beendete das Gespräch. Dann stand ich auf und drückte Robin die Hand. »Tut mir leid, ist ein echter Notfall.«

»Das ist schon lange nicht mehr vorgekommen.«

»Umso dringender ist es.«

Sie sah mich an. »Hast du eine Ahnung, wann du fertig sein wirst?«

»Kann länger dauern – viel Spaß, Leute.«

»Wenigstens ist es kein weiteres Rollenangebot«, sagte Milo.

»Nein, ist ehrliche Arbeit.«

Bunny Rodriguez kam mir in der Krankenhauslobby entgegen. Wir fuhren schweigend zur Intensivstation hinauf.

Sie sagte: »Ich wollte Sie nicht stören, aber es ging so schnell. Sie ist einfach …«

Sie kämpfte gegen die Tränen an.

Ich drückte ihre Hand.

»Hier ist nichts für ein Kind«, sagte sie. »Nichts Altersgerechtes, meine ich. Die Schwestern waren so nett und haben einen Raum neben dem Wartebereich aufgeschlossen. Mein

Mann ist bei ihm, wenigstens war er geistesgegenwärtig genug, ein paar Bücher und was zum Malen mitzubringen. Aber es ist ziemlich trostlos.«

»Wie hat Chad das Ganze bisher verarbeitet?«

»Das wollte ich Sie fragen. Ich weiß nicht, wie es dem Jungen wirklich geht. Es kam so plötzlich. Ich hab nicht auf ihn geachtet. Hab schon gleich meine Pflichten vernachlässigt.«

»Sie haben an Gretchen gedacht.«

»Obwohl sie mir gesagt hat, dass ich das lassen soll. Gestern noch. Als wir über Chads Schule in der Bay Area sprachen und ich sie unterbrochen habe, um zu fragen, wie sie sich fühlt. Sie hat mir beinahe den Kopf abgerissen. Hat mich angeschnauzt, ich solle mich gefälligst um meinen eigenen Scheiß kümmern und tun, was sie mir sagt.«

»Kommt mir bekannt vor«, sagte ich.

»Streitsüchtig bis zum Schluss … fast bis zum Schluss. Gerade hatte sie noch friedlich geschlafen, sogar ein bisschen besser ausgesehen. Im nächsten Moment kam die Hospizschwester rein und meinte, ihre Atmung habe ausgesetzt. Sie hätte sie zwar wieder in Gang gesetzt, aber meine Schwester sei schwach, und ich müsse entscheiden, was als Nächstes passieren soll. Ich weiß, dass Gretchen nicht leiden wollte, doch ich hab's total vergessen, nicht mehr dran gedacht, weil ich unbedingt meine Schwester retten wollte. Als wäre das überhaupt möglich. Ich hoffe, ich habe damit nichts angerichtet.«

»Was haben die Ärzte gesagt?«

»Sie glauben nicht, dass sie die Nacht übersteht.« Sie warf ihre freie Hand in die Luft. »Dann hab ich vielleicht nichts angerichtet.«

Die Hand, die ich in meiner hielt, wurde feuchtkalt. »Sie haben alles richtig gemacht, Bunny.«

»Warum sagen Sie das?«

»Sie haben es gut gemeint.«

»Und nur noch schlimmer gemacht? Nichts für ungut, aber das ist ein schwacher Trost.«

»So oder so, es geht zu Ende«, sagte ich. »Sie wird nicht unnötig leiden.«

»Ich will Ihnen glauben.« Sie packte mich am Oberarm. »Sie wirken glaubwürdig, wahrscheinlich kommt Ihnen das häufig zugute.«

In allen möglichen Situationen.

Wir gingen auf den Eingang der Intensivstation zu. Sie zeigte auf eine geschlossene, unbeschriftete Tür.

»Da drin. Ich gehe jetzt besser zu Gretchen.«

Chad Stengel saß mit dem Gesicht zur Wand, die Arme verschränkt, die Beine ausgestreckt, auf einem zu hohen Stuhl, der ganz hinten in einer Ecke stand. Bücher, ein Malblock und ein paar Stifte lagen ordentlich in der Ecke gegenüber. Ein Mann mit einem weißen Bart, einem karierten Hemd und Cordhosen stand neben dem Stapel.

Ein unbeteiligter Beobachter hätte vermuten können, der Junge würde für irgendetwas bestraft.

Der Mann murmelte: »Endlich.« Dann: »Dr. Delaware? Leonard Rodriguez.«

»Freut mich, Sie kennenzulernen.«

»Machen Sie hier weiter?« Er ging zur Tür hinaus, ohne die Antwort abzuwarten.

Ich sagte: »Sicher.«

Rodriguez sagte. »Es wird alles gut, Chad. Der Doktor hilft dir.«

Er hing hinaus.

Ich nahm einen Stuhl, stellte ihn etwa anderthalb Meter von Chad entfernt hin und setzte mich.

So saßen wir lange da. Oder vielleicht gar nicht mal so lange. Ich habe nicht auf die Uhr gesehen. Zeit spielte keine Rolle.

Schließlich sagte er: »Sie ist richtig krank.«

»Ja, das ist sie.«

»Sie ist *richtig* krank.«

»Ja.«

»Ich will sie nicht sehen.«

»Das liegt ganz bei dir.«

»Nicht tot«, sagte er. »Ich will sie sehen, wenn's ihr gut geht.«

Ich schwieg.

»Tot ist *schlimm.«*

»Schlimm und traurig.«

»Ganz viel schlimm«, sagte er. »Bist du ihr Freund? Das hat sie gesagt.«

»Das stimmt.«

»Du bist Doktor, aber du bist ihr Freund.«

»Dein Freund auch.«

»Sie ist nicht böse.«

»Nein.«

»Nicht böse auf mich«, sagte er.

»Nein.«

»Sie ist ein bisschen böse auf Bunny.«

»Warum?«

»Ich weiß nicht… aber sie ist gut.«

Er sah mit seinem kleinen, runden Gesicht zu mir auf. Die Augen klar, der Blick ernst. »Sie ist nicht gesund, aber sie ist gut. *Nicht schlecht.*«

»Du hast recht«, sagte ich. »Deine Mom hat ein paar richtig gute Sachen gemacht.«